शरणम्

नरेन्द्र कोहली

वाणी प्रकाशन

प्रकाशन के उत्कृष्टतम 62 वर्ष

पेपरबैक पहला संस्करण : 2015
पेपरबैक दूसरा संस्करण : 2021
पेपरबैक तीसरा संस्करण : 2025

vaniprakashan.com

वाणी प्रकाशन

4695, 21-ए, दरियागंज, नयी दिल्ली-110 002

फ़ोन : + 91 11 23273167, 23275710

शाखाएँ

अशोक राजपथ, पटना-800 004, बिहार

कॉफ़ी हाउस कैम्पस, महात्मा गांधी मार्ग, प्रयागराज-211 001, उत्तर प्रदेश

महात्मा गांधी अन्तरराष्ट्रीय हिन्दी विश्वविद्यालय, वर्धा-442 001, महाराष्ट्र

sales@vaniprakashan.in
vaniprakashan@gmail.com

Sharanam
by Narendra Kohli

ISBN : 978-93-5229-250-9
Novel

मूल्य : ₹ 395

जी.एस. ऑफ़सेट, दिल्ली-110 095 में मुद्रित

वाणी प्रकाशन का लोगो मक़बूल फ़िदा हुसैन की कूची से

'शरणम्' : कुछ सम्मतियाँ

'शरणम्' में उपन्यासकार ने 'गीता' के गरिष्ठ पाक को अनेकों संवादों तथा विभिन्न कथा प्रसंगों के द्वारा सहज पाक बना दिया है। 'शरणम्' में मूलतः वैष्णव दर्शन है। वैष्णव दर्शन के साथ सगुणवाद-अवतारवाद-निष्काम भाव के कर्मयोगी के समर्पण में अन्त में अद्वैतवाद आ गया है। अतः इसमें पूर्णता का बोध होता है।

श्रीकृष्ण ने प्रगतिशील रूप में वर्णव्यवस्था को महाभारत तथा वायु पुराण के अनुसार रखा—यानी वंशगत नहीं शीलगत और 'गीता' वाले रूढ़िग्रस्त रूप का परित्याग किया है—यह युगानुकूल है। इसमें भी सामाजिक स्तर की अद्वैतानुभूति अपेक्षित है। अद्वैत की उपस्थिति आवश्यक है। नरेन्द्र कोहली ने इसे स्पष्ट कर दिया है।

नरेन्द्र कोहली की लेखनी द्वारा श्रीकृष्ण की 'गीता' उपन्यास के रूप में ढलकर ईसा की इक्कीसवीं सदी के नये समाज के दर्शन के रूप में आ गयी है। यह हिन्दी साहित्य की विशिष्ट उपलब्धि है। इसमें उपन्यासकार की चिन्तना तथा कला का चरमोत्कर्ष झलक जाता है।

—शत्रुघ्न प्रसाद

भारतीय वाङ्मय में तीन विश्रुत किन्तु भुला दिए गए संवाद हैं—'जनक अष्टावक्र संवाद', 'ब्राह्मण चांडाल संवाद' और 'कृष्णार्जुन संवाद'। पहले दोनों संवादों का स्तर सामान्य जनमानस के स्तर से ऊपर है इसलिए वे हमें याद नहीं रहे। लेकिन तीसरे संवाद में अर्जुन मोहाविष्ट सामान्यजन के प्रतिनिधि हैं। श्रीकृष्ण उन्हें उनके स्तर पर उतर कर जीवन-सत्य समझा रहे हैं; इसलिए यह पूरे विश्व में समादृत हुआ।

'गीता' का संवाद अन्ततः है तो गीतात्मक काव्य ही। और ऊँची कविता जितना कुछ अपनी पंक्तियों में कहती है, उससे अधिक पंक्तियों के बीच का रिक्त बोलता है। 'गीता' की पंक्तियों को पढ़ते हुए कोहली जी ने इस रिक्त की संकेत-ध्वनि को

पकड़ा है और 'शरणम्' में ऐसे कई प्रसंगों की योजना की है। ये स्मृति-प्रसंग गीता के कथ्य से छेड़-छाड़ नहीं करते, कथ्य को स्पष्ट करते हैं, कथ्य के मनोविज्ञान को स्पष्ट करते हैं। बीच-बीच में आई छोटी-मोटी कथाएँ, छोटे-छोटे प्रसंग क्षेपक नहीं, बल्कि कृष्णार्जुन संवाद के अर्थ को समझने में सहायक हैं। यहाँ गीता के पारिभाषिक शब्दों को यथावत रहने दिया गया है। कुछ प्रसंगों को अपनी ओर से सिरजे उदाहरण ों से स्पष्ट किया गया है।

जैसे 'रामचरितमानस' की रचना स्वान्तःसुखाय की गयी थी, वैसे ही 'शरणम्' की रचना भी स्वान्तःसुखाय ही हुई। 'मानस' स्वान्तःसुखाय सिद्ध हुआ। 'शरणम्' भी बहुतों को प्रीत करेगा। इसमें संवादाधृत 'गीता' को कथाधार देने का कौशल सहज ही लक्षित किया जा सकता है।

–अशोक प्रियदर्शी

'गीता' का औपन्यासिक अवतरण है 'शरणम्'। यह न कोरा भाष्य है, न केवल उपन्यास और न दर्शनशास्त्र! इसमें तत्त्व तो इन तीनों के हैं; पर है यह तीनों से अलग... और जनसामान्य के लिए तो इन सबसे ऊपर और महत्त्वपूर्ण!

'गीता' जैसे अत्यन्त गूढ़ एवं गम्भीर विषय पर रचे गए उपन्यास का प्रारम्भ कैसा होना चाहिए? एक पाठक की क्या अपेक्षा होगी? शायद महाभारत का लोमहर्षक दृश्य! या भगवान् व्यास के दिव्य वचन...या साक्षात श्रीकृष्ण का विश्वरूप दर्शन! किसी असाधारण परिदृश्य के अंकन की अपेक्षा अवचेतन में अवश्य रहती है। पर इन सबके विपरीत शरणम् का प्रारम्भ होता है धृतराष्ट्र और गान्धारी के संवादों से, जिनमें वृद्ध पति-पत्नी का अति-सामान्य झगड़ा है। यह प्रारम्भ एक एंटी-क्लाइमैक्स है। पढ़ने वाले की अपेक्षा को एक बार धक्का लगता है लेकिन कुशल शिल्पी की भाँति कोहली जी पाठकों को हैरान कर कौतूहल जगा देने का तरीका ढूँढ़ ही लेते हैं।

आधुनिक उपन्यास की एक आवश्यक शर्त है क्रमागत तर्क-शृंखला का निर्वाह। पौराणिक रचनाओं के साथ एक बड़ी समस्या यह है कि आधुनिक बुद्धि उन्हें तत्काल ही आत्मसात नहीं कर पाती। उनमें कई क्रिया-कलाप ऐसे होते हैं जिनका औचित्य नहीं जान पड़ता और हम किसी से पूछ भी नहीं सकते। ऐसे में उन्हें प्रायः अप्रामाणिक अथवा 'पौराणिक' कह कर नकार देते हैं। नरेन्द्र कोहली की एक बड़ी उपलब्धि यह है कि उन्होंने इस पूरे समुद्र का मंथन कर उसका अमृत पाठकों के लिए प्रस्तुत कर दिया है।

–शिशिर मित्तल

1

“महाराज।”

धृतराष्ट्र अच्छी तरह पहचानता था कि यह गान्धारी का स्वर था। यदि एकान्त न हो, तो वह उसे इसी प्रकार सम्बोधित करती थी।

“हुँ।” धृतराष्ट्र ने न सिर उठाया, न उसकी ओर देखने का अभिनय किया। वस्तुतः इस समय गान्धारी का आना उसे तनिक भी नहीं सुहाया था। यदि कोई दासी यह सन्देश लेकर आयी होती कि महारानी उससे मिलने के लिए आना चाहती हैं तो शायद उसने मना ही कर दिया होता।... किन्तु अब क्या हो सकता था, बुढ़िया तो स्वयं ही आकर सिर पर सवार हो गयी थी।

“दुर्योधन अब तो कुरुक्षेत्र चला गया है... पर यहाँ था, तो ही भानुमती को कहाँ कुछ कहता था। बहू के आ जाने पर बेटा पराया हो जाता है। आप भी उसे कुछ नहीं कहते। वह जानती है कि उसे रोकने वाला कोई नहीं है। इसलिए सिंहनी बनी घूमती है। आज इसका फैसला हो ही जाना चाहिए। वह इस प्रकार मेरी अवज्ञा नहीं कर सकती। सास हूँ उसकी, कोई दासी नहीं।...”

धृतराष्ट्र के मन में आया कि पूछे कि गान्धारी ने कब अपनी सास की अवज्ञा नहीं की? किन्तु इस प्रकार का हस्तक्षेप उसके लिए ही कहीं कोई समस्या न बन जाए...

“हाँ हो जाएगा इसका भी फैसला। उसके लिए राजसभा का विशेष अधिवेशन बुलाया जाएगा।” धृतराष्ट्र ने बुरा-सा मुँह बना कर कहा, “कुरुक्षेत्र में हो रहे युद्ध से भी बड़ा युद्ध हो रहा है न तुम्हारे यहाँ। उससे अधिक महत्त्वपूर्ण। उससे बड़े अधिकार का युद्ध। संसार का भविष्य भी इसी पर टिका है शायद। सास-बहू का युद्ध।” वह रुका, “तुम दोनों अपना-अपना पक्ष चुन कर कुरुक्षेत्र जाकर वहीं अपना निर्णय क्यों नहीं कर लेतीं।”

गान्धारी का कलेजा जल उठा। बुढ़ापे ने महाराज की बुद्धि ही भ्रष्ट कर दी

है।... उसके मन में जैसे गिद्धों का कोई बड़ा झुंड उतर आया था। मन हो रहा था कि धृतराष्ट्र की बोटी-बोटी नोच ले। युवावस्था में यही व्यक्ति उसका ऐसा लोभी प्रेमी था कि उसका संग छोड़ना ही नहीं चाहता था और अब वह अपनी ही पुत्रवधू के विरुद्ध उसका पक्ष लेने को भी तैयार नहीं है। इस परिवार में सब ही डरते हैं उस भानुमती से....

इससे पहले कि गान्धारी की जिह्वा प्रातः नींद से जागे कौओं के झुंड के समान काँव-काँव कर उठती, द्वारपाल उपस्थित हो गया, "महाराज, दासियाँ समाचार लायी हैं कि संजय कुरुक्षेत्र से लौट आये हैं।"

धृतराष्ट्र ने चौंक कर अपना चेहरा उसकी ओर घुमाया, "इस प्रकार अकस्मात्?"

"और क्या पहले हरकारा भेजता।" गान्धारी चुप नहीं रह सकी। उसे तो धृतराष्ट्र को डपटना ही था। भानुमती के बहाने न सही, संजय के बहाने ही सही, "सूत है आपका। कोई सम्राट नहीं है। उसे तो ऐसे अकस्मात् असूचित, अघोषित ही आना था।"

"द्वारपाल, तुम जाओ।" धृतराष्ट्र ने कहा। वह नहीं चाहता था कि द्वारपाल के सामने गान्धारी उसे खरी-खोटी सुनाए और द्वारपाल बाहर जाकर अन्य सारे द्वारपालों को अपने महाराज की दीन स्थिति के विषय में सूचना दे।

सहसा उसने अपना चेहरा पीछे की ओर मोड़ा, "अरे वे दासियाँ तुमको सूचना देकर ही चली गयीं क्या? यहाँ नहीं आयीं? राजा को दी जाने वाली सूचना राजा को दी जानी चाहिए या द्वारपाल को?"

द्वारपाल की ओर से कोई उत्तर नहीं आया। वह सूचना देकर राजा को प्रणाम कर वापस जा चुका था।

"चला गया क्या?" धृतराष्ट्र ने जैसे अपने आप से कहा, "हवा के घोड़े पर सवार होकर आते हैं। मिनट भर रुकने में इनके प्राण निकलते हैं। अब सेवक भी स्वामियों के समान व्यवहार करने लगे हैं।"

"सूचना देने आया था; सूचना देकर चला गया। आपका मित्र तो था नहीं कि चौसर बिछा कर बैठ जाता।" गान्धारी ने कुछ और विष उगला, "वैसे अब आपको क्या करना है दासियों का। आपके पहले ही एक सौ एक पुत्र हैं।..."

"मैं राजकीय शिष्टाचार की बात कर रहा था और तुम बच्चे पैदा करने तक जा पहुँचीं।"

"राजकीय शिष्टाचार में दासियाँ कक्ष के बाहर से ही सूचनाएँ देती हैं और वहीं से आदेश लेती हैं। वे राजाओं की गोद में नहीं बैठतीं।"

"तुम्हारी भाषा बहुत अशिष्ट हो चुकी है। यह महारानियों की भाषा तो नहीं है। ऐसे में राजपरिवार के शिष्टाचार का निर्वाह कैसे होगा।"

धृतराष्ट्र के मन में स्पष्ट था कि यह गान्धारी नहीं, उसकी वृद्धावस्था चिड़चिड़ा रही थी। आजकल उसके बोलने की यही शैली थी। तनिक-सा विरोध भी सहन नहीं कर सकती थी। कुछ कहो तो उसका स्वर तत्काल ऊँचा उठ जाता था। जब लड़ने लगती थी तो यह भी भूल जाती थी कि आस-पास कितनी दासियाँ हैं और कितने सेवक-चाकर हैं। हस्तिनापुर के महाराज धृतराष्ट्र को भी ऐसा धो डालती थी, जैसे किसी अति साधारण कर्मचारी को फटकार रही हो। और धृतराष्ट्र का साहस नहीं होता था कि वह उसे कुछ कह सके। जरा-सा टोक दो, तो मर्यादाहीन प्रलाप तो होता ही था, वह आत्महत्या की धमकी तक दे डालती थी। शायद अधैर्य का ही दूसरा नाम वृद्धावस्था है।... और अब दासियाँ... उनसे भी उसे ईर्ष्या होने लगी है। धृतराष्ट्र के पास बैठी अथवा उसके आस-पास मँडराती दासियाँ उसे अच्छी नहीं लगतीं। उसका वश चले तो वह उन सबको धृतराष्ट्र से कम से कम कोस भर दूर रखे...

उसने गान्धारी की दिशा में मुख घुमा कर कहा, "ठीक कह रही हो तुम। वह सूत है तो सूत के समान ही व्यवहार करेगा न।"

"तो आप भानुमती की ताड़ना करेंगे या मैं न्याय माँगने धर्मराज अथवा कृष्ण के पास जाऊँ?" गान्धारी ने उसे अपने उसी बिगड़े कंठ से धमकाया। वह पुनः अपने मूल विषय पर लौट आयी थी।

मन हुआ कि चुप रह जाये। इस समय विवाद को बढ़ाने का क्या लाभ; किन्तु कहे बिना रहा भी नहीं गया, "मैं तो केवल यह सोच रहा था कि आज युद्ध को आरम्भ हुए दस दिन हो चुके हैं। दस दिनों से समाचारों की टोह में संजय कुरुक्षेत्र में डेरा डाले बैठा था। तो आज ऐसा क्या हो गया कि सेनाओं की कोई हलचल हुई नहीं; राजा, मन्त्री और सेनापति वहीं बैठे हैं; और यह इस प्रकार औचक ही हस्तिनापुर लौट आया?"

"यह तो वही बताएगा। पूछ लेना उसी से।" गान्धारी ने कहा, "किन्तु मेरे प्रश्न का क्या उत्तर है?"

धृतराष्ट्र देख तो नहीं सकता था किन्तु अपनी कल्पना में वह देख रहा था कि इस समय गान्धारी के चेहरे पर अत्यन्त कटु भाव जमे बैठे होंगे, जैसे सैकड़ों बिच्छू डंक फैलाए घूम रहे हों।... धृतराष्ट्र ने कभी बिच्छू देखा नहीं था; किन्तु उसके मन में उसकी एक भयंकर कल्पना थी। वही कल्पना उसने गान्धारी के चेहरे पर चिपका दी थी।....जाने क्यों गान्धारी को संजय का धृतराष्ट्र के पास आकर बैठना तनिक भी अच्छा नहीं लगता था। ये पत्नियाँ भी पति को अपनी

सम्पति मान लेती हैं। धृतराष्ट्र का जो कुछ था, उस सब पर उसका अधिकार था। इतना अधिकार कि उसके लिए उसे धृतराष्ट्र से कुछ पूछने की आवश्यकता ही नहीं थी। धृतराष्ट्र के आस-पास वही रहे, वही बैठे, जो गान्धारी को अच्छा लगता हो। ...सत्य तो यह था कि उसे किसी का भी धृतराष्ट्र के पास बैठना, उसके पास आना, उससे मिलना-जुलना अच्छा नहीं लगता था। कोई दो क्षण बैठ जाए तो तत्काल गान्धारी का उपालम्भ चील के समान झपट पड़ता था, "हर समय दरबार लगाए बैठना आवश्यक है क्या? दरबारों से सम्राट नहीं होते, सम्राटों से दरबार होते हैं।" ...क्या चाहती थी वह? बस वह बैठी अपनी बहुओं की निन्दा करती रहे और उसकी दासियाँ उसे घेरे रहें। उसके आदेश उसकी बहुओं तक पहुँचाती रहें।... बहुएँ आदेश न मानें तो राजा, गान्धारी के सम्मान की रक्षा के लिए बहुओं की डाँट-फटकार करे, जैसे वे कहीं की अपराधिन हों। गान्धारी को इस बात का अनुमान ही नहीं है कि बहुओं को तनिक-सा भी आभास हो जाए कि सास को सम्राट का सुरक्षा-कवच प्राप्त नहीं है, तो वे गिद्धों और सियारों के समान उसे जीवित ही नोच खाएँ... शायद वह आजकल की पुत्र-वधुओं के स्वभाव से परिचित नहीं थी...

"दुर्योधन को भी देखो, न कोई सन्देश, न सन्देशवाहक; दस दिनों में एक भी सन्देशवाहक नहीं भेजा।" धृतराष्ट्र ने विषय बदला, "जैसे हमें अपने पुत्रों की कोई चिन्ता ही न हो।"

"आप क्या सोचते हैं," गान्धारी उखड़े हुए स्वर में बोली, "वह युद्ध-क्षेत्र में आपको ही स्मरण करता रहता होगा। महाराज को समाचार पहुँचाना ही उसका एकमात्र काम होगा। और कोई काम नहीं है, उसे। युद्धक्षेत्र में योद्धाओं को सन्देश भेजने के लिए ही सन्देशवाहक कम पड़ जाते होंगे। अब आपके पास भेजता रहे वह सन्देशवाहक। कहाँ से कहाँ तक फैला हुआ यह युद्धक्षेत्र... कुछ पता भी है।"

"ठीक है। ठीक है।" इस बार धृतराष्ट्र कुछ चिड़चिड़ा गया। मन में तो आया कि कहे, कि वह तो नहीं जानता किन्तु गान्धारी तो युद्धक्षेत्र का क्षेत्रफल जानती है न। नाप कर जो आयी है। अपनी आँखों की पट्टी खोलकर कुरुक्षेत्र का चक्कर लगा कर आयी है क्या? या प्रतिदिन प्रातः वह वहाँ टहलने जाती है।... बड़ी विदुषी बनी फिरती है। गन्धार के ये सारे लोग एक जैसे ही होते हैं... पाखंडी... उसने अपनी चिड़चिड़ाहट को पीकर कहा, "अब प्रश्न यह है कि संजय के आने की प्रतीक्षा करूँ या किसी को भेज कर उसे तत्काल आने का आदेश दूँ?..."

"धैर्य रख सकें तो प्रतीक्षा करें। न रख सकें तो बुला भेजें। इसमें द्वन्द्व की क्या बात है?" गान्धारी बोली, "किन्तु जिसने अपना सारा जीवन द्वन्द्व में ही बिताया हो और जो कभी किसी स्पष्ट निर्णय पर पहुँच ही न पाया हो, वह और कर ही क्या सकता है। आप तो शायद यह भी नहीं जानते कि परिवार की स्थिति देखकर, परिवार के मुखिया को इन अनसुलझे द्वन्द्वों में उलझा और कर्म-पंगु देखकर ही तो मेरी बहुएँ मेरी छाती पर मूँग दल रही हैं।"

"अच्छा, उनसे कह दूँगा कि सास की छाती छोड़कर कहीं और जाकर मूँग दल लें।" वह बोला, "किन्तु वे मूँग दल ही क्यों रही हैं। पकौड़ियाँ तलेंगी क्या?"

"मेरी पीड़ा पर मसखरी सूझ रही है आपको?" गान्धारी कुछ उग्र हो उठी, "मैं अपनी पर आयी तो..." वह रुकी, "इससे तो अच्छा है कि संजय को बुला लीजिए और दोनों मिल कर शब्दों की जलेबियाँ तलिए।"

गान्धारी जानती थी कि धैर्य धृतराष्ट्र के स्वभाव में नहीं है। अतः वह संजय को आने का आदेश भेजेगा ही।... और धृतराष्ट्र का मन, गान्धारी के वाक्य-खंड 'मैं अपनी पर आयी तो' पर अटक गया था। वह अपनी पर आयी तो क्या कर लेगी? वह धमका रही थी, अपने पति को, परिवार के मुखिया को, देश के सम्राट को।...

वह संजय को बुलाने का निश्चय कर ही चुका था; किन्तु उसे आदेश देने अथवा किसी को भेजने की आवश्यकता नहीं पड़ी। संजय स्वयं ही उसे प्रणाम करने आ पहुँचा था।

"प्रणाम राजन्! प्रणाम महारानी!"

धृतराष्ट्र ने अपना चेहरा संजय की ओर मोड़ा। अपनी प्रकाशहीन पुतलियों को घुमाया और बोला, "अकस्मात् ही हस्तिनापुर कैसे आ गये संजय? क्या युद्ध समाप्त हो गया? मेरे पुत्रों को विजय मिल गयी?"

"तो मैं चलूँ।" गान्धारी ने अपने हाथ से दासी को सहारा देने के लिए निकट आने का संकेत किया, "आप लोग धर्म-चर्चा करें।"

धृतराष्ट्र ने कुछ नहीं कहा। वह गान्धारी के जाने की प्रतीक्षा करता रहा। जब उसे पूरा विश्वास हो गया कि गान्धारी उस कक्ष से जा चुकी है, तो उसने संजय की ओर मुख उठाया।

"युद्ध तो समाप्त नहीं हुआ है राजन्!" संजय के स्वर की व्यथा धृतराष्ट्र के कानों में धमक रही थी, "किन्तु ..."

"किन्तु क्या?" संजय की व्यथा धृतराष्ट्र को अटका नहीं सकी। संजय का क्या है, वह तो पांडवों के लिए भी दुःखी होकर रोता है।

"युद्ध के परिणाम का कुछ-कुछ आभास होने लगा है।..."

"क्या हुआ? अर्जुन मारा गया क्या या भीम नहीं रहा?" धृतराष्ट्र का आह्लाद उसके स्वर में भी था और उसके चेहरे पर भी।

''नहीं। अर्जुन अथवा भीम नहीं...।" संजय का कंठ अवरुद्ध हो रहा था।

"तो क्या कृष्ण नहीं रहा? तुम उसके बहुत भक्त थे न। धर्म का प्रतिरूप मानते थे उसे। उसे विजय का ध्वज समझते थे।"

"नहीं महाराज, नहीं।"

"तो?"

"शिखंडी ने पितामह को धराशायी कर दिया है।"

"पितामह का देहान्त हो गया?" धृतराष्ट्र के स्वर में पहली बार किंचित चिन्ता झलकी।

"देहान्त तो अभी नहीं हुआ। श्वास चल रहे हैं।"

"आहत हैं? क्षत-विक्षत हैं? वैद्यों ने हाथ खड़े कर दिए हैं?"

"शर-शैया पर पड़े हैं। प्राण अभी निकले नहीं हैं; किन्तु पितामह अब उठ नहीं सकेंगे।"

"वे उठेंगे नहीं, तो पांडवों से युद्ध कौन करेगा?" धृतराष्ट्र ने सामने पड़ी चौकी पर अपनी मुट्ठी ठोक दी।

संजय उस एक वाक्य में बहुत कुछ सुन रहा था। स्पष्ट था कि धृतराष्ट्र पितामह को अपना वेतनभोगी सैनिक मानता था और उसने उन्हें पांडवों से युद्ध करने का दायित्व सौंपा था। वे धराशायी हो गये तो धृतराष्ट्र के अनुसार वे अपना कर्तव्य पालन करने से चूक गये थे। वे धराशायी हो कैसे सकते थे... उन्हें तो पांडव सेना से लड़कर उसे पराजित करना था।

धृतराष्ट्र ने स्वयं को तत्काल ही सँभाल लिया, "पर शिखंडी ने उन्हें इतना आहत कैसे कर दिया? शिखंडी तो कोई ऐसा महान योद्धा भी नहीं है। पितामह के सामने वह चीज ही क्या है? कैसे कर सका वह यह दुस्साहस? हमारे योद्धा सो रहे थे क्या?"

"नहीं। आपके योद्धा सो नहीं रहे थे।" संजय ने कहा, "किन्तु शिखंडी की रक्षा अर्जुन कर रहा था। शिखंडी को अर्जुन के बाणों का रक्षा-कवच प्राप्त था।"

"अर्जुन।" धृतराष्ट्र अपने स्थान से उठ खड़ा हो गया। वह अपनी व्याकुलता को सँभाल नहीं पा रहा था। यह तो अच्छा ही हुआ कि गान्धारी वहाँ से चली गयी थी। नहीं तो उसे अपनी सहज प्रतिक्रियाओं को भी बाधित करना पड़ता।

वह आकर अपने स्थान पर पुनः बैठा तो कुछ संयत लग रहा था, "किन्तु यह हुआ कैसे? इन दस दिनों में पितामह और आचार्य मिलकर भी इस एक अर्जुन का वध नहीं कर सके?"

"पितामह ने पहले ही स्पष्ट कर दिया था कि वे पांडवों का वध नहीं करेंगे।"

"यही तो मूर्खता है।" धृतराष्ट्र की उद्विग्नता पुनः ज्वार पर थी, "युद्ध भी करेंगे और शत्रु से प्रेम भी करेंगे। उसको मारेंगे नहीं। यह कौन-सी नीति है? बड़े नीतिवान बने फिरते हैं।"

"राजन्! पहली बात तो यह है कि वे पांडवों को अपना शत्रु नहीं मानते और दूसरी बात है कि इसी मूर्खता के कारण ही पितामह दस दिनों तक जीवित रहे, युद्ध करते रहे और पांचालों का निर्बाध वध करते रहे। नहीं तो..."

"नहीं तो?"

"यदि वे पांडवों का वध करने का प्रयत्न करते तो बहुत सम्भव था कि अर्जुन पहले ही दिन उनको धराशायी कर देता।"

"तुम कहना चाहते हो कि अर्जुन उनका वध कर सकता था; किन्तु उसने नहीं किया?"

"न केवल अर्जुन ने उनका वध नहीं किया, वरन् कृष्ण और युधिष्ठिर के निरन्तर आग्रह करते रहने पर भी शिखंडी को अपने बाणों का सुरक्षा-कवच प्रदान नहीं किया, ताकि वह पितामह पर घातक प्रहार कर पाता।" संजय ने कहा, "शिखंडी बार-बार पितामह की ओर बढ़ता था और हर बार अपने पक्ष से सुरक्षा और समर्थन की कमी के कारण, या कहिए अर्जुन के असहयोग के कारण उसे लौट जाना पड़ता था। और अन्ततः ..."

धृतराष्ट्र मौन अवश्य बैठा था; किन्तु उसका कठोर चेहरा तथा ज्योतिहीन आँखें संवादों के भंडार बने हुए थे।

अन्ततः उसने अपनी चुप्पी तोड़ी, "मुझे आरम्भ से बताओ संजय! धर्म के क्षेत्र कुरुक्षेत्र में एकत्रित होकर मेरे और पांडु के पुत्रों ने क्या किया?" और सहसा उसने जोड़ा, "उससे पहले यह बताओ कि मेरे सारे पुत्र जीवित तो हैं? दुर्योधन सकुशल है?"

"हाँ, अभी तक तो वे सब सकुशल हैं।" संजय ने कहा, "मेरे वहाँ से चलने तक वे सब ही जीवित थे।"

"तुम्हारा तात्पर्य है कि तुम्हारे कुरुक्षेत्र से यहाँ आने तक में ..."

"युद्ध में तो कुछ भी सम्भव है महाराज। वहाँ एक सिरे से दूसरे सिरे तक

हवा में बाण उड़ते ही रहते हैं; और किसी के प्राण लेने के लिए एक बाण ही पर्याप्त होता है।" संजय ने कहा, "यदि शिखंडी पितामह के प्राण ले सकता है, तो कोई भी कुछ भी कर सकता है।"

"मुझे डरा रहे हो?" धृतराष्ट्र के चेहरे पर सैकड़ों झंझावात एक साथ खेल रहे थे। वह संजय को धमका भी रहा था और उससे आश्वस्ति भी चाह रहा था।

"नहीं महाराज। मैंने तो युद्ध सम्बन्धी एक छोटा-सा सत्य कहा है।" संजय ने सधे हुए स्वर में कहा।

"तो फिर आरम्भ से बताओ।"

धृतराष्ट्र की उद्विग्नता देख संजय भी कुछ विचलित हो उठा। कभी-कभी धृतराष्ट्र पर दया भी आने लगती थी। इस वृद्ध के एक सौ एक पुत्र हैं; किन्तु वे सब युद्ध में मृत्यु से जूझ रहे हैं। जाने कोई एक भी घर लौटेगा या नहीं ...पर धृतराष्ट्र पर दया करने का अर्थ था, असंख्य निर्दोष लोगों के प्रति क्रूर होना... अधर्म से प्रेम करना...

"कुरुक्षेत्र तो वह है; किन्तु धर्मक्षेत्र क्यों कह रहे हैं उसे? वहाँ न यज्ञ है, न दान है, न तपस्या है।" संजय ने अपनी ओर से प्रश्न कर दिया, "कोई यज्ञ करने के लिए तो वहाँ सेनाएँ एकत्रित हुई नहीं हैं; न कोई यज्ञशाला बनवा रहे हैं वे लोग। एक-दूसरे का रक्त बहाने गये हैं; मिट्टी को रक्त से लाल करने।"

"रक्त बहाने।" धृतराष्ट्र अधरों ही अधरों में बुदबुदाया। फिर जैसे काँप कर बोला, "सत्य कह रहे हो। पर मेरा मन कहता है कि यदि यह कृष्ण चाहता तो इस युद्ध को रोक सकता था। चाहे तो अब भी रोक सकता है। पांडव पूर्णतः उसके कहने में हैं; किन्तु नहीं रोका उसने। मुझे तो लगता है कि एक वही चाहता है कि यह युद्ध हो। उसकी हार्दिक इच्छा है कि क्षत्रिय लोग कटें, मरें। गिद्धों को भोजन मिले; सियार वीर योद्धाओं के शवों को घसीटें, उनकी दुर्दशा करें; और सारे क्षत्रिय समाज के परिवारों में विधवा स्त्रियाँ और अनाथ बच्चे ही रह जाएँ—रोने-चिल्लाने के लिए, हाहाकार करने के लिए और कष्ट पाने के लिए।"

"और दुर्योधन क्या चाहता है? आप क्या चाहते हैं?"

"हम तो एक ही बात चाहते हैं कि पांडव युद्ध न करें।"

"पांडव युद्ध न करें चाहे दुर्योधन उनका सर्वस्व छीन ले। उनके साथ घृणित दुर्व्यवहार करे, उनकी पत्नी का अपमान करे।"

"वह तो राजनीति का अंग है।" धृतराष्ट्र बोला, "किन्तु यह कृष्ण।"

धृतराष्ट्र की इच्छा हुई कि अपना सिर धुन ले, "न युद्धक्षेत्र से हटता है, न शस्त्र धारण करता है। वह युद्ध का अंग माना जाएगा या नहीं।"

"युद्ध तो महाकाल का अस्त्र है।" संजय ने कहा, "कृष्ण के हाथ में कोई शस्त्र हो या न हो।"

धृतराष्ट्र ने कुछ कहने के लिए मुख खोला किन्तु कुछ कहा नहीं। सोचता ही रह गया।

"दुर्योधन शान्ति की बात नहीं करता।" संजय ने पुनः कहा, "उसे तो अपनी विजय का इतना विश्वास है कि वह शान्ति का श भी सुनना नहीं चाहता। वह मानता है कि यदि वह शक्तिशाली है, तो वह न्याय की चिन्ता नहीं करेगा। आपके मन में एक बार भी नहीं आया कि यह युद्ध दुर्योधन के कारण हो रहा है। दुर्योधन के अन्याय के कारण हो रहा है। उसके अधर्म के कारण हो रहा है। आप युद्ध का दोष कृष्ण पर क्यों मढ़ रहे हैं?"

"क्योंकि कृष्ण शान्तिप्रिय नहीं है।"

"रक्त-पिपासु हैं वे? हिंस्र हैं? बर्बर हैं? करुणा और प्रेम नहीं है उनके मन में?" संजय कुछ-कुछ असंयत हो चला था।

"नहीं। वह सब नहीं है। वह धर्मप्रिय है।" धृतराष्ट्र का स्वर अवसाद में डूब गया, "कृष्ण धर्म की स्थापना का कोई भी मूल्य दे सकता है। निर्मम है वह—हृदयहीन। धर्मप्रिय लोग प्रायः स्वजन-निष्ठुर होते हैं। यदि युद्ध और शान्ति का निर्णय युधिष्ठिर पर छोड़ दिया जाता..."

"तो क्या होता?"

"युद्ध की स्थिति ही नहीं आती... मैं दुर्योधन से कह कर किसी न किसी प्रकार उसे पाँच गाँव दिलवा देता। किन्तु यह कृष्ण ...उसे धर्म चाहिए, प्रत्येक स्थिति में, प्रत्येक मूल्य पर। रक्त बहा कर धर्म। शवों के पर्वत पर खड़ा धर्म का प्रासाद। धर्म... पता नहीं, उसका अहिंसा में विश्वास क्यों नहीं है। ऋषियों की सेवा करता है तो फिर 'अहिंसा परमोधर्मः' में क्यों उसका विश्वास नहीं है?"

"क्योंकि वे हिंसा और अहिंसा का तात्विक भेद जानते हैं।" और सहसा संजय ने बात को दूसरी ओर मोड़ दिया, "आप कहते हैं कि कृष्ण चाहते हैं कि यह युद्ध हो।" उसका स्वर तीखा होता जा रहा था, "और दुर्योधन के विषय में क्यों नहीं सोचते? वह चाहता है कि युद्ध न हो? पांडवों और कृष्ण की ओर से तो फिर भी शान्ति प्रस्ताव आया; किन्तु दुर्योधन... दुर्योधन ने एक बार भी शान्ति की बात की? दूत के रूप में भेजा भी तो उस उलूक को, जो अपने अपशब्दों से पांडवों को और भी भड़का आया। युद्ध चाहता है दुर्योधन, क्योंकि

वह समझता है कि अधर्म का पक्ष भी विजयी हो सकता है।"

"आज तक तो वह विजयी होता ही आया है।" धृतराष्ट्र तड़प कर बोला, "अब ऐसा क्या हो गया है कि वह विजयी नहीं हो सकता?"

"अब तक वह विजयी होता रहा, क्योंकि धर्म ने अधर्म का प्रतिरोध नहीं किया। पुण्य ने पाप से युद्ध नहीं किया।" संजय की वाणी में प्रखरता थी, "अधर्म तभी तक विजयी होता है, जब तक धर्म उसके विरुद्ध शस्त्र नहीं उठाता।" संजय रुके। उन्हें लगा कि उन्होंने शायद धृतराष्ट्र को बहुत डरा दिया था।

"तो भी क्या हुआ।" संजय ने उसे सान्त्वना देने का प्रयत्न किया, "आप क्यों चिन्तित हैं। सेना तो दुर्योधन के पास ही अधिक है। एक से एक बढ़कर योद्धा भी हैं। पितामह अब शर-शैया पर हैं तो क्या हुआ। उन्होंने आपकी ओर से युद्ध कर दस दिनों तक शत्रुओं के शवों से युद्ध-क्षेत्र को पाट दिया है। द्रोणाचार्य आपके पक्ष से लड़ ही रहे हैं। अश्वत्थामा है, कृपाचार्य हैं, कृतवर्मा है। और भी अनेक हैं। इन सबको युधिष्ठिर पराजित कर पाएँगे क्या? कृष्ण का धर्म इन सबका क्या बिगाड़ लेगा?"

संजय को लगा कि यदि धृतराष्ट्र की आँखें देख सकतीं, तो संजय की मुस्कान किसी भी प्रकार छुप नहीं पाती।

धृतराष्ट्र की समझ में नहीं आया कि संजय उसको सान्त्वना दे रहा है या उसका उपहास कर रहा है।

"बात युधिष्ठिर की नहीं, कृष्ण की है। उस निर्मोही ने पितामह का भी सम्मान नहीं किया, चिन्ता भी नहीं की। बींध कर रख दिया शरों से। पांडवों के राजसूय यज्ञ में पितामह ने उसकी अग्रपूजा करवाई थी। उसी झंझट में बेचारा शिशुपाल कट मरा था। मेरा भय सत्य ही सिद्ध हुआ। कृष्ण ने इस युद्ध में पितामह की अग्रबलि दे दी है। यह अग्रपूजा का प्रतिदान है क्या? ..."

"क्षत्रिय तो बाण से ही प्रणाम करते हैं और बाण से ही पूजा भी करते हैं..." संजय बोला।

"कृष्ण को तो कोई संकोच नहीं हुआ। तुम्हें भी उसका पक्ष लेते हुए लज्जा नहीं आ रही। यह पूजा की है, उन्होंने अपने पितामह की?" धृतराष्ट्र की अन्धी आँखों से क्रोध की चिंगारियाँ बरस रही थीं, "ये धर्म के पक्षधर और सिद्धान्तों के उन्नायक ही मानवता के लिए सब से बड़े संकट बनते जा रहे हैं। इनका सिद्धान्त जीवित रहना चाहिए, चाहे सारी मानवता का नाश हो जाए।"

संजय ने कुछ नहीं कहा; किन्तु उसका मन कह रहा था, 'पितामह क्षत्रिय हैं, उनके पौत्र भी क्षत्रिय हैं। जैसे बाणों से दादा स्नेह बरसा रहे थे, वैसे ही बाणों

से पौत्रों ने उनकी पूजा कर दी।'

"पितामह के जीवित रहते हमें कोई भय नहीं था; किन्तु पहली सूचना उन्हीं की वीरगति की..." अन्ततः धृतराष्ट्र ने ही बात आरम्भ की, "उन्हें उनका धर्म भी नहीं बचा पाया।"

"यदि बात धर्म की ही है तो पितामह को क्या भय। वे आजीवन धर्म पर टिके रहे हैं। धर्म का आचरण करते रहे हैं। वे भी धर्म का मर्म जानते हैं। वे धर्म को समझ कर ही तो दुर्योधन के प्रधान सेनापति बनकर युद्धक्षेत्र में खड़े थे।" संजय ने स्वयं को पूरी तरह समेट कर कहा, "धर्म दो-चार तो हो नहीं सकते। पितामह और श्रीकृष्ण के धर्म भिन्न कैसे हो सकते हैं?"

"बहुत सीमित था पितामह का धर्म। वे इतना ही जानते थे कि धर्म की गति अत्यन्त सूक्ष्म है।" धृतराष्ट्र जैसे अपने-आप से ही बोला, "भ्रम की साक्षात् मूर्ति हैं पितामह! और कृष्ण भ्रमों को जड़ से उखाड़ फेंकता है।"

"कैसे?"

"पितामह का धर्म अपने कुल की रक्षा तक है। वे कौरवों को मरने नहीं देना चाहते थे। वंश की रक्षा ही धर्म है उनका। आत्मरक्षा धर्म है पितामह का किन्तु कृष्ण का धर्म ..."

"श्रीकृष्ण का धर्म भिन्न है उससे?"

"कृष्ण का धर्म भी आत्मरक्षा है; किन्तु वहाँ 'आत्म' बहुत व्यापक है। वह ऋत् की रक्षा करेगा, किसी कुल की नहीं। वह पांडवों की भी बलि दे देगा; किन्तु धर्म को पराजित होने नहीं देगा।"

"पर ऐसा क्यों है?" संजय चकित था, "श्रीकृष्ण तो पांडवों को उनका अधिकार दिलाने के लिए युद्ध कर रहे हैं।..."

"तुम छोड़ो वह सब।" धृतराष्ट्र का अधैर्य उसके चेहरे पर ही नहीं, उसकी वाणी में भी प्रकट हो गया, "तुमको तो महर्षि व्यास ने दिव्य दृष्टि दी थी, फिर तुम कुरुक्षेत्र क्या करने चल दिए? दस दिन धक्के खाते रहे वहाँ। कोई सूचना नहीं भेजी, कोई समाचार नहीं। अब आये भी तो ऐसा अशुभ समाचार लेकर।"

"आपके पास चर्मचक्षु नहीं हैं; और महर्षि आपको दिव्य दृष्टि दे रहे थे, तो आपने मना क्यों कर दिया?" संजय ने धृतराष्ट्र के प्रश्न का उत्तर नहीं दिया।

"तुम चाहते हो कि मैं अपनी आँखों से अपने पुत्रों को कटते-मरते देखूँ। कोई और चर्म चक्षुओं से युक्त पिता भी होता तो ऐसे समय में अपनी इच्छा से अन्धा हो जाना पसन्द करता। सारा जीवन अन्धकार में बिताया तो अब

क्या करना था मुझे दिव्य दृष्टि लेकर।" धृतराष्ट्र किसी बिगड़ैल पशु के समान भड़क उठा था, "इतने ही कृपालु थे ऋषि, तो मेरे जन्म के समय ही दे देते मुझे चर्म-चक्षु। मैंने न कभी दिव्य दृष्टि की कामना की है, न ब्रह्म दृष्टि की। क्यों नहीं दिए मुझे चर्म-चक्षु। दे दिए होते तो मुझे हस्तिनापुर के राजसिंहासन से च्युत तो न किया जाता। तब न पांडु का कोई अधिकार था राज्य पर और न पांडवों का। उस समय, मेरे जन्म के समय तो चुपचाप लौट गये। जा बैठे अपने आश्रम में। और अब दिव्य दृष्टि देने चले हैं।... पर तुम्हारे पास तो थी दिव्य दृष्टि ... तुम क्या करने गये थे, कुरुक्षेत्र।"

"यहाँ बैठा मैं केवल देख सकता हूँ; या फिर सुन भी सकता हूँ। किसी चित्रपट के चित्रों के समान।" संजय, धृतराष्ट्र के प्रश्न पर लौट आया, "न उन्हें छू सकता हूँ, न उनसे चर्चा कर सकता हूँ; क्योंकि न वे मुझे सुन सकते हैं, न मैं उनको सुन सकता हूँ। मैं गया था कुरुक्षेत्र। उन सबका मन टटोलने।"

"क्या पाया, बोलो।"

"वहाँ विशेष क्या था देखने को।" संजय ने कहा, "दोनों ओर की सेनाएँ सज गयी थीं। व्यूह बन गये थे। युद्ध आरम्भ करने की ही देर थी कि युधिष्ठिर का भय अपने भाइयों के सम्मुख मुखर हो उठा। वे बोले, 'दुर्योधन की इस विशाल सेना से हम कैसे लड़ेंगे? कैसे जीतेंगे?' अर्जुन ने उन्हें आश्वस्त किया, 'विजय तो धर्म की ही होती है; और धर्म वहाँ है, जहाँ श्रीकृष्ण हैं। हमने आजीवन श्रीकृष्ण में धर्म देखा है; इसलिए उन्हें कभी छोड़ा नहीं है। श्रीकृष्ण के अपने सारे परिजन उन्हें छोड़ गये हैं; किन्तु न कभी हमने उन्हें छोड़ा, न उन्होंने हमें छोड़ा।' "

"छोड़ो कृष्ण और अर्जुन को।" धृतराष्ट्र पूर्णतः झल्लाया हुआ था, "मुझे बताओ, दुर्योधन ने क्या किया।"

2

संजय की आँखों के सामने वह दृश्य घूम गया। दुर्योधन आचार्य द्रोण के निकट गया और बोला, "आचार्य, पांडवों की इस विशाल सेना को देखिए। और देखिए, आपके शिष्य द्रुपदपुत्र धृष्टद्युम्न ने कैसा व्यूह रचा है। न सिखाया होता आपने तो आज ये इस प्रकार हमारे सामने व्यूहबद्ध खड़े होते? क्यों सिखा दिया आपने उसे यह सब?"

धृतराष्ट्र का मन फिर से अटपटा गया, "अरे जब महासेनापति पितामह थे तो यह मूर्ख दुर्योधन, द्रोणाचार्य के पास क्या करने गया। जाना ही था तो पितामह के पास जाता। नहीं तो राजा के समान अपने स्थान पर बैठा रहता। महासेनापति स्वयं युद्ध आरम्भ करने के लिए आदेश लेने उसके पास आते। और यह धृष्टद्युम्न द्रोण का शिष्य कब से हो गया?"

"मैं भी नहीं जानता महाराज।" संजय ने कहा, "द्रोण अपने आश्रम में तपस्या कर रहे थे, वे अपने आश्रम में किसी को कुछ सिखाते नहीं थे। तब तक द्रुपद का कोई पुत्र भी नहीं था। जब अपनी दरिद्रता से पीड़ित होकर द्रुपद के पास कांपिल्य आये, तो वहीं झगड़ा कर, स्वयं को अपमानित मान, वे हस्तिनापुर आ गये, पितामह के पास।..."

"तो फिर धृष्टद्युम्न, द्रोण का शिष्य कैसे हुआ? या दुर्योधन की मति भ्रष्ट हो गयी है? घबरा गया है युद्ध से?"

"मैं ऐसा तो नहीं कह सकता महाराज। न राजा दुर्योधन को देख कर ऐसा लगा; किन्तु एक किंवदन्ती है कि द्रोणाचार्य के वध के लिए धृष्टद्युम्न, ऋषियों के मंत्रों से, रथ और शस्त्रों के साथ हवनकुंड से उत्पन्न हुआ था। तब द्रुपद ने उसे शस्त्र-विद्या सीखने के लिए द्रोणाचार्य के पास भेज दिया था; और द्रोण ने भी अपना भवितव्य मान, उसे अपने शिष्य के रूप में स्वीकार किया और शस्त्र विद्या सिखायी।"

"पागल है द्रोण कि अपने वध के लिए उत्पन्न हुए शस्त्रधारी युवक को शास्त्रविद्या देगा।" धृतराष्ट्र जैसे आपे में नहीं था, "जो द्रोणाचार्य बिना सिखाए, एकलव्य का अँगूठा ले सकता है, वह अपने वध के लिए जन्मे धृष्टद्युम्न को, अपने घोर शत्रु द्रुपद के पुत्र धृष्टद्युम्न को, शस्त्रविद्या सिखाएगा।" वह रुका, "चलो छोड़ो। किंवदन्ती है, तो किंवदन्ती सही। वैसे भी उस सारे काल में द्रोणाचार्य हस्तिनापुर में थे। मैंने तो कभी नहीं जाना कि कब धृष्टद्युम्न हस्तिनापुर आया और कब द्रोण के आश्रम में रहा। ऐसा कुछ हुआ होता तो पितामह उसे हस्तिनापुर में एक क्षण भी टिकने न देते।... तुम बताओ, क्या कहा दुर्योधन ने?"

"राजा दुर्योधन ने कहा, वहाँ बड़े-बड़े धनुषों के साथ भीम और अर्जुन के समान शूर खड़े हैं। सत्यक का पुत्र सात्यकि युयुधान, तथा महारथी द्रुपद और विराट अपने रथों में युद्ध के लिए सन्नद्ध खड़े हैं।..."

"द्रोण को दिखायी नहीं दे रहा था वह सब कि दुर्योधन उसे बताने गया।" धृतराष्ट्र की खीज पराकाष्ठा पर थी।

"मैंने ऐसा कुछ राजा दुर्योधन से पूछा नहीं था।" संजय का स्वर भी कुछ

कसैला हो आया था। यह बुड्ढा जाने क्यों उलटे-सीधे प्रश्न करता रहता है।

"यादवों में से कृष्ण के अतिरिक्त और कौन आया है पांडवों की ओर से लड़ने?" धृतराष्ट्र ने पूछा।

"यादवों में से..." संजय जैसे इस प्रश्न के लिए तैयार नहीं थे, "कृतवर्मा है; किन्तु वह तो दुर्योधन की सेना में है। श्रीकृष्ण की गोप सेना को राजा दुर्योधन पहले ही माँग लाये थे। ..."

"मैं पूछ रहा हूँ कि पांडवों की ओर से युद्ध करने कौन-कौन से यादव वीर आये हैं?"

संजय को आशंका हुई, कहीं धृतराष्ट्र उनका मुँह ही न नोच ले।

"वही सोच रहा हूँ।" संजय ने धैर्यपूर्वक कहा, "वैसे पहले अर्जुन ने युधिष्ठिर से कहा ही था कि श्रीकृष्ण के परिजन उनको त्याग गये हैं।"

संजय देख रहे थे कि धृतराष्ट्र चाहे हस्तिनापुर में अपने प्रासाद में बैठा था; किन्तु उसका मन तो युद्धक्षेत्र में ही था। जाने क्यों अभी तक उसने युद्ध क्षेत्र में जाने की इच्छा प्रकट नहीं की थी।... शायद इसलिए कि उसमें जिज्ञासा, उत्सुकता, व्यग्रता और व्याकुलता तो बहुत थी; किन्तु अपनी कामना के विरुद्ध तथ्यों को स्वीकार करने का साहस नहीं था। नहीं तो कुरुक्षेत्र में दुर्योधन के स्कंधावार में वह पूरी सुविधाओं के साथ रह सकता था।

"तो बताओ।"

"दुर्योधन ने द्रोणाचार्य के सम्मुख जिन लोगों के नाम गिनाए, उनमें तो और कोई यादव नहीं था... हाँ एक युयुधान सात्यकी था।" संजय ने धीरे-धीरे सहज भाव से कहा, "जाने क्यों?"

"बलराम नहीं था वहाँ?" धृतराष्ट्र जैसे झपट ही पड़ा।

"नहीं। बलराम नहीं थे। वस्तुतः कृष्ण का कोई भी भाई और कोई भी पुत्र वहाँ नहीं था।"

"उन सबको सुरक्षित द्वारका छोड़ आया और मेरे पुत्रों को मरवाने यहाँ आ गया यह कृष्ण।" धृतराष्ट्र का क्रोध उसके सारे चेहरे पर बिखर गया था।

"मुझे ऐसा नहीं लगता।" संजय ने कहा, "मैंने सुना है कि बलराम ही इस युद्ध में पांडवों का पक्ष लेने के लिए प्रस्तुत नहीं थे। उन्होंने श्रीकृष्ण से असहयोग किया ताकि पांडवों का पक्ष दुर्बल पड़ जाए; और दुर्योधन को जय की प्राप्ति हो। इसलिए वे तीर्थयात्रा के बहाने कुरुक्षेत्र और द्वारका दोनों से ही दूर चले गये। ..."

"तुम कहना चाह रहे हो कि बलराम अपनी अनुपस्थिति से दुर्योधन की सहायता कर रहा है?"

"मुझे तो ऐसा ही लगता है।" संजय ने कहा, "मेरे मन में तो यह भी आता है कि युद्ध में श्रीकृष्ण के निःशस्त्र रहने का कारण भी बलराम ही हैं। सम्भवतः उन्होंने कहा होगा कि यदि श्रीकृष्ण उनके शिष्य दुर्योधन के विरुद्ध शस्त्रप्रयोग करेंगे, तो वे भी शस्त्र उठा लेंगे। और यदि वे शस्त्र उठाते तो पांडवों के विरुद्ध अर्थात् श्रीकृष्ण के विरुद्ध उठाते।"

"क्या प्रमाण है तुम्हारे पास?"

"प्रमाण तो कोई नहीं है। बस अनुमान मात्र है।" संजय ने कहा, "आपको स्मरण होगा, उप्पलव्यनगर में पांडवों के मित्रों और सहायकों की बैठक हुई थी तो श्रीकृष्ण ने कहा था कि उन लोगों को पांडवों की सहायता करनी चाहिए। और बलराम ने तब भी अपने भाई का विरोध किया था। स्वयं को 'मध्यस्थ' कहा था उन्होंने। वे अब भी 'मध्यस्थ' ही माने जाएँगे। किन्तु उनका हृदय तो राजा दुर्योधन के पक्ष में ही है।"

"हो सकता है; पर उससे क्या होता है। बलराम दुर्योधन के पक्ष से लड़ने के लिए तो नहीं आया न।" धृतराष्ट्र ने कुछ उदासीन स्वर में कहा, "कृष्ण के अन्य भाई? उसके पुत्र?"

"उन सबको भी बलराम अपने साथ ले गये।"

"बलराम की इच्छा से ही तो वे सब कृष्ण को छोड़ नहीं गये होंगे; उनके अपने मन में कृष्ण के प्रति कोई विरोध नहीं था? कोई तो विरक्ति होगी।"

"यह तो शोध और चिन्तन का विषय है महाराज!" संजय ने धीरे से कहा, "अभी तक तो ऐसी कोई घटना प्रचारित नहीं हुई है। हाँ उनका एक पुत्र राजा दुर्योधन का जामाता अवश्य है।"

"यादव कायर नहीं हैं कि युद्ध से भयभीत हो गये हों।" धृतराष्ट्र अपनी चिन्तन प्रक्रिया में उलझा हुआ था, "वे कृष्ण के धर्म से तंग आ गये होंगे। संसार में किसको पड़ी है कि अपना भोग-विलास छोड़ कर धर्म की स्थापना के लिए सारी सृष्टि में मारा-मारा फिरता रहे, सिवाय कृष्ण के। मैंने कहा न कि ये धर्म के पक्षधर संसार के लिए संकट ही होते हैं।"

"यादवों में भी परस्पर विरोध की सम्भावना हो सकती है।" संजय ने कहा, "मैंने सुना है कि द्वारका में उग्रसेन और अक्रूर का विरोध थम नहीं रहा है। श्रीकृष्ण उनके झगड़ों से पर्याप्त पीड़ित हैं; किन्तु वे उनके वश में नहीं हैं, जबकि श्रीकृष्ण ने अक्रूर को प्रसेनजित की हत्या के लिए भी क्षमा कर दिया था और स्यमंतक मणि भी उसे दे दी थी। ..."

"होगा।" धृतराष्ट्र ने अवज्ञा के भाव से कहा, "दुर्योधन ने द्रोणाचार्य को

और किन-किन वीरों के नाम बताए? लड़ने कौन-कौन आया है?" एक छोटे से विराम के पश्चात् वह पुनः बोला, "द्रुपद और विराट तो वृद्ध होने को आये।"

"तो पितामह और आचार्य कौन से युवा हैं।" संजय से कहे बिना रहा नहीं गया। उनका मन जैसे खौल रहा था... यह व्यक्ति इतना एकपक्षीय सोचता है कि उससे किसी प्रकार के सन्तुलन की अपेक्षा ही नहीं की जा सकती।

"ठीक है। तुम यह बताओ कि दुर्योधन ने क्या कहा।" धृतराष्ट्र जैसे अपने आप से ही कह रहा था, "वह मूर्ख भी जाने क्यों पितामह से अधिक महत्त्व आचार्य को देता है। पितामह की क्षमता को जानता नहीं और कर्ण के ही समान उनकी अवज्ञा करता रहता है। या सम्भव है कि कर्ण के मोह में ही वह पितामह की अवज्ञा करता हो। कर्ण का ही प्रभाव होगा यह। पछताएगा एक दिन। मैं कह रहा हूँ, वह पछताएगा एक दिन।"

"अब क्या पछताना।" संजय ने कहा, "अब तो पितामह शर-शैया पर लेटे हुए हैं।"

"ठीक है। ठीक है। मुझे बताओ कि दुर्योधन ने क्या कहा।"

"दुर्योधन ने कहा, धृष्टकेतु, चेकितान, और वीर काशिराज भी हैं। पुरुजित, कुन्तिभोज और नरपुंगव शैव्य भी हैं।" संजय ने बताया।

"कुन्तिभोज वहाँ था?" धृतराष्ट्र के स्वर का संशय अत्यन्त मुखर था।

"अपने पुत्रों के साथ वे भी थे।"

"कुन्ती के विवाह के पश्चात् आज तक तो कुन्तिभोज ने कभी उसकी सुध नहीं ली और अब अन्तिम समय में युद्ध करने आ गया। शान्ति से अपने घर में बैठा रहता बुड्ढा, तो उसका क्या बिगड़ जाता। वहाँ उसे चैन की मृत्यु तो प्राप्त होती।"

"शायद वे अब तक के अपने व्यवहार का प्रायश्चित्त करने ही आये हैं। वैसे भी क्षत्रिय अपने बिस्तर पर पड़े-पड़े मरना श्रेयस्कर नहीं मानता।" संजय अनायास ही कह गये, "युधामन्यु, वीर उत्तमौजा, अभिमन्यु, द्रौपदी के पुत्र सब ही महारथी हैं; और वे सब युद्ध में उपस्थित थे।"

"अच्छा, अभिमन्यु भी ... द्रौपदी के पुत्र भी... ये लोग युद्ध करने योग्य हो गये हैं? कल तक तो वे दूध पीते बच्चे थे।"

"राजा दुर्योधन ने कल के उन दूध पीते बच्चों को महारथी स्वीकार किया है महाराज!" संजय बोले, "और फिर राजा ने कहा, ब्राह्मण श्रेष्ठ! आपके जानने के लिए अपनी सेना के विशिष्ट योद्धाओं का भी मैं वर्णन करता हूँ।"

"द्रोण उन्हें जानते नहीं थे क्या? वे नये-नये कौरवों के पक्ष में आये थे क्या?" धृतराष्ट्र चिढ़ कर बोला, "दुर्योधन समझता है कि वे अपने आश्रम में आँखें मूँदे बैठे

रहते हैं। संसार में किसी को जानते ही नहीं? द्रोण कितना कुचक्री है, इसे कौन नहीं जानता?"

"सम्भवतः उन सबके नाम लेकर, उनकी वीरता का बखान कर, राजा उन लोगों को प्रसन्न करना चाहते हों।" संजय ने कहा, "वीर के रूप में अपने नाम की घोषणा सुनकर किसे अच्छा नहीं लगेगा। उससे युद्ध का परिवेश बनेगा। योद्धाओं के मन में उत्साह जागेगा।"

"सम्भव है, ऐसा ही हो।" धृतराष्ट्र सहमत हो गया, "किन-किन को वीरता का प्रमाणपत्र दिया उसने?"

"कहा, 'आप, भीष्म, कर्ण, युद्धविजेता कृपाचार्य, अश्वत्थामा तथा सोमदत्त का पुत्र सोमदत्ति भूरिश्रवा भी।' "

"तो सबसे पहले द्रोण का ही नाम लिया, ताकि वे प्रसन्न हों।" धृतराष्ट्र ने कहा, "किन्तु मूर्ख यह नहीं जानता कि उससे पितामह रुष्ट भी हो सकते थे। ... और फिर उसने कर्ण का नाम क्यों लिया? कर्ण तो पितामह के जीवित रहते युद्धक्षेत्र में न आने की प्रतिज्ञा कर चुका था।"

"हाँ! पर कर्ण कोई अपने घर में तो बैठा नहीं रहा।" संजय ने कहा, "वह वहीं है, कौरवों के स्कन्धावार में। हाँ! यह सत्य है कि न तो पितामह ने उसे कोई दायित्व सौंपा और न ही उसने पितामह के सक्रिय रहते स्वयं युद्ध में भाग लेने की इच्छा प्रकट की।"

"दुर्योधन शायद बताना चाहता है कि और कोई उसका साथ छोड़ दे, तो छोड़ दे; किन्तु कर्ण उसे नहीं छोड़ेगा।" धृतराष्ट्र ने कहा और साथ ही उसने जोड़ दिया, "किन्तु एक कर्ण के भरोसे यह युद्ध तो नहीं जीता जा सकता।"

"दुर्योधन ने और किसी का नाम नहीं लिया; किन्तु इतना अवश्य कहा कि अन्य भी अनेक शूर मेरे लिए प्राण त्यागने के लिए प्रस्तुत हैं। वे सब नाना शस्त्रों को धारण करने वाले और युद्ध-विशारद हैं।"

"क्यों वह द्रोण को बताना चाहता है कि वह केवल उनके ही भरोसे युद्ध नहीं कर रहा है; उसके पास और भी युद्ध-विशारद, विभिन्न शस्त्रधारी, प्राण देने को आतुर योद्धा हैं।"

"मैं कह नहीं सकता कि राजा दुर्योधन के मन में क्या था।" संजय ने शान्त भाव से कहा।

"कैसी है तुम्हारी यह दिव्य दृष्टि, जो यहाँ से कुरुक्षेत्र तक देख सकती है और दुर्योधन के सम्मुख खड़े होकर उसके मन में नहीं झाँक सकती?"

"महाराज! मेरे पास आपके इन प्रश्नों के उत्तर नहीं हैं।" संजय ने कहा,

"महर्षि व्यास ने अपने तपोबल से जो मुझे दिया, वह है; उसके अतिरिक्त मेरा अपना कुछ नहीं है। मैं इतना ही जानता हूँ कि दिव्य दृष्टि दूर के दृश्यों को देख सकती है; शायद कुछ दूर की ध्वनियों को सुन भी सकती है; किन्तु किसी के वक्ष के भीतर उसके मन में क्या है, अथवा उसके मस्तक में सुरक्षित मस्तिष्क में क्या है, यह देखना मेरे लिए सम्भव नहीं है। आपका आदेश हो, तो आगे की बात करूँ अथवा अपने घर जाऊँ... थोड़ा विश्राम करूँ। थक गया हूँ।"

"सुनाओ। इतने भी नहीं थके हो कि जाकर बिस्तर पर पड़ जाओ। युद्ध से एक आध बाण का घाव खा आये होते तो बात और थी।" धृतराष्ट्र के स्वर में कोई उल्लास नहीं था।

"राजा दुर्योधन ने निष्कर्ष के रूप में आचार्य को आश्वस्त करते हुए कहा, 'भीष्म द्वारा रक्षित हमारा सैन्यबल सीमारहित है और भीम द्वारा रक्षित पांडवों का सैन्यबल सीमित है। आप सब अपनी-अपनी वाहिनियों के साथ व्यूहों में यथास्थान स्थित रह कर पितामह की रक्षा करें।' "

"मेरा यह मूर्ख बेटा!" धृतराष्ट्र ने अपना सिर पीट लिया।

"क्या हुआ महाराज?"

"द्रोण को ऐसा उपदेश देने की क्या आवश्यकता थी।" धृतराष्ट्र ने कहा, "भीष्म की रक्षा कर द्रोण को क्या मिलना था। उससे तो कहना चाहिए था कि भीष्म के धराशायी होते ही वह आचार्य को प्रधान सेनापति बना देगा। यही तो चाहता होगा द्रोण, कौरवों की सेना का महासेनापति बनना।"

"वह भी ठीक है महाराज।" संजय ने कहा, "किन्तु यह भी सत्य है कि द्रोणाचार्य के परम शत्रु द्रुपद की सेना का नाश भीष्म ही सबसे अधिक उत्साह से करते रहे। भीष्म जब तक सुरक्षित रहे, द्रोण को धृष्टद्युम्न से कोई भय नहीं रहा।"

"शायद तुम ठीक कह रहे हो। मैं ही कभी-कभी पगला जाता हूँ।"

"आपको अपने पुत्रों की चिन्ता है और कोई बात नहीं है।"

"वह तो है ही।" धृतराष्ट्र ने अपनी अन्धी आँखें संजय की ओर घुमायीं, "फिर क्या हुआ?"

"पितामह ने शायद राजा दुर्योधन की बात सुन ली थी। वे प्रसन्न हो उठे। वे कुरुवृद्ध पितामह भीष्म, जिन्हें इस युद्ध का हर प्रकार से विरोध करना चाहिए था, उन्होंने दुर्योधन के मन में हर्ष जगाने के लिए, युद्ध आरम्भ करने की घोषणा सी करते हुए, सबसे पहले सिंहनाद की शैली में उच्च स्वर में 'प्रतापवान' शंख फूँका।"

"इस बुड्ढे को जाने लड़ने-मरने की इतनी उतावली क्यों थी। घर में रह कर खाता-पीता, दासियों से सेवा लेता। उनका सुख भोगता।" धृतराष्ट्र का स्वर अत्यन्त रुष्ट था, "वानप्रस्थ या संन्यास ले लेता, तो भी शायद हम अधिक सुरक्षित रहते। किन्तु वह राज-काज से दूर क्यों जाता। पद किसी से छोड़ा जाता है कि वह छोड़ता। सबसे पहले युद्ध-क्षेत्र में जा कूदा और शंख भी फूँक दिया। ... फिर?"

"होना क्या था। पितामह के सिंहनाद से चारों ओर भय व्याप्त हो गया। शंख, भेरी, गोमुख और नगाड़े बज उठे और बजते ही चले गये। उनसे वहाँ ऐसा भयंकर शोर हुआ कि प्रलय का सा दृश्य उपस्थित हो गया।"

"पांडवों ने शंख नहीं फूँके?"

"फूँके। फूँके क्यों नहीं।" संजय ने कहा।

संजय उनका विस्तार से वर्णन कर धृतराष्ट्र को भयभीत करना नहीं चाहता था। .... वह अपनी कल्पना में स्पष्ट देख रहा था.... सबसे पहले श्वेत अश्वों से युक्त, विराट रथ पर बैठे हुए, श्रीकृष्ण और अर्जुन ने दिव्य शंख फूँके। श्रीकृष्ण ने 'पाँचजन्य' और अर्जुन ने अपना 'देवदत्त' नामक शंख फूँका। विकट कर्म करने वाला, भीम कहाँ पीछे रहने वाला था। वह तो जाने कब से इस प्रकार शंखों के फूँके जाने की प्रतीक्षा कर रहा था। उस वृकोदर ने अपना 'पौंड्र' नामक महाशंख ऐसा फूँका कि कुरुक्षेत्र का कण-कण काँप उठा।...

"तुम मुझे डराने का प्रयत्न मत करना।" संजय को मौन देख कर धृतराष्ट्र ने अपनी त्यौरियाँ चढ़ा लीं। "मैं किसी से डरता नहीं हूँ।"

"नहीं। मैं वैसा कोई प्रयत्न नहीं कर रहा हूँ। मैं तो वही कह रहा हूँ, जो मेरी आँखों ने देखा, जो मेरे कानों ने सुना, जो मेरे मन ने अनुभव किया। वैसे आपके भयभीत होने, न होने से कोई अन्तर पड़ता है क्या? आपको युद्ध-क्षेत्र में तो जाना नहीं है और न ही शस्त्र-परिचालन करना है।"

"ठीक है; किन्तु तुम वही सुनाओ, जो तुमने देखा है, या देख रहे हो।" धृतराष्ट्र ने कड़वाहट के साथ कहा, "वह सब मत कहना, जो तुमने अनुभव किया है, या जो तुम्हारा मन चाहता है। तटस्थ रह कर बात करना। किसी का पक्ष मत लेना।"

"कुन्तीपुत्र राजा युधिष्ठिर ने 'अनन्तविजय' नाम का शंख फूँका। नकुल और सहदेव ने भी 'सुघोष' और 'मणिपुष्पक' नामक शंख बजाए।..."

"जाने इस युधिष्ठिर ने अपने शंख का नाम 'अनन्तविजय' क्यों रख लिया है।" धृतराष्ट्र अपने अधरों ही अधरों में बड़बड़ाता जा रहा था, "किसी युद्ध में

कोई विजय मिले या न मिले, शंख का नाम अवश्य ही अनन्तविजय रखेंगे।"

"क्योंकि राजा युधिष्ठिर धर्मराज हैं। उनके जीवन का आधार सत्य है।... और सत्य की सदा ही विजय होती है। उसका कोई अन्त नहीं है।"

"तुमसे पूछा किसी ने?"

"आपने अभी तो पूछा..."

"मेरा मन अपने-आप से बातें कर रहा था।" धृतराष्ट्र ने कहा, "मैंने तुम से पूछा नहीं था। चलो तुम बताओ कि और किस-किस ने शंख बजाए।"

"छोड़िए महाराज। क्या करेंगे, शंखों के नाम सुन कर। उनकी ध्वनि सुनना अलग अनुभव है; किन्तु उनके नामों में कुछ नहीं रखा ...।"

और संजय की आँखों के सम्मुख कुरुक्षेत्र का वह दृश्य आ गया, जहाँ विराट धनुष वाले काशिराज, महारथी शिखंडी, धृष्टद्युम्न, विराट और अपराजित सात्यकि भी शंख बजा रहे थे। कहना तो वे चाहते थे, "हे पृथिवीपते, द्रुपद ने, द्रौपदेयों ने, महाबाहु सौभद्र अभिमन्यु ने—सबने पृथक्-पृथक् शंख बजाए। धरती हिल गयी। कौरवों के सैनिकों के हृदय दरक गये।"

किन्तु यह सब कहा नहीं।

धृतराष्ट्र चिन्तित था। कुछ देर मौन ही रहा। फिर बोला, "संजय, उस भयंकर घोष ने मेरे पुत्रों का हृदय चीर दिया होगा...।"

"महाराज। आपके पुत्रों के विषय तो मैं कुछ नहीं कह सकता; किन्तु पृथ्वी और आकाश को उस उद्घोष और उसकी प्रतिध्वनि ने गुंजायमान कर दिया। वहाँ सब कुछ नाद के आघात से डोल रहा था, जैसे शंख न बजे हों, भूकम्प आया हो।" संजय ने कहा।

"पर उससे क्या। यह दुर्योधन कुछ नहीं समझेगा। वह यमराज के पगों की आहट को भी नहीं सुन पा रहा है।" धृतराष्ट्र ने अपने दाँत पीसे।

संजय की समझ में नहीं आ रहा था कि वे क्या करें। उन्हें लग रहा था कि अभी धृतराष्ट्र का सारा क्रोध अश्रुओं में परिणत हो जाएगा। तो वे आगे सुनाएँ या न सुनाएँ?

"अर्जुन ने क्या किया? मेरे बेटों को ललकारा?"

"नहीं। आपके पुत्रों की सैन्य-व्यवस्था देखकर कपिध्वज अर्जुन ने अपना गांडीव सँवार कर हाथ में उठाया और प्रहार को उद्यत हुआ। तब तक कुछ अस्त्रों का आदान-प्रदान हो चुका था।" संजय ने बताया, "और फिर उसने इन्द्रियों के स्वामी श्रीकृष्ण से कहा..."

"सभी अपनी इन्द्रियों के स्वामी होते हैं। कृष्ण में ऐसी क्या विशेषता

है कि उसे इन्द्रियों का स्वामी—हृषीकेश—कहा जाए।" धृतराष्ट्र खौंखिया कर बोला, "तुम्हारी इन्द्रियों का स्वामी क्या तुम्हारा कोई पड़ोसी है। हं... बड़ा आया हृषीकेश।"

"आपको बुरा लगा शायद।" संजय ने कहा, "किन्तु श्रीकृष्ण को इस अर्थ में इन्द्रियों का स्वामी नहीं कहा जाता। मैं अपने विषय में तो जानता हूँ और निस्संकोच कह भी सकता हूँ कि मैं अपनी इन्द्रियों को अभी अपने वश में नहीं कर पाया हूँ। वे प्रायः मुझ पर शासन करने लगती हैं। मेरे मन को मथ कर प्रायः अपनी उचित-अनुचित इच्छाएँ पूरी करवा लेती हैं।.... आपने सुना होगा, अष्टावक्र ने जनक से कहा था कि संसार तुम्हारे मन में है; और यह मन तुम्हारा नहीं हैं। हमारी इन्द्रियाँ भी मनमानी करने लगती हैं। श्रीकृष्ण की इन्द्रियाँ उनके साथ अपना मनमाना खिलवाड़ नहीं कर सकतीं। उनका बल श्रीकृष्ण पर नहीं चलता ..."

"अच्छा। अच्छा। यह बखान बन्द करो।" धृतराष्ट्र ने कहा, "यह बताओ कि अर्जुन ने क्या कहा।"

3

दासी ने आकर प्रणाम किया और बोली, "महाराज, महारानी पूछ रही हैं कि यदि आपकी इच्छा हो तो आपके लिए कुछ स्वादिष्ट फल भिजवा दें। संजय जी का भी अभी तक कोई सत्कार नहीं किया गया है।"

"हाँ। संजय के लिए रसीले और स्वादिष्ट फल भिजवा दो।" धृतराष्ट्र ने कहा, "किन्तु मुझे फल नहीं चाहिए।"

"तो क्या लेना आपको रुचिकर होगा?" दासी ने पूछा।

"मेरे लिए कोमल मांस की कुछ भुनी हुई बोटियाँ, जो दाँतों में न फँसें और अच्छी तरह चबाई जा सकें।"

दासी चली गयी।

संजय पुनः अपनी मन में संरक्षित चित्रों में खो गया। धृतराष्ट्र पितामह को युद्ध के लिए कोस रहा था; किन्तु अर्जुन भी लड़ने को कम उत्सुक नहीं था। अपनी उत्सुकता में ही उसने मान लिया था कि इस युद्ध में जो भी योद्धा उसके विरोध में खड़ा है, आज वह उसे मार ही डालेगा। आज वह महाकाल के हाथ का उपकरण बनेगा। इसी आतुरता में उसने कहा, "मेरा रथ दोनों सेनाओं के मध्य

स्थापित कर दें अच्युत! युद्धाभिलाषी इन योद्धाओं को एक बार उनके जीवित रूप में देख लूँ। देखूँ तो इस महासंग्राम में मुझसे संघर्ष कर, दुर्योधन की जय की इच्छा करने वाले ये कौन-कौन दुर्बुद्धि अधर्मी मरने के लिए आये हैं।"

"बोलो संजय।" धृतराष्ट्र ने मानो उसे उसकी निद्रा से जगाया।

किन्तु संजय कुछ बोले नहीं। उनकी स्मृति सचित्र हो गयी थी। वे देख रहे थे... श्रीकृष्ण अर्जुन की ओर देख कर मुस्कुराए, "तुम गुडाकेश हो...।"

"निद्रा को जीतने वाला?" अर्जुन के स्वर में प्रश्न था।

"वह कौन-सी बड़ी बात है।" श्रीकृष्ण बोले, "निद्रा को ही नहीं। तमोगुण को जीतने के कारण गुडाकेश हो तुम।"

संजय जानते थे कि यदि उन्होंने धृतराष्ट्र को यह संवाद सुना दिया होता तो वह कहता : "हाँ! दोनों एक-दूसरे की प्रशंसा न करें, तो मैत्री कैसे निभे।"

धृतराष्ट्र के मन की कटुता से परिचित थे संजय। उसके मन में विष ही विष भरा था। बहुत विषाक्त था मन उसका। सिवाय अपने पुत्रों के और किसी की प्रशंसा सुन ही नहीं सकता था।

इस बार कई दासियाँ आयीं। उन्होंने उन दोनों के हाथ धुलाए। हाथ पोंछने को श्वेत वस्त्र दिए। दोनों के सम्मुख चौकियाँ रख कर, उनपर सुन्दर चित्रों वाले आवरण-वस्त्र बिछा दिए और फिर उनके पीछे, दूसरी पंक्ति में खड़ी दासियों ने संजय के सम्मुख फल और धृतराष्ट्र के सम्मुख भुना हुआ मांस परोस दिया।

धृतराष्ट्र कुछ देर तक मौन और निष्क्रिय बैठा रहा। दासियों के जाने की पदचाप निःशब्द हो गयी तो उसने पूछा, "दासियाँ गयीं?"

"गयीं महाराज।"

धृतराष्ट्र ने अपना हाथ आगे बढ़ाया और संजय से कहा, "खाओ। देखो तुम्हारी रुचि के फल हैं न।"

संजय ने उसकी ओर विशेष ध्यान नहीं दिया और एक प्रकार के मुग्ध भाव से बोला, "श्रीकृष्ण ने उस उत्तम रथ को लाकर दोनों सेनाओं के मध्य खड़ा कर दिया, जहाँ से दोनों सेनाओं के प्रमुख भागों का निरीक्षण किया जा सके।"

"कुछ कहा नहीं?" धृतराष्ट्र ने पूछा।

"कहा।"

"क्या कहा?"

"उन्होंने कहा, तुमने ठीक ही उन्हें दुर्बुद्धि कहा है।" श्रीकृष्ण बोले, "देखो, भीष्म, द्रोण तथा संसार के अन्य सारे राजाओं को देखो। इन सबको कौरव मानो। दुर्योधन के मित्र और शुभचिन्तक। कोई पूछे पितामह से कि वे किस

धर्म के लिए युद्ध करने आये हैं। क्षत्रियों का धर्म पापियों की रक्षा करना नहीं होता और वे दुर्योधन के लिए दीवार बने खड़े हैं। प्रजा में दुश्चरित्रता यहीं से आरम्भ ही नहीं होती, गौरवान्वित भी होती है। धर्मात्मा भीष्म, पितामह भीष्म, इस वृद्धावस्था में भी अधर्म की रक्षा के लिए सशस्त्र खड़े हैं। कोई पूछे उनसे कि वे कैसे क्षत्रिय हैं जो असहायों को क्षत से बचाने के लिए नहीं, धर्म को क्षत देने के लिए तत्पर खड़े हैं। असहाय लोगों को क्षत से त्राण कभी भी नहीं दिया उन्होंने।" श्रीकृष्ण रुके, "मुझे लगता है कि भीष्म हों या द्रोण—ये दोनों ही केवल द्रुपद से अपनी शत्रुता निभाने आये हैं। अन्यथा कोई कारण नहीं है कि वे पांडवों के शत्रुओं के मित्र बन, उनकी रक्षा करने के लिए इस भयंकर युद्ध की रचना करें।"

"पार्थ ने दोनों सेनाओं को दृष्टि भर कर देखा।" संजय ने धृतराष्ट्र से कहा।

श्रीकृष्ण, अर्जुन की ओर देख रहे थे। अर्जुन अपने सामने खड़ी सेनाओं को देख ही नहीं रहा था, कुछ सोच भी रहा था। उसकी मुद्रा गम्भीर थी। उसमें युद्ध के समय पाया जाने वाला वीरोचित भाव नहीं था। वह उस समय युद्ध में खड़ा क्षत्रिय नहीं, मानव जीवन की नश्वरता को पहचानता हुआ कोई संन्यासी लग रहा था।

... कौन था दोनों सेनाओं में? पक्ष में, विपक्ष में?... अर्जुन देख रहा था और सोच रहा था... मित्र के रूप में और शत्रु के रूप में? पितृ-तुल्य, काका-ताऊ, मातुल और श्वसुर थे। पितामह थे, आचार्य थे। भाई, पुत्र, पौत्र, मित्र, तथा सुहृद थे। ये सब युद्ध करने को खड़े थे। मरने-मारने को तैयार। अपने प्राण देने और दूसरों के प्राण लेने को तत्पर। यह कोई शोभा-यात्रा नहीं थी, युद्ध था। किसी के भी प्राण जा सकते थे। एक प्रकार से महाप्रलय ही था। जाने इनमें से कोई जीवित बच कर अपने परिवार में लौट कर जा भी पाएगा या नहीं।... विराटनगर में उसने अकेले इन सारे प्रमुख कौरव योद्धाओं से युद्ध किया था; किन्तु वहाँ उसने किसी का वध नहीं किया था। यहाँ उसे पितामह का वध करना होगा। आचार्य को मारना होगा। और अकेला वही तो नहीं है मारने वाला। शत्रु पक्ष के योद्धा भी तो मारेंगे। एक ओर महाराज युधिष्ठिर खड़े हैं, दूसरी ओर अभिमन्यु खड़ा है। वे दोनों भी तो मारे जा सकते हैं। उसके सारे भाई, सारे पुत्र, सारे मित्र—कोई भी मारा जा सकता है। वे सब यमराज का मार्ग रोके, उनके सामने खड़े हैं। वह देख रहा था, उन सबके कंठ में अदृश्य यम-पाश पड़ा था।... शायद

वे कभी अपने परिवार में जीवित न लौटें ... मनुष्य के लिए युद्ध आवश्यक था क्या? "हे प्रभु, मनुष्य युद्ध क्यों करता है? तुमने क्षात्र धर्म बनाया ही क्यों?"

"तुम फिर मौन हो गये।" धृतराष्ट्र ने संजय को टोका, "बहुत थके हुए हो? नींद आ रही है क्या? यहीं पर्यंक लगवा दूँ, तुम्हारे लिए।"

"नहीं महाराज। ऐसा कुछ नहीं है।"

"तो बोलते क्यों नहीं?"

"बता तो रहा हूँ महाराज।" वह रुका, "मैं मृत्यु के उस महोत्सव को देख कर सम्मोहित हो गया था।"

"अपनी नहीं, अर्जुन की बात कहो।"

"जी। दोनों सेनाओं को देख कर, अर्जुन ने ऐसे अवसाद का अनुभव किया, जिससे उसका इससे पहले कभी परिचय नहीं हुआ था। करुणा की आँच में हृदय पिघला जा रहा था। अन्तड़ियाँ थीं कि ऐंठ-ऐंठ कर पीड़ा से चीत्कार कर रही थीं..."

"तुम उसकी अन्तड़ियों की दशा कैसे देख पाये?" धृतराष्ट्र ने वक्रता से पूछा, "मुझे लगता है कि वे अर्जुन की नहीं, तुम्हारी ही अन्तड़ियाँ रही होंगी। तुम भी तो शान्ति के बहुत बड़े समर्थक हो। युद्ध की ऐसी तैयारी देख कर तुम्हारी अन्तड़ियाँ भी अवश्य ऐंठी होंगी।"

"मेरी अन्तड़ियाँ भी ऐंठी थीं; किन्तु अर्जुन को देख कर कोई भी उसकी दशा समझ सकता था। चेहरा हृदय के भाव प्रकट कर देता है महाराज।" संजय ने कहा, "श्रीकृष्ण देख रहे थे; अर्जुन का वर्ण इतना श्वेत और रक्त हीन क्यों होता जा रहा था? वह उन्हें भयभीत सा क्यों लग रहा था?"

"कृष्ण! ..."

श्रीकृष्ण ने अर्जुन की ओर देखा।

"मेरा शरीर शिथिल हो रहा है। मेरा मुख सूखा जा रहा है।" उसने अपने सूखे होंठों को गीला करने के लिए उन पर जिह्वा फिराई।

"देख रहा हूँ।" कृष्ण ने कहा, "किन्तु क्यों सूख रहा है तुम्हारा मुख?"

"ये जो युद्ध के लिए सामने खड़े हैं, ये सब हमारे स्वजन ही हैं। इन्हें मारना है मुझे।" अर्जुन एक प्रकार से हकला गया था। अटकते-अटकते स्वर में बोला, "मेरा शरीर काँप रहा है, रोमांच के मारे मेरे रोंगटे खड़े हो रहे हैं। त्वचा जल रही है और मेरी पकड़ इतनी शिथिल हो रही है कि मेरे हाथ से गांडीव खिसकता जा रहा है।"

उसने एकदम असहाय दृष्टि श्रीकृष्ण पर डाली, "और तो और, खड़ा रहना भी मेरे लिए कठिन हो रहा है। मुझे कहीं और ले चलो कृष्ण।"

अर्जुन का यह रूप देख श्रीकृष्ण चकित रह गये, "तुमने स्वयं ही तो दोनों सेनाओं के योद्धाओं को देखने की इच्छा प्रकट की थी।"

"की तो थी; किन्तु जाने मुझे क्या हो गया है। मेरा मन भ्रमित हो रहा है।"

"भ्रमित है या मोहित है? वैसे क्या भ्रम है?"

"कुछ समझ में नहीं आ रहा सब ओर अशुभ लक्षण दिखायी दे रहे हैं, जैसे सब कुछ समाप्त हो जाने को है। मुझ पर अवसाद का आक्रमण हुआ है, जैसे खेतों पर टिड्डी दल उतर आता है। दौरा पड़ा है मुझ पर, अवसाद का। लगता है, कोई भी नहीं बचेगा। हमने अब तक जो कुछ बनाया था, बचाया था। जो कुछ सोचा-समझा था, चिन्तन-मन्थन किया था, मनुष्य ने आज तक जो ज्ञान अर्जित किया था, वह सब कुछ समाप्त हो जाएगा। यह महाप्रलय जैसा है। अगली पीढ़ियों के लिए कुछ नहीं बचेगा, या शायद अगली पीढ़ियाँ ही नहीं बचेंगी।..."

"तुम अगली पीढ़ियों के लिए इतने चिन्तित क्यों हो? वह तुम्हारा दायित्व नहीं है। वे अपने लिए स्वयं निर्माण कर सकती हैं।"

"किन्तु मनुष्य इसलिए तो निर्माण नहीं करता कि एक युद्ध हो और वह सब कुछ समाप्त हो जाए। मुझे अपना ही नहीं, मानव मात्र का भविष्य पूर्णतः अन्धकारमय दिखायी दे रहा है। मैं गिर पड़ूँगा सखे, मुझे सँभाल लो।"

"यह योद्धाओं का योद्धा अर्जुन कह रहा है।" श्रीकृष्ण तनिक भी चिन्तित दिखायी नहीं दे रहे थे, वरन् वे तो हँस रहे थे, "तुम्हारा तो नाम ही अर्जुन है; जो अर्जन करता है; युद्ध में विजय का अर्जन।"

"आप हँस रहे हैं कृष्ण!" अर्जुन के स्वर में पीड़ा थी, "मैं विजय अर्जित करने ही आया था; किन्तु अपने स्वजनों के शव बिछा देना तो विजय नहीं है। मैं शत्रुओं को मारने आया था, अपने परिजनों को नहीं।"

"शत्रु आकाश से नहीं टपकता। युद्ध में जो व्यक्ति विरोधी पक्ष के साथ खड़ा हो जाए, वही शत्रु हो जाता है अर्जुन। जो अधर्म के पक्ष में खड़ा हो जाए, वही धर्म का शत्रु है।" कृष्ण बोले, "क्षत्रिय अपने रक्त-सम्बन्ध को नहीं देखता। वह स्वजन-निष्ठुर होता है। योद्धा का धर्म है कि अपने मार्ग में आये, अधर्मी व्यक्ति को मार गिराए, न कि उससे अपने सम्बन्धों को स्मरण करता रहे; और उसे बचाता रहे। अधर्म पर विजय ही तुम्हारा धर्म है।"

"विजय किस लिए? राज्य-सुख के लिए?"

"तुम्हें राज्य-सुख नहीं चाहिए?"

"इस मूल्य पर नहीं।"

"विजय भी नहीं चाहिए?"

"इस समय न मुझे विजय की आकांक्षा है और न ही राज्य-सुख की।" अर्जुन का कंठ अवरुद्ध होता जा रहा था, "गोविन्द! राज्य और राज्य के सुख की तो क्या, लगता है, इस समय मुझे जीवन की भी इच्छा नहीं है। यदि यही जीवन है तो मुझे जीने की भी आकांक्षा नहीं है।"

"क्यों? अकस्मात् ही ऐसा क्या हो गया?" कृष्ण ने अपने मित्र को वक्र दृष्टि से देखा, "क्या तुम नहीं जानते थे कि भीष्म और द्रोण तुम्हारे विरुद्ध लड़ने को खड़े हैं। उन्हीं लोगों के बल पर दुर्योधन ने तुम लोगों को आज तक वंचित नहीं रखा? तुम लोगों के साथ हुए अन्याय के लिए दुर्योधन से अधिक दोषी तो ये ही लोग हैं। दुर्योधन की तो आकांक्षा मात्र थी, कर्म तो इन्हीं लोगों का था।... और अभी-अभी तो तुम यह देखना चाहते थे कि युद्ध में तुमसे लड़ कर कौन-कौन अपने प्राण देने आया है।"

"हाँ! किन्तु जिनके लिए मुझे राज्य की आकांक्षा थी, वे युद्ध में अपने प्राण त्यागने यहाँ सामने खड़े हैं।..."

"अपने भाइयों तथा पुत्रों की मृत्यु से आशंकित हो?"

"यही समझ लीजिए। जब सारे ही लोग मारे जाएँगे तो धर्मराज क्या श्मशान की भस्म पर राज्य करेंगे?"

"कोई भी कभी मरता नहीं अर्जुन। इस प्रकृति में कुछ भी नष्ट नहीं होता। यहाँ केवल रूप बदल जाते हैं।"

"यह कैसी बात कह रहे हैं कृष्ण?"

"शरीर के अस्तित्व और अनस्तित्व में कोई विशेष अन्तर नहीं है; क्योंकि दोनों ही नश्वर हैं।"

"वह ठीक है किन्तु यह बताइए कि जीवन अधिक महत्त्वपूर्ण है या धर्म?"

"तुमने अपने मोह के कारण मेरी बात सुनी ही नहीं।" कृष्ण बोले, "वैसे यदि जीवन और धर्म में से किसी एक को चुनना हो तो धर्म को चुनो क्योंकि वह शाश्वत है।" कृष्ण बोले, "और वैसे भी युद्ध का नियम है कि तुम शत्रु को नहीं मारोगे तो शत्रु तुम्हें मार डालेगा।"

"मार डालें।" अर्जुन भन्ना कर बोला, "ये लोग शस्त्र लेकर मुझ निःशस्त्र को मार डालें, तो भी मैं इनके वध का इच्छुक नहीं हूँ। मैं भूल नहीं सकता कि

ये मेरे स्वजन हैं।"

"तुम ही क्यों, कोई भी स्वजनों को मारना नहीं चाहता। किन्तु पर-जनों को भी क्यों मारा जाए?" श्रीकृष्ण का स्वर कुछ नम्र हुआ, "तुम ठीक कहते हो अर्जुन! हम जिनसे प्रेम करते हैं, जिनके साथ जीना चाहते हैं, जिनके लिए जीना चाहते हैं, यदि वे हमारा जीवन नहीं चाहते तो हमें ही इस जीवन का क्या करना है।" श्रीकृष्ण रुके, "किन्तु कोई महत्त्वपूर्ण निश्चय करने से पहले विचार करो, 'स्व-जन कौन है'? हमने क्या यह शरीर अपने रक्त सम्बन्धियों की सुख-सुविधाओं के लिए धारण किया है? उनकी रक्षा के लिए अधर्म को गले लगाने का प्रण किया है?"

"न सही उनके लिए।" अर्जुन बोला, "अपने लिए ही सही। किन्तु मैं यह समझ नहीं पा रहा कि इस पृथ्वी के लिए ही क्या, तीनों लोकों के राज्य के लिए भी, धृतराष्ट्र-पुत्रों का वध कर, हमारा क्या भला होगा।"

"इतना प्रेम है तुम्हें इन पापी अनाचारी, दुराचारी धृतराष्ट्र-पुत्रों से, उन आततताइयों से?" श्रीकृष्ण के चेहरे की प्रफुल्लता तनिक भी मलिन नहीं हुई, "जब तुम मेरे पास, युद्ध के लिए सहायता माँगने द्वारका आये थे, तब क्या तुम नहीं जानते थे कि युद्ध में इन्हीं धृतराष्ट्र पुत्रों को मारना है। जब मुझसे कहा कि मैं तुम्हारे रथ का सारथ्य करूँ तो क्या, वह सारथि इस युद्ध के लिए नहीं, प्रभास की यात्रा का आनन्द लेने के लिए चाहिए था तुम्हें?"

"जाने तब मैंने यह सब क्यों नहीं सोचा।" और सहसा अर्जुन के स्वर में एक दुर्बल सा चीत्कार जन्मा, "अपने बन्धु धृतराष्ट्र-पुत्रों का वध करना और अपने पक्ष के इन वीर बन्धुओं को मरवा डालना.... यह हमारे योग्य कर्म नहीं है। माधव! स्वजनों का वध कर हमें क्या सुख मिलेगा। ये आततताई सही किन्तु इनकी हत्या से हमें पाप ही लगेगा।"

"तुम भी तो उनके स्वजन हो। वे तुम्हारी हत्या से क्यों संकोच नहीं करते? तुम्हें मार, उन्हें पाप नहीं लगेगा?" श्रीकृष्ण बोले, "तुम उन्हें नहीं मारोगे तो वे तुम्हारा वध कर ही देंगे।"

श्रीकृष्ण मुस्करा रहे थे।

"वे लोभ-दंशित चेतना वाले लोग हैं।" अर्जुन का चेहरा क्षोभ से लाल हो रहा था।

"और हम?"

"वे अपने कुल के नाश के दोष और मित्रों से शत्रुता करने के पाप को नहीं देख रहे हैं। मोह का पर्दा पड़ा है उन मूर्खों की आँखों पर। उससे होने वाली

अपनी क्षति वे नहीं देख पा रहे हैं।" अर्जुन बोला, "किन्तु..."

"किन्तु?" कृष्ण ने उसकी ओर देखा।

"हम तो कुलक्षय के दोषों को जानते हैं। हम लोभ के दंश से मूढ़ नहीं हुए हैं।" अर्जुन अपने आत्म-गौरव को प्रकट करना चाह रहा था, "हम ही कुछ समझदारी क्यों नहीं दिखाते। उस पाप से निवृत्त होने के लिए हम क्यों विचार नहीं करते?"

"वे लोभ-दंशित चेतना वाले हैं।" श्रीकृष्ण हँसे, "और तुम्हारी चेतना मोह द्वारा दंशित है। लोभ और मोह में कोई बहुत अन्तर नहीं होता।"

अर्जुन श्रीकृष्ण की ओर देखता रह गया : उनकी दृष्टि में उसमें और कौरवों में कोई विशेष अन्तर नहीं था?

"अरे अर्जुन नहीं लड़ना चाहता तो न लड़े। उसका विवेक जागा है। वह शान्ति चाहता है, तो यह कृष्ण क्यों उसे भड़का रहा है। यह कोई लड़कों का खेल है?" धृतराष्ट्र के स्वर में वितृष्णी थी, "कृष्ण क्यों पड़ा है मेरे पुत्रों के पीछे। द्वारका से यहाँ आकर भाइयों से भाइयों को लड़ने को बाध्य कर रहा है। न राज्य उसका, न सेना उसकी। फिर भी अनामंत्रित अतिथि के समान हस्तक्षेप किए जा रहा है।"

संजय समझ रहा था कि धृतराष्ट्र के मन में क्या चल रहा है। यदि अर्जुन अपनी इस दुर्बलता के कारण युद्ध से हट जाता है तो दुर्योधन की विजय निश्चित है। इससे अधिक धृतराष्ट्र ईश्वर से भी क्या माँग सकता था।

"अर्जुन बिना किसी और के दबाव के, स्वेच्छा से दुर्योधन को विजय का उपहार दे रहा है।" धृतराष्ट्र ने सोचा, "...पर यह कृष्ण। यह क्यों मानेगा? यह तो संसार का विनाश करा कर ही रहेगा। उसका तो जन्म ही विनाश के लिए हुआ है। पहले अपने छह भाई कटवाए, अपने मामा को मारा, यादवों में फूट डलवाई और अब..."

"भाभी, यह अर्जुन को क्या हो गया है।" पारंसवी ने कहा, "निश्चित रूप से आपने उसे ऐसे क्षात्र धर्म विरोधी संस्कार तो नहीं दिए होंगे। इतना बड़ा योद्धा और किसी रुदनशील बालक के समान ऐसा दीन हो रहा है। किसी ने उसे कोई अनिष्टकारी पदार्थ खिला-पिला तो नहीं दिया?"

"नहीं। ये मेरे संस्कार नहीं हैं। यह उसके किसी पूर्वजन्म का कोई पाप है, जो इस समय उदित होकर उसे मोह में डाल रहा है। वह शरीर के धरातल पर

जी रहा है, इसलिए मोहग्रस्त हो गया है।" कुन्ती ने कहा, "किन्तु अच्छी बात यह है कि वह कृष्ण के साथ है। अब ज्ञान तो कृष्ण ही देगा, वह ही उसके इस मोह को दूर कर सकता है। नहीं तो दुर्योधन की विजय निश्चित है।"

"नहीं भाभी। श्रीकृष्ण के होते हुए, दुर्योधन कभी विजयी नहीं हो सकता। सूर्य के सम्मुख अन्धकार कभी ठहर नहीं सकता।" विदुर ने कहा, "यह तो आरम्भिक सूचना है। उसके पश्चात् युद्ध तो हो ही रहा है न, और अर्जुन युद्ध कर भी रहा है। अर्जुन शिखंडी को अपने बाणों का कवच न देता तो पितामह शर-शैया पर कैसे लेट जाते।"

"हाँ। देवर ठीक कह रहे हैं। युद्ध तो हो ही रहा है और अर्जुन उसमें भाग भी ले रहा है। ये सूचनाएँ तो युद्ध आरम्भ होने से पहले की हैं।" कुन्ती जैसे स्वयं अपने-आप को समझा रही थीं।

"लगता है, तुमने विचार कर लिया है।" कृष्ण मुस्करा रहे थे।

"हाँ, मैंने विचार किया है।" अर्जुन बोला, "कुल के नाश से सनातन कुल-धर्म नष्ट होता है; और धर्म के नष्ट होने से कुल को अधर्म ग्रस लेता है।"

"बहुत कुछ सोच लिया तुमने।" कृष्ण तनिक भी विचलित नहीं थे, "किन्तु एक बार पुनः सोचो।"

"क्या?"

"तुम दुर्योधन को मारोगे तो कुलधर्म नष्ट होगा। किन्तु दुर्योधन धर्मराज अथवा अभिमन्यु का वध करेगा तो कुलधर्म नष्ट नहीं होगा?"

"मैंने यह तो नहीं कहा।" अर्जुन तड़प कर बोला, "मैंने कहा कि वह लोभ-दंशित है; उसे भी विवेक से काम लेना चाहिए।"

"अच्छा, तुमने यह नहीं कहा।" कृष्ण बोले, "तुमने कहा कि कुल के नष्ट होने से कुल-धर्म नष्ट होता है। जब कुल ही नहीं बचा तो कुल-धर्म का अस्तित्व ही कहाँ होगा?" कृष्ण बोले, "कहा या नहीं कहा?"

"कहा"

"सोचना यह है कि धर्म के नाश से कुल नष्ट होता है या कुल के नाश से धर्म नष्ट होता है? समाज के पापों से धर्म भ्रष्ट होता है या धर्म के दोषों से समाज भ्रष्ट होता है?"

"क्या?"

"कौरवों ने स्वयं को तुमसे पृथक् मान कर, अपने कुल को दो फाड़ किया। भीम को विष दिया। तुम पाँचों भाइयों को तुम्हारी माता के साथ वारणावत में

जलाया, अधर्मपूर्वक तुम्हारा राज्य छीना, उससे कुल नष्ट होने को है अथवा कुल नष्ट हो चुका, इसलिए धर्म नष्ट होने को है?"

अर्जुन की आँखों के सामने वे सारे दृश्य घूम गये किन्तु वह चकित था कि उसके मन में प्रतिशोध का भाव नहीं जागा।

"मैंने कभी नहीं सोचा कि हम भी दुर्योधन या दुःशासन को विष दे दें या महाराज धृतराष्ट्र अथवा महारानी गान्धारी को वारणावत जैसी अग्नि में जला दें। क्योंकि मैं जानता हूँ कि कुल के नाश से धर्म नष्ट होता है।"

"तुम्हारा मन ही भ्रमित नहीं है, तुम्हारा ज्ञान भी भ्रमित है। आज सारा कौरव वंश, नाश के कगार पर खड़ा है। नष्ट नहीं हुआ है। क्यों?" कृष्ण ने पूछा, "पहले उनका धर्म नष्ट हुआ है या वंश?"

अर्जुन मौन बैठा रहा।

कृष्ण ने अर्जुन की ओर देखा, "कुल अभी नष्ट नहीं हुआ है। किन्तु धर्म का नाश तो हो चुका है। पहले दुर्योधन नष्ट नहीं हुआ। पहले उसका धर्म नष्ट हुआ। बुद्धि भ्रष्ट हुई है। एक बात जानते हो?"

"क्या?"

"वायुमंडल में कोई स्थान कभी वायु-शून्य नहीं रहता। यदि किसी स्थान से वायु उष्ण होकर ऊपर उठ जाती है तो दूसरे स्थान की शीतल वायु आकर उस रिक्त स्थान को भर देती है।"

"जानता हूँ।"

"धर्म के साथ भी ऐसा ही होता है। धर्म नष्ट होता है तो उसके रिक्त स्थान को अधर्म आकर भर देता है।" कृष्ण बोले, "यदि अधर्म का नाश कर दिया जाए तो धर्म स्वतः आकर स्वयं को स्थापित करता है।"

"जानता हूँ।"

"किन्तु यह नहीं जानते कि दुर्योधन का धर्म नष्ट हो चुका है, इसलिए उसे अधर्म ने ग्रस लिया है। और अब उसका वही अधर्म उसकी मृत्यु बनेगा।"

"तो कृष्ण ने दुर्योधन की मृत्यु की घोषणा कर दी है?" धृतराष्ट्र तड़प कर बोला और उठ कर व्याकुल-सा टहलने लगा।

"कृष्ण ने नहीं, दुर्योधन के अधर्म ने उसकी मृत्यु की घोषणा की है।" संजय ने धृतराष्ट्र की तड़प को अनदेखा कर, बलपूर्वक कहा।

उनके मन में अनेक कठोर शब्द थे। किन्तु उन्होंने कहा नहीं। जानते थे

कि यह अधर्मी हठी अहंकारी बूढ़ा किसी भी प्रकार अपनी भूल को स्वीकार नहीं करेगा। वह कभी नहीं मानेगा कि यदि उसके मन में सत्ता का पापयुक्त मोह नहीं होता, यदि उसने अपने पुत्रों को पाप के मार्ग पर बढ़ने से रोका होता, तो न इस युद्ध की स्थिति आती और न उसके पुत्रों के मरने की सम्भावना उत्पन्न होती।

"अधर्म की यह घोषणा तुमने सुनी है या कृष्ण ने? अधर्म आया था क्या कृष्ण से यह सब कहने; या कृष्ण अधर्म के घर गया था?" धृतराष्ट्र संजय की ओर मुख कर कड़क कर बोला, "तुम यमराज के घर से होकर आये हो, या कृष्ण उनका आतिथ्य ग्रहण कर के आया है? मैंने तो नहीं सुनी मृत्यु की यह घोषणा। वैसे यह घोषणा कब हुई थी? पृथ्वी पर हुई, या गगन-मंडल में हुई? कुरुक्षेत्र में हुई थी, द्वारका में हुई थी अथवा हस्तिनापुर में?"

"जिस दिन आपने युधिष्ठिर को युवराज पद से हटाकर वारणावत भेजा था, उस दिन हुई यह घोषणा तीनों लोकों ने सुनी थी।" संजय ने निर्भय होकर, स्थिर स्वर में कहा, "आपने तब ही सुन ली होती, तो अधर्म मरता, दुर्योधन नहीं। किन्तु आप मोह और लोभ के मारे बधिर बने बैठे रहे।"

धृतराष्ट्र को लगा कि संजय के स्वर में जैसे महाकाल की ध्वनि सम्मिलित हो गयी थी।

दासियों की हलचल से आभास हुआ कि गान्धारी इधर आ रही थी।

धृतराष्ट्र ने मौन साध लिया।... "यह बुढ़िया जाने क्यों टिक कर अपने कक्ष में नहीं बैठ सकती। जब देखो, यहाँ-वहाँ डोलती फिरती है..." वह सोच रहा था।

"आपकी धर्म-चर्चा समाप्त हुई या नहीं?"

संजय ने कोई उत्तर नहीं दिया। वे जानते थे कि उनका उत्तर कुछ भी हो, गान्धारी उनसे रुष्ट ही होगी। वैसे भी प्रश्न उनसे नहीं पूछा गया था। वे अनावश्यक हस्तक्षेप क्यों करें? उनके प्रति गान्धारी कभी भी सदाशय नहीं रही। उसके मन में जो कुछ घुमड़ रहा था, उसे वह कह नहीं पा रही थी। संजय स्वयं ही उठ कर यहाँ से चले जाएँ तो गान्धारी को उसका मनोवांछित मिल जाएगा।

"धर्म-चर्चा संक्षेप में कभी हुई है कि आज होगी।" धृतराष्ट्र ने कुछ हल्के ढंग से कहा, "अभी तो मैं ही बैठा हूँ, यदि कहीं मेरे स्थान पर पितामह भीष्म

होते तो धर्म-चर्चा प्रलय तक चलती।"

गान्धारी न हँसी न मुस्कराई। उसका चेहरा कुछ और विकृत हो गया, "धर्म की चर्चा हो तो संक्षेप में हो जाती है। किन्तु अधर्म की चर्चा हो तो रुकने पर ही नहीं आती।" उसने अपनी दासियों को सम्बोधित किया, "चलो मुझे वाटिका में ले चलो।"

गान्धारी चली गयी तो धृतराष्ट्र के कंठ से स्वर फूटा।

"यह मेरी चौकसी करने के लिए, मेरे आस-पास चक्कर काट रही है। पता नहीं क्या सुनना चाहती है। या इसको सन्देह है कि मैं तुम्हारे सामने इसकी निन्दा तो नहीं कर रहा। यह नहीं सोचती कि निन्दा करने और सुनने के लिए इसकी पुत्रवधुएँ ही पर्याप्त हैं।" वह रुका, "चलो छोड़ो इसको। जिस दिन उनका पैंतरा चल गया, इसको तो इसकी बहुएँ ही सीधा कर देंगी। बड़ी महारानी बनी फिरती है बुढ़िया। ... हाँ, तो अर्जुन ने क्या कहा?"

अर्जुन असमंजस में था। उसके पास श्रीकृष्ण के प्रश्नों के उत्तर नहीं थे। वह श्रीकृष्ण से कभी भी तर्क में जीत नहीं पाया था तो आज ही क्या कर लेता, जबकि उसका अपना मन इतना घबराया हुआ था। उसका मन कुछ सोचने-समझने के योग्य रह ही नहीं गया था।... किन्तु यदि आज तर्क नहीं कर सका तो उसे युद्ध करना होगा और उसके कुल का नाश होगा।... या तो तर्क ही कर ले या फिर युद्ध ही कर ले।

क्या करे वह? ... श्रीकृष्ण को रथ में छोड़ कर वह उतर जाए और जो भी दिशा सामने पड़े, उसकी ओर चल पड़े।... किन्तु ऐसी स्थिति में भी उसे यह चेतना थी कि युद्ध की घोषणा हो चुकी है। शस्त्राशस्त्र चल रहे हैं। वह जिस भी दिशा में जाएगा, सैकड़ों बाण उसका पीछा करेंगे।... तो क्या हो जाएगा? उसकी मृत्यु ही तो हो जाएगी। उसे तो वैसे भी अब जीने की कोई इच्छा नहीं थी...

अर्जुन ने कहा, "चाहे किसी भी कारण से हो, किन्तु अधर्म की व्याप्ति से हे कृष्ण! कुलस्त्रियों की प्रवृत्ति दूषण की ओर अग्रसर हो जाती है।..."

अर्जुन की आँखों के सामने नये से नये दृश्य उभर रहे थे और वे एक से बढ़ कर एक, भयानक थे।... अपरिचित पुरुषों की सशस्त्र भीड़ हस्तिनापुर के राजमहलों में घुसती चली जा रही थी। उनको रोकने वाला वहाँ कोई नहीं था। परिवार में कोई योद्धा बचा ही नहीं था।... अर्जुन ने दुर्योधन और उसके भाइयों को मार दिया था। वहाँ महल की सुरक्षा के लिए नियत सैनिक भी नहीं थे। कैसे रहते? जब

उनके स्वामी ही मारे गये तो वे कैसे टिक पाते। किसके भरोसे टिकते... और ऐसी स्थिति में तो वे सैनिक भी दस्यु हो जाते हैं। वे आततायी पुरुष अन्तःपुर में भी प्रवेश कर रहे थे। उन्होंने धृतराष्ट्र के प्रासाद को आग लगा दी थी। चारों ओर प्रचंड अग्नि थी और स्त्रियों और बच्चों का चीत्कार था। एक पुरुष तो एक छटपटाती स्त्री को बलात् अपने कन्धे पर उठाए राक्षसी हँसी हँसता हुआ, भागा जा रहा था.... अर्जुन ने अपने कुल की स्त्रियों का सामूहिक चीत्कार और उन पुरुषों का अट्टहास सुना.... अर्जुन को लगा वहाँ असंख्य पांचालियाँ थीं और वे सब दुःशासनों के हाथों में विवश तड़प रही थीं।... उन्हें बचाना होगा.... वनवास के समय धर्मराज ने अर्जुन को गन्धर्वों के अधिकार में पड़ गयी कुरु स्त्रियों को बचाने का आदेश दिया था। गन्धर्व उनके मित्र थे तो क्या। उन्हें कुरुवंश की स्त्रियों का अपमान करने की अनुमति नहीं दी जा सकती थी। अर्जुन ने दुर्योधन जैसे शत्रु को मुक्त कराया था गन्धर्वों से। वह तो छोटा-सा युद्ध था। अब इस विराट युद्ध के पश्चात् कुरु स्त्रियों की रक्षा कौन करेगा?...

"स्त्रियाँ प्रतिरोध न करें तो पुरुष तो अधर्मपूर्वक दूषण को तत्पर रहता ही है। स्त्रियों की इच्छा न भी हो तो भी अधर्मी पुरुष उसे अपने भोग के लिए बाध्य करता है। अत्याचार करता है। इससे हे वार्ष्णेय! परिणामस्वरूप दुष्ट पिताओं की दूषित सन्तानें उत्पन्न होती हैं... माताओं की इच्छा के विरुद्ध। उनके संस्कारों की विरोधी।"

"कुछ विचार कर बोलो अर्जुन!" श्रीकृष्ण जैसे कोई उत्सव मना रहे थे, "तुम कह रहे हो अधर्म की व्याप्ति से कुलस्त्रियाँ दूषित हो जाती हैं।"

"नहीं होतीं क्या?"

"अधर्म की व्याप्ति से केवल स्त्रियाँ ही नहीं, पुरुष भी दूषित हो जाते हैं। अधर्म व्याप्त होता है तो स्त्री और पुरुष का भेद नहीं करता। पहले पुरुष को अधर्म ग्रसता है और तब पुरुष स्त्री के साथ अत्याचार करता है।" श्रीकृष्ण बोले, "सोचने की बात यह है कि अधर्म व्याप्त ही कब होता है?"

"सत्य है कि अधर्म स्त्री और पुरुष का भेद नहीं करता; किन्तु महत्त्वपूर्ण बात तो यह है कि उससे कुल का नाश होता है।"

अर्जुन अपने निष्कर्ष पर पहुँच चुका था, वह संवाद अथवा विवाद की मानसिकता में नहीं था।

"कुलक्षय?" श्रीकृष्ण अब भी मुस्करा रहे थे, "विचार ही करना है तो विचार करो कि कुलक्षय किसके दोष से होता है। दुःस्वप्न मत देखो। कुलक्षय तुम्हारी इच्छा से तो नहीं होता।"

"किसी की इच्छा से होता हो। मैं तो इतना ही जानता हूँ कि कुलक्षय से कुलधर्म का नाश होता है; और कुलधर्म के नाश से कुल को अधर्म ग्रस लेता है।"

"विपरीत दिशा से सोच रहे हो।" श्रीकृष्ण अब भी प्रसन्न मुख दिखायी दे रहे थे, "कुल का नाश होने से, अधर्म कुल को नहीं ग्रसता।"

"तो?"

"जब कोई व्यक्ति या कुल, धर्म का त्याग करता है, तो अधर्म उसे ग्रस लेता है।" श्रीकृष्ण ने कहा, "पृथ्वी के घूमने के कारण उसके जो क्षेत्र सूर्य के प्रकाश से वंचित हो जाते हैं, वहाँ अपने आप अन्धकार आ जाता है। जैसे प्रकाश का नाश नहीं होता, वैसे ही धर्म का नाश नहीं होता। मनुष्य ही उसे त्याग देता है, उससे विमुख हो जाता है। अतः वह स्वयं अधर्म को आमंत्रित करता है, उसके लिए अपने जीवन में स्थान बनाता है। और जब अधर्म कुल को ग्रस लेता है, तब कुल का नाश होता है।"

"यह कैसी बात कह रहे हैं आप कृष्ण?" अर्जुन अकबकाया-सा बैठा था।

"उन्हें देखो, जो तुम्हारे सामने खड़े हैं।" श्रीकृष्ण बोले, "उन्होंने धर्म का त्याग किया है। अतः उन्हें अधर्म ने ग्रस लिया है, इसलिए उनके कुल का नाश अवश्यम्भावी हो गया है। इसमें तुम्हारी इच्छा-अनिच्छा क्या करेगी। तुम लड़ो या न लड़ो, इनका नाश तो होना ही है। अधर्म किसी की रक्षा नहीं करता। वह तो विनाश का अग्रदूत है। रोकना हो तो युद्ध को नहीं, अधर्म को रोको।"

"किसी की इच्छा से हो। युद्ध में पति मारे जाएँगे, पत्नियों को तो जीवित रहना होगा।" अर्जुन अपना ही राग अलापे जा रहा था, "अन्य पुरुषों, अश्रेष्ठ पुरुषों, पतित पुरुषों का उन कुल-स्त्रियों से सम्बन्ध होगा... इच्छा से हो, अनिच्छा से हो। स्त्रियाँ दूषित होंगी। दूषित स्त्री-पुरुषों से कैसी सन्तानें उत्पन्न होंगी? मिश्रित और अश्रेष्ठ स्वभाव वाली, संस्कारों से हीन वर्णसंकर सन्तानें। सारी श्रेष्ठ परम्पराएँ नष्ट हो जाएँगी।..."

"सामने शत्रु-सेना सज्जित है और तुम युद्ध-शास्त्र की चर्चा न कर, समाजशास्त्रीय चिन्तन कर रहे हो।" श्रीकृष्ण बोले, "ऐसे ही घातक और नपुंसक चिन्तन के कारण लोग युद्ध से भयभीत हो जाते हैं। युद्ध को टालते हैं। युद्ध से बचने का प्रयत्न करते हैं; और शत्रु का साहस बढ़ाते हैं। कंस से उग्रसेन नहीं लड़े, इसीलिए तो कारागार में बन्द हुए। मेरे पिता वसुदेव आरम्भ में ही कंस से नहीं भिड़े; अतः उन्होंने अपने छह पुत्रों को कटते हुए देखा।..."

"तो दोष मातुल वसुदेव का था?"

"दोष अधर्म से न लड़ने वालों का है।" श्रीकृष्ण बोले, "जो देश, राष्ट्र और समाज अधर्मियों से लड़ने और मरने से घबराते हैं; उनसे समझौते करते हैं, वे ही अपमानजनक और पतित जीवन व्यतीत करते हैं। दास बनकर जी लेते हैं; किन्तु अपने सम्मान के लिए लड़ कर मर नहीं सकते। वस्तुतः तुम युद्ध से बचने के बहाने ढूँढ़ रहे हो।" श्रीकृष्ण मुस्कराए, "जानते हो क्यों?"

"क्यों?"

संजय मन ही मन मुस्कराए।

"संजय क्या बात है? चुप क्यों हो गये?"

"मुझे स्मरण हो आया महाराज कि ऐसी बीहड़ स्थिति में भी श्रीकृष्ण ने अर्जुन को एक कथा सुना डाली।"

"कैसी कथा?"

"उन्होंने बताया कि एक राजा जब न्याय करने बैठता था तो बहुत कठोर होता था। हत्या का कोई अपराधी सामने आते ही वह निस्संकोच उसे मृत्युदंड दे देता था।"

"ठीक ही तो करता था।" धृतराष्ट्र ने कहा।

"हाँ, करता तो वह ठीक ही था; किन्तु एक दिन एक हत्या की घटना उसके सामने लायी गयी और हत्यारे के रूप में उसका अपना पुत्र उसके सामने खड़ा था। अकस्मात् ही राजा के मस्तिष्क में पुत्र-प्रेम की ज्वाला जल उठी। वह उसके प्रकाश में नहीं, उसके ताप में सोचने लगा। उसका विवेक नहीं, मोह जागा। वह बहुत संवेदनशील और मानवीय हो उठा। कहने लगा कि हत्या कर राजकुमार ने तो मूर्खता की ही है। किसी पागलपन में की होगी हत्या। किन्तु हम तो मूर्ख अथवा पागल नहीं हैं न। हमें क्या अधिकार है कि हम एक जीवित मनुष्य के प्राण ले लें। जब हम किसी को प्राण दे नहीं सकते तो हमें किसी के प्राण लेने का क्या अधिकार है। हमें तो कुछ समझदारी से काम करना चाहिए।" संजय ने रुक कर धृतराष्ट्र की ओर देखा, "देखा अपने मोह ने उसे समझदार बना दिया था। श्रीकृष्ण भी अर्जुन से यही कहना चाहते थे कि वह धर्म-बुद्धि से नहीं, मोह-बुद्धि से युद्ध का विरोध कर रहा है।"

"तो अर्जुन मान गया क्या?"

"नहीं। कहाँ माना वह। बोला, आप नहीं जानते कि कुलघातियों को नरक की प्राप्ति होती है।"

अर्जुन जैसे किसी शुक के समान कंठस्थ पाठ दोहरा रहा था। श्रीकृष्ण की

बात वह सुन ही नहीं रहा था, "नरक की यातनाएँ कितनी भयंकर होती हैं।"

"होती होंगी"; श्रीकृष्ण बोले, "किन्तु धर्म-युद्ध से भागने वाले क्षत्रियों को भी स्वर्ग नहीं मिलता। उन्हें धरती पर ही नरक की ज्वाला में जलना पड़ता है।"

"वर्णसंकरों की वृद्धि से सारी परम्पराएँ नष्ट हो जाती हैं।" अर्जुन बोला, "पितरों को पिंड और जल देने की क्रिया भी लुप्त हो जाती है। वे उस लोक में भी अन्न-जल को तरस जाते हैं।"

"दुष्ट-दलन न करने से, पितरों को छोड़ो, जीवित प्रजा को भी अन्न और जल नहीं मिलता।" श्रीकृष्ण ने तीखे स्वर में कहा, "पुरानी परम्पराएँ नष्ट होंगी तो नयी परम्पराओं का उद्‌भव होगा। सृष्टि तो अपने मार्ग पर चलती ही रहेगी। धर्म स्वयं को पुनः स्थापित करेगा।"

"कृष्ण! ऐसे पितरों का भी पतन हो जाता है।" अर्जुन का स्वर रुदन के बहुत निकट हो चला था।

"पतन अपने कर्मों से होता है धनंजय।" श्रीकृष्ण बोले, "सत्य से आँखें मत चुराओ।"

"मुझे तो शाश्वत धर्म भी नष्ट होता दिखायी पड़ रहा है।" अर्जुन बोला, "कृष्ण, धर्म की रक्षा करो।"

"धर्म कभी नष्ट नहीं होता। उसका त्याग करने वाले नष्ट हो जाते हैं।" श्रीकृष्ण बोले, "और सुनो, उस शाश्वत धर्म की स्थापना के लिए अधर्मियों का वध करना पड़ता है। पापियों का रक्त पीकर धरती पवित्र होती है।"

श्रीकृष्ण की तर्जनी कौरवों की सेना की ओर उठी हुई थी।

"जनार्दन! मैंने परम्परा से सुना है कि कुलधर्म का नाश करने वाले लोगों का अनन्त काल तक नरक में वास होता है।"

श्रीकृष्ण देख रहे थे कि मोह के कारण अर्जुन की बुद्धि जड़ हो गयी थी। वह कोई भी तर्क न सुन रहा था, न स्वीकार कर पा रहा था। उसके मोह का नाश आवश्यक था, अन्यथा वह द्वन्द्व में फँसा, कुतर्क ही करता रहेगा। रोग मस्तिष्क में था तो मस्तिष्क का ही उपचार करना होगा। उसे जीवन और मृत्यु का वास्तविक रूप समझाना होगा। जीवन क्या है, मृत्यु क्या है; कौन जीता है, कौन मरता है।

"हाय! हम लोग राज्यसुख के लोभ से अपने स्वजनों को मारने जैसा बड़ा पाप करने के लिए यहाँ उद्यत हुए हैं।" अर्जुन जैसे विलाप कर रहा था।

"तुम स्वजनों को मारने के लिए नहीं, अधर्म से लड़ने के लिए धर्मक्षेत्र

में खड़े हो। आत्मरक्षा के लिए खड़े हो। यदि तुम शस्त्र नहीं उठाओगे, तो वे अपने शस्त्रों से तुम्हारी हत्या कर देंगे।" श्रीकृष्ण के स्वर में एक अलौकिक बोध था।

"यदि मुझ निहत्थे और अप्रतिरोधी को धृतराष्ट्र-पुत्र अपने शस्त्रों से मार डालें तो भी मेरा कल्याण ही होगा। इस पाप से तो बच जाऊँगा मैं।"

श्रीकृष्ण पुनः हँसे, "तुम उनसे नहीं भी लड़ोगे तो वे तुम्हें ही नहीं, तुम्हारे भाइयों, तुम्हारे पुत्रों और सम्बन्धियों को मार डालेंगे। तुम्हारे वंश की स्त्रियाँ तब भी सुरक्षित नहीं रहेंगी। द्रौपदी के साथ हुए दुर्व्यवहार को कैसे भूल गये तुम? तुम उस पाप को दुहराए-तिहराए जाने का अवसर देना चाहते हो?"

अर्जुन ने जैसे कुछ नहीं सुना। वह अपना धनुष-बाण छोड़ कर उदास मन से युद्धक्षेत्र में खड़े अपने रथ के पिछले भाग में बैठ गया।

4

धृतराष्ट्र को कुछ व्याकुल देख, संजय ने पूछा, "कुछ चाहिए महाराज?"

"थोड़ा जल।" धृतराष्ट्र ने कहा, "और संजय, चलो, हम गंगा-तट वाली वाटिका में बैठें? उस दिशा में वातास का बड़ा सुख है।"

धृतराष्ट्र आशंकित था कि यदि कहीं गान्धारी फिर इस ओर आ निकली और उसने उनकी चर्चा सुन ली तो वह उससे इस कारण से भी रुष्ट होगी कि वह कृष्ण और अर्जुन की कथा लिए बैठा है। अपने पुत्रों की उसे कोई चिन्ता ही नहीं है। युद्ध को दस दिन हो गये हैं; और उसे अब तक अपने पुत्रों की वीरता का कोई प्रमाण नहीं मिला है। उनकी कोई चर्चा भी नहीं हुई है। धृतराष्ट्र ने हस्तिनापुर से हरकारे भी नहीं भेजे हैं कि वे ही कोई समाचार ले आयें....

संजय चुपचाप देखते रहे। सेवकों ने गंगा-तट की वाटिका में उन दोनों के बैठने के लिए सारा प्रबन्ध कर दिया।... वह गंगा-तट तो था; किन्तु प्रतिबन्धित क्षेत्र था। राजपरिवार से असम्बद्ध लोग वहाँ नहीं आ सकते थे। अन्तःपुर की स्त्रियों का तो वह अत्यन्त प्रिय स्थल था। संजय को हो तो हो, सम्राट को तो उन स्त्रियों का कोई भय नहीं था। सम्राट का ध्यान उस ओर नहीं था तो उन्हें स्मरण भी नहीं कराया जा सकता था।

संजय का अनुमान ठीक निकला। कुछ ही क्षणों में दुःशासन की पत्नी ज्योत्स्ना ही उधर आ निकली।

"महाराज, अपनी पुत्रवधू ज्योत्स्ना का प्रणाम स्वीकार करें।"

"सौभाग्यवती भव।" धृतराष्ट्र ने कहा, "किसी विशेष कार्य से आयी हो?"

"कार्य तो कोई विशेष नहीं है; किन्तु प्रातः से ही आपको खोज रही हूँ।" वह बोली, "कुछ निवेदन करना चाहती हूँ।"

"कहो पुत्रि। ऐसी कौन-सी बात है जो तुम महारानी गान्धारी से न कह कर मुझे कहने आयी हो।"

"महारानी सुनतीं तो मैं उनसे ही कहती; किन्तु आप भी जानते हैं कि वे गन्धार की राजकुमारी हैं। वहाँ की मिट्टी से उनका शरीर बना है और वैसा ही कठोर उनका मन और स्वभाव है। जैसे शरीर जड़ तत्वों से बना है, वैसे ही मन भी तो जड़ ही है। मुझे तो यह समझ में नहीं आता कि वे अपने पुत्रों के साथ युद्ध में क्यों नहीं चली गयीं। वह उनकी प्रकृति के लिए अनुकूल स्थल है।"

"यह तो तुम उनसे ही पूछना। मैं तो इतना ही जानता हूँ कि गान्धारी मधुर भी है और कठोर भी। मेरे प्रति उसका व्यवहार स्नेहपूर्ण और मृदुल है। उसमें गन्धार की कठोरता मैंने कभी नहीं देखी।"

"मुझे आप क्षमा करेंगे महाराज।" ज्योत्स्ना ने कहा, "आपने आज तक ऐसी कोई अन्य स्त्री भी देखी है, जिसने अपनी सन्तान का जीवन नष्ट करने के लिए, अपने हाथों आघात कर, अपना गर्भपात कर लिया हो...।"

"ठीक कहती हो पुत्री। किन्तु वह पुरानी बात है। वह सामयिक आवेश था; एक प्रकार का पागलपन का दौरा पड़ा था उसे, अन्यथा वह अपने पुत्रों से इतना प्रेम न करती।"

"उनसे कहें कि वे थोड़ा प्रेम अपनी पुत्रवधुओं के लिए भी बचा रखें।..."

"क्या हुआ?"

"आज प्रातः जब मैं उनको प्रणाम करने गयी तो अपनी चिन्ताओं के कारण पूछ बैठी कि कुरुक्षेत्र से कोई समाचार आया है क्या? तो उन्होंने कहा, 'तुम चटखारे लेकर भेड़ का भुना हुआ मांस खाओ। मेरे पुत्र युद्धक्षेत्र में अपना रक्त बहा रहे हैं; किन्तु तुम्हें उससे क्या?' "

"बुढ़िया पगला गयी है। उसके पुत्र अपनी इच्छा से युद्धक्षेत्र में गये हैं। अपनी पत्नियों के धकेलने से नहीं।" धृतराष्ट्र ने मुस्कराने का प्रयत्न किया, "शत्रुओं पर विजय पाने के लिए गये हैं। धन-दौलत, सम्पत्ति और सत्ता के लिए गये हैं।"

"कैसे गये हैं और क्यों गये हैं, वह पृथक् विषय है; किन्तु अपने पति के

प्रति चिन्तित होना पत्नी का स्वभाव है।" ज्योत्स्ना बोली, "किन्तु गन्धारकुमारी क्या जानें। उनके पति तो कभी युद्ध में गये ही नहीं।"

"कटाक्ष कर रही हो।" धृतराष्ट्र ने अपनी ज्योतिहीन आँखें जैसे उसपर जमा दीं, "यह सत्य है कि मैं कभी युद्ध-क्षेत्र में नहीं गया, किन्तु मैं आजीवन अपनी रक्षा के लिए, अपने अधिकारों की रक्षा के लिए, अपने सम्मान की रक्षा के लिए युद्ध ही तो करता रहा हूँ। मैंने अपना रक्त बहाया नहीं किन्तु अपना रक्त जितना मैंने पिया है, संसार के किसी योद्धा ने नहीं पिया होगा।... तुम रुष्ट हो अपनी सास से किन्तु अपना वाक्-बाण मेरे वक्ष में मार रही हो।..."

"भूल हो गयी महाराज।" वह बोली, "किन्तु आप महारानी को समझा दें कि वे मुझसे इस प्रकार का दुर्व्यवहार न किया करें। नहीं तो ..."

"नहीं तो?"

"मैं स्वयं को मर्यादित नहीं रख पाऊँगी। विष मेरे भीतर भी बहुत है और मैं किसी भी समय उसे उगल सकती हूँ। मुझे भय है कि मेरे हृदय के विष से बुझे बाण कोई अनर्थ न कर डालें। मैं अपने परिवार में रक्तपात नहीं चाहती; नहीं तो कुल-क्षय में समय ही कितना लगता है।"

"नहीं। उस विष को तुम अपने पास ही सँभाल कर रखो। बड़े काम की चीज है।... और जहाँ तक कुल-क्षय की बात है, वह तो कुरुक्षेत्र में हो ही रहा है।"

धृतराष्ट्र की मुख-मुद्रा कह रही थी कि उसे अब इस विषय में और चर्चा नहीं करनी है, ज्योत्स्ना अब चली जाए, तो उसे सुविधा होगी...

वह चली गयी।

"गयी?" धृतराष्ट्र ने पूछा।

"जी महाराज।"

"इन स्त्रियों का पारस्परिक युद्ध कभी समाप्त होने को ही नहीं आता। हस्तिनापुर का राजप्रासाद इनके लिए कुरुक्षेत्र का युद्धक्षेत्र ही है। पता नहीं ईश्वर ने सास-बहू का कैसा सम्बन्ध बनाया है, उनमें कभी सौहार्द हो ही नहीं सकता। देवरानियों और जेठानियों में भी एक स्वर्ण-कंगन के लिए महायुद्ध हो सकता है, जबकि उन लोगों को यह भी पता नहीं है कि उनके पास कितना-कितना स्वर्ण संचित होकर उनकी पेटियों में व्यर्थ ही पड़ा है।" धृतराष्ट्र ने कहा, "अच्छा छोड़ो इन्हें। .... यह बताओ कि अर्जुन अपना ज्ञान बघारता रहा और कृष्ण खड़ा सुनता रहा? आश्चर्य है। कितना अच्छा होता यदि कृष्ण अर्जुन के तर्क को मान जाता और उसका रथ लौटाकर, उसे युद्ध-क्षेत्र से कहीं दूर, बहुत दूर ले जाता।

चाहे द्वारका ही ले जाता।"

"श्रीकृष्ण कैसे मान जाते...?" संजय ने कुछ कहना चाहा।

"क्यों? क्यों न मानता? आखिर अर्जुन की सारी बातें आदर्श से आपूर्त थीं। सुनने में कितनी मधुर, अच्छी और भली लगती हैं। प्रत्येक भला आदमी ऐसी ही बातें करना चाहता है।" धृतराष्ट्र ने कहा, "लोग इसी प्रकार के सुन्दर लगने वाले पुष्पित कथनों से सत्य को धूमिल कर देते हैं। युद्ध से पहले तुम भी तो गये थे, पांडवों को समझाने—शान्तिदूत बन कर। क्या समझाया था उन्हें? यही सब तो कहा होगा।"

"मैं शान्तिदूत नहीं, आपका दूत बनकर गया था महाराज। इसलिए सत्य की भाषा नहीं, आपकी भाषा बोलता रहा था।" संजय ने कहा, "तब पांडव मोहग्रस्त नहीं थे, अतः उन्होंने मेरी बात नहीं मानी। युद्ध के पहले दिन, अर्जुन मोह में पड़कर यह सब कह रहा था, श्रीकृष्ण मोहग्रस्त नहीं थे, इसलिए उन्होंने अर्जुन की बात नहीं मानी। अर्जुन का सत्य श्रीकृष्ण के सत्य से बहुत भिन्न है; उनमें कोसों की दूरी है।"

"तो फिर क्या कहा कृष्ण ने?"

श्रीकृष्ण ने करुणा और शोक से आविष्ट, अश्रुपूर्ण व्याकुल आँखों वाले अपने उस मित्र, अर्जुन को धैर्य से देखा : क्षण भर में क्या हो गया इस योद्धा को?

"अर्जुन, 'कुरुक्षेत्र' नामक भौगोलिक स्थान से तो तुम्हारा परिचय है; किन्तु 'धर्मक्षेत्र' का अर्थ क्या है—वह तुम नहीं समझ पा रहे हो। एक बार सांसारिक भूमिका को त्याग कर, यदि हम धर्म की भूमिका पर आरूढ़ होकर बात करें, तो धरातल बदल जाता है।"

"कैसे बदल जाता है धरातल? धरा वही रहेगी तो धरातल कहाँ से बदल जाएगा? और धरातल बदल जाने से हत्या, हत्या नहीं रहेगी क्या?"

"हाँ।"

"विचित्र बात है।"

"हाँ, है तो विचित्र किन्तु सत्य है।"

"वह कैसे?"

"अर्जुन, तुम सामान्य सांसारिक मनुष्य की भूमिका में हो और इसीलिए साधारण भीरु मनुष्यों के समान सोच रहे हो। उसी प्रकार व्यवहार कर रहे हो। तुम्हारा चिन्तन विकृत हो गया है।" श्रीकृष्ण बोले, "किन्तु मैं धर्म की भूमिका पर स्थित हूँ। तुमने कहा था कि मैं तुम्हें दोनों सेनाओं के मध्य ले चलूँ। मैंने

तुम्हें केवल दोनों सेनाओं के ही मध्य नहीं, धर्म और अधर्म के मध्य लाकर खड़ा कर दिया है। तुम्हारे लिए ये कौरवों और पांडवों की सेनाएँ हैं; और मैं बता रहा हूँ कि ये धर्म और अधर्म की सेनाएँ हैं। तुम्हारे लिए तुम्हारे सामने तुम्हारे सगे-सम्बन्धी खड़े हैं और मेरे लिए यहाँ केवल अधर्म, सेना के रूप में खड़ा है। धर्म की भूमि पर खड़े होने वाले व्यक्ति के लिए, कोई अपना-पराया नहीं होता, कोई रक्त-सम्बन्ध नहीं होता, कोई सांसारिक सम्बन्ध नहीं होता। यहाँ या तो धर्म है या अधर्म।"

"लौकिक धरातल ही सही। मेरा वही धरातल है। मेरे पैर धरा पर ही टिके हैं, न वायु में उड़ रहा हूँ, न अधर में लटका हूँ। मैं अब भी कह रहा हूँ कि मैं अपने ही पूज्य पितामह और गुरु को युद्ध में बाणों से कैसे मारूँगा?" अर्जुन की चिन्ता स्पष्ट थी।

"युद्ध में किसी को मारने की और कोई विधि है ही नहीं।" श्रीकृष्ण परिहास की मुद्रा में आ गये थे।

"पितामह का आप भी इतना सम्मान करते हैं...।"

"किन्तु सम्मानित व्यक्ति भी अधर्म का पक्ष लेकर सम्मानित नहीं रह जाता।..." श्रीकृष्ण बोले, "इस समय अधर्म की भूमिका पर खड़े भीष्म, न सम्मानित और पूज्य हैं, न पितामह हैं। वे अधर्म की सेना के महासेनापति हैं। वे अधर्म की रक्षा कर रहे हैं। और अधर्म की रक्षा करने के लिए वे धर्म का वध भी कर रहे हैं। इसलिए मैं किसी भी धरातल पर उनसे अपना कोई सम्बन्ध स्वीकार नहीं करता।"

"और मैं आप से कह रहा हूँ कि मैं पृथ्वी के राज्य के लिए तो क्या, स्वर्ग के राज्य के लिए भी अपने बन्धु-बान्धवों को नहीं मारूँगा। मैं अपने बन्धुओं के रक्त से सने राज्य को प्राप्त करने के लिए युद्ध नहीं करूँगा। उससे तो कहीं अच्छा है कि मैं भिक्षा माँग कर जीवन-यापन कर लूँ।" अर्जुन बोला, "आप मेरा मानवीय तर्क नहीं समझ रहे। मानव के दृष्टिकोण से नहीं देख रहे। मैं एक आदर्श को प्रस्तुत कर रहा हूँ।..."

"क्या आदर्श है तुम्हारा?" श्रीकृष्ण का स्वर शूल के समान तीखा था, "अपने स्वधर्म से भाग जाना? युद्ध के क्षेत्र में आकर अपने भाइयों और सेना की अपेक्षाओं को ध्वस्त कर, उन्हें भ्रम में रख कर युद्ध में पीठ दिखाना?"

"नहीं। राज्य के लिए, धन-सम्पत्ति के लिए, अपने सुख और भोग के लिए, किसी का वध तो नहीं ही करना चाहिए। राजाओं को इसलिए तो युद्ध नहीं करना चाहिए कि वे अपने लिए साम्राज्य स्थापित कर सकें। युद्ध में भयंकर

नर-संहार होता है। यदि पाँच पांडवों के कष्ट झेल लेने से लक्ष-लक्ष लोग मृत्यु का ग्रास बनने से बच जाते हैं तो उन पाँच लोगों को कष्ट झेलने में क्या आपत्ति है? क्या वे मानवता के लिए इतना भी नहीं कर सकते?"

श्रीकृष्ण देख रहे थे कि भविष्य में गान्धारी भी उनसे यही पूछने वाली थी। उसका भी यही प्रश्न होगा कि श्रीकृष्ण ने इस युद्ध को रोका क्यों नहीं? यदि वे चाहते तो महाभारत का युद्ध रुक सकता था। और श्रीकृष्ण ऐसा कुछ नहीं कहने वाले थे, जिसका अर्थ यह होता कि वे युद्ध को रोकने में असमर्थ थे। अर्जुन से भी वे यह नहीं कह सकते थे कि अर्जुन की मानवता वरेण्य है। श्रीकृष्ण चाहते तो कह सकते थे कि मानवता के लिए पाँच पांडव और उनके परिवार, कष्ट सहें, इसमें किसी को क्या आपत्ति हो सकती है; किन्तु वे पाँच श्रेष्ठ मानव तथा उनके संगी-साथी, उनके बन्धु-बान्धव दानवों को सुख देने के लिए कष्ट क्यों सहें? अधर्म को फलने-फूलने का अवसर देने के लिए धर्म उसे अपना कंठ क्यों रेतने दे?

यदि अर्जुन का दृष्टिकोण मानवीय होता तो श्रीकृष्ण उसका स्वागत करते किन्तु वह सारा चिन्तन ही मोह और भ्रम पर आधृत था। वह मान रहा था कि युद्ध के मूल में राज्य की कामना है। कौरवों के प्रति शत्रुता का भाव है। ... और धर्म की भूमि पर खड़े श्रीकृष्ण देख रहे थे कि दुर्योधन और उसके साथी चाहे राज्य और धन-सम्पत्ति के लिए मनुष्य का रक्त बहाने आये थे; किन्तु श्रीकृष्ण, पांडवों को लेकर राज्य के लिए युद्ध करने नहीं आये थे। वे धर्म की स्थापना के लिए वहाँ, उस युद्धक्षेत्र में खड़े थे। श्रीकृष्ण का अवतार, राज्य की स्थापना के लिए नहीं, धर्म की स्थापना के लिए हुआ था।

"ओह अर्जुन, युद्ध के इस कठिन समय में यह पापमय अज्ञानजनित मोह, तुम्हारे मन में कहाँ से उदित हो गया। यह तुम्हारे पूर्व-जन्मों के किन पापों का फल है?" श्रीकृष्ण बोले, "अनार्य पुरुषों के योग्य, स्वर्ग और कीर्ति से पतित करने वाला यह भाव कहाँ से अंकुरित हो गया तुम्हारे मन में?"

"मैं मानवता की रक्षा के लिए निवेदन कर रहा हूँ।" अर्जुन ने कहा, "प्राणियों की जीवन-रक्षा के लिए प्रयत्नशील हूँ।"

श्रीकृष्ण का स्वर कुछ कठोर हो गया, "क्लीव मत बनो।"

"क्लीव?" अर्जुन का मुख आश्चर्य से खुल गया, "आप मुझे क्लीव कह रहे हैं।"

"आत्मरक्षा और धर्मरक्षा के लिए न लड़ने वाले नपुंसक, यह कायरता वीर अर्जुन के योग्य नहीं है। शोभा नहीं देता तुम्हें, युद्ध से विमुख हो जाना। हृदय की इस

तामसिक दुर्बलता को त्यागो। परंतप! उठ कर युद्ध के लिए खड़े हो जाओ।"

अर्जुन की आँखों में अश्रु थे, "युद्ध के लिए खड़ा हो जाऊँ? अपने पूज्य पितामह और आचार्य को युद्ध में अपने तीखे बाणों से बींध दूँ। सखा! ऐसा कठोर आदेश मत दो।"

"इसमें कठोर क्या है? तुम्हें तुम्हारा धर्म स्मरण करा रहा हूँ।" श्रीकृष्ण के चेहरे पर मुस्कान थी, "पर यह भी सत्य है कि धर्म कभी कोमल नहीं होता। धर्म पर वीर ही टिक सकते हैं। वीर होकर भी तुम धर्म से च्युत हो रहे हो।"

"कठोर नहीं, यह क्रूर कर्म है?" अर्जुन जैसे भड़क उठा, "अपने गुरुओं की हत्या करूँ? अपने सम्बन्धियों की हत्या करूँ? वह भी केवल राज्य के लिए? कोई अन्यायी, अधर्मी, पापी सामने होता तो मैं उसका अभी वध कर देता।"

"एक ही बात को मत रटे जाओ। वेश को नहीं, उनके हृदय को पहचानो, अर्जुन! उनके ध्येय को देखो।" श्रीकृष्ण बोले।

"क्या कहना चाहते हैं आप?"

"गुरु कौन है यहाँ? किस में गुरुत्व का भाव है? सभी ओर तुच्छता है, स्वार्थ है, ईर्ष्या है। महानता कहाँ है? अध्यापक हो जाने मात्र से कोई गुरु तो नहीं हो जाता।" श्रीकृष्ण ने अर्जुन की ओर देखा, "और अर्जुन, क्या तुम पहले नहीं जानते थे कि पितामह और द्रोणाचार्य युद्ध में तुम्हारे विरुद्ध लड़ने के लिए सामने खड़े होंगे। आज नयी बात क्या हो गयी? युद्ध की योजना के समय से ही स्पष्ट था यह। और भीष्म दुर्योधन के महासेनापति हैं, इसकी घोषणा तो कब से हो चुकी। आज कुछ नया तो नहीं हुआ है, जो यहाँ आकर इस प्रकार बिदक रहे हो।"

"ठीक कह रहे हैं कृष्ण आप!" अर्जुन ने जैसे कराह कर कहा, "किन्तु धन की इच्छा मुझे कभी भी इतनी नहीं रही कि उसके लिए अपने गुरुओं की हत्या... वे सामने खड़े होंगे, यह तो ज्ञात था। वे विराटनगर के युद्ध में भी मेरे सामने थे; किन्तु उनका वध नहीं किया था मैंने। अब भी उसकी कल्पना नहीं कर पा रहा हूँ।"

श्रीकृष्ण कुछ सहज हुए : तो अर्जुन यह सब सोच रहा है।

"ठीक कह रहे हो अर्जुन!" वे बोले, "सांसारिक भोगों के लिए गुरुओं की तो क्या, किसी की भी हत्या, हिंसा है, राक्षसी कृत्य है; और हिंसा पाप है।"

"तो फिर हम क्या करने जा रहे हैं? क्यों खड़े हैं हम युद्धक्षेत्र में?"

"हम पाप का वध करने आये हैं, धर्म की स्थापना के लिए।" श्रीकृष्ण बोले, "दुर्ग को तोड़े बिना उसके भीतर छिपे दस्यु का वध तुम नहीं कर सकते। और

पितामह दुर्ग की प्राचीर के समान, दुर्योधन की रक्षा कर रहे हैं। वे पाप की रक्षा कर रहे हैं। उनको मार्ग से हटाये बिना तुम पाप का वध नहीं कर सकते। तुम युद्ध नहीं करोगे तो पितामह और द्रोणाचार्य मिल कर सारे संसार पर दुर्योधन का, अर्थात् पाप का, अधर्म का साम्राज्य स्थापित कर देंगे। तुम अपने गुरुजनों के रक्त से भीगा राज्य नहीं चाहते; और वे धर्म का वध कर उसके रक्त में भीगा राज्य दुर्योधन को प्रदान कर देंगे। तुम पाँचों भाइयों और तुम्हारे पुत्रों के शवों को रौंद कर राजसिंहासन पर पाप विराजे, यह स्वीकार है तुम्हें?" श्रीकृष्ण ने क्षण भर रुक कर अर्जुन की ओर देखा, "भिक्षा माँग कर जीवन निर्वाह करना श्रेयस्कर होता तो मैं भी तुम्हारे ही साथ चलता; किन्तु सोचो, जिस राजसभा में पांडवों के सम्मुख पांचाली का चीरहरण हो सकता है, उस राजसभा में कौन-सी कुलवधू घसीट कर नहीं लायी जा सकती। तुम चाहते हो कि दस्यु सिंहासन पर बैठें और धर्मराज का शव हस्तिनापुर के सिंहद्वार पर लटकाया जाए? और वह लटकाया जाने वाला एक मात्र और अन्तिम शव नहीं होगा..." श्रीकृष्ण का स्वर ऊँचा उठा, "वह क्रम बन जाएगा। साम्राज्य की नीति बन जाएगी।"

अर्जुन का चेहरा सफेद पड़ गया, जैसे सारा रक्त सूख गया हो।

"वह दुर्योधन की भूल थी।" धृतराष्ट्र ने कहा, "वस्तुतः मैं तो देख ही नहीं पाया कि वे लोग क्या कर रहे हैं।"

"आप देख नहीं रहे थे; किन्तु जानते तो थे। कर्ण का आदेश नहीं सुना था आपने?" संजय ने कहा, "पांचाली का चीत्कार नहीं सुन रहे थे आप। पर उस समय तो आप प्रसन्न थे। ऐसे घृणित कृत्य पर भी प्रसन्नता। उस नीचता को आप अपने पुत्रों की उपलब्धि मान रहे थे।"

"पितामह तो देख भी रहे थे और सुन भी रहे थे। उन्होंने क्या कर लिया?" धृतराष्ट्र के स्वर में लज्जा नहीं थी।

"राजा आप थे। राजसभा आपकी थी। ..." संजय ने बड़ी कठिनाई से अपने स्वर को ऊँचा उठने से रोका।

"गान्धारी ने आकर रोक तो दिया।" धृतराष्ट्र ने कहा।

"हाँ, पर देखा तो उन्होंने भी कुछ नहीं था। उनकी आँखों पर पट्टी बँधी हुई थी।"

"हाँ, पर कितना डाँटा था, उसने दुर्योधन को।"

"हाँ। नारीत्व का अपमान वे कैसे सहन कर लेतीं।" संजय ने कहा, "आपने नहीं सोचा; किन्तु माता गान्धारी ने कल्पना की होगी कि यदि भविष्य में उस

राजसिंहासन पर कोई और कौरवों का कोई विरोधी बैठ जाए। राजा बदल जाए। राजनीति बदल जाए। तो उनकी अपनी पुत्रवधुओं के साथ भी ऐसा ही व्यवहार हो सकता है। भानुमती, काशिका और ज्योत्स्ना को भी उसी प्रकार निर्वस्त्र किया जा सकता है।..."

"मौन हो जाओ संजय। तुम जानते भी हो कि तुम क्या कह रहे हो।" धृतराष्ट्र का स्वर गर्जन जैसा था।

"जानता हूँ; किन्तु आपको बताना चाहता हूँ कि यह कोई अच्छा कृत्य अथवा अच्छी परम्परा तो नहीं है, जिससे आप प्रसन्न हो रहे थे।"

धृतराष्ट्र का चेहरा उतर गया। उसने सचमुच कभी ऐसी किसी सम्भावना की कल्पना नहीं की थी।

"तुम यह बताओ कि अर्जुन ने क्या कहा। तुम बहकते बहुत हो।" उसने अपना चेहरा दूसरी ओर फिरा लिया था।

संजय का इस प्रकार का सत्य-कथन उसे तनिक भी अच्छा नहीं लगता था। वह चरित्रवान था; किन्तु उसका यह अर्थ तो नहीं था कि अपने स्वामी को ही सत्य की कृपाण से कोंचता रहे ...

"क्या करूँ मैं? किंकर्तव्यविमूढ़ हो गया हूँ।" अर्जुन की हताशा उसे निगले जा रही थी।

श्रीकृष्ण को लगा, अर्जुन अभी अपने ही हाथों से अपना माथा पीटना आरम्भ कर देगा।

"युद्ध का परिणाम अनिश्चित होता है। मैं नहीं जानता कि युद्ध में हम जीतेंगे या वे। मैं न इनसे हारना चाहता हूँ और न इनको जीतना चाहता हूँ ..."

"जीतना क्यों नहीं चाहते?"

"क्योंकि इन सब का वध किए बिना इनको जीता नहीं जा सकता; और इनका वध कर मुझे जीने की कोई लालसा नहीं है। फिर मैं उनकी हत्या कैसे कर दूँ?"

"अपने बाणों से।" कृष्ण मुस्करा रहे थे, "या फिर कृपाण से, या शूल से। जैसे तुम चाहो।"

"आपको परिहास सूझ रहा है और मैं दैन्य के रोग से विमूढ़ हो गया हूँ।" अर्जुन रुका और फिर जैसे एक आवेग में बोला, "मुझे बताइए कृष्ण कि मैं क्या करूँ। पूजा के योग्य पितामह और आचार्य ..."

"कौन है आचार्य? द्रोण? कौन-सा आचरण शुद्ध है उनका? संसार में जब

भी कोई धर्म और सत्य की रक्षा के लिए गांडीव उठाता है अर्जुन, सबसे पहले उसके अपने ही, उसके पूज्य ही, उसकी भुजा थाम लेते हैं। वही तुम्हारे साथ हो रहा है।"

"द्रोण जैसे भी हैं, मैंने उनसे शिक्षा पायी है। उनका मैं युद्ध में बाणों से प्रतिरोध कैसे करूँ। जिनके चरणों में पुष्प चढ़ाने चाहिए, उनके वक्ष पर बाणों से प्रहार करूँ? धन की इच्छा से...."

"मैं जानता हूँ कि तुम्हें धन की इच्छा नहीं है, तुम्हें भिक्षा की इच्छा है।" श्रीकृष्ण बोले, "संन्यासी ईश्वर-निर्भर होने के कारण भिक्षा पर निर्भर रहता है! वह मानता है कि भिक्षा का वह अन्न उसे ईश्वर की ओर से प्राप्त हो रहा है। इसीलिए वह तपस्या है; किन्तु युद्ध से भाग कर, अपने मोह को सर्वश्रेष्ठ निर्णय मान कर, भिक्षाटन करना तपस्या नहीं है। न ही वह ईश्वर-निर्भरता है।" श्रीकृष्ण बोले, "और यदि तुम युद्ध से भागे तो तुम्हारे ये शत्रु तुम्हें भिक्षा माँगने के योग्य भी नहीं छोड़ेंगे। भागते हुए, मार्ग में कहाँ तुम्हारा शव गिरेगा, यह कौन जानता है।"

अर्जुन की कल्पना में अनेक दृश्य उभरे...कोई मरुभूमि थी, जहाँ वह चलता जा रहा था। वह क्षितिज को छू लेना चाहता था...किन्तु तभी एक बाण आकर उसकी पीठ में धँस गया। जब तक वह पलट कर बाण मारने वाले को देखता, अनेक अश्वारोही उसके सिर पर आ चढ़े। उनके धनुष खिंचे हुए थे और त्यौरियाँ चढ़ी हुई थीं, "छुप कर युद्ध से भाग रहा था कायर।"

"मैं युद्ध से भागा नहीं, युद्ध त्याग आया था। युद्ध की इच्छा होती तो मैं पीठ पर नहीं, वक्ष पर बाण का प्रहार सहता।" उसने उन्हें पहचानने का प्रयत्न किया : उनमें कोई भी महारथी नहीं था। सब साधारण सैनिक थे। वे उसकी पीठ पर प्रहार कर उसे भगोड़ा कह रहे थे।...वह भिक्षाटन के लिए जा रहा था किन्तु उसे भिक्षा कहाँ मिली?...मिला एक बाण, वक्ष पर नहीं, पीठ पर...किसी महारथी का नहीं, साधारण अनजाने सैनिकों का...और उपाधि मिली 'भगोड़ा'।

अर्जुन अपने वर्तमान में लौटा।

"तो युद्ध करूँ?" उसने श्रीकृष्ण की ओर देखा।

"और कर भी क्या सकते हो? युद्ध तुमने नहीं चुना है। उन्होंने तुम्हें बाध्य किया है। उन्होंने तुम्हें घेरा है। वे कोई समझौता नहीं चाहते, युद्ध चाहते हैं। उन्हें युद्ध का दान दो।"

"पता नहीं हम यह युद्ध जीतेंगे भी या नहीं; किन्तु जिनको मारकर मेरी जीने की भी इच्छा नहीं है, वे ही धृतराष्ट्र पुत्र युद्ध में मेरे सम्मुख खड़े हैं।"

"तुम उनको मारना नहीं चाहते और वे तुम्हें जीने नहीं देंगे।"

"मैंने कहा न कि मैं दैन्य के दोष से मूढ़ हो गया हूँ। आपकी शरण में आया हूँ। आपका शिष्य हूँ। आपसे पूछ रहा हूँ। मुझे बताइए, कृष्ण! कि मेरे लिए श्रेयस्कर क्या है।" अर्जुन बोला, "मुझे लगता है कि सम्पूर्ण पृथ्वी का निष्कंटक राज्य ही नहीं, देवताओं का आधिपत्य भी मेरे इस दुख का निवारण नहीं कर सकेगा, जो इस समय मेरी इन्द्रियों को मथ रहा है।"

संजय चुप हो गये।

"डर गया बेचारा।" धृतराष्ट्र ने जैसे प्रसन्नता से ताली बजा दी, "मैं अर्जुन को इतना दुर्बल-हृदय नहीं समझता था। हम तो व्यर्थ ही उसे महान योद्धा मान कर उससे भयभीत थे। वह लक्ष्यभेदी ही है, योद्धा नहीं है।"

"आपको लगता है, वह डर गया।" संजय ने धीरे से कहा, "और मुझे लगता है कि उसके हृदय में देवत्व जाग उठा। वह राज्य जैसे तुच्छ लक्ष्य के लिए असंख्य हत्याओं का जघन्य अपराध नहीं करना चाहता था। वैसे सत्य तो यह है कि युधिष्ठिर को भी कभी राज्य का लोभ नहीं रहा; नहीं तो अपने विरुद्ध रचे गये षड्यंत्र को जानते हुए भी वह आपके आदेश पर शकुनि के साथ द्यूत खेलने न बैठ जाते। ऐसी पितृभक्ति तो दुर्योधन के मन में भी नहीं है, जितनी युधिष्ठिर ने दिखायी है।"

"पितृभक्ति। उंह।" धृतराष्ट्र ने जैसे युधिष्ठिर को मुँह चिढ़ाया, "उसे कहाँ पता था कि उसके विरुद्ध षड्यंत्र रचा जा रहा है। वह अपनी मूर्खता में ही द्यूत खेलने बैठ गया था। जाने अपने आपको क्या समझता है। वह शैशव से ही अपने पिता पांडु के समान मूर्ख है।"

"आपके षड्यंत्र के विषय में उन्हें सब कुछ ज्ञात था।"

"तुम कैसे जानते हो?"

"विदुर जब उन्हें निमंत्रित करने इन्द्रप्रस्थ गये थे तो उन्हें सचेत कर आये थे।"

"क्यों? विदुर ने ऐसा क्यों किया?"

"वे इस युद्ध को टालना चाहते थे।"

"मूर्ख हो तुम।" धृतराष्ट्र प्रसन्न दिखायी पड़ रहा था, "और वह विदुर जो स्वयं को इतना नीतिवान समझता है, वह भी राजनीति को नहीं समझता।"

"मैंने तो कभी अपने बुद्धिमान होने का दावा नहीं किया।" संजय ने कुछ कटु स्वर में कहा, "अब आप यह बताइए कि इस मूर्ख से आगे का विवरण

सुनना है, या मैं घर जाऊँ?"

धृतराष्ट्र ने कुछ भौचक होकर अपनी अन्धी आँखें मिचमिचाईं, "अर्जुन वहाँ से चला गया क्या?"

"कैसे जाता?"

"क्यों? युद्ध की इच्छा नहीं थी तो वहाँ खड़ा किसलिए था—गणिकाओं का नृत्य देखने?"

"सारथ्य तो श्रीकृष्ण कर रहे थे।" संजय ने कहा, "उन्होंने अश्वों को एक अंगुल भी हिलने नहीं दिया।"

"तो?"

" 'मैं युद्ध नहीं करूँगा।' कहकर, अर्जुन चुप हो गया।"

5

विदुर ने घर में प्रवेश किया और सीधे उस खंड की ओर चले गये, जहाँ इन दिनों कुन्ती रह रही थीं। जाकर देखा, पारंसवी भी वहीं बैठी थीं।

"आओ विदुर। कहाँ से आ रहे हो? आजकल राजसभा तो एकत्रित होती ही नहीं।"

"नहीं। राजसभा से नहीं आ रहा हूँ; किन्तु एक महत्त्वपूर्ण सूचना लाया हूँ।"

"क्या सूचना है?" पारंसवी ने पूछा।

"संजय कुरुक्षेत्र से हस्तिनापुर आया है। वह कुछ समाचार लाया है। महाराज को युद्धक्षेत्र की कथा सुना रहा है। पहला महत्त्वपूर्ण समाचार तो यह है कि शिखंडी ने अर्जुन के संरक्षण में रह कर पितृव्य भीष्म को शर-शैया पर लेटा दिया है। दूसरा समाचार इसके ठीक विपरीत है।"

"वह क्या है?" कुन्ती ने पूछा।

"उसने बताया है कि युद्ध के लिए आये योद्धाओं को देखकर अर्जुन का मोह जाग उठा और उसने न केवल भीष्म और द्रोण पर प्रहार करना अस्वीकार कर दिया वरन् उसने इतना बड़ा जनसंहार करने से घबराकर युद्ध करने से इंकार कर दिया। मोहग्रस्त अर्जुन के हाथ से गांडीव गिर गया और वह रथ के पिछले भाग में बैठ गया।..."

"कृष्ण ने उसे समझाया नहीं?" कुन्ती ने कुछ आतुर होकर पूछा।

"जहाँ तक मुझे पता लगा है, वहाँ तक तो कृष्ण उसे समझा ही रहे थे; किन्तु वह युद्ध के लिए प्रस्तुत नहीं हुआ था...।"

"मान गया होगा और युद्ध कर रहा होगा।" कुन्ती ने कहा।

"आप कैसे जानती हैं?"

"पहली बात तो यह है कि कृष्ण किसी को मनाए और वह न माने, ऐसा सम्भव नहीं है।"

"दुर्योधन तो नहीं माना था।" पारंसवी ने कहा, "न ही कर्ण ने उसकी बात मानी थी।"

"या तो कृष्ण ने उन्हें मनाना ही नहीं चाहा होगा या फिर यमराज ने उन्हें समझने नहीं दिया होगा।" कुन्ती ने कहा, "और फिर वे कृष्ण के शत्रु हैं, अर्जुन के समान उसका मित्र नहीं।"

विदुर और पारंसवी कुन्ती की ओर देखते रहे।

"और फिर विदुर तुमने ही तो सूचना दी है कि अर्जुन से संरक्षित होकर शिखंडी ने भीष्म को शर-शैया पर लेटाया है। इसका अर्थ यह हुआ कि वह कृष्ण की बात मान कर युद्ध कर रहा है।"

"अरे हाँ। इस ओर तो मेरा ध्यान ही नहीं गया।" विदुर ने कहा, "तो फिर हमें चिन्ता करने की आवश्यकता नहीं है।" कुन्ती उठ कर खड़ी हो गयी, "मैं जा रही हूँ महाराज से मिलने।"

"क्यों? उनके साथ सन्धि की चर्चा कर युद्ध को रुकवा देंगी क्या?"

"युद्ध तो मुझे रुकवाना ही नहीं है। मैं तो कब से उसे आरम्भ करवाने के लिए ईश्वर से प्रार्थना कर रही थी।"

"तो।"

"संजय से युद्ध सम्बन्धी चर्चा सुन कर जल-भुन तो वे स्वयं ही रहे होंगे। महाराज धृतराष्ट्र के हृदय में थोड़ी-सी आग मैं भी जला आऊँ।" कुन्ती ने कहा, "मैं भी तो युद्ध के लिए ही यहाँ बैठी हूँ। अपने हिस्से के दो-चार बाण चला आऊँ।"

विदुर और पारंसवी आश्चर्य से उन्हें देखते रहे और वे चली गयीं।

"महाराज। मेरा प्रणाम स्वीकार करें।"

"कौन कुन्ती?"

"हाँ महाराज। आपकी बेसहारा अनुजवधू।"

"ऐसे अवसादपूर्ण शब्द क्यों बोल रही हो।" धृतराष्ट्र ने कहा, "कोई कष्ट

हो तो बोलो। अभी मैं जीवित हूँ।"

"महाराज। आप जानते हैं कि मेरे पुत्र युद्ध के लिए कुरुक्षेत्र में वास कर रहे हैं।"

"कौन नहीं जानता?"

"तो फिर उनके विषय में यह अपवाद क्यों फैलाया जा रहा है कि वे भयभीत होकर युद्ध से पलायन कर रहे हैं।"

"कौन फैला रहा है?"

"मैं क्या जानूँ।" कुन्ती ने कहा, "मैंने तो यही सुना है कि आपके प्रासाद से इस प्रकार के समाचार प्रचारित हो रहे हैं कि अर्जुन लड़ना नहीं चाहता। उसका धनुष उसके हाथ से गिर गया है और कृष्ण अभी उसे मना ही रहे हैं।"

"मुझे संजय ने यह अभी ही बताया है कुन्ती, और मैं चकित हूँ कि यह समाचार तुम तक पहुँच भी गया। तुम्हारी गुप्तचर सेना तो राज्य के गुप्तचरों से भी अधिक समर्थ दिखती है।"

"मेरी कैसी गुप्तचर सेना महाराज। यह तो आपके प्रासाद की दासियों का ही प्रताप है कि जो बात प्रासाद की दीवारों तक भी नहीं जानी चाहिए, वह नगर की वीथियों में टहलती रहती है। कहीं से मुझे भी सुनने को मिल जाती है...."

धृतराष्ट्र के मन में वे दासियाँ घूम गयीं, जो द्वारपाल को संजय के आने का सन्देश देकर कहीं लुप्त हो गयी थीं। वे ही होंगी, जो इधर के समाचार उधर और उधर के समाचार इधर लाती और ले जाती हैं। पता लगाना पड़ेगा कि वे चुड़ैलें किस अधिकारी के अधीन कार्यरत हैं...

"किन्तु मैं तो आप से यह कहने आयी थी कि इस प्रकार के अपवाद प्रचारित कर मेरे पुत्रों को हतोत्साहित न किया जाए और न ही उन्हें कलंकित कर प्रजा की दृष्टि में गिराया जाए। यह आप जैसे वीर हृदय के लिए उचित नहीं है। वे भी आपके ही पुत्र हैं। उनके प्रति आपकी ऐसी उपेक्षा धर्मसंगत नहीं है।"

"नहीं। हमारा ऐसा कोई प्रयत्न नहीं है। वैसे यह तो युद्ध आरम्भ होने से पहले की सूचना है। अब युद्ध आरम्भ हो चुका है। अर्जुन लड़ ही रहा होगा। इसकी कोई विरोधी सूचना मेरे पास नहीं आयी है।"

"वैसे मैं जानती हूँ कि मेरे पुत्रों में युद्ध की लिप्सा नहीं है। वे तो शान्ति और न्याय ही चाहते हैं। हाँ, यदि अर्जुन कर्ण का वध कर सके और भीम दुर्योधन और दुःशासन का वक्ष फाड़ सके तो वे आज भी सन्धि कर सकते हैं।"

"मेरे पुत्रों को मार कर कैसी सन्धि?" धृतराष्ट्र कुछ भड़का।

"अब द्रौपदी के अपमान का इतना मूल्य तो आपको चुकाना ही पड़ेगा। अन्यथा सन्धि कैसे होगी?" कुन्ती रुक कर बोलीं, "या आप सन्धि नहीं चाहते। आप चाहते हैं कि आपके सारे पुत्र मारे जाएँ और पांडव हस्तिनापुर पर राज्य करें?"

"क्या कह रही हो कुन्ती?"

"मुझे आपकी बहुत चिन्ता है महाराज।" कुन्ती ने कहा, "इस वृद्धावस्था में आप वनों में कैसे जाएँगे। सन्धि हो जाए तो आपके लिए कोई आश्रय तो बचा रहेगा, चाहे वह वारणावत का शिव भवन ही हो। किन्तु युद्ध यदि अपनी पूर्णता को पहुँचा तो आपको बड़े संकट का सामना करना पड़ेगा। धन-सम्पत्ति-प्रासाद और दासियों की सेवा पर आपका कोई अधिकार नहीं होगा। आपके पास कुछ भी नहीं बचेगा। कृपया मेरे पुत्रों के विषय में दुष्प्रचार न करें।"

"तुम मुझे धमकी देने आयी हो?"

"आप चेत जाएँ तो यह चेतावनी है, अन्यथा धमकी ही मान लें।"

"आज क्या हो रहा है।" धृतराष्ट्र कुछ अटपटाकर बोला, "अभी-अभी ज्योत्स्ना मुझे हड़का कर गयी है और अब तुम आ गयी हो।"

"भगवान की बड़ी कृपा है कि आज महारानी ने आप से कुछ नहीं कहा।" कुन्ती बोलीं, "अच्छा, इससे पहले कि महारानी इस ओर आ निकलें, मैं चलती हूँ।... मेरा प्रणाम स्वीकार करें।"

धृतराष्ट्र मौन बैठा रहा। थोड़ी देर के पश्चात् उसने पूछा, "चली गयी क्या?"

"हाँ महाराज।" संजय ने कहा, "वे तनिक भी क्रुद्ध नहीं लग रही थीं। बड़े शान्त मन से अपनी बात कह गयीं।"

"तुम्हारा आशय क्या है?"

"महारानी कुन्ती के आत्मविश्वास की बात कह रहा हूँ।" संजय बोले, "उन्हें पूर्ण विश्वास है कि विजय उनके पुत्रों की ही होगी और आप उनपर उसी प्रकार आश्रित होंगे, जैसे पांडव अपने शैशव में आप पर निर्भर थे। आपसे उनकी रक्षा के लिए, जैसे भी थे, पितामह तो थे; आपका रक्षक तो कोई भी नहीं होगा।"

धृतराष्ट्र ने कुछ कहा नहीं; किन्तु उसका चेहरा वितृष्णा से विकृत हो गया था। वह अपने अधिकार और पद के विषय में नहीं सोच रहा था; किन्तु यह बात उसकी कल्पना से भी परे थी कि वह अपनी दैनिक आवश्यकताओं के लिए भी पांडवों पर निर्भर होगा। उसे भोजन और आवास के लिए भी उनपर निर्भर होना होगा।... वह पाकशालाध्यक्ष भीम उसका स्वामी होगा...

जब कुन्ती अपने बालकों को लेकर हस्तिनापुर आयी थी तो धृतराष्ट्र ने उनके रहने के लिए कृपापूर्वक एक प्रायः ध्वस्त खँडहर दे दिया था। भीम को वह अब भी स्मरण होगा। जाने वह धृतराष्ट्र को कौन-सा और कैसा स्थान दे।... तब कुन्ती की रसोई धृतराष्ट्र के अधिकार में नहीं थी। कुन्ती अपनी इच्छानुसार पका और खा सकती थी। अपने पुत्रों को खिला सकती थी।... किन्तु यदि धृतराष्ट्र के दुर्दिन आये तो उसे भोजन भी भीम की रसोई से प्राप्त करना पड़ेगा।... और जाने भीम उसे भोजन के रूप में क्या परोसेगा। प्रासाद और दासियाँ तो बहुत दूर की बात हो जाएँगी...

अपने भविष्य की इस कल्पना से धृतराष्ट्र का कलेजा जैसे फट गया।... ये परिस्थितियाँ उसे एकदम स्वीकार नहीं थीं। उसके सामने दो ही मार्ग थे... या तो पांडव पराजित हों और उसके पुत्र पांडवों का वध कर हस्तिनापुर लौटें... या फिर वह भीम को भूल जाए और युधिष्ठिर से अपना इतना सम्बन्ध तो बनाये रखे कि पांडवों के विजयी होने की स्थिति में युधिष्ठिर उसे आश्रय देने को तैयार हो। परन्तु युधिष्ठिर से यह सम्बन्ध कैसे बने, वह तो युद्ध-क्षेत्र में है। ...

पांडु को भी वनों और पर्वतों में रहने का अभ्यास था और उसके ये पुत्र तो उत्पन्न ही हिमालय के वनों में हुए थे। वे खँडहर में भी रह चुके थे और लाक्षागृह में भी। वे वन में कंद-मूल खाकर भी जीवन-यापन कर सकते थे और भिक्षाटन भी उनके लिए बहुत कठिन नहीं था। वे अपने अज्ञातवास में सेवा का कार्य भी करते रहे थे। वे किन्हीं भी परिस्थितियों में अपना जीवन जी सकते थे।... किन्तु धृतराष्ट्र के लिए यह सब सम्भव नहीं था। वह चाहे प्रज्ञा-चक्षु था किन्तु उसने महलों में जन्म लिया था। महलों में पला और बढ़ा था। सबसे स्वादिष्ट मांस और मदिरा उसका भोजन था। उसे भोजन बिना माँगे मिलता था या वह उसे आदेश देकर प्राप्त कर सकता था।... वह भीम के अनुशासन में कैसे रह सकता था?

और सहसा धृतराष्ट्र को लगा कि उसके मार्ग का सब से बड़ा रोड़ा भीम नहीं, कृष्ण है। कृष्ण के होते हुए दुर्योधन की विजय की कोई सम्भावना दिखायी नहीं देती। यह कृष्ण क्या पट्टी पढ़ा रहा है अर्जुन को?... अल्पकालीन मौन के पश्चात् उसने अपना चेहरा संजय की ओर घुमाया, "तो क्या समझाया कृष्ण ने?"

"इस त्रिगुणत्मक प्रकृति में कोई भी कार्य अकारण नहीं होता अर्जुन। जहाँ तक प्रकृति का क्षेत्र है, वहाँ तक कार्य-कारण नियम का ही शासन है।" श्रीकृष्ण बोले,

"कारण विद्यमान हों तो कार्य होता ही है। कार्य होता है तो उसका अर्थ है कि कारण विद्यमान थे। इस समय भी युद्ध के सारे कारण वर्तमान हैं; किन्तु क्षत्रिय वीर अर्जुन के युद्ध न करने का कोई कारण तो होना चाहिए।"

"कहा न, मैं किंकर्तव्यविमूढ़ हो गया हूँ। क्या करूँ मैं अरिसूदन? भीष्म और द्रोण को युद्ध में बाणों से छेद डालूँ?"

"क्षत्रिय का धर्म-युद्ध तो यही है अर्जुन।" श्रीकृष्ण बोले, "ऐसा तो सम्भव नहीं है कि युद्ध में अपने विरुद्ध खड़े पितामह को माल्यार्पण करो और उनके पीछे खड़े सैनिकों को बाणों से बींधो। विभिन्न लोगों के लिए युद्ध की रीतियाँ भिन्न तो नहीं हो जातीं।"

"किन्तु अवसाद और दैन्य के दोष से मूढ़ हो गया हूँ मैं..."

"दोष से नहीं, रोग से। इस शब्द का प्रयोग तुम भी एक बार कर चुके हो ... दैन्य रोग...।" श्रीकृष्ण बोले।

"रोग ही सही। इसीलिए आपसे पूछ रहा हूँ।" अर्जुन बोला, "मुझे बताइए कि निश्चित रूप से हमारे लिए श्रेयस्कर क्या है।"

"मूढ़ हो गये हो। कुछ सोच-विचार नहीं कर पा रहे। अपना कर्तव्य निर्धारित नहीं कर पा रहे; और फिर भी युद्ध सम्बन्धी नीति का निर्धारण कर रहे हो।"

"कहाँ निर्धारण किया मैंने? क्या निर्धारित किया?"

"कह तो रहे हो कि युद्ध नहीं करोगे। युद्ध नहीं होना चाहिए। संसार को अधर्म के सम्मुख झुक कर शान्ति का सन्देश दे रहे हो। यह नीति नहीं तो क्या है?" श्रीकृष्ण जैसे विनोद की मुद्रा में थे, "दैन्य-रोग से मूढ़ होकर कोई चिन्तन के नये सिद्धान्त गढ़ता है क्या, जो तुम गढ़ रहे हो? दैन्य रोग व्यक्ति को ऋषि तो नहीं बना देता।"

"नहीं। वह तो उसे मूढ़ बना देता है।"

"मेरे शिष्य के रूप में मुझसे मार्ग-दर्शन भी चाहते हो; और अपने गुरु को यह शिक्षा भी दे रहे हो कि युद्ध कोई अच्छी बात नहीं है। हमें पापियों की भी हत्या नहीं करनी चाहिए। युद्ध न करने की घोषणा कर रहे हो। इसका अर्थ तो यह हुआ कि पहले से ही संकेत कर रहे हो कि मेरा परामर्श या आदेश युद्ध के पक्ष में हुआ तो उसे नहीं मानोगे।" श्रीकृष्ण रुके, "यह तो वैसा ही है, जैसे कोई पुत्र कहे कि पिता की आज्ञा का पालन तो करना चाहिए; किन्तु पिता का आदेश पुत्र की रुचि के अनुकूल होना चाहिए।"

अर्जुन मुस्करा नहीं पाया। न वह श्रीकृष्ण की बात का रस ले पाया। बोला, "मुझे लगता है कि इस समय एक ऐसा दुख मेरी इन्द्रियों को मथ रहा है, जिसका

निवारण सम्पूर्ण पृथ्वी का निष्कंटक राज्य तथा देवताओं का आधिपत्य भी नहीं कर पाएगा। तो फिर ऐसी स्थिति में मैं युद्ध कैसे कर सकता हूँ?"

"तो क्या कर सकते हो?"

"इतना विराट नर-संहार करने से क्या यह अच्छा नहीं है कि हम विरोधी पक्ष से सन्धि कर लें।"

"वे सन्धि नहीं चाहते। उसका प्रयत्न कितनी ही बार किया गया है।"

"तो उनकी ही बात मान जाएँ।" अर्जुन बोला, "झगड़े ही जड़, यह राज्य उन्हें दे दें।"

"तुम शायद भूल गये हो कि दुर्योधन ने द्रौपदी को अपनी जंघा पर बैठने का संकेत किया था। यह भी स्वीकार कर लें? पर क्यों?"

"नहीं। यह नहीं। किन्तु हम यह राज्य तो उन्हें दे ही सकते हैं, ताकि यह पृथ्वी इस भयंकर नरसंहार से बच सके।"

श्रीकृष्ण हँसे, "तुम समझते हो कि यह राज्य उन्हें दे दोगे, तो संहार नहीं होगा। सब ओर सुख-शान्ति का साम्राज्य स्थापित हो जाएगा? प्रत्येक नागरिक स्वतन्त्र, सम्पन्न, सम्मानित और सुरक्षित जीवन व्यतीत करेगा, जैसा कि कंस, जरासन्ध और कालयवन के राज्य में कर रहा था? दुर्योधन ने राजसभा में जो व्यवहार कृष्णा के साथ किया, वही अन्य स्त्रियों के साथ भी होगा। तुम लोग वनवास कर रहे थे तो दुर्योधन तुम्हें पीड़ित करने वहाँ नहीं पहुँचा था क्या?"

"तो फिर हमारे लिए क्या मार्ग है। युद्ध हम करना नहीं चाहते, शान्ति हमें मिल नहीं सकती।"

श्रीकृष्ण मन ही मन हँस रहे थे; अर्जुन समझता है कि वह मारने वाला है और कोई मरने वाला है। वह शरीर को ही जानता है, आत्मा से उसका परिचय नहीं है। वह समझता है कि राज्य उसके और उसके परिवार के भोग के लिए है।... कर्तव्य के लिए नहीं है। प्रजा की रक्षा के लिए नहीं है। धर्म की स्थापना के लिए नहीं है।... अर्जुन अपने कर्तव्य को, राजधर्म को भूल रहा है।

श्रीकृष्ण ने एक गम्भीर दृष्टि अर्जुन पर डाली।

"अर्जुन, मनुष्य अधर्म का अत्याचार भी सहन कर लेता है, उसके साथ भी जी लेता है; किन्तु प्रकृति की अपनी मर्यादा है। अधर्म की एक सीमा है। उस रेखा को छूते ही, अधर्म का नाश आरम्भ हो जाता है। प्रकृति धर्म की स्थापना करती है। प्रकृति तुम्हारे समान किंकर्तव्यविमूढ़ नहीं हो जाती ..."

"माधव, धर्म की स्थापना होगी ही, चाहे सारी मानवता का विनाश हो

जाए?"

"हाँ।"

"क्यों?"

"उस मनुष्य के जीवित रहने का भी क्या लाभ, जो सारी सृष्टि को पाप के पंक में डुबो दे, जगदम्बा की इस सुन्दर सृष्टि को नारकीय बना दे।"

"यह नीति हो सकती है, न्याय नहीं।" अर्जुन के स्वर में कुछ आवेश भी था और कुछ पीड़ा भी, "सर्वनाश ही हो गया तो धर्म क्यों और अधर्म क्या। यह न्याय नहीं है।"

"न्याय क्या होता है?"

"इन लोगों को नाश से बचाते हुए, जीवित रखते हुए, धर्म की स्थापना हो।"

"मनुष्य चाहे जाने या न जाने, प्रकृति जानती है कि अधर्म और न्याय दोनों एक साथ नहीं रह सकते। इसलिए यदि धर्म की स्थापना करनी है तो नीति पर चलना होगा, वही नीति अपनी सन्तान के समान न्याय को जन्म देगी।"

"पर यह कैसे सम्भव है?"

"प्रकृति को अधिक ज्ञान है, या मनुष्य को?"

"प्रकृति को।"

"न्याय प्रकृति करती है या मनुष्य करता है?"

अर्जुन ने श्रीकृष्ण के प्रश्न का उत्तर नहीं दिया। अपनी ओर से प्रश्न किया, "तो फिर ये सारे लोग मारे जाएँगे।"

लगा, अर्जुन बैठा भी नहीं रह पाएगा, लुढ़क ही जाएगा।

"तो क्या कहा कृष्ण ने?" धृतराष्ट्र ने पूछा।

"वही बताने जा रहा हूँ।" संजय बोले, "आप धैर्य से सुनें। सम्भव है कि कुछ बातें आपकी रुचि के अनुकूल न हों।"

"बोलो। मैं सुन रहा हूँ।" धृतराष्ट्र ने कहा, "यह भी जानता हूँ कि कृष्ण मेरी रुचि के अनुकूल नहीं बोलेगा।"

शोक करते अर्जुन को देख कर श्रीकृष्ण हँस पड़े, "जो कुछ प्रकृति जानती है, वह तुम नहीं जानते।"

"प्रकृति से मेरी कोई स्पर्धा नहीं है।" अर्जुन बोला, "मैं तो मानवता को प्रेम करने वाले एक मनुष्य के समान भावी विनाश से आक्रान्त हूँ। ये सारे लोग जो आज जीवित हैं और मेरे सामने खड़े हैं, ये सब नष्ट हो जाएँगे। पृथ्वी निर्जन हो

जाएगी। कहीं जीवन नहीं रह जाएगा?"

"अज्ञानियों के समान शोक कर रहे हो; और फिर भी स्वयं को तत्वज्ञानी पंडित मानकर ज्ञान बघार रहे हो।" श्रीकृष्ण कठोर और अकम्प स्वर में बोले। उनके मुख-मंडल पर तनिक-सा भी अवसाद नहीं था।

"न कोई निश्चय किया है मैंने। न मैं ज्ञान बघार रहा हूँ।" अर्जुन मन्द स्वर में बोला, "बस युद्ध करने में असमर्थ हो गया हूँ। रक्त जम गया है मेरा और सारे अंग शिथिल हो गये हैं।"

"केवल इस आशंका से कि ये सारे लोग युद्ध में मारे जाएँगे?"

"हाँ।"

"तभी तो कह रहा हूँ।" कृष्ण बोले, "नश्वर के धरातल से उठकर अनश्वर के धरातल से सोचो।"

"अर्थात्?"

"मनुष्य के धरातल से ऊपर, प्रकृति के धरातल तक उठो। वह भी जानो, जो तुम नहीं जानते; किन्तु प्रकृति जानती है।"

"क्या जानती है प्रकृति?"

"प्रकृति ही नहीं, तत्वज्ञ भी वह जानता है।"

"क्या?"

"तत्वज्ञ कहो, तत्वदर्शी कहो, स्थितिप्रज्ञ कहो, योगी कहो। वे लोग न उनके लिए शोक करते हैं, जिनके प्राण इस शरीर से प्रयाण कर चुके हैं; और न उनके लिए, जिनके प्राण वर्तमान हैं और भविष्य में कभी प्रयाण करेंगे। न मृतक के लिए, न जीवित के लिए। वे जानते हैं कि अस्तित्व क्या है और अनस्तित्व क्या है। अर्जुन, प्राण तो प्रत्येक प्राणी का शरीर छोड़ कर जाएँगे ही। उनके लिए शोक करते हो, जो काल के गाल में बैठे हैं?"

"क्यों न करूँ शोक? मृत और जीवित में कोई अन्तर नहीं है क्या?"

"मृत और जीवित!" श्रीकृष्ण हँसे, "न तो कोई ऐसा काल था, जिसमें मैं नहीं था, तुम नहीं थे, अथवा ये राजागण नहीं थे; और न ही भविष्य में कोई ऐसा काल आयेगा, जब हम सब नहीं होंगे। अम्बा ने आत्मदाह कर अपने शरीर को समाप्त किया, किन्तु शिखंडी के रूप में वह पुनः वापस आयी। गंगा और भीष्म सदा इसी शरीर में ही तो नहीं थे। उन्होंने एक शरीर का त्याग किया और दूसरा शरीर धारण किया। वे थे भी और हैं भी। नश्वर नहीं रहता किन्तु अनश्वर तो शाश्वत है। वह रहेगा ही।"

"ऐसा कैसे सम्भव है?" अर्जुन का विषाद आश्चर्य में बदल रहा था।

"जिन्हें तुम मनुष्य या जीव कहते हो, उनके स्वरूप को समझो। नश्वर और अनश्वर को समझो। उसके दो तत्वों—शरीर और आत्मा को पृथक् कर देखो। व्यर्थ ही विलाप मत करो।"

"कैसे देखूँ।"

"आत्मा को जिस प्रकार इस देह में कुमारावस्था, यौवन और जरा की प्राप्ति होती है, उसी प्रकार मृत्यु के पश्चात् उसे दूसरी देह भी प्राप्त होती है।" श्रीकृष्ण बोले, "जो यह सत्य जानता है, उसे मोह नहीं होता। वह यह भी जानता है कि शीत और उष्ण, सुख और दुख का अनुभव इन्द्रियों के विषय के साथ संयोग से होता है।..."

"सब जानते हैं।"

"जानते तो सब हैं; किन्तु समझते भी हैं?"

"क्या?"

"दुख-सुख का अनुभव इन्द्रियों के माध्यम से मस्तिष्क करता है। उनका अनुभव आत्मा नहीं करती। वे अनित्य हैं। वे शीत और उष्ण ऋतुओं के समान आते हैं और चले जाते हैं। वे नश्वर हैं। अनश्वर है केवल आत्मा। आत्मा के स्वरूप को भी जानो। वह सुख-दुख का अनुभव नहीं करती; क्योंकि वह प्रकृति के कार्य-कारण नियम से मुक्त है। जो मनुष्य प्रकृति के इन द्वन्द्वों को समान समझता है, अर्थात् उनसे प्रभावित नहीं होता, उसे वे पीड़ित नहीं करते। वह उनसे उदासीन है—उत् आसीन है। वह उनसे ऊपर उठ चुका है, उनसे परे जा चुका है। ऐसा मनुष्य अमरत्व अथवा मोक्ष को प्राप्त करता है।"

"आप कहना चाहते हैं कि सुख-दुख कुछ हैं ही नहीं?"

"शरीर के लिए हैं; आत्मा के लिए नहीं हैं।"

"यह कैसी बात है?"

"वे असत् हैं। असत् कभी सत् नहीं हो सकता। अभाव कभी भाव नहीं हो सकता; और भाव का अभाव नहीं हो सकता। आत्मा ही इस शरीर को धारण करती है; और वह ही उसे त्याग भी देती है। वह न जन्मती है, न मरती है।" श्रीकृष्ण बोले, "तत्वदर्शी तो इसी प्रकार सोचते हैं। धर्म की स्थापना मनुष्य नहीं करता, प्रकृति करती है। उस धरातल तक उठो और सोचो। सृष्टि के सत्य को पहचानो।"

"यह कृष्ण भी कैसे-कैसे तर्क खोज कर लाता है।" धृतराष्ट्र ने मुँह बिसोरा।

"किन्तु न वे असत्य कहते हैं, न काल्पनिक बातें करते हैं।" संजय ने

श्रीकृष्ण का बचाव किया।

"तो क्या है, यह सब? भाव का अभाव नहीं होता और अभाव का भाव नहीं होता।"

"वही। जिसका श्रीकृष्ण नित्य अनुभव करते हैं।"

"अनुभव करता है का क्या अर्थ?" धृतराष्ट्र चिढ़ गया, "यह सब कुछ हमारे आरण्यक लोगों ने ग्रन्थों में लिख रखा है। वह सब मैंने भी सुना है। मुझे भी उन सब बातों की जानकारी है।"

"आपने सुना है और मैंने सुना और पढ़ा है; किन्तु श्रीकृष्ण ने उनका अनुभव किया है। उन्हें जिया है। शास्त्र ईश्वर की प्राप्ति नहीं कराता। धर्म का प्रत्यक्षीकरण करना पड़ता है। उसका अनुभव करना पड़ता है। श्रीकृष्ण आत्मा के धरातल पर जीते हैं, शरीर के धरातल पर नहीं। वे प्रत्येक क्षण जानते हैं कि वे आत्म हैं, वर्तमान शरीर नहीं।"

धृतराष्ट्र के चेहरे पर उपेक्षा ही नहीं वितृष्णा के भाव थे। उसे संजय के मुख से यह सब सुनना तनिक भी सुहा नहीं रहा था। उसने विषय बदला, "और अर्जुन ने उससे क्या पूछा?"

"यह कृष्ण ने युद्ध में उस ज्ञान की चर्चा क्यों आरम्भ कर दी, जो यज्ञवेदी और अरण्यों के लिए है?" पारंसवी ने कहा, "अर्जुन को युद्ध के लिए प्रेरित करना चाहिए, संन्यास के लिए नहीं।"

"कृष्ण समझ गये कि विकार कहाँ है।... विकार समझ की भूल में है। समझने में गलती हो गयी है।" विदुर बोले, "बुद्धि में विकार है, इसलिए यदि उसका सम्यक उपचार करना है तो पहले बुद्धि के विकार का निरसन करना होगा। बुद्धि से विकार को दूर करना होगा। अर्जुन का आत्म-तत्व से परिचय कराना होगा।... अपने में सबको और सब में अपना आपा देखना होगा। जब तक उन भ्रमित दुराग्रहों का त्याग नहीं होगा, तब तक वास्तव में शोक-मोह से मुक्ति नहीं होगी।" विदुर ने रुक कर पारंसवी की ओर देखा, "और तुम संन्यास को क्या समझती हो? संन्यास न जीवन से विमुख होना है, न कर्म से विमुख होना। संन्यास अपने स्व में स्थित होना है। सांसारिक कामनाओं को त्याग कर कर्म करना है। संन्यासी युद्ध करेगा, तो सांसारिक योद्धा से कहीं अधिक प्रबल होकर युद्ध करेगा। कृष्ण अपने उपदेश से अर्जुन को वैसा ही योद्धा बना रहे हैं।"

"इसका क्या प्रमाण है कि अर्जुन बुद्धि के विकार के कारण ही वैसा व्यवहार

कर रहा था?"

"मृगमरीचिका का ध्यान करो। मृग अथवा मनुष्य को निकट जाने पर पता चलता है कि वहाँ जल नहीं है, केवल रेत हे। रेत को जान लेने मात्र से जल अदृश्य हो जाता है। जानने मात्र से जो वस्तु नष्ट होती है, वह वास्तव में होती नहीं है। जल वहाँ कभी था ही नहीं। वह अज्ञान का उत्पाद है। उसका कोई अस्तित्व नहीं है। वह भ्रम है। सत्य जानने मात्र से राधेय का भ्रम दूर हो गया और उसे कौन्तेय होने का ज्ञान प्राप्त हो गया।" विदुर ने कहा, "जीव को समझना होगा कि मेरा जो वास्तविक स्वरूप है, वह शोक-मोह से युक्त नहीं है। मेरा वास्तविक स्वरूप यदि शोक-मोह से युक्त होता, तो आत्मा को जानने मात्र से शोक-मोह से मुक्ति नहीं मिलती। आरम्भ में कृष्ण उस वास्तविक स्वरूप के ज्ञान का ही निरूपण कर रहे हैं।"

"किन्तु यह तत्व ज्ञान...?" पारंसवी कुछ कहना चाह रही थी।

"सारा तत्व ज्ञान, समझ की अशुद्धि को दूर करने के लिए ही होता है। ज्ञान ही बुद्धि का उपचार है। सांख्य-योग के जिन तत्त्वों का निरूपण कृष्ण कर रहे हैं, वह कपिल मुनि का सांख्य नहीं है। कृष्ण समग्र ज्ञान को ही सांख्य कह रहे हैं। यही बुद्धि का उपचार है। बुद्धि के विकारों—शोक-मोह आदि को दूर करने के लिए वह स्थायी उपचार है। अस्थायी उपचार की चेष्टा भी कृष्ण ने की; किन्तु उन्होंने देख लिया कि वह फलप्रसू नहीं है।"

"तो यह मस्तिष्क की शल्य-चिकित्सा है?" पारंसवी परिहास की मुद्रा में आ गयी थीं।

"हाँ शरीर में दो तत्व हैं। एक तत्व तो जड़ अंश है। जब तक इस जड़ तत्व को अपना आपा मानकर हम व्यवहार करते रहेंगे, तब तक हम दुखी होते रहेंगे, शोकाकुल रहेंगे।..."

"वह कैसे?"

"इस दृश्यमान शरीर के भीतर इन्द्रियाँ हैं। इन्द्रियों से सूक्ष्म मन है, उससे सूक्ष्म बुद्धि है, उससे भी सूक्ष्म है आत्मा। अर्जुन को उस आत्मा से परिचित कराना होगा। द्रोण ने उसे युद्ध और शस्त्रों का स्थूल ज्ञान दिया है, आत्मा का सूक्ष्म ज्ञान नहीं। इसलिए वह उसे नहीं जानता। पता नहीं द्रोण ने जान-बूझ कर ऐसा किया है या उसकी शिक्षा-पद्धति ही कुछ ऐसी त्रुटिपूर्ण है।... और युद्ध की प्रेरणा का जहाँ तक प्रश्न है, कृष्ण युद्ध की प्रेरणा दे रहे हैं, कहना अर्द्ध सत्य है। कृष्ण स्वधर्म पालन की प्रेरणा दे रहे हैं। अर्जुन मोह के कारण अपने धर्म को भूल गया है। कृष्ण उसका स्वधर्म विषयक मोह दूर कर रहे हैं। उसे अपने धर्म में प्रवृत्त कर रहे हैं।... धर्म

का शासन, प्रजा की अधर्म और अन्याय से रक्षा और दुष्ट-दलन। इसमें कहाँ है हिंसा और कहाँ है युद्ध की प्रेरणा यह तो है उसका स्वधर्म और वह अपनी नासमझी के कारण अपने स्वधर्म से भाग रहा है।"

6

"अर्जुन, तुम इस प्रकार रुग्ण हुए बैठे हो, क्योंकि तुम इन्द्रियों के स्थूल संसार को ही जानते हो किन्तु आत्म-तत्व को नहीं जानते। यही कारण है कि तुम स्थितप्रज्ञ नहीं हो। मनुष्य और प्रकृति को उसकी समग्रता में जान जाओ तो तुम भी स्थितप्रज्ञ हो जाओगे। तत्वदर्शी।"

अर्जुन ने चकित दृष्टि से श्रीकृष्ण को देखा, जैसे उन्होंने कोई विचित्र बात कह दी हो।

"आपने तत्वदर्शी की बात कही। तत्वदर्शी, स्थितप्रज्ञ! मेरे मन में एक विचित्र-सी उत्सुकता यह जानने के लिए जाग उठी है कि आखिर यह स्थितप्रज्ञ होता क्या है?"

"क्या होता है? मनुष्य होता है, और क्या होता है।"

"हाँ। होता तो वह मनुष्य ही है; किन्तु किस कोटि का, किस श्रेणी का मनुष्य होता है? स्थितप्रज्ञ क्या सोचते हैं? कैसे सोचते हैं? कैसे चलते-फिरते और उठते-बैठते हैं? उनका व्यवहार कैसा होता है? दिनचर्या क्या होती है? जीवन शैली कैसी होती है? स्थितप्रज्ञ होने के पश्चात् उनकी जीवन शैली बदल जाती है क्या?"

श्रीकृष्ण की स्मृति में पांडवों के वनवास के दिन घूम गये। द्रौपदी ने युधिष्ठिर के प्रति अपना क्रोध दर्शाते हुए, अपना प्रेम जताया था... श्रीकृष्ण को लगा था कि द्रौपदी जितना सोचती है, धर्मराज का जितना अन्वेषण करती है, वह धर्मराज पर उतना ही रीझती जाती है।... कौन होगा ऐसा मनुष्य, ऐसा पुरुष, ऐसा योद्धा, ऐसा राजा जो इतना अपमान और कष्ट सह कर भी तनिक सा भी प्रतिवाद नहीं करता। विचलित भी नहीं होता। प्रतिकार की चर्चा तो करता है; प्रतिशोध की बात भी अपने मन में नहीं लाता। अपने शत्रुओं को भी क्षमा कर देता है और सर्वनियन्ता के न्याय के विरुद्ध भ्रू तक नहीं उठाता। अन्य पांडवों ने बार-बार ईश्वरीय न्याय के प्रति अपना रोष प्रकट किया है। स्वयं श्रीकृष्ण से पूछा भी है कि धर्म-प्राण इतने कष्ट में क्यों हैं? अन्यायी और दुष्ट धृतराष्ट्र

और दुर्योधन ऐश्वर्य का भोग क्यों कर रहे हैं? और फिर वन में भटकते हुए जब द्रौपदी ने धर्मराज से पूछा था, "मनुष्यों में सर्वोपरि होते हुए भी, आपको इतना दुख क्यों सहन करना पड़ता है?" तो धर्मराज ने उत्तर दिया था, "राजपुत्रि! देखो, यह हिमालय कितना भव्य और सुन्दर है। यह मुझे कुछ नहीं देता; पर मेरा स्वभाव ऐसा है कि मैं भव्य और सुन्दर से प्रेम करता हूँ। ईश्वर अखिल सौन्दर्य, समस्त सुषमा का मूल है। वही ऐसा पात्र है, जिससे प्रेम करना चाहिए। उससे प्रेम करना मेरा स्वभाव है। इसलिए मैं उससे प्रेम करता हूँ। मैं किसी बात के लिए उससे प्रार्थना नहीं करता। मैं उससे कोई वस्तु नहीं माँगता। उसकी जहाँ इच्छा हो, मुझे रखे। मैं तो सभी अवस्थाओं में केवल प्रेम के लिए ही उससे प्रेम करता हूँ। मैं प्रेम में सौदा नहीं कर सकता। ...और दुख और सुख तो तभी तक है, जब तक आप शरीर के धरातल से ऊपर नहीं उठते। जब तक आप प्रकृति के बन्धन में हैं। जब तक आप आत्म को नहीं जानते।..."

द्रौपदी के मन में ईश्वर के प्रति की गयी प्रार्थना गूँजने लगी थी, "हे प्रभु! मुझे न तो सम्पत्ति चाहिए, न विद्या। यदि तेरी इच्छा है तो सहस्रों बार जन्म-मृत्यु के चक्र में पड़ूँगी; किन्तु हे प्रभु, केवल इतना ही दे कि फल की अपेक्षा छोड़कर, तेरी भक्ति करूँ। केवल प्रेम के लिए ही, तुझ पर मेरा निःस्वार्थ प्रेम हो।"

द्रौपदी को लगा कि युधिष्ठिर को जानना सचमुच बहुत कठिन है। वस्तुतः हम किसी पदार्थ अथवा भाव को जानते तो तब ही हैं, जब उसकी अवधारणा हमारे मन में पहले से हो। यदि हमारा मन भयंकरता की अवधारणा से परिचित न हो तो वन में घूमते उन्मुक्त सिंह के भयंकर स्वरूप को हम हृदयस्थ कैसे कर सकते हैं। यदि हम मन की निष्कामता, उसकी पवित्रता और सात्विकता से परिचित न हों, तो हम धर्मराज को कैसे समझ सकते हैं?... धर्मराज कभी बैठे साधना करते दिखायी नहीं देते। उन्होंने मोक्ष प्राप्ति हेतु तपस्या करने के लिए राज्य छोड़ कर वन में जाने का संकल्प नहीं किया।.... किन्तु वे जैसे प्रतिक्षण एक तपस्या में लीन हैं। निरन्तर अपने मन और जीवन में से मैल काट रहे हैं; विकारों को त्याग रहे हैं; लोभ, कामना और अधिकार से स्वयं को मुक्त कर रहे हैं.... जिसे स्वच्छता से प्रेम होता है, वह मल को अपनी हथेली में उठा कर गर्व का अनुभव कैसे करेगा, चाहे उसमें अकूत सम्पत्ति ही क्यों न हो।.... लोग तो बैठ कर, संकल्पपूर्वक सारा जीवन तपस्या करते हैं। तभी तो धर्मराज क्षमाशील हैं, इतने शान्त हैं, इतने निस्पृह हैं... अब द्रौपदी सोचती है तो अतीत की कितनी सारी बातें, उसके मन में स्पष्ट हो जाती हैं .... कांपिल्य में उसके स्वयंवर में अर्जुन ने जब प्रतिज्ञा पूरी कर उसे प्राप्त कर लिया था और लाकर धर्मराज को

समर्पित करते हुए कहा था, 'आप भाइयों में सबसे बड़े हैं। आपका विवाह सबसे पहले होना चाहिए। आप इस राजकन्या को ग्रहण करें। इससे विवाह करें...' तो धर्मराज उसे पा कर उत्फुल्ल क्यों नहीं हुए थे? क्यों वे चिन्ता में लीन थे? क्यों धर्म के नाम पर, द्रौपदी का विवाह उन्होंने पाँचों भाइयों से करवाया था?... इस व्यक्ति में काम-जनित ईर्ष्या भी नहीं है, जो किसी साधारण से साधारण, रोगी और असमर्थ जीव में भी होगी... परिस्थितियों का लाभ उठा कर, वे अर्जुन द्वारा जय की गयी राजकन्या याज्ञसेनी पर पूर्ण अधिकार जमाना नहीं चाहते थे.... धर्मराज ही यह सब कर सकते थे और उनके भाई, पांडव ही ऐसे पुरुष थे, जो द्रौपदी जैसी पत्नी के लिए भी, किसी प्रकार के मतभेद से आशंकित नहीं थे... न जाने माता कुन्ती ने उन्हें कैसे-कैसे संस्कार दिये थे।....

श्रीकृष्ण ने अर्जुन की ओर देखा।

"तुमने कभी अपने भाई के कार्य-व्यवहार पर ध्यान नहीं दिया। स्थितप्रज्ञ धर्मराज युधिष्ठिर के ही समान होते हैं।" कृष्ण ने कहा, "किन्तु उनके व्यवहार इत्यादि की नकल करने से ही कोई स्थितप्रज्ञ नहीं हो जाएगा। उसके चित्त को उन्हीं के समान सात्विक, निर्मल और कामनारहित होना होगा। बाहर से नहीं भीतर से उसे धर्मराज का अनुसरण करना होगा।"

धृतराष्ट्र चौंक उठा।

"क्या सोचते हैं तत्वदर्शी? क्या होता है स्थितप्रज्ञ?"

"तत्वदर्शी सोचते हैं कि वृक्ष, वस्तुतः वृक्ष नहीं है। वह लकड़ी है। सूख जाएगा तो लकड़ी ही तो हो जाएगा।" संजय ने उत्तर दिया।

गान्धारी भी पास आ बैठी थी। उसने बैठते ही दासियों को जाने का संकेत कर दिया था। स्पष्ट था कि वह लम्बे समय के लिए यहाँ बैठना चाहती थी।

"वह सदा वृक्ष ही तो बना नहीं रह सकता। तो वृक्ष सत्य है या लकड़ी?" गान्धारी ने कहा, "और लकड़ी क्या है? वह सदा वृक्ष का तना या लट्ठा ही तो नहीं रहेगी। जो भी बना दो, बन जाएगी। द्वार के कपाट बना दो। चौकी बना दो। मंच बना दो। पर्यंक बना दो। खाट बना दो। तो क्या वह वृक्ष, वृक्ष नहीं, चौकी, मंच या खाट है? काष्ठ सत्य नहीं है? कपाट, चौकी, मंच या खाट सत्य हैं? नहीं। शायद वे भी सत्य नहीं हैं। उन वस्तुओं को आग लगा दो, तो सब भस्म हो जाएगा। तो भस्म सत्य है?..."

"नहीं महारानी।" संजय ने कहा, "दूसरी ओर से सोचिए।"

"दूसरी ओर से का क्या अर्थ हुआ?" धृतराष्ट्र ने एक प्रकार से अपनी

आपत्ति जताई।

"मन को पलट दीजिए और दूसरी ओर से सोचिए," संजय ने कहा, "तत्वदर्शी इसके विपरीत भी तो सोच सकता है। वृक्ष कहाँ से आया? जो बीज था, उसमें तो न कोई लट्ठा था, न कपाट, न चौकी, मंच या खाट। भस्म भी नहीं। तो वृक्ष पहले भी नहीं था। कटने के पश्चात् भी नहीं रहा बस बीच की अवधि में प्रकट हुआ। तो क्या वृक्ष सत्य है? नहीं, वह सत्य नहीं है। किन्तु कोई तो ऐसा अस्तित्व है, जिसमें से वृक्ष आया और फिर उसी में लौट गया। वह अस्तित्व ही सत्य है। पर वह अस्तित्व क्या है? वह सत्य क्या है? कौन है वह?..."

"क्या कहता है तुम्हारा कृष्ण। क्या सत्य है?" धृतराष्ट्र का स्वर वक्र हो चला था। "सत्य क्या है?"

संजय समझ रहे थे कि धृतराष्ट्र के मन की कड़वाहट किसी भी क्षण उसकी जिह्वा पर आ जाएगी।

"सत्य वह है, जिसका कभी नाश नहीं होता। अविनाशी तो वह है, जिससे यह सारा जगत व्याप्त है।..." श्रीकृष्ण बोले, "व्याप्त क्या है। वही, यह सब कुछ बन कर हमारे चर्म चक्षुओं के सम्मुख विद्यमान है। उस अव्यय का कभी नाश नहीं होता। इसलिए तुम सृष्टि के विनाश का भय अपने मन से निकाल दो।"

"हमारे इस युद्ध की चर्चा में वह अव्यय कहाँ से आ गया?" अर्जुन कुछ खीज कर बोला।

"जिन लोगों के वध की बात सोच कर तुम इस प्रकार जड़ हो गये हो, वे शरीर हैं; और शरीर किसी का भी हो, वह नश्वर है।" श्रीकृष्ण बोले, "यह शरीर उस अविनाशी, अप्रमेय, नित्य आत्मा का चोला है। चोला नाशवान ही होता है। वह घिसेगा भी, फटेगा भी, नष्ट भी होगा। उस चोले की चिन्ता कर, किसी प्रकार का मोह न करो, नहीं तो तुम भी अधर्म के पक्ष में खड़े दिखायी पड़ोगे। तुम युद्ध करो।..."

"केशव!..." अर्जुन ने कुछ कहना चाहा।

"मेरी बात सुनो।" श्रीकृष्ण ने कुछ बलपूर्वक कहा, "मैंने कहा, 'सत् का कभी अभाव नहीं होता।' कितने युद्ध हो जाएँ। कितने शरीर धराशायी हो जाएँ। कितना रक्तपात हो जाए। प्रलय हो जाए; किन्तु सत् का अभाव नहीं होगा। और यह भी कहा मैंने कि 'असत् का कभी भाव नहीं होता।' कितना बचा लो मनुष्य के शरीर रूपी इस चोले को, वह बच नहीं पाएगा। उसे प्रकृति में समा ही जाना है। और अन्ततः तो सारी प्रकृति उस ब्रह्म में समा जाएगी। उस ब्रह्म में,

जो सत्य है। इसलिए ब्रह्म के प्रतिनिधि, ब्रह्म को जानने वाले, उसका साक्षात्कार और अनुभव करने वाले, यह मानते हैं...."

"क्या मानते हैं?"

"आत्मा का न वध हो सकता है, न आत्मा किसी का वध करती है। इस आत्मा को जो हत्यारा समझता है, अथवा जो इस आत्मा को हत मानता है, वे दोनों ही सत्य को नहीं जानते। वे अपनी इन्द्रियों के ज्ञान तक सीमित हैं।...."

"क्या?"

"आत्मा न किसी को मारती है, न किसी के द्वारा मारी जा सकती है।" श्रीकृष्ण का अलौकिक स्वर अर्जुन को बाँधता जा रहा था, "यह शरीर जिस आत्मा का चोला है, वह आत्मा न जन्म लेती है, न मरती है, न नयी होती है, न पुरानी होती है। अनस्तित्व की स्थिति आत्मा के लिए नहीं है। इसलिए अस्तित्व में आना और फिर अस्तित्व का नष्ट होना, आत्मा के साथ सम्भव नहीं है। आत्मा अज है, नित्य है, शाश्वत है।"

"मैं समझा नहीं।"

"जैसे वस्त्र के फट जाने पर भी शरीर नष्ट नहीं होता। वैसे ही शरीर के निर्जीव होने पर, आत्मा नष्ट नहीं होती।"

"वस्त्र के फट जाने पर शरीर चाहे नष्ट नहीं होता; किन्तु शरीर को खरोंच लग सकती है। रक्त बहता है। चोट खाता है शरीर। पीड़ा होती है उसे।" अर्जुन बोला।

"आत्मा के साथ यह सब भी नहीं होता; क्योंकि आत्मा अविकारी है।"

"मेरे पास तो इसका कोई प्रमाण नहीं है।" अर्जुन बोला, "सखा, मैं तुम्हारी बात का विश्वास कैसे करूँ? केवल इसलिए कि तुम कह रहे हो? केवल मैत्री के नाम पर?"

"जो शरीर समय आने पर नष्ट हो जाता है, वह अपने पश्चात् भी बने रहने वाली आत्मा को कैसे जानेगा। तुम नहीं जानते, अर्थात् तुम्हारे नश्वर शरीर में स्थित तुम्हारा चित्त उस अमर आत्मा को नहीं जानता। वह केवल बाहरी आवरण है। वह अपने भीतर सुरक्षित उस महान् तत्व को नहीं जानता। तुम स्वयं को यह शरीर मात्र मानते हो?"

"मैंने अपने शरीर को अपनी आत्मा से पृथक् कर कभी देखा ही नहीं; मैं तो इस शरीर को ही 'मैं' मानता हूँ। अपना आपा मानता हूँ... क्या शरीर और आत्मा को पृथक् कर देखना सम्भव है?"

"सम्भव क्यों नहीं। आत्मसाक्षात्कार के पश्चात् आत्मा शरीर को स्वयं से पृथक् देखती ही नहीं, जानती और मानती भी है। इस संसार में इस प्रकार के सहस्रों उदाहरण हैं।"

"किन्तु प्रमाण?"

"चलो, ऐसे समझो तुम्हारी अपनी मृत्यु से पहले तुम्हारे पास क्या प्रमाण है कि तुम्हारे प्राण तुम्हारा यह शरीर त्याग जाएँगे?" श्रीकृष्ण बोले, "फिर भी तुम जानते हो कि यह होगा।"

अर्जुन उनकी ओर देखता रह गया।

"वृक्ष पहले बीज में था। बीज फल में था। फल, वृक्ष में था। बीज में से प्रस्फुटित होने से पहले और कट कर काठ मात्र हो जाने के मध्य के काल में वह वृक्ष था। उससे पहले भी वह वृक्ष नहीं था और उसके बाद भी वह वृक्ष नहीं रहा। वैसे ही मनुष्य, जन्म से पहले और मृत्यु के पश्चात् कहाँ होता है?"

"यह क्या?"

"जब तक तुम्हें आत्म का साक्षात्कार नहीं हो जाता, तब तक तुम्हारे लिए मेरे वचन ही प्रमाण हैं। शास्त्र, गुरु और कोई भी आप्त वचन प्रमाण हैं। यह अहंकार मत पालो कि जिसका तुमको अनुभव नहीं है, वह सत्य है ही नहीं।" श्रीकृष्ण हँसे, "जो इस आत्मा को अविनाशी, नित्य, अजन्मी और अनश्वर जानता है, पार्थ, वह पुरुष किसी अनश्वर की हत्या कैसे कर सकता है, या उसकी अनश्वर आत्मा किसी के द्वारा कैसे मारी जा सकती है। जो हत्या करता है, और जिसकी हत्या होती है, वह शरीर तो असत् है, उसे तो मरना ही है, किसी बहाने से मरे; क्योंकि असत् का कभी भाव नहीं होता। जो नहीं है, वह हो नहीं सकता; और जो है, वह रहेगा ही, नष्ट नहीं हो सकता।"

"पर मैं ..."

"हाँ, तुम इस अविनाशी आत्मा को नहीं जानते।" श्रीकृष्ण बोले, "किन्तु तुमने स्वयं को मेरा शिष्य माना है, इसलिए मेरी बात मानो। जैसे मनुष्य पुराने फटे हुए कपड़ों को त्याग कर नये वस्त्र धारण करता है, वैसे ही आत्मा पुराने जीर्ण शरीर का त्याग कर, नया शरीर धारण करती है।"

"आत्मा क्या सचमुच नष्ट नहीं होती?" अर्जुन ने कुछ चकित भाव से पूछा।

"सब बहलाने की बातें हैं।" धृतराष्ट्र ने जैसे अपने-आप से कहा; किन्तु था वह संजय को सुनाने के लिए।

"आप इस प्रकार कैसे कह सकते हैं?" संजय ने कहा।

"तुम कैसे कह सकते हो कि आत्मा नामक कोई पदार्थ है और वह अमर है? वह मरती नहीं, जन्मती नहीं।" धृतराष्ट्र ने कुछ ठसक से कहा, "वैसे किसी सैनिक को युद्ध के लिए तैयार करने के लिए, उसमें लड़ने की इच्छा उत्पन्न करने के लिए यह अच्छा तर्क है। नहीं तो कोई लड़ेगा कैसे; और क्यों लड़ेगा? क्या मनोरम बात है कि कोई मरता नहीं और कोई किसी को मारता नहीं। कृष्ण ने सबको मुक्त कर दिया, पाप से भी और अपराध से भी।"

शायद धृतराष्ट्र जोर से ठहाका मार कर हँसने की तैयारी में था।

"श्रीकृष्ण ने यह नहीं कहा कि कोई मरता नहीं और कोई किसी को मारता नहीं।" संजय का विरोध कुछ आक्रामक था।

"संजय ठीक कह रहा है।" गान्धारी ने कहा।

"अभी संजय ने ही तो ऐसा कहा।" धृतराष्ट्र तड़प कर बोला।

"उन्होंने कहा, जो अनश्वर आत्मा को जानता है, वह न मरता है, न किसी को मारता है; क्योंकि वह जानता है कि आत्मा न मरती है, न मारती है। वह आत्मा को जान लेने के बाद की स्थिति है।"

"दोनों बातों में कोई अन्तर है क्या?"

"आकाश-पाताल का अन्तर है।" संजय ने कहा, "साधारण व्यक्ति क्षुर से किसी के शरीर को चीरता है, तो वह उसे नष्ट करने के लिए ऐसा कर रहा है; किन्तु शल्यचिकित्सक रोग को शरीर से निकालने के लिए शरीर को चीरता है। वह शरीर को स्वस्थ भी कर देता है। दोनों में कोई अन्तर ही नहीं है? अन्तर ज्ञान और अज्ञान का है।" संजय ने कहा, "कुरुक्षेत्र में युद्ध कर रहे योद्धा और उनके शल्यंचिकित्सक शरीर के साथ एक ही जैसा व्यवहार कर रहे हैं; किन्तु कितना अन्तर है, दोनों के लक्ष्यों और दोनों के परिणामों में।"

"कृष्ण ने भी अर्जुन के प्रश्न का यही उत्तर दिया था क्या, जो तुम मुझे सुना रहे हो?"

"नहीं। श्रीकृष्ण ने कहा था..."

"शरीर जिन तत्वों से बना है, वे ही उसके नाश के कारण बनते हैं। वे तत्व मिलते हैं तो शरीर का निर्माण होता है। वे पृथक् हो जाते हैं तो शरीर नष्ट हो जाता है। नाशवान है शरीर और उसको नष्ट करने वाले अनेक उपकरण हैं; किन्तु शरीर को नष्ट करने वाला कोई भी उपकरण आत्मा को नष्ट नहीं कर सकता।" श्रीकृष्ण ने कहा, "न शस्त्र आत्मा को काट सकता है; न अग्नि उसको

जला सकती है; न पानी उसको गला सकता है; और न पवन इसको निर्जलित कर सकता।"

"क्यों?"

"क्योंकि आत्मा को प्रकृति ने नहीं बनाया है; और न ही वह भौतिक नियमों से संचालित और नियंत्रित कोई पदार्थ है। वस्तुतः वह प्रकृति की स्वामिनी है।" श्रीकृष्ण ने कहा।

"तो? प्रकृति के नियमों से मुक्त है वह?" अर्जुन चकित था, "प्रकृति की बन्दिनी नहीं है वह?"

"नहीं। वह प्रकृति की बन्दिनी नहीं है।" श्रीकृष्ण बोले।

"आत्मा इस शरीर की बन्दिनी नहीं है क्या? यह शरीर प्रकृति का बनाया हुआ नहीं है?"

"वह प्रकृति की बन्दिनी नहीं है। उसने अपनी कामना से, अपनी इच्छा से, अपनी आज्ञा से यह शरीर ओढ़ अवश्य रखा है, जैसे तुम्हारे शरीर ने ये वस्त्र ओढ़ रखे हैं; किन्तु आत्मा न प्रकृति द्वारा निर्मित है, न वह प्रकृति द्वारा नियंत्रित है।" श्रीकृष्ण बोले, "इसीलिए वह प्रकृति द्वारा नष्ट भी नहीं की जा सकती। वह अच्छेद्य है, अदाह्य है, अक्लेद्य है, अशोष्य है। वह नित्य है, सर्वगत, स्थाणु, अचल और सनातन है। यह अव्यक्त, अचिंत्य, और अविकारी है। यदि उसे जान लो तो उसकी चिन्ता की आवश्यकता नहीं है।"

"मैं आत्मा को पृथक् से नहीं जानता, केवल शरीर को जानता हूँ।" अर्जुन बोला, "मैं शरीर और आत्मा को संयुक्त मानता हूँ। शरीर जन्म लेता है, तो आत्मा उसमें विद्यमान होती है। बिना आत्मा के कोई शरीर जन्म लेता ही नहीं। आत्मा शरीर का ही अंग है। इसलिए जब शरीर मरता है तो उसके साथ आत्मा भी मर जाती है।"

"चलो मात्र तर्क के लिए, यदि तुम यह मानो कि शरीर के समान ही इस आत्मा का भी बार-बार जन्म और बार-बार मृत्यु होती है, तो भी यह तुम्हारे लिए शोक का कारण नहीं होना चाहिए।"

"क्यों? क्यों नहीं होना चाहिए?"

"क्योंकि तुम प्रकृति के नियमों को बदल नहीं सकते।"

"तो?"

"प्रकृति का नियम है कि जिस शरीर ने जन्म लिया है, उसकी मृत्यु अनिवार्य है।" कृष्ण बोले, "आज तक एक भी उदाहरण ऐसा है कि जिसने जन्म लिया हो, उसकी मृत्यु न हुई हो? शरीर को जन्म लेते भी देखा है; और मरते भी; किन्तु

क्या उसी शरीर को बार-बार जन्म लेते देखा है?"

"वही शरीर पुनर्जन्म कैसे लेगा?" अर्जुन बोला, "उसका तो दाह कर दिया जाता है। भस्म हो जाता है वह।"

"मैंने भी नहीं कहा कि वही शरीर पुनर्जन्म लेता है। मैंने तो कहा, आत्मा को नया चोला मिलता है। पुनर्जन्म का अर्थ ही है कि वही आत्मा नया शरीर धारण करती है। आत्मा वही है, किन्तु शरीर नया है।" कृष्ण पूर्णतः शान्त थे।

"नहीं। जो पैदा हुआ है, वह मरेगा भी। कहीं कोई अपवाद नहीं है।" अर्जुन ने स्वीकार किया।

"वस्तुतः शरीर भी पैदा नहीं होता, माँ के गर्भ में उसका निर्माण होता है, जैसे धरती में बीज अंकुरित होता है। अतः उसका विनाश अनिवार्य है।" श्रीकृष्ण बोले, "निर्माण का अर्थ है विभिन्न तत्वों का संगठन। वे तत्व सदा संगठित नहीं रहते। जिसका संगठन होता है, उसका विघटन भी होता ही है। कोई संगठन चिरस्थायी नहीं है। अतः जन्म के साथ मृत्यु अवश्यम्भावी है। जन्म के समय से ही मृत्यु इस शरीर में निवास करती है। सहमत हो?"

"सहमत हूँ।"

"तो फिर उस अपरिहार्य के लिए तुम्हें शोक नहीं करना चाहिए। किसी को भी शोक नहीं करना चाहिए।" श्रीकृष्ण बोले, "किन्तु आत्मा को जानने वालों का कहना है कि आत्मा अपनी कामना से शरीर अंगीकार करती है। अतः मृत्यु का अर्थ है, आत्मा द्वारा अंगीकार किये गये एक शरीर का त्याग, नाश, उसका विघटन। उस स्थिति में आत्मा के लिए दूसरा शरीर अनिवार्य है। आत्मा अपने लिए दूसरे शरीर का निर्माण करेगी ही। उसे दूसरा शरीर मिलेगा ही।" श्रीकृष्ण मुस्करा रहे थे, "उसे ही पुनर्जन्म कहते हैं। जिस प्रकार जन्म के बाद मृत्यु अपरिहार्य है; उसी प्रकार मृत्यु के पश्चात् पुनर्जन्म अवश्यम्भावी है।"

"पर मैं उसे एक शरीर से दूसरे शरीर में आता-जाता देख तो नहीं पाता।" अर्जुन अब भी श्रीकृष्ण के सिद्धान्त को स्वीकार नहीं कर पा रहा था।

"आरम्भ में, शरीर के जन्म से पहले, यह आत्मा, हमारे चर्म-चक्षुओं के लिए, अव्यक्त होती है।" कृष्ण ने कहा, "मध्य में शरीरावृत होकर व्यक्त होती है। शरीर के नष्ट होते ही वह फिर अव्यक्त हो जाती है। ऐसे में उसे एक शरीर से दूसरे शरीर में आते-जाते कैसे देख सकते हो; और प्राणियों के उन चोलों के विषय में शोक भी क्या करना।"

"विचित्र बात है।"

"हाँ, विचित्र तो है ही। कोई इसे आश्चर्य से देखता है, कोई आश्चर्य से इसकी चर्चा करता है, कोई आश्चर्य से सुनता है; किन्तु तब भी कोई इसे जान नहीं पाता।" श्रीकृष्ण बोले, "सत्य इतना ही है कि इस देह में विद्यमान आत्मा सदा ही अवध्य है। फिर शोक किसके लिए?"

"किन्तु मेरा धर्म ..."

"अपने धर्म को देखते हुए भी तुम्हें युद्ध में संकोच नहीं करना चाहिए। क्षत्रियों के लिए धर्मसंगत युद्ध से बढ़कर दूसरा कोई कल्याणकारी कर्तव्य नहीं है। धर्म-स्थापना का प्रथम सोपान दुष्ट-दलन ही तो है। दुष्ट-दलन से भागना कायरता है। क्षत्रिय अपने प्राणों पर संकट झेल कर धर्म की स्थापना करता है। असहायों को न्याय दिलाता है। कभी-कभी अपने प्राण भी दे देता है।" श्रीकृष्ण ने अर्जुन की आँखों में देखा, "तुम्हारे लिए स्वतः प्राप्त हुआ धर्म-युद्ध का यह अवसर, खुला हुआ स्वर्ग-द्वार है। इस प्रकार का अवसर भाग्यवान क्षत्रिय ही पाते हैं।"

"ये सारे लोग जो मरने के लिए सामने खड़े हैं, वे भाग्यवान हैं? इनकी मृत्यु इनका सौभाग्य है?" अर्जुन जैसे पीड़ा से कराह रहा था।

"जो धर्म-युद्ध के लिए खड़े हैं, वे भाग्यवान हैं; किन्तु जो स्वार्थवश पाप के पक्ष में खड़े हैं, वे अभागे, बुद्धिशून्य हैं। वे युद्धक्षेत्र में अपने लिए नये बन्धनों का निर्माण करने के लिए खड़े हैं। उनके बन्धन और प्रबल होंगे, दीर्घकालीन होंगे। जाने अपने लिए वे इस संसार में कितने और नये जन्मों का प्रबन्ध कर रहे हैं।"

"किन्तु..."

"अब यदि तुम यह धर्म-युद्ध नहीं करोगे, तो अपने धर्म और कीर्ति का नाश कर पाप को प्राप्त होगे। लोग अनन्त काल तक तुम्हारी निन्दा करेंगे।.... स्वाभिमानी लोगों के लिए अपयश, मृत्यु से भी अधिक कष्टदायी है। और मेरा विचार है कि तुममें स्वाभिमान अभी वर्तमान है।" श्रीकृष्ण हँस पड़े, "एक बात और बता दूँ। हस्तिनापुर में शान्तिदूत का कार्य कर जब मैं लौट रहा था तो कुन्ती बुआ से मिलने भी गया था। उन्होंने मुझे धर्मराज के लिए जो सन्देश दिया था, वह तुम्हें भी सुना देता हूँ।..."

"क्या कहा था माँ ने?"

"बुआ ने कहा था," कृष्ण बोले, "मेरे युधिष्ठिर से कहना कि वह धर्मराज है, इसलिए वह धर्म की ही रट न लगाये, उसे समझने का प्रयत्न भी करे। वेद के

अर्थ को न जानने वाले अज्ञ वेदपाठी की सारी बुद्धि केवल मंत्रों की आवृत्ति में ही नष्ट हो जाती है, वैसे ही युधिष्ठिर की बुद्धि केवल शान्ति को बनाये रखने में ही नष्ट हो रही है। वैश्य का धर्म केवल शान्ति तक सीमित रहना है; किन्तु क्षत्रिय का धर्म युद्धक्षेत्र तक भी जाता है। युधिष्ठिर शान्ति-धर्म का ही पालन कर रहा है; और प्रजा-पालन धर्म की हानि कर रहा है। प्रजा-पालन के लिए युद्ध रूपी कठोर धर्म का भी निर्वाह करना पड़ता है। राजा दंड-नीति के प्रयोग में पूर्णतः न्याय से काम लेता है, तो जगत में 'सत्ययुग' नामक उत्तम काल का आविर्भाव होता है। राजा का कारण काल है, अथवा काल का कारण राजा है—ऐसा सन्देह मन में नहीं उठना चाहिए। केशव, उससे कहना कि वह राजाओं तथा राजर्षियों का आचरण करे। यद्यपि कांपिल्य में छद्म वेश में पांडवों ने भिक्षाटन भी किया है; किन्तु भिक्षा का उसे निषेध है। कृषि भी उसके योग्य नहीं है। वह तो प्रजा को क्षत से त्राण देने वाला क्षत्रिय है। उसे वैसा ही आचरण करना चाहिए। वह साम, दाम, दंड, भेद से किसी भी प्रकार अपने पैतृक राज्य का उद्धार करे। अपने बाहुबल से आजीविका अर्जित करे। राजधर्म के अनुसार युद्ध करे। अपने शत्रुओं का आनन्द न बढ़ाये, उन्हें ताप दे। मैं उसकी माता, उसे जन्म दे कर भी एक अनाथ की भाँति, अन्नपिंड की आशा में आकाश की ओर दृष्टि लगाये रहती हूँ।..."

उनके स्वर का क्षोभ इतना प्रखर था कि मैं भी उससे अप्रभावित न रह सका। बोला, "बुआ, मैं धर्मराज को ठीक इन्हीं शब्दों में आपका सन्देश दे दूँगा। आप निश्चिन्त रहें। पांडव अवश्य ही युद्ध करेंगे।"

"ठीक है पुत्र, जब तुमने उनकी भुजा थामी है, तो मुझे किस बात की चिन्ता।" बुआ जैसे पुनः ऊर्जस्वित हो उठीं, "तुम उसे विदुला और उसके पुत्र की कथा सुनाना।"

"यह कौन सी कथा है बुआ?" मेरी भी उत्सुकता जाग उठी थी।

"विदुला एक यशस्विनी, तेजस्विनी, मानिनी, जितेन्द्रिय तथा दूरदर्शिनी क्षत्राणी थी। उसका पुत्र संजय, सिन्धुराज से युद्ध में पराजित होकर, अपने घर लौटकर पूर्ण शान्ति से सो रहा। विदुला ने उसे जगाया और कहा, 'तू मेरे गर्भ से उत्पन्न हुआ है; किन्तु मुझे आनन्दित करने वाला नहीं है। तू तो शत्रुओं का हर्ष बढ़ाने वाला है। तू सर्वथा क्रोध-शून्य है। इसलिए क्षत्रियों में गणना करने योग्य नहीं है। तू नाम मात्र का पुरुष है। नपुंसक।'

विदुला के पुत्र संजय ने पूछा, 'तुम क्या चाहती हो माँ?'

विदुला ने कहा, 'शत्रु रूपी साँप के दाँत तोड़ता हुआ तत्काल मृत्यु को प्राप्त

हो जा। प्राण जाने का सन्देह हो तो भी शत्रु के साथ युद्ध में पराक्रम प्रकट कर। तू तिन्दुक की जलती हुई लकड़ी के समान चाहे दो ही घड़ी के लिए पर प्रज्वलित हो उठ। किन्तु भूसी की तरह ज्वालारहित आग के समान केवल धुआँ मत कर।'

पुत्र ने चकित होकर पूछा, 'तू मेरी माता होकर भी मेरे प्रति इतनी निर्दय क्यों है? मैं ही जीवित नहीं रहूँगा, तो जीवन में तेरे लिए कौन-सा सुख शेष रह जाएगा।'

विदुला ने उत्तर दिया, 'तू मुझे तब ही प्रिय हो सकता है, जब तेरा आचरण सत्पुरुषों के योग्य हो। यदि तू अपने शत्रुओं के प्रति क्रूरतापूर्वक व्यवहार नहीं करेगा, तो सब ओर तेरा अपयश फैलेगा। संजय ऐसी अवस्था में भी यदि मैं तुझे कुछ न कहूँ, तो मेरा यह वात्सल्य, गदही के स्नेह के समान शक्तिहीन और निरर्थक होगा।'

मैंने अपनी तेजस्विनी बुआ की ओर मुग्ध दृष्टि से देखा था, "यह कथा भी अवश्य कहूँगा बुआ।"

"और अर्जुन और भीम से कहना पुत्र", वे बोलीं, ''कि मैंने कहा है कि जिस क्षण के लिए क्षत्राणी 'पुत्र' को जन्म देती है, वह क्षण आ गया है। उनसे कहना कि वे युधिष्ठिर का अनुसरण न करें। वे मेरी पुत्रवधू पांचाली की इच्छा पूरी करें। द्यूतसभा में उसके अपमान के समय निष्क्रिय रह कर, जो पाप उन्होंने किया है, उसके प्रायश्चित्त का अवसर आ गया है। उनसे यह भी कहना कृष्ण, कि मुझे उनके राज्य के छिन जाने का भी उतना कष्ट नहीं हुआ, जितना कृष्णा के अपमान से हुआ। वे उसका निराकरण करें, तो ही इस क्षत्राणी का पुत्र-प्रसव सार्थक होगा। मुझे उनका अपयश नहीं चाहिए।"

"अपयश, मृत्यु से भी अधिक दुखदायी है?" अर्जुन ने श्रीकृष्ण की ओर देखा।

"जो महारथी आज तक तुम्हारी वीरता के लिए तुम्हारा सम्मान करते रहे हैं, और जिन्हें तुम अति तुच्छ मानते आये हो; वे कहेंगे कि तुम भयभीत होकर कायर के समान युद्ध से भाग गये। वे तुम्हारी निन्दा में, अनन्तकाल तक के लिए अकथनीय बातें कहेंगे। तुम जीवित रहोगे और अपनी उस सारी निन्दा को सिर झुकाए सुनोगे।..."

"और युद्ध में मारा गया तो?" अर्जुन बोला, "मेरा तात्पर्य है कि यदि मेरा यह शरीर मारा गया तो?"

"युद्ध में मारे गये तो अक्षय स्वर्ग प्राप्त करोगे। और यदि युद्ध में विजयी

हुए तो इस पृथ्वी का भोग करोगे। तुम्हारे लिए कोई विकल्प नहीं है। कौन्तेय, युद्ध का निश्चय कर, उठो खड़े हो जाओ।"

"कोई विकल्प नहीं? मैं अपना लाभ-अलाभ भी नहीं सोच सकता? प्रकृति ने कैसे हमें बाँध रखा है।"

"जब अर्जुन इस प्रकार कृष्ण से विवाद कर रहा था, उसके भाई क्या कर रहे थे? वे उसे समझाने नहीं आये?" धृतराष्ट्र ने पूछा।

"कोई किसी के समझाने से समझता है क्या?" गान्धारी उठ कर खड़ी ही नहीं हुई, चल भी पड़ी, "आप ही कितना समझ पाये हैं। आप में राजहठ भी है और बालहठ भी। कौन समझाये आपको।"

उसकी दासियों ने उसे घेर लिया और आवश्यक सहारा देते हुए, राजप्रासाद की ओर ले चलीं।

"चली गयीं क्या?" धृतराष्ट्र ने उसके जाने की दिशा में देख कर आँखें मिचमिचाईं।

"हाँ। महारानी चली गयीं महाराज।"

"अच्छा ही हुआ, नहीं तो यह बुढ़िया व्यर्थ ही हर बात में हस्तक्षेप करती रहती। अपनी पुत्रवधुओं से लड़ कर आती है और उसकी भड़ास मुझ पर निकालती है।" धृतराष्ट्र ने कहा, "वृद्धावस्था के रोग का कोई उपचार नहीं है। जिस विषय का रत्ती भर भी ज्ञान न हो, उसकी भी स्वयं को महापंडित समझती हैं।" धृतराष्ट्र रुका, "तो अर्जुन ने कहा कि उसके पास कोई विकल्प नहीं है। कृष्ण ने कैसे बहलाया उसे?"

"मुझे लगता है महाराज आप श्रीकृष्ण की किसी भी बात से सहमत नहीं हैं।" संजय ने कहा, "आप उसे केवल उनकी वाग्मिता मान रहे हैं।"

"उसके तर्क तो समझ में आते हैं; किन्तु मन नहीं मानता।" धृतराष्ट्र का स्वर कुछ अवसन्न था। "मन तो तब माने, जब आपका मोह कुछ कम हो और..."

"तुम मुझे यह बताओ, संजय!" धृतराष्ट्र का स्वर कुछ उग्र हो उठा, "तुम मुझे कुरुक्षेत्र में घटित घटनाएँ सुनाने बैठे हो या कृष्ण का दर्शन समझाने। जो कृष्ण कहता है, वह मैं मान जाऊँ तो फिर दुर्योधन को घसीट कर हस्तिनापुर न ले आऊँ। तुम मुझे वही सुनाओ, जो वहाँ घटित हुआ। केवल घटनाएँ।"

7

धृष्टद्युम्न अपने रथ में बैठा एक प्रकार से रणक्षेत्र का निरीक्षण कर रहा था। रणक्षेत्र इतना बड़ा था कि एक स्थान पर खड़े होकर उस पूरे क्षेत्र का निरीक्षण करना कठिन था। किन्तु प्रधान सेनापति के रूप में उसे अपनी सारी सेना की सुध लेनी ही होगी। युद्ध आरम्भ होने से भी पहले उसने अर्जुन के रथ को दोनों सेनाओं के मध्य से दूर तक जाते देखा था।... उसे उसकी चिन्ता करने की आवश्यकता नहीं थी। कृष्ण और अर्जुन दोनों ही व्यूहों की स्थिति को समझते थे। फिर भी उसे देख लेना चाहिए था कि अर्जुन ने आक्रमण आरम्भ किया है या नहीं और उसके आक्रमण की दिशा क्या है।... विरोधियों में सबके आगे भीष्म पितामह और द्रोणाचार्य थे। दुर्योधन उन लोगों की ओट में छिपा बैठा था। कर्ण युद्धक्षेत्र में आया ही नहीं था और....

धृष्टद्युम्न की योजना थी कि अर्जुन भीष्म से भिड़ जाय किन्तु द्रोणाचार्य को उसके लिए छोड़ दे। द्रोणाचार्य का वध वह अपने हाथों करेगा। उनका सिर काट कर वह अपने पिता के अपमान का प्रतिशोध लेगा।... हाँ शिखंडी बहुत आतुर है भीष्म से भिड़ने के लिए किन्तु धृष्टद्युम्न अपने अनुभव से जानता था कि अर्जुन के सहयोग के बिना शिखंडी के लिए यह काम कठिन होगा। किन्तु भीष्म का शीघ्र मरना आवश्यक था, नहीं तो वे पांचाल सैनिकों का विनाश करते चलेंगे।

"सारथे, रथ को सेनाओं के मध्य, धनंजय के रथ के पास ले चलो।" धृष्टद्युम्न ने कहा, "देखें वे लोग किस व्यूह की रचना कर रहे हैं।"

उसका रथ उधर मुड़ गया। जब दूर से कपिध्वज दिखायी देने लगा तो यह भी पता लग गया कि अर्जुन का रथ चल नहीं रहा। रथ तो खड़ा था। तो वे दोनों वहाँ रथ रोक कर क्या कर रहे थे?

"सारथे, रथ उनके पास से निकाल लो। रथ की गति धीमी रखना। रुकना मत।" धृष्टद्युम्न ने कहा, "किसी को भी यह सन्देह नहीं होना चाहिए कि हम निरीक्षण कर रहे हैं।"

सारथि ने आज्ञा का पालन किया। उसने घोड़ों की वल्गा कसी हुई ही रखी। रथ धीरे-धीरे अर्जुन के रथ के निकट से निकल गया; धृष्टद्युम्न की दृष्टि श्रीकृष्ण और अर्जुन पर लगी रही। अर्जुन बैठा हुआ था; और श्रीकृष्ण उसे कुछ समझा रहे थे। वह तनिक भी युद्ध की मुद्रा में नहीं था। क्या चर्चा कर रहे होंगे, वे लोग?... सम्भवतः व्यूह अथवा युद्ध-नीति की चर्चा कर रहे होंगे। युद्धक्षेत्र में वे

कोई और चर्चा तो नहीं कर सकते।... धृष्टद्युम्न पांडवों का महासेनापति अवश्य था; किन्तु उसका उनसे सम्बन्ध और स्थिति ऐसी नहीं थी कि वह उनको व्यूह सम्बन्धी कोई आदेश दे सके। आरम्भ में ही जिस व्यूह की रचना उसे करनी थी, वह कर चुका था। अब उसमें किसी प्रकार के परिवर्तन पर विचार करने की कोई आवश्यकता नहीं थी। ठीक है, उन्हें जो चर्चा करनी हो, कर लें; एक बार युद्ध आरम्भ हो गया तो चर्चा का समय ही किसको मिलेगा...

दुर्योधन ने देखा कि अर्जुन का रथ बिना किसी व्यूह-रचना के दोनों सेनाओं के मध्य खड़ा है। कृष्ण और अर्जुन इस प्रकार चर्चा कर रहे थे कि जैसे वे युद्ध क्षेत्र में नहीं, किसी उद्यान में खड़े हों... और अब धृष्टद्युम्न का रथ भी उधर ही गया था। क्या कर रहे हैं ये लोग? यह कोई व्यूह-रचना तो है नहीं। कौरवों की सेना को भ्रम में रखना चाहते हैं क्या? उसके माथे पर चिन्ता की रेखाएँ खिंच गयीं।

निकट खड़े सन्देश-वाहक को उसने संकेत से अपने पास बुलाया, "तत्काल दौड़ कर जाओ और आचार्य को सूचना दो कि अर्जुन का रथ अपनी सेना की सीमा में न होकर उससे आगे बढ़ आया है। अभी वे लोग खड़े हैं, शस्त्र-संचालन नहीं कर रहे; किन्तु कोई योजना तो उनके मस्तिष्क में होगी।" वह रुका, "आचार्य को यह भी बताना कि धृष्टद्युम्न अभी-अभी उनको कोई सन्देश देकर गया है। धृष्टद्युम्न ही आचार्य के लिए सबसे बड़ा संकट है। वह किसी भी समय आचार्य पर प्रहार कर सकता है। आचार्य सावधान रहें। इन लोगों की गतिविधि में कोई रहस्य अवश्य है।... जल्दी जाओ।"

और तभी दुर्योधन को अश्वत्थामा भी दिखायी दे गया। दुर्योधन ने सारथि को संकेत किया कि वह अश्वत्थामा के निकट चले।

अश्वत्थामा ने प्रश्न भरी दृष्टि से दुर्योधन को देखा।

"कृष्ण और अर्जुन कोई योजना बना रहे हैं। कृष्ण उच्च स्वर में हँस रहा है।" दुर्योधन ने कहा, "और धृष्टद्युम्न उनको छद्म रूप से कोई सूत्र दे कर गया है। आचार्य को कहो कि वे उससे सावधान रहें। तुम स्वयं भी आचार्य का ध्यान रखना।"

"किन्तु उनका पहला लक्ष्य तो पितामह होने चाहिए।" अश्वत्थामा ने कहा, "पांचालों के जितने बड़े शत्रु वे हैं और कोई नहीं है।"

"सत्य कह रहे हो।" दुर्योधन ने कहा, "किन्तु यह मत भूलो कि धृष्टद्युम्न का जन्म आचार्य के वध के लिए हुआ है। वह पितामह से भी पहले आचार्य पर

प्रहार करेगा।"

"धृष्टद्युम्न क्या बिगाड़ लेगा, पिता जी का।" अश्वत्थामा निश्चिन्त भाव से बोला, "जो व्यूह उन्होंने बनाया है, वह उसमें प्रवेश भी नहीं कर पाएगा।"

"ठीक है। हमें फिर भी सावधान रहना चाहिए।" दुर्योधन ने कहा, "यह युद्ध है। अवसर आने पर हम छल-कपट भी करेंगे और वे लोग भी कुछ वैसा ही कर सकते हैं। युद्ध आरम्भ होते ही, सब लोग युद्ध के नियम और मर्यादाएँ भूल जाएँगे।"

अश्वत्थामा हँसा, "मुझसे अधिक छली वे नहीं हो सकते। मैं अपनी पर आया तो वह छल करूँगा कि वे अपनी नानी को भी याद नहीं कर पाएँगे।" और सहसा उसकी मुद्रा बदल गयी, "युवराज, इस समय कृष्ण और अर्जुन पांडव सेना से बाहर हैं; क्यों न हम उन्हें बीच में ही ऐसा घेरें कि वे अपनी सीमा में पहुँच ही न पाएँ। कबड्डी खेलते हैं उनके साथ। जहाँ खड़े हैं, वहीं घेर कर समाप्त कर देते हैं। उनकी सेना और उनके मध्य हम अपने महारथियों की दीवार खड़ी कर देते हैं। वे आगे बढ़ ही नहीं पाएँगे।"

"और उन्होंने हमारे महारथियों को ही मार गिराया तो?" दुर्योधन बोला।

"जहाँ तक मैं समझता हूँ, उनके सामने पितामह, पिताजी और मामा खड़े होंगे तो अर्जुन से बाण ही नहीं चलेगा। वह बड़ों का बहुत सम्मान करता है।"

"तुम कृष्ण को नहीं जानते।" दुर्योधन ने कहा।

"और तुम मुझे नहीं जानते।" अश्वत्थामा ने उत्तर दिया।

"स्थितप्रज्ञ युद्ध नहीं करता क्या।?" अर्जुन ने पूछा।

"वह चर्चा बाद में करेंगे।" श्रीकृष्ण बोले, "पहले यह समझो कि सारा ज्ञान इसलिए होता है कि व्यक्ति उसके माध्यम से उचित कर्म कर सके। धर्मपूर्वक कर्म कर सके। यदि ज्ञान का उपयोग कर्म में न किया जाए तो उस ज्ञान का लाभ ही क्या है। इसलिए सांख्य-योग के पश्चात् कर्म-योग।"

"स्थितप्रज्ञ युद्ध नहीं करता क्या?" अर्जुन ने पुनः पूछा।

"करता है न; किन्तु अपने ज्ञान के आलोक में वह देखता है कि युद्ध में शरीर नष्ट होते हैं, आत्मा नष्ट नहीं होती। इसलिए वह मोह से मुक्त होकर युद्ध करता है। न अपने प्राणों की चिन्ता करता है, न अपने शत्रुओं के प्राणों की और न अपने भाई-बन्धुओं के प्राणों की। वह धर्म की स्थापना के लिए युद्ध करता है।..."

"लाभ-अलाभ?"

"स्थितप्रज्ञ युद्ध करता है किन्तु वह लाभ-अलाभ की बात नहीं सोचता। वह किसी मोह में नहीं बँधता।" श्रीकृष्ण हँस रहे थे।

"मैं मोह में बँधा हूँ?"

"हाँ, तुम कर्म किए बिना उसका फल पाना चाहते हो। युद्ध नहीं करना चाहते; किन्तु अपना खोया हुआ राज्य प्राप्त कर लेना चाहते हो। दुर्योधन को दंडित किए बिना द्रौपदी के अपमान का प्रतिशोध लेना चाहते हो। अधर्मियों का वध किए बिना धर्म की स्थापना करना चाहते हो। यह मोह नहीं तो क्या है?"

"मैं युद्ध जैसा भयंकर कर्म करने से पहले अपना लाभ-अलाभ भी नहीं सोच सकता?" अर्जुन का स्वर बहुत मधुर नहीं रह गया था।

"सोच तो सकते हो; किन्तु कितने लोग अपना लाभ-अलाभ जानते हैं?" कृष्ण और भी ऊँचे स्वर में हँसे।

"क्यों?" अर्जुन चकित रह गया, "लोग अपना लाभ-अलाभ भी नहीं जानते?"

"यह माया की सृष्टि है मेरे मित्र। जो है, वह दिखायी नहीं पड़ता; और जो दिखायी पड़ता है, वह होता ही नहीं।" कृष्ण हँस रहे थे, "जिसे लोग अपना लाभ समझते हैं, वह उनके लिए नरक का द्वार खोलता है; और जिसे अपना अहित मान कर उससे वे भाग रहे होते हैं, वही उनके लिए स्वर्ग के मार्ग का निर्माण कर रहा होता है।"

"इसका क्या अर्थ हुआ?"

"वह निष्क्रिय, निर्गुण, निराकार ब्रह्म सक्रिय होने के लिए प्रकृति का रूप धारण करता है। उसे प्रकट होने के लिए प्रकृति का सहारा लेना पड़ता है, जैसे आत्मा को शरीर की आवश्यकता पड़ती है।"

"क्यों? ब्रह्म बिना प्रकृति के प्रकट क्यों नहीं हो सकता? ब्रह्म प्रकृति का स्वामी है।"

"वह तो प्रकट ही है।" श्रीकृष्ण बोले, "किन्तु जिनके लिए प्रकट होना है, उन जीवों को स्थूल प्रकृति ने भौतिक तत्वों से बनाया है। उनके चक्षु, चर्म-चक्षु हैं, उन चक्षुओं से उस अक्षर ब्रह्म को देखा नहीं जा सकता। इसलिए ब्रह्म को उस पदार्थ का चोला ओढ़ना पड़ता है, जिसे चर्म-चक्षु देख सकें।"

"तो लाभ-अलाभ?"

"ब्रह्म इस प्रकृति के कार्य-कारण नियम से मुक्त है; क्योंकि वह प्रकृति का स्वामी है। किन्तु प्रकृति की सृष्टि कार्य-कारण के सिद्धान्त पर चलती है। बिना कारण के कोई कार्य नहीं होता; और कारण बन जाए तो कार्य हुए बिना नहीं

रहता। जीवात्मा जब प्रकृति के राज्य में आ जाती है, तो उसे प्रकृति के नियमों से ही संचालित होना पड़ता है। वह उससे मुक्त नहीं रह सकती। चित्त अपने आप में जड़ है और आत्मा चेतन। जड़ चित्त, चेतन आत्मा के निकट रह कर, उसकी चेतना से कुछ प्रकाश प्राप्त कर, स्वयं को चेतन मानने लगता है; किन्तु उसका तादात्म्य तो जड़ शरीर से ही होता है। इसे ही कहा जाता है कि जीवात्मा यह भूल कर कि वह आत्मा है, स्वयं को शरीर मानने लगती है। उससे लगता है कि आत्म प्रकृति के बन्धनों में बद्ध हो जाती है; और फिर उसे निरन्तर बन्धन से मुक्त होने के लिए संघर्ष करना पड़ता है। देखो दत्तात्रेय को देखो। वह मुक्त आत्मा है।"

"दत्तात्रेय का इस युद्धक्षेत्र में क्या काम?"

"उनका कोई काम नहीं है। तुमको दिखाने के लिए मैं उन्हें प्रकट कर रहा हूँ।"

अर्जुन ने देखा दत्तात्रेय आनन्द की स्थिति में जैसे सारी सृष्टि से अप्रभावित मुक्त भाव से विचर रहे थे और कह रहे थे, "मेरे अतिरिक्त और है ही कौन? किसे प्रणाम करूँ? किसकी वन्दना करूँ? मैंने ही ये सूर्य और चन्द्रमा बनाए हैं। मैंने ही इस पृथ्वी की रचना की है..."

"और विदेह कहलाने वाले जनक को देखो।" कृष्ण बोले, "वे अपने गुरु अष्टावक्र से क्या पूछ रहे हैं।"

अर्जुन ने देखा जनक हाथ जोड़कर अष्टावक्र से अनुनयपूर्वक पूछ रहे हैं, ''मुक्त होने का मार्ग क्या है प्रभु? मैं जन्म-मरण के इस चक्र से कब मुक्त होऊँगा?' "

अर्जुन भौंचक रह गया।

"क्या हुआ?"

"अभी तो हम चर्चा कर रहे थे कि जन्म के पश्चात् मृत्यु अवश्यम्भावी है और मृत्यु के पश्चात पुनर्जन्म।" अर्जुन ने कहा, "अब जनक जन्म-मरण के चक्र से छूटने की बात कर रहे हैं। इसका तो अर्थ हुआ कि जिसकी मृत्यु हुई है, उसका पुनः जन्म अनिवार्य नहीं है।"

कृष्ण हँसे, "सुनो अष्टावक्र क्या कह रहे हैं।"

अष्टावक्र मुस्कुराए, "कामना त्याग और मुक्त हो जा।"

"क्या अर्थ है मुक्त हो जाने का?" अर्जुन ने पूछा।

"चैतन्य का जड़ के बन्धन से मुक्त हो जाना। आत्मा का प्रकृति के क्षेत्र से निकल जाना।" कृष्ण बोले, "शरीर रूपी इस चोले के बनने और नष्ट हो जाने

के क्रम का समाप्त हो जाना।"

"आत्मा शरीर में नहीं रहेगी तो फिर कहाँ रहेगी?"

"वह अपने मूल स्थान को लौट जाएगी। अपने आश्रय में रहेगी। वह मुझे प्राप्त कर लेगी।"

अर्जुन का मन पुनः खटक गया... क्या कह रहे हैं श्रीकृष्ण.... वह अपने मूल स्थान को लौट जाएगी। वह मुझे प्राप्त कर लेगी...

तो आत्मा का मूल स्थान श्रीकृष्ण हैं? आत्मा का एकमात्र लक्ष्य श्रीकृष्ण को प्राप्त करना है।... कौन है यह कृष्ण? कृष्ण का यह "मैं" कौन है?....

किन्तु अर्जुन ने कृष्ण से पूछा नहीं। अपना प्रश्न दोहरा दिया, "क्या कहा अष्टावक्र ने?"

"अष्टावक्र ने कहा, 'कामना त्याग और मुक्त हो जा।' "

"इतना सरल है, मुक्त हो जाना?" अर्जुन चकित था, "सहस्रों वर्षों की तपस्या नहीं करनी है, बस कामना का त्याग करना है?"

"हाँ, बस इतना ही करना है।" कृष्ण बोले।

"तो जब मैं राज्य की कामना का त्याग कर रहा हूँ, तो आप मुझे उससे रोक क्यों रहे हैं?"

"क्योंकि तुम कामना से मुक्त होकर नहीं, मोह के बन्धन में बँध कर यह त्याग कर रहे हो। तुम कामना का नहीं, कर्म का त्याग कर रहे हो। यह तामसिक त्याग है।" श्रीकृष्ण मुस्कराए।

"एक ओर तो आप त्याग की बात कह रहे हैं और दूसरी ओर आप मुझे एक भयंकर कर्म में प्रवृत्त करना चाहते हैं। ये दोनों बातें एक साथ तो नहीं हो सकती हैं कृष्ण।"

"काम न करने के लिए कौन कह रहा है। काम को ढंग से करने, उसे उचित विधि से करने की बात हो रही है।"

"ढंग से?"

श्रीकृष्ण थोड़ी देर मौन रहे। फिर बोले, "इन्द्रियों के वशीभूत होकर लाभ के लोभ में किया गया कर्म, सकाम कर्म है। फल का लोभ किए बिना, सामने आ पड़े कर्म को धर्म मानकर, दायित्व मान कर किया जाए तो वह निष्काम कर्म होता है। इसलिए लाभ-अलाभ मत सोचो। जय-पराजय की चिन्ता मत करो। दैव ने युद्ध सामने ला खड़ा किया है, तो युद्ध करो।" श्रीकृष्ण एक क्षण के लिए रुके और फिर बोले, "सुख-दुख, लाभ-अलाभ और जय-पराजय में समभाव स्थापित कर युद्ध करो। समभाव से युद्ध करने में कोई पाप नहीं है।"

"तो दुर्योधन कोई पाप नहीं कर रहा है?"

"वह तो यह जानता ही नहीं कि जीवन भर किए गये उसके पाप ही इस युद्ध के रूप में फलीभूत हो रहे हैं; और तुम यह समझना ही नहीं चाहते कि तुम पांडवों की जीवन भर की तपस्या इस युद्ध के रूप में तुम्हारे लिए सफलता के कितने द्वार खोल रही है। दुर्योधन राज्य के लिए हत्याएँ कर रहा है, तुम धर्म के लिए युद्ध करो। तुम्हारे इस युद्ध का लाभ जन-सामान्य को हो।"

"यह सब क्या है कृष्ण? आप तो मुझे ढंग से काम करने की विधि बता रहे थे।"

"वही बता रहा हूँ। जीवन का जो यह ज्ञान पक्ष है, यही सांख्य-योग है। यह उसका सिद्धान्त पक्ष है—सांख्य। न इसका सम्बन्ध संख्या से है, न कपिल मुनि के सांख्य-दर्शन से। यह ज्ञानयोग है।" कृष्ण बोले।

8

"केवल ज्ञान प्राप्त कर लेने से ही सृष्टि नहीं चलती।" श्रीकृष्ण बोले, "किसी वस्तु को प्राप्त करने के लिए या उसे परिवर्तित करने के लिए अथवा उसका विकास करने के लिए कर्म करना पड़ता है। किन्तु कर्म के भी अपने संकट हैं; इसलिए यह जानना भी आवश्यक है कि काम किया कैसे जाए। अतः तुम योग अथवा कर्मयोग के विषय में भी जानो, जिससे तुम कर्मबन्धन से छूट सको।"

अर्जुन ने कुछ विस्मय से श्रीकृष्ण की ओर देखा, "जब ज्ञान से मनुष्य को परम गति तक प्राप्त हो सकती है तो आप मुझे कर्म के इस घोर संकट में क्यों डालते हैं? और हम कर्म-फल की चर्चा तो करते हैं; किन्तु यह कर्म-बन्धन क्या है केशव?"

"कर्म के माध्यम से पाए हुए फल की उपलब्धि के साथ अनेक दायित्व भी जुड़े हुए होते हैं। वे दायित्व ही तुम्हारा बन्धन हैं। कठोर तपस्या के पश्चात् देवताओं अथवा ऋषियों से देवास्त्र प्राप्त करते हो तो उनकी रक्षा तथा उनका उचित प्रयोग का दायित्व तुम्हें बाँध लेता है या नहीं। विवाह करते हो तो पत्नी को प्रसन्न रखना तुम्हारा दायित्व है या नहीं। सन्तान उत्पन्न होती है तो उसका पालन-पोषण तुम्हारा दायित्व है, वह तुम्हारा बन्धन है या नहीं?"

"यदि सन्तान के जन्म के कुछ समय पश्चात् माता अथवा पिता की मृत्यु हो जाती है, तो वह अपना धर्म तो नहीं निभा सकते। तो?"

"इस अभिक्रम का पूर्ण पालन न होने पर भी कोई हानि नहीं है। जो किया है, उसका कभी नाश नहीं होता। उसका थोड़ा-सा पालन भी, गम्भीर महान् भय—जन्म-मरण—से मनुष्य की रक्षा कर लेता है।"

"किन्तु मैं तो कितने ही काम सोचता हूँ। सारे तो पूरे नहीं होंगे, कुछ तो अधूरे रह ही जाएँगे।" अर्जुन ने कहा।

"इसी को तो समझना है। निश्चयात्मक बुद्धि एकाग्र होती है। बहुत शाखाओं में बँटी विक्षिप्त बुद्धि अनिश्चयात्मक है; और निष्फल है। स्वयं को प्रकृति के इस सारे पसारे में मत उलझाओ। अपनी बुद्धि को निश्चयात्मक रखो। एकाग्र करो। स्वयं को विद्या पर केन्द्रित रखो। अपनी ऊर्जा को अविद्या में मत उलझाओ। निष्काम कर्म..."

"यह कृष्ण क्या कर्म और कर्मबन्धन, निष्काम और सकाम, सफल और निष्फल की बातें समझा रहा है अर्जुन को।" धृतराष्ट्र ने कहा, "कितने ही विद्वान वेदों के आधार पर कहते हैं कि इस संसार के अतिरिक्त और कहीं कुछ नहीं है। जो कुछ है, वह यहीं है। कामना छोड़ दें, कर्म छोड़ दें, फल छोड़ दें तो करें क्या? वन में जाकर वृक्षों से तोड़ कर फल खाएँ अथवा फलों के टूट कर गिरने की प्रतीक्षा करें?"

"श्रीकृष्ण ने उनकी भी चर्चा की थी अर्जुन से।" संजय ने कहा।

"क्या चर्चा की थी? मैं भी तो सुनूँ।" धृतराष्ट्र ने कहा, "वेदों में भी कहा गया है कि व्यक्ति इस जीवन का सुख भोगे और यज्ञों तथा मंत्रों के माध्यम से देवताओं से सुख-भोग माँगे। स्वर्ग की कामना करे, जहाँ जाकर उसे इस पृथ्वी से कहीं अधिक सुख भोगना है। कृष्ण या तो पुनर्जन्म की बात कर रहा है, या फिर मोक्ष की। वह स्वर्ग को तो भूल ही गया है।"

संजय ने ध्यान से धृतराष्ट्र के चेहरे को देखा : कहना क्या चाहता है यह व्यक्ति? यह कि उसने अपने जीवन में जो कुछ किया, वही आदर्श था। उससे श्रेष्ठतर कोई लक्ष्य हो ही नहीं सकता ...

"श्रीकृष्ण ने कहा," संजय बोले, "पार्थ, कुछ नासमझ लोग पुष्पित और आलंकारिक भाषा में कहते हैं कि इस शरीर और इस संसार के अतिरिक्त और कहीं कुछ नहीं है...।"

"क्यों कहते हैं वे ऐसा?" अर्जुन ने पूछा।

"वे कामनाओं से भरे हुए हैं, वे इस जन्म और समस्त कर्मों का लक्ष्य पृथ्वी और स्वर्ग के सुख की प्राप्ति को ही मानते हैं। वे धार्मिक कर्मकांड के माध्यम

से भोग और अधिकार प्राप्ति करना चाहते हैं। यह धर्म का सांसारिक संस्करण है। भोग और ऐश्वर्य में फँसे हुए तथा कर्मकांडों में प्रवृत्त चित्तवृत्ति वाले, ब्रह्म में एकाग्र बुद्धि नहीं रख सकते।" श्रीकृष्ण ने रुक कर अर्जुन को देखा, "नचिकेता को स्मरण करो।...."

"नचिकेता?..."

"हाँ नचिकेता ....

"नचिकेता कौन?" पारंसवी ने पूछा।

"औपनिषदिक काल में उद्दालक नाम के एक ऋषि हुए हैं। उनका एक बालक पुत्र था—नचिकेता।" विदुर बोले, "उद्दालक ने विश्वजित नामक एक यज्ञ किया। उस यज्ञ में सर्वस्व-दान की प्रतिज्ञा की जाती है। उद्दालक ने सर्वस्व-दान का संकल्प किया।

"नियमानुसार जब ऋत्वजों को दान देने के लिए गौवें लायी जा रही थीं, उस समय बालक नचिकेता ने उन्हें देख लिया। उनकी दशा देख कर नचिकेता ने सोचा कि जो गौवें अपना जीवन व्यतीत कर, अब मरणासन्न हैं; और जो दूध भी नहीं देतीं, उनका दान, ऋत्वजों के साथ धोखा है। पिता जी दान नहीं कर रहे, दान करने का पाखंड कर रहे हैं।...

''पिता जी! जिन गौवों में वृद्धावस्था के कारण, झुक कर पानी पीने की भी शक्ति शेष नहीं है, जिनके दाँत घिस गये हैं; और जो घास तक चबा नहीं सकतीं, जिनके थनों में दूध भी नहीं है, और जो वत्स उत्पन्न करने के लिए गर्भ भी धारण नहीं कर सकतीं, उन गौवों को दान में देने का क्या लाभ? उससे ऋत्वजों को कुछ उपलब्ध होने के स्थान पर, रोगी पशुओं की सेवा का बोझ ही उठाना पड़ेगा। ऐसा दान देने से तो दाता को पुण्य प्राप्त नहीं होता, वह आनन्द शून्य लोकों और योनियों को प्राप्त होता है।'

"किन्तु उद्दालक ने उसकी एक नहीं सुनी। बालक की बात का क्या? वह न संसार का व्यवहार समझता है, न उसे अपनी सम्पत्ति की रक्षा का बोध है। सिर पर घर का कोई दायित्व भी नहीं है; इसलिए उदारता का उपदेश दे रहा है।... उद्दालक ने तो यज्ञ से महान उपलब्धि के लोभ में प्रदर्शन हेतु सर्वस्व-दान का औपचारिक संकल्प किया था, अपनी सम्पत्ति लुटाने के लिए नहीं।...''

"समझ रही हो?" विदुर ने पारंसवी की ओर देखा, "लोग धर्म के माध्यम से भी संसार को साधना चाहते हैं, उसका ही अर्जन करना चाहते हैं।"

पारंसवी ने मुख से कुछ नहीं कहा। पूरी खुली आँखों से उनकी ओर देखती

रही।

"उद्दालक जानते थे कि उनका पुत्र सत्य बोल रहा है; किन्तु ऐसे सत्य का क्या लाभ, जिससे व्यक्ति स्वयं ही कंगाल हो जाए।" विदुर ने कहा, "...पुत्र की सत्य बात भी उन्होंने नहीं सुनी।"

"नचिकेता को अपने पिता का यह आचरण धर्मसंगत नहीं लगा।" विदुर ने अपनी बात आगे बढ़ायी, "ध्यान दो कि ऋषि उद्दालक वय में बड़े थे। उन्होंने अधिक विद्या-ज्ञान अर्जित किया था। शास्त्रों का अध्ययन भी उनका ही अधिक था, कठोर तपस्या भी की थी; और विपुल यज्ञ भी किए थे। उसके विपरीत नचिकेता छोटा बालक था। फिर भी उसका आचरण अपने पिता की तुलना में अधिक शुद्ध और सात्विक था। निश्चित रूप से वह अपने पिछले जन्मों के संस्कार के रूप में इस प्रकार का शुद्ध और सात्विक आचरण लेकर जन्मा था।

"वह अपने पिता के मन के लोभ को भी समझ रहा था; और उनके पाप की गम्भीरता को भी। उसने अपने पिता को उस पाप से बचाने के लिए विचार किया।... पिता ने सर्वस्व-दान का प्रण किया है। और पुत्र भी तो पिता की सम्पत्ति ही है...।" विदुर रुके, "देखो, पिता अपने पुत्र को नहीं, एक पुत्र अपने पिता को सत्यनिष्ठा का उपदेश कर रहा है। पिता चाहे शब्दों का सत्य बोल रहा हो, किन्तु भाव की दृष्टि से वह असत्य आचरण कर रहा है। नचिकेता नहीं चाहता था कि उसके पिता असत्य आचरण कर उसका दंड पाएँ। ऐसा पाखंड, तपस्या नहीं होता; और न ही ऐसा कर्मकांड फलित होता है।..."

नचिकेता ने कहा, "पिता जी आपने सर्वस्व-दान का संकल्प किया है। मैं भी आपकी सम्पत्ति हूँ। आप मुझे किसको दान करते हैं?"

जो उद्दालक अपनी अच्छी स्वस्थ दुधारू गायों का दान नहीं करना चाहते थे, वे अपने पुत्र का दान कैसे कर सकते थे। उन्होंने पुत्र को कोई उत्तर नहीं दिया। वे इसे अपने पुत्र की अज्ञता मान उसकी उपेक्षा कर गये।

नचिकेता ने पुनः पूछा, "पिताजी, आप मुझे किसको दान करते हैं?"

उद्दालक पुनः उसी प्रकार चुप्पी साधे रहे।

नचिकेता ने तीसरी बार वही प्रश्न किया, "पिता जी आप मुझे किसको दान करते हैं?"

इस बार-बार के प्रश्न से उद्दालक को क्रोध आ गया। वे झल्ला कर बोले, "तुझे देता हूँ यम को।"

नचिकेता जानता था कि पिता क्रोध में हैं, अतः गम्भीर नहीं हैं; किन्तु वह यह भी जानता था कि मनोरथ जानकर और स्पष्ट आदेश सुन कर भी जो पुत्र

या शिष्य पिता या गुरु की आज्ञा का पालन नहीं करता, वह अधम कोटि का पुत्र या शिष्य होता है। अतः उसने पिता के क्रोध में कहे हुए शब्दों को भी सत्य प्रमाणित करने का निश्चय किया। उसने मृत्यु के देवता यम के घर जाने की ठानी।

"नचिकेता यमराज के घर पहुँच गया। यम उस समय घर पर नहीं थे।" विदुर ने कहा, "तुम पूछ सकती हो कि यम कहाँ गये थे? तो मैं उत्तर दूँगा, अपने कार्यालय में थे, घर पर नहीं थे। नहीं कार्यालय में नहीं, कहना होगा कि वे प्रशासकीय दौरे पर कहीं गये थे; क्योंकि वे तीन दिनों के बाद लौटे।

''यम की पत्नी ने घर आये अतिथि का सत्कार करने का प्रयत्न किया, किन्तु कठोपनिषद में उसका वर्णन नहीं है। वहाँ यही उल्लिखित है कि जब यम तीन दिनों के पश्चात् घर लौटे तो उनकी पत्नी ने कहा, 'हे सूर्यपुत्र! स्वयं अग्निदेव ही ब्राह्मण अतिथि के रूप में घरों में पधारते हैं। हमारे घर भी अग्नि के समान तेजस्वी ब्राह्मणपुत्र तीन दिनों से आया बैठा है; और भूखा-प्यासा आपकी प्रतीक्षा कर रहा है। साधु लोग अर्घ्य-पाद्य-आसन आदि द्वारा उस अग्नि की दाहकता को शान्त किया करते हैं। आप उनके पाद् प्रक्षालन के लिए जल ले जाइए।'

'ठीक है।' यम सहमत हो गये।

पत्नी ने फिर कहा, 'जिस मन्दबुद्धि आतिथेय के घर में ब्राह्मण अतिथि, बिना भोजन किए, निवास करता है, उसकी नाना प्रकार की आशा और प्रतीक्षा की पूर्ति से तथा सुन्दर भाषण से मिलने वाले फल, यज्ञ, दान आदि नाना शुभ कर्मों, और कुआँ, बगीचा और तालाब आदि निर्माण कराने के पुण्य फलित नहीं होते। उसके समस्त पुत्रों और पशुओं का नाश हो जाता है।'

'जानता हूँ।' यम बोले, 'पर तुम यह सब क्यों कह रही हो, क्या मैं जानता नहीं?' "

"क्या पत्नियाँ केवल वह सब ही कहती हैं, जिनका ज्ञान उनके पति को नहीं होता।" पारंसवी हँस कर बोलीं, "उनको तो पति को उपदेश देने का अवसर मिलना चाहिए।"

"पति-पत्नी के झगड़े में मत पड़ो भाई।" विदुर ने उन्हें शान्त करने के लिए अपनी हथेली उठाई, "यम को सारा ज्ञान था; किन्तु यदि उपनिषदकार ने यम की पत्नी से यह सब न कहलवाया होता, तो आप तक यह सन्देश कैसे पहुँचता।... धर्मराज अर्थात् यम, अर्घ्य-पाद्य इत्यादि लेकर नचिकेता के पास गये और बोले, 'हे ब्राह्मण देवता, आप नमस्कार करने योग्य अतिथि हैं। आपको नमस्कार है। हे ब्राह्मण!

आपके इस क्लेश से मेरा अकल्याण न हो। अतः आपने मेरे घर पर जो तीन रात्रियों तक बिना भोजन के निवास किया है, आप उस कष्ट की क्षतिपूर्ति के रूप में मुझसे अपने मनभावन तीन वर मांग लीजिए।'

नचिकेता ने उनकी बात मान ली।

नचिकेता ने पहला वर माँगा, 'हे यमराज! मैं जब यहाँ से लौट कर अपने पिता के घर जाऊँ तो वे मुझे पहचान जाएँ कि मैं उनका वही पुत्र हूँ। वे मेरे प्रति क्रोध और खेद से रहित, पहले के समान ही प्रसन्न, उचित्त और प्रेमपूर्ण हों।'

यमराज ने पहले वर की स्वीकृति दे दी।

नचिकेता ने कहा, 'हे धर्मराज! मेरा दूसरा वर है कि आप मुझे उस अग्नि-विज्ञान की शिक्षा दें, जिसके माध्यम से लोग उस स्वर्ग को प्राप्त करते हैं, जहाँ न वृद्धावस्था, रोग और दुख हैं; और न ही मृत्यु रूपी आप विद्यमान हैं।'

यमराज ने कहा, 'हे नचिकेता! स्वर्गदायिनी अग्निविद्या को अच्छी तरह जानने वाला मैं, तुम्हें भलीभाँति सिखाता हूँ। उसे मुझसे समझ लो। तुम इस विद्या को अविनाशी लोक को प्राप्त कराने वाली, उसकी आधारस्वरूपा, और बुद्धिरूपा गुफा में छिपी हुई समझो।'

यमराज ने स्वर्गलोक की कारणरूपा उस अग्निविद्या का उपदेश दिया। उसमें कुंड-निर्माण करने के लिए जो-जो और जितनी ईंटें आदि आवश्यक होती हैं, तथा जिस प्रकार उनका चयन किया जाता है, वह भी बताया। नचिकेता ने न केवल वह सब सुना, वरन् उसे समझ कर तत्काल यमराज को सुना भी दिया।

यमराज उससे सन्तुष्ट होकर पुनः बोले, 'अब मैं तुम्हें एक और वर देता हूँ। यह अग्निविद्या तुम्हारे ही नाम से प्रसिद्ध होगी। तथा इस अनेक रत्नों वाली माला को भी तुम स्वीकार करो। इस अग्नि का तीन बार अनुष्ठान करने वाला तीनों वेदों के साथ सम्बन्ध जोड़ कर, यज्ञ, दान तथा तप—तीनों कर्मों को निष्काम रूप से करता रहने वाला मनुष्य, जन्म-मृत्यु से तर जाता है। वे ब्रह्मा से उत्पन्न सृष्टि के जानने वाले, स्तवनीय इस अग्निदेव को जानकर तथा इसका निष्काम भाव से चयन करके, उस अनन्त शान्ति को पा जाता है, जो मुझे प्राप्त है।

'ईंटों के स्वरूप, संख्या तथा अग्नि चयन-विधि, इन तीनों बातों को जानकर, तीन बार इस नाचिकेता-अग्नि का अनुष्ठान करने वाला व्यक्ति मृत्यु के पाश को अपने सामने ही काट कर, शोक से पार होकर, स्वर्गलोक में आनन्द का अनुभव करता है। हे नचिकेता! यह तुम्हें बतायी हुई, स्वर्ग प्रदान करने वाली अग्निविद्या है, जिसको तुमने दूसरे वर के रूप में माँगा था। अब नचिकेता! तुम तीसरा वर माँगो।'

नचिकेता ने कहा, 'एक मत यह है कि देह की मृत्यु के पश्चात् भी आत्मा का अस्तित्व रहता है। दूसरा मत यह है कि देह की मृत्यु के साथ ही आत्मा का भी अन्त हो जाता है। मेरे तीसरे वर के रूप में आप मुझे इस विषय का पूर्ण और समुचित ज्ञान दें।'

यमराज कुछ असहज हो उठे। बोले, 'हे नचिकेता! इस विषय में पहले देवताओं ने भी संशय किया था; किन्तु उनकी समझ में भी यह अत्यन्त सूक्ष्म विषय नहीं आया। यह विषय सहज ही समझ में आने वाला नहीं है। तुम कोई दूसरा वर माँग लो। मुझे बाध्य मत करो। 'आत्मज्ञान' सम्बन्धी इस वर को मुझे लौटा दो।'

'यमराज! देवताओं के लिए अबूझ, इस विषय का ज्ञाता आपके जैसा, अन्य कोई नहीं मिल सकता। इस ज्ञान के समकक्ष अन्य कोई वर नहीं है।'

'सहस्रों वर्षों की आयु वाले पुत्र-पौत्र, असंख्य गौएँ, हाथी और अश्व माँग लो।' यमराज ने कहा, 'बड़े से बड़ा साम्राज्य माँग लो, तुम अपने लिए प्रलय-पर्यंत जीवन माँग लो।... धन, सम्पत्ति और अनन्त काल तक जीने के साधन माँग लो, किन्तु 'आत्मज्ञान' के लिए हठ मत करो। सारी पृथ्वी के सम्राट बन कर सर्वोत्तम भोग भोगो। जो भोग मर्त्यलोक में दुर्लभ हैं, उन सम्पूर्ण भोगों को भोगने का सामर्थ्य माँग लो। अलौकिक रथों और नाना प्रकार के देवतूर्यों के साथ स्वर्ग की इन अप्सराओं को, अपने साथ ले जाओ। मनुष्य को ऐसी स्त्रियाँ निश्चित रूप से अलभ्य हैं। मेरे द्वारा दी गयी इन स्त्रियों से अपनी सेवा कराओ; किन्तु नचिकेता मृत्यु के पश्चात् आत्मा का क्या होता है, यह मत पूछो। 'आत्मतत्व' विषयक प्रश्न मत पूछो। उसे रहस्य ही रहने दो।'

नचिकेता टला नहीं। बोला, 'अन्तक! वे क्षणभंगुर भोग और उनसे प्राप्त होने वाले सुख, मनुष्य के अन्तःकरण सहित सम्पूर्ण इन्द्रियों का तेज क्षीण कर डालते हैं। आयु, चाहे वह कितने ही काल तक क्यों न हो, संक्षिप्त ही है। ये आपके रथ और वाहन, यह अप्सराओं का नृत्य-गान, आपके ही पास रहें।... मनुष्य धन से कभी भी तृप्त नहीं किया जा सकता। आपके दर्शन पा लिए हैं, तो धन तो पा ही लूँगा। आप जब तक शासन करते रहेंगे, तब तक तो मैं जीवित ही रहूँगा। माँगने योग्य वर तो 'आत्मज्ञान' ही है। हे महाराज! मृत्यु के पश्चात् आत्मा की स्थिति के विषय में ही बताइए। नचिकेता को 'आत्मज्ञान' के सिवाय और कोई वर नहीं चाहिए।'

यम ने जब नचिकेता की दृढ़ता को अच्छी तरह परख लिया, तो उन्होंने उसे 'आत्मज्ञान' के योग्य मान, उपदेश का निश्चय किया।

'संसार में श्रेय और प्रेय भोगों के साधन पृथक् हैं। वे दोनों ही मनुष्य को अपनी ओर आकृष्ट करते हैं। हे नचिकेता! तुम ऐसे निःस्पृह हो कि इस लोक और परलोक के समस्त प्रेय और लुभावने भोगों को स्वेच्छा से सोच-विचार कर, तुमने त्याग दिया। इस सम्पत्ति रूपी शृंखला में तुम नहीं बँधे। तुम विद्या के अभिलाषी हो, अविद्या के नहीं। हे नचिकेता मेरी इच्छा है कि तुम्हारे जैसे जिज्ञासु ही मुझे मिला करें।'

'उपदेश करें यमराज!'

'कर्मफल रूपी 'निधि' अनित्य है; क्योंकि अनित्य वस्तुओं से कोई नित्य पदार्थ नहीं मिल सकता। इसलिए मैंने कर्तव्य बुद्धि से, अनित्य पदार्थों में से 'नाचिकेत' नामक अग्नि का चयन किया। उस निष्काम भाव की अपूर्व शक्ति से मैं नित्य वस्तु—परमात्मा—को प्राप्त हो गया हूँ। दीर्घकाल की स्थिति-सम्पन्नता से युक्त स्वर्गलोक को देख कर भी तुमने धैर्यपूर्वक उसका त्याग किया; यह तुम्हारी बुद्धिमत्ता का परिचायक है।'

नचिकेता ने कहा, 'जिस परमेश्वर को धर्म-अधर्म से अतीत, कार्य-कारण रूपी जगत से पृथक्, तीनों कालों और उनसे सम्बन्धित पदार्थों से भी पृथक् जानते हैं, मुझे उसका ज्ञान दीजिए।'

'सम्पूर्ण वेद जिस परम पद का बारम्बार प्रतिपादन करते हैं, और सम्पूर्ण तप जिस पद के साधन मात्र हैं, उसकी प्राप्ति के लिए साधकगण ब्रह्मचर्य का पालन करते हैं, उस पद के विषय में तुम्हें संक्षेप में बताता हूँ।' यम ने कहा, 'अक्षर 'ॐ' ही परमब्रह्म है। इसलिए इस अक्षर को जानकर, साधक को अपना इच्छित फल मिल जाता है। नित्य ज्ञानस्वरूप आत्मा न तो जन्मती है, और न मरती ही है। वह न तो स्वयं किसी से उत्पन्न हुई है, और न उससे किसी का जन्म हुआ है। न वह किसी का कारण है, न कार्य। वह अजन्मी, नित्य, अविकारी, पुरातन, क्षय तथा वृद्धि से रहित है। शरीर का नाश करने पर भी उसका नाश नहीं किया जा सकता। आत्मा न मरती है, न मारी जा सकती है। इस जीवात्मा के हृदय रूपी गुफा में रहने वाला परमात्मा, सूक्ष्मातिसूक्ष्म और महान् से अति महान् है। परमात्मा की उस महिमा को कामनारहित, चिन्तारहित, कोई विरला साधक ही, सर्वाधार परब्रह्म परमेश्वर की कृपा से ही देख पाता है। जो नश्वर शरीरों में अशरीर होकर अविचल भाव से स्थित है, उस महान् सर्वव्यापी परमात्मा को जानकर बुद्धिमान महापुरुष, कभी शोक नहीं करता। वह परब्रह्म परमात्मा न प्रवचन से, न बुद्धि से और न अतिश्रवण से, प्राप्त हो सकता है। दुराचार-निवृत्ति के बिना, असंयत इन्द्रियों और अशान्त मन से उसे प्राप्त नहीं किया जा सकता।

उसे वही प्राप्त कर सकता है, जिसको वह स्वयं स्वीकार कर लेता है। परमात्मा उसके लिए अपने यथार्थ रूप को प्रकट कर देता है।

'हे नचिकेता! तुम शरीर को रथ, बुद्धि को सारथि, मन को उसकी लगाम और जीवात्मा को रथ का स्वामी—उसमें बैठ कर यात्रा करने वाला—समझो। ज्ञानी जन, इन्द्रियों को घोड़े बताते हैं, और विषयों को उन घोड़ों के विचरने का मार्ग, तथा शरीर, इन्द्रिय और मन—इन सबके साथ रहने वाला जीवात्मा ही, भोक्ता है।

'जीवात्मा से बलवती है, भगवान की माया। अव्यक्त माया से भी श्रेष्ठ है, स्वयं परमेश्वर, उनसे श्रेष्ठ और बलवान और कुछ भी नहीं है। वही सब की परम अवधि और परम गति हैं। यह सबका आत्मरूप परमपुरुष, समस्त प्राणियों में रहता हुआ भी, माया के परदे में छिपे रहने के कारण, प्रत्यक्ष दिखायी नहीं पड़ता। केवल सूक्ष्म तत्वों को समझने वाले पुरुषों के द्वारा ही अति तीक्ष्ण बुद्धि से देखा जा सकता है।

'स्वयं प्रकट होने वाले परमेश्वर ने, समस्त इन्द्रियों को बाहर की ओर जाने वाली बनाया है। इसलिए मनुष्य की इन्द्रियों द्वारा, प्रायः बाहर की वस्तुओं को ही देखा जा सकता है, अन्तरात्मा को नहीं। किसी बुद्धिमान मनुष्य ने ही, अमर पद को पाने की इच्छा करके, चक्षु आदि इन्द्रियों को बाहर के विषयों से लौटाकर, अन्तरात्मा को देखा है। शब्द, स्पर्श, रूप, गन्ध, सब प्रकार के विषयों का, स्त्री-सहवास आदि के सुखों का, मनुष्य जिस परम देव द्वारा दी गयी ज्ञानशक्ति से अनुभव करता है, उन्हीं की दी हुई शक्ति से इनकी क्षणभंगुरता को देख कर वह यह भी समझ सकता है कि इन सब में वह कौन-सी वस्तु है, जो यहाँ शेष रहेगी। विचार करने पर यही समझ में आता है कि ये सभी पदार्थ निरन्तर परिवर्तनशील होने के कारण नश्वर हैं। इन सबके परम कारण, एकमात्र परमब्रह्म परमेश्वर ही नित्य हैं। वे अतीत में भी थे और भविष्य में भी रहेंगे। अतः हे नचिकेता, तुम्हारा पूछा हुआ, वह 'ब्रह्मतत्व' यही है, जो सबका शेषी है, सबका पर्यवसान है। वह सबकी अवधि और सबकी परमगति है।

'जो जल से पहले हिरण्य गर्भ के रूप में प्रकट हुआ, उस सर्वप्रथम तप से उत्पन्न, हृदयगुफा में प्रवेश करके, जीवात्माओं के साथ स्थित रहने वाले परमेश्वर को जो पुरुष देखता है, वही ठीक देखता है। यह ही है, वह परमात्मा, जिसके विषय में तुमने पूछा है।

'जो देवतामयी अदिति, प्राणों के साथ उत्पन्न होती है, जो प्राणियों के साथ उत्पन्न हुई है, हृदय रूपी गुफा में प्रवेश कर के, वहीं रहने वाली है, वही है, जिसे

तुमने पूछा है। भगवान और उसकी शक्ति में कोई भेद नहीं है। भगवान ही शक्ति रूप में सबसे पहले हृदय में प्रविष्ट हुए हैं।

'जो सर्वज्ञ अग्निदेवता गर्भिणी स्त्रियों द्वारा, उपयुक्त अन्न पान आदि के द्वारा भलीभाँति परिपुष्ट हुआ, गर्भ की भाँति दो अरणियों में निहित-सुरक्षित है, हवन करने योग्य सामग्रियों से, मनुष्यों द्वारा प्रतिदिन स्तुति करने योग्य है, यही है वह, जिसके विषय में तुमने पूछा है।

'जहाँ से सूर्यदेव उदय होते हैं, और जहाँ अस्त होते हैं। सभी देवता उसी में समर्पित हैं, उस परमेश्वर को कोई भी नहीं लाँघ सकता। वही परम है; उससे उच्चतर और कोई नहीं है। यही है, वह परमात्मा, जिसके विषय में तुमने पूछा है। जो परम ब्रह्म यहाँ हैं, वे ही वहाँ, परलोक में भी हैं। जो वहाँ हैं, वे ही यहाँ भी हैं। एक ही परमात्मा अखिल ब्रह्मांड में व्याप्त है।

'परमात्मा का परम तत्व शुद्ध मन से ही इस प्रकार जाना जा सकता है, कि जगत् में एक मात्र पूर्णब्रह्म परमात्मा ही परिपूर्ण हैं। सब कुछ उन्हीं का स्वरूप है। जो यहाँ विभिन्नता की झलक देखता है, वह मनुष्य मृत्यु से मृत्यु को प्राप्त होता है। बार-बार जन्मता और मरता है।

'अंगुष्ठमात्र परम पुरुष परमात्मा शरीर के मध्यभाग—हृदयाकाश—में स्थित है, भूत और भविष्य का शासन करने वाला जो परमात्मा आज है, वही कल भी होगा। वही ब्रह्म है, जिसके विषय में तुमने पूछा है।

'जिस प्रकार ऊँचे शिखर पर बरसा हुआ जल, पहाड़ के नाना स्थलों में चारों ओर चला जाता है, उसी प्रकार भिन्न-भिन्न धर्मों-स्वभावों से युक्त देव, असुर, मनुष्य आदि को, परमात्मा से पृथक् देख कर, मनुष्य उन्हीं के पीछे दौड़ता रहता है। परन्तु जिस प्रकार निर्मल जल में सब ओर से मेघों द्वारा बरसाया हुआ, निर्मल जल वैसा ही हो जाता है, उसी प्रकार हे नचिकेता! एकमात्र परम पुरुष पुरुषोत्तम ही सब कुछ है, यह जानने वाला मुनि ही आत्मा—ब्रह्म—को प्राप्त हो जाता है।

'कोई भी मरणधर्मा प्राणी, न प्राण से जीता है, न अपान से जीता है, वरन् जिस ब्रह्म में प्राण और अपान को आश्रय मिला है, वही रहस्यमय सनातन ब्रह्म है, जिससे सब जीवित हैं।

'जिसका जैसा कर्म होता है, और शास्त्रादि के श्रवण द्वारा जिसको जैसा भाव प्राप्त होता है, वह वैसा ही शरीर धारण करता है।

'जो यह जीवों के कर्मानुसार भोगों का निर्माण करने वाला परमेश्वर, प्रलयकाल में सबके सो जाने पर भी जागता रहता है, वही परम शुद्ध तत्व है, वही ब्रह्म है। वही अमृत कहलाता है, उसी में सम्पूर्ण लोक आश्रय पाए हुए हैं।

उसका कोई भी अतिक्रमण नहीं कर सकता। यही है, वह ब्रह्म जिसके विषय में तुमने पूछा है।

'जिस प्रकार समग्र ब्रह्मांड में प्रविष्ट अग्नि उनके समान रूप वाला ही हो रहा है, वैसा ही समस्त प्राणियों का अन्तरात्मा ब्रह्म एक होते हुए भी नाना रूपों में, उनसे बाहर होते हुए भी उनके जैसे रूप वाला ही हो रहा है।

'ऊपर की ओर मूल वाला, नीचे की ओर शाखाओं वाला, यह सनातन अश्वत्थ वृक्ष है। इसका मूल वही विशुद्ध तत्व है और वही ब्रह्म है। वही अमृत कहलाता है, सब लोग उसी के आश्रित हैं। कोई भी उसको लाँघ नहीं सकता। यह वही परमात्मा है, जिसके विषय में तुमने पूछा है।

'परब्रह्म परमेश्वर से निकला हुआ यह जो कुछ भी सम्पूर्ण जगत् है, उस प्राण-स्वरूप ईश्वर में ही चेष्टा करता है। इस उठे हुए वज्र के समान, महान भय स्वरूप परमेश्वर को जो जानते हैं, वे जन्म-मरण से छूट कर अमर हो जाते हैं।

'वे परमेश्वर परम दयालु होते हुए भी महान् भय-रूप हैं। उन्हीं के भय से अग्नि तपता है, सूर्य तपता है, इन्द्र, वायु तथा मृत्यु के पाँचों देवता निरन्तर अपना कार्य कर रहे हैं। यदि इस शरीर का पतन होने से पहले, ईश्वर का साक्षात्कार न हो सका तो फिर अनेक कल्पों तक नाना लोकों और योनियों में शरीर धारण करने के लिए विवश होना पड़ता है। जैसे दर्पण में सामने आयी चीज दिखायी देती है, वैसे ही शुद्ध अन्तःकरण में ब्रह्म के दर्शन होते हैं। जैसे स्वप्न में वस्तु अस्पष्ट दिखायी देती है, उसी प्रकार पितृलोक में ईश्वर दीखता है। जैसे जल में वस्तु रूप की झलक दिखायी देती है, उसी प्रकार गन्धर्वलोक में परमात्मा की झलक-सी पड़ती है। ब्रह्मलोक में आत्मा और परमात्मा दोनों छाया और धूप के समान स्पष्ट दिखायी देते हैं।

'जिसने आत्मा का ज्ञान प्राप्त कर लिया है, ऐसे व्यक्ति को छोड़ कर किसी और के पास आत्मतत्व जानने के लिए मत जाना। दूसरों के पास तो केवल बातें ही बातें हैं। आत्मसाक्षात्कार, धर्माधर्म, भूत-भविष्यत, आदि सभी प्रकार के द्वन्द्वों से परे है। निष्कलंक व्यक्ति ही उस आत्मा का दर्शन करते हैं। और उन्हें शाश्वत शान्ति प्राप्त होती है। केवल बातें, विचार, शास्त्र-पाठ और बुद्धि का चूडांत परिचालन, यहाँ तक कि वेद भी व्यक्ति को यह आत्मज्ञान नहीं दे सकते।

'हमारे भीतर जीवात्मा और परमात्मा दोनों ही हैं। ज्ञानी लोग जीवात्मा को छाया स्वरूप और परमात्मा को वास्तविक सूर्यस्वरूप जानते हैं।

'हम यदि मन को इन्द्रियों के साथ संयुक्त न करें, तो हमें आँख, कान, नाक आदि इन्द्रियों के द्वारा किसी भी प्रकार का सन्देश प्राप्त नहीं हो सकता। मन

इन बहिरिन्द्रियों का व्यवहार करता है। इन्द्रियों को बाहर मत जाने दो। तभी तुम देह और बहिर्जगत् के बन्धन से मुक्त हो सकोगे।' "

श्रीकृष्ण बोले, "नचिकेता को समझ पाए तुम? यमराज ने उसके सामने सहस्रोंह वर्षों तक स्वर्ग भोग का प्रस्ताव रखा था; किन्तु उस बालक ने उत्तर दिया कि ''चाहे सहस्रों वर्ष ही क्यों न हों, हैं तो वे नश्वर ही। उसके पश्चात् फिर यहीं आना पड़ेगा। मैं उसे खोज रहा हूँ, जो अनश्वर है।... तुम भी उस ब्रह्म में ही मन लगाओ, अर्जुन।"

"तो फिर इस मर्त्यलोक और स्वर्ग में अन्तर ही क्या हुआ?" अर्जुन चकित था।

"मर्त्यलोक का जीवन एक स्वप्न है।" श्रीकृष्ण बोले, "जैसे ही निद्रा टूटती है, स्वप्न भी टूट जाता है। स्वर्ग भी इस मर्त्यलोक के स्वप्न के आगे का स्वप्न है। उस स्वप्न की निद्रा और भी गहरी तथा लम्बी होती है। किन्तु न तो वह जागरण है, न चेतना है, न मुक्ति है, न परमपद की प्राप्ति है।... और न ही उससे जीवात्मा जन्म-मरण के चक्र से मुक्त होता है। उस स्वप्न को पूरा कर जीव फिर से मर्त्यलोक में ही आयेगा।"

"और जो वेद यज्ञ कर स्वर्ग का मार्ग दिखाते हैं।" अर्जुन ने चकित भाव से कृष्ण की ओर देखा, "वेदों की बात भी न मानूँ?"

"वेद त्रैगुण्यविषयक हैं।" श्रीकृष्ण हँसे, "वे तीनों गुणों की चर्चा करते हैं। तीनों गुणों में इन्द्रियों का सुख भी आयेगा और जीवन का भोग भी।"

"तो?"

"तुम तीनों गुणों से ऊपर उठो अर्जुन। उनसे ऊँची भूमिका पर आसीन हो जाओ। उदासीन हो जाओ। निःसंग हो जाओ।" श्रीकृष्ण ने कहा, "द्वन्द्वों में सम और सन्तुलित रहो। नित्य सत्त्व में स्थित रहो। अपने योग-क्षेम तथा प्राप्ति और उपलब्धियों की रक्षा से निश्चिन्त होकर, आत्मा में मग्न रहो।"

"ऐसा क्यों? आप वेदों का विरोध कर रहे हैं क्या?" अर्जुन चकित था।

"नहीं। मैं तो तुम्हें केवल यह बता रहा हूँ कि ब्रह्म को तत्वतः जान लेने के पश्चात् ब्राह्मण का वेदों से उतना ही प्रयोजन रह जाता है, जितना सब ओर से परिपूर्ण जलाशय के प्राप्त हो जाने के पश्चात् एक लघु सरोवर का रह जाता है। सागर को पा लेने के पश्चात् एक सरोवर का क्या करना।" श्रीकृष्ण बोले, "आत्मा का लक्ष्य ब्रह्म है, कोई ग्रन्थ नहीं। स्वयं को किसी एक ग्रन्थ, गुरु, किसी सिद्धान्त अथवा किसी पन्थ से मत बाँधो। वे साधन हैं, साध्य नहीं।"

"तो मैं वेदों के आदेशानुसार यज्ञ करूँ अथवा निष्काम कर्म करूँ, यह चुनने का भी अधिकार मुझे नहीं है?"

"तुम्हें कर्म-चयन का ही अधिकार है, फल के निर्धारण का नहीं।" कृष्ण बोले, "अतः यह निश्चित करो कि तुम्हें युद्ध करना है या नहीं। यह अधिकार तुम्हें है; किन्तु उसके बाद उसका परिणाम क्या होगा, यह निर्धारित करने का अधिकार तुम्हें नहीं है।"

"तो फिर वह अधिकार किसे है?"

"कर्म का फल तो मिलेगा ही किन्तु वह प्रकृति के नियमाधीन, उसके निर्णय के अनुसार निर्धारित होगा। बाण छोड़ना है या नहीं, इसका निर्णय तुम करोगे; किन्तु उससे तुम्हारा लक्ष्य बिंधेगा या नहीं, वह व्यक्ति घायल होगा या मृत्यु को प्राप्त होगा अथवा पूर्णतः बच जाएगा, इसका निर्णय तो प्रकृति के नियम ही करेंगे।"

"तो?"

"अतः न तो स्वयं को फल का कारण मानो और न ही अकर्मण्यता को स्वीकार करो। प्रकृति अकर्मण्यता को कभी क्षमा नहीं करती।"

"फल का कारण...?"

"जो भी परिणाम सामने आये, उसका कारण स्वयं को समझने की भूल मत करो।" श्रीकृष्ण बोले, "अभी तुम वही कर रहे हो। युद्ध का कारण स्वयं को मान रहे हो; अर्थात् तुम मान रहे हो कि तुम युद्ध कर रहे हो। सैनिकों की हत्या का कारण स्वयं को मान रहे हो; अर्थात् मान रहे हो कि तुम किसी के प्राण ले सकते हो, किसी को मार सकते हो। जबकि..."

"कर्म करना ही है?"

"हाँ।"

"और उसका फल मेरी इच्छा के प्रतिकूल भी हो सकता है?"

"हाँ। क्योंकि मनुष्य की इच्छा न तो तर्काश्रित होती है और न प्रकृति के नियमों के अनुकूल। अष्टावक्र को स्मरण करो।"

"क्यों?"

"उसने कहा था कि यह संसार तुम्हारे मन में है और यह मन तुम्हारा नहीं है।"

"मेरा मन मेरा नहीं है, तो किसका है?"

"इन्द्रियों का है, विषयों का है। वह जड़ पदार्थ है। वह इन्द्रियों के माध्यम से विषयों में विचरण कर उनका भोग करता है, आहरण करता है। निरन्तर

संसार के कीचड़ में धँसता जाता है। वह प्रेय में विचरण करता है, श्रेय से उसका परिचय नहीं है। मन तुम्हें कभी भी श्रेय की ओर नहीं ले जाएगा, इसलिए वह तुम्हारा नहीं है। वह तुम्हारा होता तो तुम्हें प्रेय की ओर जाने से रोकता और श्रेय की ओर ले जाता।"

अर्जुन व्याकुल हो उठा, "क्या करूँ, क्या न करूँ?"

"मैं पहले ही कह रहा था कि यह कृष्ण सीधे-सादे अर्जुन को बहका रहा है।"

धृतराष्ट्र ने प्रसन्नता के अतिरेक में जोर की ताली बजाई।

"बहकाने से क्या तात्पर्य है आपका?" संजय ने कुछ रुष्ट होकर पूछा।

"वह सरल मार्ग पर चलने वाला ऋजु व्यक्ति है अर्जुन, जो शास्त्रों को पढ़ कर उनका आदेश मान कर जीवन-यात्रा कर रहा है। नैतिकता उसके जीवन का आधार है। इसीलिए वह अपने परिजनों को मारना नहीं चाहता। गुरुजनों का अपमान करना नहीं चाहता... और कृष्ण उसको पट्टी पढ़ा रहा है कि न कोई मरता है, न कोई मारता है। तो फिर मनुष्य ने कारागार, वधगृह और श्मशान घाट किसलिए बना रखे हैं।"

"श्रीकृष्ण ने क्या गलत कहा," संजय बोले, "जिसका क्षरण होता है, वह शरीर है। जिसे बन्दी किया जाता है, वह शरीर है; आत्मा तो अजर अमर है ही।"

"तुमने आत्मा की अमरता और अजरता को देखा है क्या? कितने युग हो गये तुम्हें आत्मा की अमरता देखते हुए?" धृतराष्ट्र साक्षात् वक्रता हो उठा था।

संजय स्तब्ध बैठे रह गये। धृतराष्ट्र की समझ में नहीं आया कि क्या हुआ। उसने कटाक्ष किया, "सो गये या समाधिस्थ हो गये; या कृष्ण के पास ही पहुँच गये?"

"नहीं महाराज। आत्मा को देखा होता तो उसकी अजरता-अमरता को भी देखा होता। किन्तु आत्मा की अमरता और अजरता को कोई देख सकता है क्या?" संजय बोले, "पूर्णतः निष्कलुष हो जाए तो देख भी सकता है शायद।"

"तो फिर कृष्ण अर्जुन को निष्कलुष होने का उपदेश देता। उसे नहलाता-धुलाता। उसे तीर्थाटन करवाता। उसने क्यों कहा कि कर्म करो और वैसे करो, जैसे वह बता रहा है?"

9

कुन्ती भानुमती के घर पहुँचीं ही थीं कि ज्योत्स्ना भी वहाँ आ पहुँची। उसने कुन्ती की ओर ध्यान नहीं दिया।

"कैसा लग रहा है, मेरा यह कंठहार?" उसने भानुमती से पूछा।

"सुन्दर है। कहाँ से आया?"

"आर्यपुत्र कलिंगविजय के पश्चात् लाये थे।" उसने इठलाकर कहा।

"किसी राजकुमारी के कंठ पर खड्ग रख कर उससे छीना था कि गला काट कर उतारा था?" कुन्ती ने अत्यन्त शान्त स्वर में पूछा।

"जैसे और कोई उपाय ही न हो..." ज्योत्स्ना का तेज कुछ क्षीण हो गया था। उसे कुन्ती में भी गान्धारी दिखायी देने लगी थी! आखिर तो उसका सम्बन्ध भी सास का ही था। संसार की सारी सासें एक समान ही होती हैं क्या?...

"दुःशासन ने अपने पास से धन देकर किसी स्वर्णकार से क्रय तो किया नहीं होगा।" कुन्ती निश्चल स्वर में बोलीं।

"काकी। मैं कभी-कभी सोचती हूँ कि इस युद्ध का परिणाम क्या होगा? हमें क्या मिलेगा?" भानुमती कुछ आशंकित-सी प्रतीत हो रही थी।

"वधु, मुझे कहने में संकोच होता है; किन्तु सत्य को छिपाया तो नहीं जा सकता। इस युद्ध का जो फल तुम लोगों को मिलने वाला है, वह कंठहार नहीं होगा।"

"तो?"

"उसे वैधव्य कहते हैं..." कुन्ती का स्वर कुछ अधिक ही गम्भीर था।

"ऐसा कौन-सा पाप हमने किया है कि हमें वैधव्य मिलेगा और पांडव-पत्नियों को सौभाग्य?" ज्योत्स्ना तड़प कर बोली, "शस्त्र तो हमारे पतियों के हाथों में भी हैं।"

"हाँ, हाथ में शस्त्र तो हैं किन्तु मन में धर्म तो नहीं है न।" कुन्ती ने अपने स्वर की स्थिरता बनाये रखी, "तुम्हें स्मरण है कि जिस समय श्रीकृष्ण शान्तिवार्ता के लिए हस्तिनापुर आये थे, उन्होंने दुर्योधन का अन्न नहीं खाया था। क्यों?"

"क्योंकि उस गोपाल को किरीटधारी राजाओं के सामने बैठने में संकोच होता है।" ज्योत्स्ना बोली, "वह उनका राजसी तेज सहन नहीं कर सकता।"

कुन्ती हँसी और कुछ देर हँसती ही रहीं।

"इसमें हँसने की क्या बात है, बुढ़िया?"

"यह बुढ़िया अपने बुढ़ापे तक आने के पश्चात् पहली बार सुन रही है कि

तामसिक लोगों का तेज सात्विक पुरुष से सहन नहीं हुआ।"

"तो फिर क्या कारण था?" ज्योत्स्ना ने जैसे कुन्ती को चुनौती दी।

"इसलिए कि श्रीकृष्ण पाप के धन का अन्न नहीं खाते।"

"वह क्षत्रिय योद्धाओं द्वारा शस्त्रबल से जीता हुआ धन है।" भानुमती ने कहा, "वह पाप का धन कैसे हो सकता है।"

"क्षत्रिय और दस्यु में अन्तर होता है।" कुन्ती ने कहा, "तुम्हें एक कथा सुनाती हूँ। सुनोगी?"

"सुनाइए।" काशिका ने कहा।

"बीच में ही भाग तो नहीं जाओगी?"

"नहीं काकी। आप सुनाइए।" भनुमती ने कहा, "युद्ध के इस परिवेश में कोई और बात हो तो अच्छा ही लगता है।"

ज्योत्स्ना दूर जा तन कर खड़ी हो गयी थी, जैसे कुन्ती के प्रति अपनी अवमानना प्रकट कर रही हो।

"त्रेता युग में रत्नाकर नाम का एक दस्यु था।" कुन्ती ने कहा, "वह वन में आते-जाते पथिकों को लूट लिया करता था। एक दिन उसने सप्तऋषियों को लूटने के विचार से रोक लिया। ऋषियों ने उससे पूछा कि वह दस्यु का काम क्यों करता है?"

"अपने परिवार के पालनपोषण के लिए।" उसने उत्तर दिया।

ऋषि हँसे। उन्होंने पूछा, "जिस पत्नी के भरण-पोषण के लिए तुम लूटपाट करते हो, क्या तुम्हारी वह पत्नी, तुम्हारे इस पाप के फल में भी तुम्हारी भागीदार होगी?"

"क्यों नहीं होगी।" वह बोला।

"जाओ, उससे पूछ कर आओ।" ऋषियों ने कहा।

"ताकि तुम लोग पीछे से भाग जाओ।" रत्नाकर उनपर हँसा।

"नहीं। तुम चाहो तो जो कुछ हमारे पास है, अपने साथ ले जा सकते हो। हम तुम्हें यहीं खड़े मिलेंगे।"

रत्नाकर अपनी कुटिया में आया।

"क्या हुआ तुम्हें?" चम्पा ने पूछा।

"मेरी आत्मा में एक प्रश्न का बाण चुभा हुआ है, वही कष्ट दे रहा है।"

निमिष भर में चम्पा को आशंका के सहस्रों नागों ने डस लिया। उसने किसी प्रकार स्वयं को सँभाला और अपने भय को छिपाने के लिए परिहास का सहारा लिया, "आज फिर तुम्हारा वही पुराना रोग लौट आया है, जहाँ तुम, तुम्हारा शरीर

और तुम्हारी आत्मा, सब पृथक् हो जाते हैं?"

"हाँ चम्पा। मेरा पुराना रोग ही उभर आया है।" रत्नाकर ने कहा, "मुझे तुमसे अपने एक प्रश्न का उत्तर चाहिए।"

चम्पा बिफर उठी, "अरे भूख लगी होती और तुम भोजन के लिए काम छोड़ कर लौट आते तो कोई बात भी थी। तुम तो एक प्रश्न का उत्तर माँगने के लिए लौट आये। यही तो उपार्जन का समय है। अधिकांश यात्री इसी समय यात्रा करते हैं।"

"जानता हूँ।" रत्नाकर ने कहा, "मैं भी उपार्जन के विचार से ही आया हूँ। यात्रियों को रोक कर आया हूँ। मुझे अपने प्रश्न का उत्तर चाहिए।"

चम्पा की समझ में कुछ नहीं आया। पहले दिन से ही उसे लगता रहा था कि रत्नाकर को समय-समय पर ऐसे उन्माद के दौरे पड़ते हैं। उसके माथे पर अनेक रेखाएँ उभर आयीं, "पूछो।"

"मैं किसी का रक्त बहा कर तुम्हारे लिए स्वर्ण लाता हूँ।" रत्नाकर ने कहा, "तुम स्वर्ण को ग्रहण करती हो। क्या उस रक्त को भी मेरे साथ ग्रहण करोगी, जो मैं उस स्वर्ण के लिए बहाता हूँ? धन बाँटती हो, किन्तु जो पाप मैं करता हूँ, उसे भी मेरे साथ बाँटोगी?"

चम्पा ने रत्नाकर को एक गहरी दृष्टि से देखा; किन्तु न तो उसको डाँट पायी और न उसकी बातों को परिहास में उड़ा पायी।

"तुम मेरे भर्ता हो। तुम्हारा धर्म है मेरा और अपनी सन्तान का पालन करना। तुम वही कर रहे हो। उससे अधिक कुछ नहीं, उसमें कोई पाप नहीं है।"

"नहीं है, तो उसे बाँटने में कैसा भय?"

"भय की बात नहीं है।" वह निर्द्वन्द्व भाव से बोली, "मैं चाहूँ भी तो तुम्हारा पाप नहीं बाँट सकती। जैसे अपने शरीर की पीड़ा कोई किसी के साथ बाँट नहीं सकता, वैसे ही अपना कर्मफल भी कोई किसी के साथ बाँट नहीं सकता। तुम अपने दायित्व का निर्वाह कर रहे हो, किसी पर कोई कृपा नहीं कर रहे हो। हम तुमसे अपना अधिकार प्राप्त कर रहे हैं। उसके लिए हमें कोई मूल्य नहीं चुकाना है।"

"पत्नी का अधिकार पति के धन पर होता है। उसके पुण्य पर होता है, किन्तु उसके पाप से पत्नी का कोई सम्बन्ध नहीं है?"

चम्पा कुछ नहीं बोली।

रत्नाकर उसे देखता रहा किन्तु अब उससे किसी प्रश्न का उत्तर नहीं चाहिए

था। जिन सुनहरी आशाओं को लेकर वह आया था, वे भंग हो चुकी थीं। अब किसी प्रकार के मोह का कोई अर्थ नहीं था। वह भंग हो चुका था। चम्पा ने सब कुछ कह दिया था। उसे प्रसन्न होना चाहिए था कि चम्पा ने उसे सब कुछ सत्य-सत्य बता दिया था। किसी प्रकार का कोई छल नहीं किया था।...

वह थोड़ी देर चुपचाप खड़ा रहा। यह अन्तिम निर्णय का क्षण था।... और फिर वह बिना कुछ कहे ही बाहर जाने के लिए मुड़ा...

"कहाँ जा रहे हो?"

"अपने प्रश्न के पास।"

"विक्षिप्त हो गये हो—एकदम उन्मादी।" चम्पा ने कुछ ऊँचे स्वर में कहा, "प्रश्न मन में होता है, किसी वृक्ष पर लंगूर के समान टँगा नहीं होता; जिसके पास जाना पड़े। .... तुम ठहरो, मैं बाबा को बुला लाऊँ। शायद वे तुम्हें कुछ समझा पाएँ।"

"नहीं। बाबा की आवश्यकता नहीं है।" रत्नाकर ने कहा, "मेरा प्रश्न वहाँ बैठा मेरी प्रतीक्षा कर रहा है। उसी के पास जाऊँगा। सम्भव है, फिर अपने उत्तर के पास भी जाना पड़े।"

"वह कहाँ है?" चम्पा ने पूछा।

"अभी ज्ञात नहीं है।"

रत्नाकर के मन में चक्रवाती झंझावात चल रहे थे। उसे बहुत जल्दी मच गयी थी। कहीं वे तपस्वी चले ही न जाएँ। वे चले गये तो वह प्रश्न का उत्तर कहाँ से पाएगा?.... उसे दिशा कहाँ से मिलेगी। —रत्नाकर अपनी पत्नी का मन नहीं जानता था, वे तपस्वी जानते थे। वे जानते थे कि उसका परिवार उसे क्या मानता है। वह नहीं जानता था कि वह क्या कर रहा है और वे जानते थे कि वह अपनी आत्मा पर रक्त पोतता जा रहा है। अब कैसे धुलेंगे रक्त के धब्बे? कैसे स्वच्छ होगी आत्मा?

वह द्वार से बाहर निकल गया।

चम्पा अपने स्थान पर खड़ी उसे देखती रही। रत्नाकर उसकी आँखों से ओझल हो गया तो चम्पा पुत्र की ओर मुड़ी। वह अपनी व्यथा भूल चुका था और आश्चर्य से अपने माता-पिता को देख रहा था।

"अपने पिता के पीछे जा और जाकर देख कि आज फिर उसका यह पागलपन कैसे जाग उठा है। किसका दुष्प्रभाव है यह?"

बालक कुछ समझा और कुछ नहीं समझा। वह चुपचाप अपने पिता के पीछे चला गया।

अपने भीतर कहीं डूबा, हताश और निर्बल-सा रत्नाकर थके पावों को घसीटता हुआ तपस्वियों के पास लौटा। उसे देख कर कोई नहीं कह सकता था कि यह वही बलवान रत्नाकर है, जिसके परशु का भय सारे जनपद को आतंकित किए हुए था।... उसने देखा तपस्वी वहीं बैठे हुए हैं, जहाँ वह उन्हें छोड़ कर गया था। रत्नाकर आकर उनके सम्मुख खड़ा हो गया।

"क्यों?" तपस्वी ने पूछा।

रत्नाकर उन्हें देखता रहा और फिर सहसा जैसे टूटकर, उनके चरणों पर गिर पड़ा।

"आप कौन हैं?"

"हम सप्तर्षि हैं रत्नाकर।" तपस्वी बोले, "मैं अत्रि हूँ और मेरे साथ ये मरीचि, अंगिरा, पुलह, क्रतु, पुलस्त्य और वसिष्ठ हैं। बोलो, क्या उत्तर लाए हो। किसी का पाप कोई बाँटता है क्या?"

रत्नाकर ने अपना मस्तक अत्रि के चरणों पर रख दिया, "मुझे मार्ग दिखाइए महर्षि। मेरी समझ में कुछ नहीं आ रहा। मैं आज देख पाया हूँ कि मनुष्य का मनुष्य से क्या सम्बन्ध है। उस दस्यु ने ठीक ही कहा था : जीव जीवस्य भोजनम्।... मैंने कब सोचा था कि मैं अपनी पत्नी का भोजन मात्र हूँ। उसका आखेट। वह मुझे खा रही थी; और मैं समझ रहा था कि वह मुझ से प्रेम करती है। कितना अहंकार था मुझको कि मैं उसका भरण-पोषण कर धर्म कमा रहा हूँ।"

"अपनी पत्नी से रुष्ट होने का तो कोई कारण नहीं है पुत्र। वह तो वही कर रही थी जो संसार में होता है। यही संसार है।" अत्रि बोले, "तुम्हें किसी से रुष्ट नहीं होना है, बस संसार का सत्य समझना है। तुम्हारे असत्य का कारण तुम्हारा अपना अज्ञान था। वह तुम्हारा मोह था, जिसे तुमने कभी अपना प्रेम समझा, कभी अपना धर्म, कभी अपना कर्तव्य। ये मोह के ही अनेक रूप हैं पुत्र। अब यदि भ्रम दूर हो गया हो, तो सत्य को जानने का प्रयत्न करो।"

"मुझ पापी को सत्य कहाँ मिलेगा महर्षि।" रत्नाकर की आँखों से अश्रु बह रहे थे।

"सत्य की उपलब्धि तो आरम्भ हो चुकी है पुत्र।" अत्रि बोले, "तुम्हारी आत्मा को जिस क्रूरता ने कवच बन कर ढाँप रखा था, वह गलकर तुम्हारी आँखों से बह रही है। क्रूरता बह जाएगी तो आत्मानिर्मल हो जाएगी। तब तुम्हें अपना मलिन स्वार्थ भी दिखेगा, अपना लोभ भी और अपना भ्रम भी। जब ये सब दिखने लगेंगे, तो सत्य कैसे दूर रह पाएगा।"

"प्रभु बहुत दयालु हैं। उन्होंने तुम्हारा भ्रमजाल काटा है, तो वे तुम्हें पाप के बन्धन से भी मुक्त करेंगे।" मरीचि ने कहा।

"पर वे ऐसा क्यों करेंगे?" रत्नाकर फफक पड़ा, "मैंने अपने पापों के बन्धन को काटने के लिए ऐसा किया ही क्या है?"

"नहीं किया तो अब करो।" अत्रि बोले।

"क्या करूँ? अब तक तो अपनी जिह्वा से 'मारो मारो' ही रटा है। अपनी भुजाओं से दूसरों के कंठ काटे हैं। अपनी जानुओं से असहाय लोगों के वक्ष चूर किए हैं।... सदा पराये धन का अपहरण किया है। सदा दूसरों के प्राण लिए हैं। मेरे मन में कभी किसी के लिए करुणा नहीं जागी।..."

"जिस जिह्वा से आज तक 'मारो मारो' रटा है, उसी से 'राम राम' जपकर अपनी जिह्वा को पवित्र करो पुत्र।" अत्रि ने स्थिर स्वर में कहा, "पश्चात्ताप में बड़ी शक्ति होती है।"

"मेरी जिह्वा से तो 'मरा मरा' ही निकलेगा प्रभु। मुझे उसी का अभ्यास है।..."

"प्रयत्न करो पुत्र। अपनी तपस्या से 'मरा मरा' को 'राम राम' में परिवर्तित करो।"

"परिवर्तन सम्भव है क्या?" रत्नाकर के अश्रु थम नहीं रहे थे।

"परिवर्तन ही जीवन का एकमात्र सत्य है।" अत्रि बोले, "एक बार प्रभु को पुकार कर तो देखो।"

"यह कैसे होगा, ऋषिवर।" रत्नाकर का धिक्कार किसी आशा का अंकुर फूटने ही नहीं दे रहा था।

"साधना से सब कुछ सम्भव है पुत्र। प्रभु इतने दयालु हैं कि उनके लिए कुछ भी अदेय नहीं है। वे करुणा के सागर हैं। तुम पर भी करुणा करेंगे। तुम्हारे मरुभूमि के से मन में भी उनकी कृपा से करुणा का स्रोत फूटेगा। अपनी जिस मानवता का गला घोंट कर तुमने उसे पाषाण में बदल डाला है, उसी पाषाण को फोड़ कर वे करुणा की स्रोतस्विनी बहाएँगे। तुम अपना पौरुष तो प्रकट करो।"

"मुझे विश्वास नहीं होता।"

अत्रि मुस्कराए, "तो पहले विश्वास करना सीखो।"

"मेरा सारा विश्वास तो मेरा यह परशु था।" रत्नाकर ने कहा।

"तो वही हो।" ऋषि मुस्कराए, "जिस परशु से आज तक विनाश किया है, उसी में जब तक सृजन की नयी कोंपलें न फूटें, तब तक अपना प्रायश्चित्त पूरा

हुआ मत मानो। प्रभु तुम पर कृपा करेंगे।"

कुन्ती मौन हो गयीं।

"यह कथा हमको क्यों सुनाने आयी हो बुढ़िया?" ज्योत्स्ना ने कहा।

"दो कारणों से यौवन-गर्विता।" कुन्ती ने मुस्कराकर कहा, "पहली बात तो यह कि अपने पतियों को समझा दो कि तुम लोग उनका पाप नहीं बाँटोगी... शायद उनका विवेक जागे।"

"और दूसरी?"

"दूसरी यह कि वे तुम्हारे पति हैं—जीवन-साथी। वे तुम्हारे आखेट नहीं हैं, जिन्हें मरने के लिए भेज कर तुम लोग अपना शृंगार कर, आनन्द मना रही हो।... जीवन का सत्य कुछ समझो। वैसे इस युद्ध का पुरस्कार तुम लोगों को वैधव्य के रूप में मिलने ही वाला है। दो-चार दिनों की ही तो बात है।"

वे देखती रह गयीं और कुन्ती उठ कर चल दीं।

"काकी मेरी बात सुनो।"

भानुमती पीछे-पीछे आयी किन्तु कुन्ती रुकी नहीं।

"छोटी माँ मेरी बात सुनिये।" उसने पीछे से पुकार कर कहा।

कुन्ती रुक गयीं।

भानुमती आकर उनके सामने खड़ी हो गयी, "आप, अपना यह शाप लौटा नहीं सकतीं?"

"यह तो कर्म-फल है। इसे कौन लौटा सकता है।" कुन्ती बोलीं, "तुम लोग अपने पतियों को युद्ध से विमुख कर सको, तो अपना सौभाग्य भी प्राप्त कर सकती हो।"

भानुमती खड़ी रह गयी और कुन्ती चली गयीं।

"धनंजय, सिद्धि और असिद्धि को समान मान कर, अनासक्त भाव से, योगस्थ होकर कर्म करो।" श्रीकृष्ण बोले, "समत्व ही योग कहलाता है।"

"समत्व और योग...."

"हाँ, समबुद्धि योग की तुलना में सकाम कर्म अत्यन्त हीन है। इसलिए धनंजय तुम समबुद्धि में अपनी रक्षा का उपाय ढूँढ़ो।" श्रीकृष्ण ने कहा, "बुद्धियोग का ही आश्रय ग्रहण करो; क्योंकि स्वयं को फल का कारण अथवा फल का निर्धारण करने में समर्थ मानने वाले व्यक्ति अत्यन्त दयनीय हैं। वे स्वयं को कर्ता मानते हैं, स्वयं को फल का हेतु मानते हैं तो फिर उसका परिणाम भी

उन्हें भोगना पड़ता है। वही फल उनके लिए कर्म-बन्धन बन जाते हैं।"

"तो समबुद्धियुक्त व्यक्ति को अपने कर्मों का फल नहीं भोगना पड़ता?"

"समत्वस्थित पुरुष पाप और पुण्य दोनों को अपने जीवन-काल में इसी लोक में त्याग देता है। वह उनसे मुक्त हो जाता है। तुम समत्व रूप योग में लग जाओ। कौशलपूर्वक कर्म अथवा कर्म में समत्व ही, योग है। वही कर्म-योग है।"

"यह कर्म-कौशल क्या है?"

"कटहल को काटो किन्तु इस कौशल से काटो कि उसका लस्सा तुम्हारे हाथ में न लगे। वृक्ष से आम तोड़ने के लिए ढेला फेंको तो इस प्रकार फेंको कि आम तो टहनी से टूट जाए किन्तु वह ढेला वापस तुम्हारे सिर पर न गिरे। कर्म अथवा उसके फल में लिप्त नहीं होना है।"

"बुद्धि और समत्व बुद्धि में कोई अन्तर नहीं है क्या?"

"तुम यह मानो कि 'समत्व' को ही बुद्धि कहते हैं। बुद्धि मनुष्य का वह गुण है, जो उसे सुख-दुख में सन्तुलन स्थापित करना सिखाए अथवा इन दोनों से उदासीन कर दे।" श्रीकृष्ण ने कहा, "समबुद्धि से युक्त ज्ञानीजन कर्मों से उत्पन्न होने वाले फल अथवा कर्म-बन्धन को त्यागकर, जन्म रूप बन्धन से मुक्त हो, निर्विकार परमपद को प्राप्त हो जाते हैं। जब तुम्हारी बुद्धि, मोह रूपी दलदल को भली-भाँति पार कर जाएगी, उस समय तुम सुने हुए और सुनने में आने वाले, संसार के सभी भोगों से विरक्त हो जाओगे।"

"इतने प्रकार के सिद्धान्त हैं; इतने प्रकार के शास्त्र हैं। किसको मानूँ, किसको न मानूँ। मैं तो विचलित हो जाता हूँ।" अर्जुन बोला।

"विभिन्न प्रकार के वचनों को सुनकर विचलित हुई तुम्हारी बुद्धि जब ब्रह्म में अचल रूप से स्थिर हो जाएगी, तब तुम योग को प्राप्त हो जाओगे। तुम्हारा परमात्मा से नित्य संयोग हो जाएगा।" श्रीकृष्ण बोले, "समझ रहे हो न। अनेक सिद्धान्तों, वाद-विवादों इत्यादि को सुनकर, पढ़ कर, जान कर, मनुष्य की बुद्धि विचलित हो जाती है। वह सत्य का निर्णय नहीं कर पाता है। बुद्धि का स्थिर अथवा एकाग्र होने का अर्थ है—योगस्थ होना, स्थितप्रज्ञ होना, ईश्वर से नित्य संयुक्त होना।"

"हे केशव, समाधि में स्थित, परमात्मा को प्राप्त हुए, स्थिरबुद्धि पुरुष कैसे होते हैं?"

"अब मेरी बुद्धि स्थिर नहीं है।" पारंसवी ने विदुर की ओर देखा, "वहाँ सारे वायुमंडल में चारों ओर बाण उड़ रहे होंगे। पशुओं, योद्धाओं और शस्त्रों का

कोलाहल धरती को भी डोला रहा होगा और अर्जुन पूछ रहा है कि स्थिरबुद्धि पुरुष के क्या लक्षण हैं? स्थिर बुद्धि पुरुष कैसे बैठता है? कैसे बोलता है? कैसे चलता है? यह समय क्या यह सब पूछने और जानने का है या युद्ध करने का? उसे स्थिरबुद्धि लोगों का कोई संगठन बनाना है क्या?"

"मुझे तो लगता है कि श्रीकृष्ण द्वारा दिए गये ज्ञान के कारण अर्जुन का विचलित मन योद्धा की तुलना में योगी बनने को मचल रहा होगा। शस्त्रों का ज्ञान तो उसे बहुत है; किन्तु श्रीकृष्ण जिस क्षेत्र का ज्ञान दे रहे हैं, वह उसके लिए नया भी है और महत्त्वपूर्ण भी। वन में मन को स्थिर रखना उतना कठिन नहीं है, जितना कि युद्ध-क्षेत्र में; संसार भी तो एक युद्ध-क्षेत्र ही है। वह युद्ध के बीच स्थिरबुद्धि, स्थितप्रज्ञ होना चाहता है। जीवन में युद्ध से अधिक कठिन समय और क्या हो सकता है?" विदुर ने कहा।

"किन्तु क्या इससे समय नष्ट नहीं हो रहा? मुझे तो लगता है कि यह देख कर कि अर्जुन युद्ध में उतर ही नहीं रहा उसके शत्रुओं का मनोबल बढ़ेगा।"

"अर्जुन के विषय में कोई सन्देह हो भी सकता है; किन्तु मैं श्रीकृष्ण के विवेक पर सन्देह नहीं कर सकता।" विदुर ने कहा, "वे भी युद्ध के क्षेत्र में खड़े हैं और शत्रुओं की चिन्ता उनको भी होगी। मुझे तो उनका सारा प्रयत्न अर्जुन के मनोबल को बढ़ाने का ही नहीं, उसके मन को सन्तुलित करने का लगता है। असन्तुलित मन से कोई योद्धा युद्ध नहीं कर सकता।"

"और यह क्या बात हुई कि कर्म तो तुम करो और स्वयं को कर्ता भी मत मानो? दुर्योधन के वक्ष में बाण मार कर अर्जुन यह भी न माने कि बाण उसने मारा है?" पारंसवी कुछ असहज हो उठी थीं।

"श्रीकृष्ण के मन में क्या है, यह तो वे ही जानें, किन्तु मैं अपनी बुद्धि से तुम्हारे प्रश्न का उत्तर देता हूँ; पर उससे पहले एक और काम निबटा लूँ...।"

"और कौन-सा काम?" कुन्ती ने पूछा।

"मुझे लगता है कि द्वार पर कोई आया है। उस अतिथि की समस्या को सुलझा लें भाभी, तो फिर हम अपनी समस्या सुलझा लेंगे।"

विदुर उठ कर खड़े हो गये थे किन्तु वह आगन्तुक तब तक उन लोगों के पास पहुँच चुका था।

"अरे, लक्ष्य तुम?" विदुर ने उसे पहचाना। वह धृतराष्ट्र का विश्वस्त अनुचर था।

"जी, महामन्त्री।" वह बोला, "महाराज ने आपको स्मरण किया है और कहलवाया है कि आप तत्काल राजप्रासाद में उपस्थित हों। वे आपकी प्रतीक्षा

कर रहे हैं।"

"क्यों संजय उनके पास नहीं है?" विदुर ने पूछा।

"जब मैं चला तो वे वहीं थे।" लक्ष्य ने बताया।

"तो ठीक है।" विदुर ने कहा, "महाराज से निवेदन करो कि मैं अपनी चर्चा को समेट कर अभी आ रहा हूँ।"

"जी, आर्य महामन्त्री।" लक्ष्य प्रणाम कर चला गया।

विदुर उसे बाहर की ओर जाते हुए देखते रहे।

"हाँ तो मेरी जिज्ञासा थी कि दुर्योधन के वक्ष में बाण मार कर अर्जुन यह भी न माने कि बाण उसने मारा है?" पारंसवी ने कहा, "यह कहाँ का न्याय है।"

विदुर हँस पड़े, "न्याय का मुझे पता नहीं। हम तो प्रकृति का तर्क खोज रहे हैं।"

"चलिए, वही सही।"

"अर्जुन ने बाण मारा। बाण लोहे का था। लोहा किसने बनाया था?"

"लोहार ने।"

"लोहार को कच्चा लोहा कहाँ से मिला?"

"खनक से। उसने वह भूमि खोद कर उसके नीचे से निकाला था।"

"भूमि के नीचे वह लोहा किसने रखा था?"

"ईश्वर ने, या प्रकृति ने; किन्तु प्रकृति भी तो ईश्वर की ही बनायी हुई है।" पारंसवी ने कहा।

"यदि वह कच्चा लोहा प्रभु ने धरती के गर्भ में न रखा होता तो बाण कैसे बनता?"

"तब बाण लकड़ी का बनता। बाँस का बनता।"

"बाण लकड़ी का बनता किन्तु लकड़ी कहाँ से आती?"

"वृक्ष से।" पारंसवी ने कहा।

"वृक्ष को किसने उगाया?" विदुर ने पूछा।

"किसान ने।"

"उगाया तो किसान ने ही किन्तु यदि वहाँ मिट्टी न होती, वर्षा न होती, सूर्य न होता, वायु-मंडल से उपयुक्त पवन न मिलता तो वृक्ष कैसे उगता? कैसे फलता-फूलता?"

"इसका क्या अर्थ हुआ?" पारंसवी ने झल्ला कर कहा।

"इसका अर्थ केवल इतना हुआ कि जिसे तुम अपना कर्म और पराक्रम मानते हो, वह ईश्वर का कर्म और पराक्रम है। अपने कर्म में अकर्म देखो और

ईश्वर के अकर्म में उसका कर्म देखो।... मूलभूत ढाँचा न हो तो कोई छोटे से छोटा काम भी नहीं हो सकता।"

"ठीक कह रहे हैं विदुर।" कुन्ती ने कहा, "कृषक कुआँ खोदता है किन्तु यदि प्रभु ने भूमि के नीचे पानी न रखा होता तो उसे पानी कहाँ से मिलता। यह सब तो ईश्वर की, प्रकृति की सम्पत्ति है, जिसे हम खोज कर अपने काम में लाते हैं और उसके उत्पादन का यश भी स्वयं को ही देते हैं।"

"ठीक कहा भाभी ने।" विदुर ने जोड़ा, "हम अपने अकर्म को कर्म मानते हैं और ईश्वर के कर्म को अकर्म। किन्तु सत्य तो यह नहीं है... अच्छा मैं देख आऊँ कि महाराज को इस समय मेरी क्या आवश्यकता पड़ गयी।"

"सब बेकार की बातें हैं।" धृतराष्ट्र ने कहा, "अर्जुन युद्ध से भाग नहीं सका तो उसे टाल रहा है। कृष्ण सोच रहा था कि वह उसे बातों में बहला लेगा; किन्तु मुझे तो लगता है कि अर्जुन ही उसे बहका रहा है। वह प्रश्न पूछता जाएगा किन्तु बाण नहीं चलाएगा। उसने युद्धक्षेत्र को गुरुकुल बना दिया है।"

"यह आपको लगता है, क्योंकि आप यही मानना चाहते हैं।" संजय ने कहा, "और वह इसलिए है, क्योंकि आप यह जानते ही नहीं हैं कि योगस्थ योद्धा कैसे लड़ता है।"

"कैसे लड़ता है?" धृतराष्ट्र ने जैसे उसे उकसाया, "पद्मासन में बैठ कर आँखें मूँद कर बाण चलाता है वह?"

"आपने कभी सोचा कि दुर्योधन, दुःशासन और कर्ण कभी भी वैसे योद्धा क्यों नहीं हो पाए, जैसे कि भीष्म, द्रोण और कृप हैं। वे श्रीकृष्ण जैसे योगी नहीं हैं; किन्तु योग का कुछ अभ्यास तो उनको भी है। योगी की रक्षा स्वयं प्रकृति करती है।"

"मैं तो यह ही जानता हूँ कि योग और अध्यात्म का खिलाड़ी युद्धों के पचड़े में नहीं पड़ता। योग अध्यात्म है और युद्ध संसार है।"

"पूर्ण योगी ब्रह्म से भी युक्त रहता है और अपने शस्त्रों को भी थामे रहता है। हाथ में शस्त्र और बुद्धि ईश्वर से युक्त। राम इतने महान योद्धा क्यों थे। उन्होंने अजगव को परिचालित भी किया और उसे ध्वस्त भी कर दिया। परशुराम ने उनकी क्या परीक्षा ली थी। जब योग क्षात्रधर्म में उतरता है तो राम जैसे योद्धा का निर्माण होता है।"

"ठीक है। ठीक है; किन्तु वह विदुर अभी तक क्यों नहीं आया?" धृतराष्ट्र झल्लाया हुआ था।

"लीजिए, वे आ गये।" संजय ने द्वार की ओर संकेत किया।

धृतराष्ट्र ने अपना मुख उठा कर अन्धी आँखों से द्वार की ओर देखा, "आओ विदुर।"

"प्रणाम महाराज।"

"आओ विदुर, आओ बैठो। तुम से एक काम है।"

"आदेश करें महाराज।"

"क्या खाओगे?"

"घर लौट कर भोजन करूँगा।" विदुर ने कहा, "आप आदेश करें।"

"त्वरा में लगते हो।" धृतराष्ट्र के कंठ से एक खोखली हँसी निकली, "मान लो कि मैं तुम्हें कुरुक्षेत्र जाकर कृष्ण को यह सन्देश देने की बात कहूँ कि वह अर्जुन का कहा मान ले, तो जाओगे? क्या रखा है युद्ध में। अर्जुन ठीक ही तो कह रहा है, अपने ही तो सारे लोग मारे जाएँगे। जो कोई भी सिद्धान्त युद्ध का समर्थन करता है, वह मानवता के विरुद्ध है। क्या विचार है तुम्हारा?"

"आप ठीक कह रहे हैं।" विदुर ने कहा, "जो कोई भी सिद्धान्त युद्ध का समर्थन करता है, वह मानवता के विरुद्ध है; किन्तु जो कोई भी व्यवहार किसी को युद्ध के लिए बाध्य करता है, उसके विषय में आपका क्या विचार है?"

"युद्ध के लिए बाध्य करना क्या होता है? युद्ध या तो किया जाता है, या नहीं किया जाता। यह युद्ध के लिए बाध्य करना क्या होता है?" धृतराष्ट्र ने जैसे विदुर की बात को परिहास में उड़ा दिया।

"जब आप किसी का कुछ छीन लेते हैं, किसी का घोर अपमान करते हैं अथवा किसी पर प्राण-घातक प्रहार करते हैं, तो आप उसे युद्ध के लिए बाध्य करते हैं।" विदुर ने कहा, "आप किसी को आत्मरक्षा का अधिकार भी नहीं देंगे क्या?"

"आत्मरक्षा करो, युद्ध करने की क्या आवश्यकता है?"

"कुरुक्षेत्र में यह युद्ध आत्मरक्षा के लिए ही हो रहा है।" विदुर बोले, "अपने सम्मान की रक्षा के लिए, अपनी सम्पत्ति की रक्षा के लिए, अपने प्राणों की रक्षा के लिए और धर्म और न्याय की रक्षा के लिए।"

"ठीक कह रहे हो विदुर।" धृतराष्ट्र ने कुछ वक्र होकर कहा, "हस्तिनापुर दुर्योधन का है। वह उसी की रक्षा के लिए युद्ध कर रहा है।"

"इन्द्रप्रस्थ पांडवों का है, वे उसे वापस लेने के लिए युद्ध कर रहे हैं।" विदुर ने कहा, "और यदि आप बुरा न मानें तो कहना चाहूँगा कि वे क्षत्रिय का धर्म निभाने के लिए युद्ध कर रहे हैं।"

"क्या है क्षत्रिय का धर्म, जो वे निभा रहे हैं?" धृतराष्ट्र आक्रामक हो उठा था।

"दुष्ट-दलन।"

"यहाँ दुष्ट कौन है, जिसका दलन वे कर रहे हैं?"

"हस्तिनापुर में एक ऐसा शासन है, जो षड्यंत्र कर अन्य राजाओं का राज्य छीन लेता है। हस्तिनापुर की राजसभा में स्त्रियों का चीरहरण होता है। हस्तिनापुर का शासन आततायी है, वह अपने ही कर्मचारियों को विष दे कर उनके प्राण हर लेता है; अपने ही भाई-बन्धुओं को जीवित जला देता है। प्रजा के हित के लिए क्या किया है हस्तिनापुर ने?"

"यदि हस्तिनापुर का शासन इतना ही क्रूर है, तो उसकी इतनी आलोचना करते हुए भी तुम अभी तक जीवित कैसे हो? जीवित ही नहीं हो, उसके महामन्त्री भी बने हुए हो।"

विदुर हँस पड़े, "है तो यह आश्चर्य ही। ईश्वर की कृपा से जीवित हूँ। यह शायद आपको और दुर्योधन को यह समझाने के लिए है कि संसार में जीवों का जीवन आपके नियंत्रण में नहीं है। आपके आदेश से न किसी का जन्म होता है और न किसी की मृत्यु होती है। महारानी गान्धारी ने जब अपने पुत्र का जन्म चाहा था, वह तब नहीं हुआ।... और जब उन्होंने गर्भपात कर उसे मार डालना चाहा, उसकी मृत्यु भी नहीं हुई। ..."

"और तुम महामन्त्री कैसे बने हुए हो?"

"वैसे इस राज्य का महामन्त्री हूँ मैं; क्योंकि आपके युवराज से अधिक राजनीति का ज्ञान है मुझे।..." विदुर रुके, "कृपया बताएँ कि आपने किसलिए बुलाया था।"

"कृष्ण के पास जाओ और उससे कहो कि अर्जुन का मत ही उचित है। युद्ध अच्छी बात नहीं है। वह युद्ध के लिए हठ न करे।" धृतराष्ट्र ने कहा।

"इस सन्देश के साथ तो आप संजय को भी भेज सकते हैं। मेरा जाना क्यों आवश्यक है?"

"शायद वह तुम्हारी बात मान जाए।" धृतराष्ट्र ने कहा, "संजय इस काम में असफल हो चुका है।"

"मैं भी सफल नहीं होऊँगा।" विदुर ने कहा, "हम श्रीकृष्ण के निकट कुछ समझने जाते हैं, उन्हें समझाने नहीं जाते। उनके निकट जाकर हमारी चतुराई नहीं चलती।"

"अर्थात्?"

"यदि मैं कृष्ण के पास गया तो यह समझ कर आऊँगा कि धर्म-युद्ध क्यों अनिवार्य है। पांडवों का पक्ष धर्म का पक्ष क्यों है। अतः या तो दुर्योधन को आत्म-समर्पण कर देना चाहिए अथवा पांडवों को चाहिए कि वे उसका वध कर दें...।"

"विदुर ...।" धृतराष्ट्र के स्वर में भय का चीत्कार भी था आदेश का आवेश भी।

"महाराज।" विदुर ने कहा, "मैं हस्तिनापुर का महामन्त्री हूँ, अतः राज्य के हित में परामर्श देने का मुझे अधिकार है। जब आप युधिष्ठिर को द्यूत खेलने के लिए बाध्य कर रहे थे, मैंने तब भी आप से निवेदन किया था कि ऐसा न करें, यह आपके हित में नहीं है; किन्तु आप नहीं माने।"

"उसका युद्ध से क्या सम्बन्ध?" धृतराष्ट्र का स्वर खीजा हुआ था।

"द्यूत में आपने पांडवों से सब कुछ छीन न लिया होता, पांचाली को इस प्रकार अपमानित न किया होता तो युद्ध की स्थिति ही क्यों आती?"

"तुम जाकर पांडवों से कहो कि वे पुरानी बातें भूल जाएँ और युद्ध बन्द कर दें।" धृतराष्ट्र ने कहा।

"आप उनका राज्य लौटा देंगे? पांचाली के अपमान के प्रतिशोध के लिए दुःशासन को भीम को सौंप देंगे?"

"क्या? मूर्खता की बातें करते हो। मैं केवल युद्ध बन्द करने के लिए कह रहा हूँ, ताकि कर्ण और दुर्योधन के हाथों पांडव मारे न जाएँ।" धृतराष्ट्र ने अपने डरे हुए चेहरे पर कुछ उदार भाव लाने का प्रयत्न किया।

विदुर उच्च स्वर में हँसे, "अब मैं समझ पाया हूँ कि श्रीकृष्ण अर्जुन को क्यों सांख्य और योग का ज्ञान दे रहे हैं।"

"क्यों दे रहा है?"

"इसलिए कि उसका सरल मन कहीं आपकी धूर्तता के चक्रव्यूह में न फँस जाए।"

"मुझे तो लगता है कि कृष्ण अपने मित्र अर्जुन को समझा रहा है कि कृष्ण, कृष्ण क्यों है।" कुन्ती ने कहा, "राज्य के लिए धृतराष्ट्र के पुत्रों ने इतने भयंकर युद्ध का सूत्रपात कर डाला, और कृष्ण ने कंस के राज्य को प्राप्त कर भी हस्तगत नहीं किया। न स्वयं सिंहासन पर बैठा, न वह सिंहासन अपने पिता को दिया, न भाइयों को। वह जानता था कि उसके भाई उससे रुष्ट होंगे, हुए भी होंगे; किन्तु कृष्ण ने वही किया जो यादवों के लिए कल्याणकारी था। द्वारका का राज्य

स्थापित किया किन्तु फिर किरीट अपने मस्तक पर नहीं रखा। जरासन्ध का वध किया; किन्तु उसका राज्य उसके पुत्र सहदेव को दे दिया। क्यों? क्योंकि कृष्ण के मन में राज्य की इच्छा नहीं, धर्म है, योग है। अब वही मंत्र वह अर्जुन को भी दे रहा है। मन में धर्म हो तो संसार में भी धर्म को स्थापित करना होगा।"

"ठीक कह रही हैं भाभी आप। पर कृष्ण के भाई और उसके पुत्र उससे रुष्ट क्यों हैं?" पारंसवी ने कहा, "क्या वे लोग उसकी बात नहीं समझते? वे भी धृतराष्ट्र हो गये हैं क्या?"

"तुमसे किसने कहा कि वे उससे रुष्ट हैं?" विदुर ने पूछा।

"रुष्ट न होते तो सबका हित करने वाले कृष्ण जैसे अपने भाई को, उसकी सेना छीन कर, उसके शस्त्र रखवा कर महाभारत के युद्ध में कौरवों की सेना के सम्मुख चारे के समान डाल जाते?" पारंसवी ने कहा, "ऐसा तो कोई भाई नहीं करता, कोई समर्थ पुत्र नहीं करता।... और फिर यादवों के कलह-क्लेश के विषय में कौन नहीं जानता। अक्रूर सब कुछ पा कर भी आज तक सन्तुष्ट नहीं हुआ। क्या चाहता है वह—द्वारका का शासन, जो उसे मिल नहीं सकता। कृष्ण ही नहीं चाहते कि द्वारका का शासन उसके हाथ में दिया जाए, इसलिए वे वृद्ध उग्रसेन को सिंहासन पर टिकाए हुए हैं। यदि शासन अक्रूर के हाथ में आ जाए, तो यादवों में आज से ही गृह-युद्ध आरम्भ हो जाए।..."

"पारंसवी ठीक कह रही है। कृष्ण न भी बोले तो उसका चरित्र बोलता है।" कुन्ती ने कहा, "मुझे तो श्रीराम भी स्मरण हो आते हैं। उन्होंने भी अयोध्या का राज्य छोड़; गुह उन्हें अपना राज्य दे रहा था, उसे स्वीकार नहीं किया; वाली का वध किया; किन्तु किष्किन्धा के सिंहासन पर सुग्रीव को बैठाया; रावण का वध कर लंका जैसा राज्य विभीषण को दे कर चले आये। यही तो है योग। लाभ-अलाभ की कोई चिन्ता नहीं। सारा बल त्याग पर है, आधिपत्य पर नहीं।"

विदुर अपनी पत्नी और भाभी की चर्चा सुनते रहे। बोले कुछ भी नहीं।

"जो मन की सम्पूर्ण कामनाओं को पूर्णतः त्याग देता है; और जिसका चित्त अपनी आत्मा में स्थित होकर ही सन्तुष्ट रहता है। वह स्थितप्रज्ञ है।" कृष्ण ने अर्जुन की ओर देखा, "दुःख में जो उद्विग्न नहीं होता, सुख में निःस्पृह रहता है; जिसका राग, भय और क्रोध नष्ट हो चुका है, ऐसा मनुष्य स्थितप्रज्ञ कहलाता है।"

"जिसका राग नष्ट हो गया है, उसका तो स्नेह भी नष्ट हो जाएगा। उसके

मन में किसी के लिए भी प्रेम नहीं होगा। बिना प्रेम के क्या यह जीवन जीने योग्य रह पाएगा?" अर्जुन ने कहा।

"जो पुरुष सर्वत्र मोह-रहित और असंग रहता है। मनोनुकूल वस्तु को प्राप्त कर, प्रसन्नं होकर न मर्यादा की सीमाएँ लाँघता है; और न ही किसी और के द्वारा प्राप्त किए जाने पर, उससे द्वेष करता है, उसकी बुद्धि स्थिर है। वस्तुतः उसके मन में प्रेम ही प्रेम है। अथाह प्रेम। उसकी कोई सीमा नहीं है। वह सबसे प्रेम करता है। अपना मान कर न वह किसी से प्रेम करता है, और न ही पराया मान कर द्वेष करता है। वह स्थिर बुद्धि है, अतः सारी सृष्टि का हित सोचता है, सारे जीवों से प्रेम करता है। संहार तो वह उनका करता है, जो संसार में प्रेम को मिटाकर द्वेष को पोषित करते हैं। जैसे कछुआ सब ओर से अपने अंगों को समेट लेता है, वैसे ही जब मनुष्य अपनी इन्द्रियों को विषयों से समेट लेता है, तब उसकी बुद्धि स्थिर मानी जाती है। वह स्थितप्रज्ञ हो जाता है।"

"जिस व्यक्ति को जीवन के सुख-भोग उपलब्ध नहीं हैं, वह स्थितप्रज्ञ है?" अर्जुन ने पूछा, "एक निर्धन व्यक्ति, जिसके पास पेट भरने को भोजन भी नहीं है, वह स्थिप्रज्ञ हो जाएगा क्या? जिसको स्त्री का संग उपलब्ध नहीं है, वह दमित कामेच्छा वाला पुरुष, स्थितप्रज्ञ हो जाएगा क्या?"

"इन्द्रियों द्वारा विषय-भोग न करने वाला अथवा न कर सकने वाला पुरुष भी केवल विषय से निवृत्त होता है; उसकी आसक्ति समाप्त नहीं होती। वह अनासक्त नहीं है। आसक्ति का नाश न होने के कारण उसकी इन्द्रियाँ नहीं, उसका मन विषयों का सेवन करता है। प्रमथन स्वभाव वाली ये इन्द्रियाँ, संयम का यत्न करते हुए बुद्धिमान पुरुष के मन को भी बलात हर लेती हैं। मन विवेक के नियन्त्रण का उल्लंघन कर, उच्छृंखल हो उन विषयों का भोग करता है।" कृष्ण बोले, "स्थितप्रज्ञ पुरुष की आसक्ति ही समाप्त हो जाती है। वह विषयों के मध्य रहता है, उनका सेवन करता है; फिर भी उनका भोग नहीं करता।"

"तो इन्द्रियाँ मन से भी बलवान हैं?" अर्जुन ने कृष्ण ओर देखा।

"इन्द्रियाँ मन से बलवान हैं भी और नहीं भी। इन्द्रियों की प्रवृत्ति, मन को विषयों की ओर धकेलने की है।" श्रीकृष्ण बोले, "मन शिथिल हो और इन्द्रियों के बहकावे में आ जाए तो इन्द्रियाँ प्रबल हैं; और यदि मन साधा जा चुका है, वह संयत है, तो वह इन्द्रियों के बहकावे में नहीं आता। ऐसी स्थिति में मन इन्द्रियों से प्रबल माना जाता है।"

"देखा। मैंने कहा था न कि अर्जुन, कृष्ण को बहका रहा है।" धृतराष्ट्र ने कहा,

"अबोध बन कर ऐसे प्रश्न पूछ रहा है, जैसे वह यह सब भी न जानता हो।"

"यह सोच रहे हैं आप?" संजय बोले, "यह नहीं देख रहे कि कृष्ण के द्वारा की गयी चर्चा के पश्चात् वह भूल ही गया है कि उसकी वह स्थिति, जिसमें वह कह रहा था, 'मेरा शरीर काँप रहा है, उसमें रोमांच हो रहा है। त्वचा जल रही है और मेरी पकड़ इतनी शिथिल हो रही है कि मेरे हाथ से गांडीव खिसकता जा रहा है।' उस स्थिति को वह भूल गया है। उससे बाहर निकल आया है। वह कृष्ण से योग की चर्चा कर रहा है; चाहे आरम्भिक बातें भी पूछ रहा है। अपने कार्पण्य का रोना तो नहीं रो रहा।"

"युद्ध को तो टाल ही रहा है न।" धृतराष्ट्र का स्वर कुछ तीखा हो गया, "युद्ध-क्षेत्र को तो उसने गुरुकुल बना ही दिया है न। कृष्ण को तुम लोग अति बुद्धिमान मानते हो; किन्तु देख रहे हो न, वह अर्जुन की चतुराई को नहीं पकड़ पा रहा है।"

"और श्रीकृष्ण की चतुराई यह है कि वे स्थितप्रज्ञता की अवधारणा को अर्जुन के मन के तल में प्रतिष्ठित कर देना चाहते हैं।" संजय ने कहा।

"उससे लाभ क्या होगा?" धृतराष्ट्र के अधरों पर एक वक्र मुस्कान थी, "वह स्थितप्रज्ञ हो गया तो युद्ध में जय की कामना भी नहीं करेगा।"

"श्रीकृष्ण जो कुछ समझा रहे हैं, उससे अर्जुन के मन में सृष्टि का स्वरूप स्पष्ट हो जाएगा। वह समझ जाएगा कि एक तत्व है ब्रह्म, जिसने अपनी माया से कोटि-कोटि रूप धारण कर रखे हैं; और वे रूप स्वयं को स्वतन्त्र और स्वतःपूर्ण मान बैठे हैं। यह दूसरों से पृथक् होने का भाव, यह अहंकार, उन्हें विभिन्न प्रकार की कामनाओं और लोभों में लिप्त करता रहता है। एक पुतला, अपने ही समान दूसरे पुतले को नष्ट कर देना चाहता है। वह यह समझता ही नहीं कि उनमें कोई भेद नहीं है।..."

संजय की बात पूरी होने से पहले ही धृतराष्ट्र हँस पड़ा।

"क्या हुआ महाराज?" संजय ने पूछा।

"मान लो कि तुम्हारा यह ब्रह्म मिट्टी या वैसा ही कोई ठोस पदार्थ है। उसी पदार्थ से ये पुतले बनते रहते हैं, जिन्हें हम जीव कहते हैं।" धृतराष्ट्र बहुत प्रसन्न मुद्रा में था, "आखिर उस पदार्थ की मात्रा की कोई तो सीमा होगी न। कितने पुतले बनेंगे? अन्ततः तो वह समाप्त हो ही जाएगा। वैसे ही ये आत्माएँ हैं। कितनी आत्माएँ हैं ब्रह्म के पास? कितने जीव उत्पन्न करेगा वह? अन्ततः तो उसका भंडार भी खाली होगा ही।"

इस बार संजय हँसे, "वह मिट्टी के समान पदार्थ नहीं है, जिससे घड़े और

सकोरे बनते हैं। वह तो सूर्य के समान प्रकाश है। जितने घट रख दीजिए, वह उन सब में प्रकाशित होगा। घड़े बनते रहें, प्रकाशित होते रहें, किन्तु वह अपने स्थान पर स्थिर है। वह अव्यय है, अनश्वर है। उसकी सृष्टि में कुछ भी नष्ट होने वाला नहीं है, बस आकार बदलते हैं।"

"तुम्हारा विचार है कि कृष्ण द्वारा इतना सारा पाठ पढ़ाने के बाद अर्जुन युद्ध करेगा?" धृतराष्ट्र अब भी हँस रहा था, "वह किसी ऋषिकुल में नहीं चला जाएगा? किसी अरण्य में अपनी कुटिया नहीं बना लेगा?"

"वह ऐसा दुर्धर्ष योद्धा बन कर युद्ध में उतरेगा, जिसे कोई रोक नहीं पाएगा।"

"कृष्ण, आपने मेरे भिक्षा माँग कर जीवन व्यतीत करने के प्रस्ताव को परिहास में उड़ा दिया।" अर्जुन ने कहा, "अब आप स्थितप्रज्ञ की चर्चा कर रहे हैं। स्थितप्रज्ञ होकर ध्यान में बैठे रहने से युद्ध कैसे होगा?" वह रुका, "यदि आपकी यही इच्छा है तो मैं तपस्या में लग जाता हूँ। सारी कामनाएँ त्याग दूँगा। सबसे सम्पर्क समाप्त कर दूँगा। बस यह युद्ध न हो और इतने लोगों के प्राण बच जाएँ।"

श्रीकृष्ण हँसे, "मैंने कभी यह नहीं कहा कि तुम युद्ध छोड़ कर तपस्या करो।"

"तो फिर क्या कहा है?"

"मैंने कहा कि तुम युद्ध इसलिए नहीं करना चाहते, क्योंकि तुम्हारा मन और बुद्धि अस्थिर है। मैंने तुम्हें जो कुछ समझाया, उसका तात्पर्य यह है कि स्थिर और एकाग्र बुद्धि वाले लोग अपना धर्म मान कर अपने कर्तव्य का पालन करते हैं। वे द्वन्द्व में नहीं रहते। उनकी बुद्धि व्यावसायिक होती है। वह बुद्धि जो आरम्भ से अवसान तक सब सोच कर निर्णय लेती है। वे यह नहीं सोचते कि यह काम करूँ या न करूँ।"

"तो इसका सम्बन्ध युद्ध से नहीं है।" अर्जुन ने पूछा।

"इसका सम्बन्ध युद्ध से भी है; किन्तु केवल युद्ध से नहीं है। धर्म से है। अपना धर्म समझ कर दायित्व पूरा करने से है।" श्रीकृष्ण बोले, "धर्म संसार के हित के लिए होता है; इसलिए क्षत्रिय केवल धर्म-युद्ध करता है।"

"तो फिर बुद्धि स्थिर करने के लिए क्या करना चाहिए?"

"सम्पूर्ण इन्द्रियों को अपने विवेक के वश में करो, चित्त को शान्त और नियन्त्रित करो, मुझ पर ध्यान केन्द्रित करो। जिस मनुष्य की इन्द्रियाँ उसके वश

में होती हैं, उसकी बुद्धि स्थिर हो जाती है।" श्रीकृष्ण ने कहा, "एक बात और बता दूँ।..."

अर्जुन ने उनकी ओर देखा।

"कुछ लोग इन्द्रियों को वश में करने का प्रयत्न भी करते हैं और विषयों का चिन्तन भी करते हैं।..."

"तो उसमें क्या हानि है?" अर्जुन ने उन्हें बीच में ही टोक दिया।

"विषयों का चिन्तन करने से उनके प्रति मनुष्य के मन में आसक्ति बढ़ती है।"

"आसक्ति ही बढ़ती है न, वह उनका भोग तो नहीं कर रहा।"

"आसक्ति से कामना उत्पन्न होती है।" श्रीकृष्ण बोले, "कामना पूर्ण हो जाए तो उससे लोभ बढ़ता है; और कामना में विघ्न पड़े तो क्रोध का जन्म होता है। क्रोध से मूढ़ता उत्पन्न हो जाती है।"

"तो?"

"मूढ़ता से स्मृति-भ्रम हो जाता है। स्मृति-भ्रम से बुद्धि का नाश हो जाता है।"

"बुद्धि-नाश से तो मनुष्य अपने स्थान से पतित हो जाता है। वह उसका विनाश ही है।"

"ठीक कह रहे हो। उस विनाश से बचने का एक ही मार्ग है कि इन्द्रियों को अपनी चेतना के वश में कर लो। अन्तःकरण अपने अधीन हो और इन्द्रियाँ अपने वश में हों तो रागद्वेषरहित इन्द्रियों वाला वह व्यक्ति विषयों में विचरण करता हुआ भी आनन्द की स्थिति को प्राप्त होता है।..."

10

"यह कृष्ण का आत्म-परिचय है।" कुन्ती बोलीं, "उसने अपनी इन्द्रियों को वश में कर रखा है..."

"उनका अन्तःकरण भी उनके अपने अधीन है।" विदुर बोले, "वे राग-द्वेष से भी मुक्त हैं।..."

"भोग के सारे विषय उसके चारों ओर बिखरे पड़े हैं। फिर भी वह किसी सुख या दुख को नहीं मानता। द्वारका में अपने घर पर सारा सुख, भोग और आराम होते हुए भी वह जैसे निरन्तर यात्रा पर ही रहता है : संसार में धर्म की स्थापना के लिए।"

कुन्ती ने कहा।

"इसमें ध्यान देने की बात यह है भाभी," विदुर बोले, "यादव कृष्ण के साथ क्यों नहीं हैं? उनके अपने भाई और पुत्र उनके साथ नहीं हैं। वसुदेव जी सब कुछ देख रहे हैं; किन्तु कुछ भी करने में असमर्थ हैं। क्यों?"

"क्योंकि यादवों का अपनी इन्द्रियों पर कोई वश नहीं है। वे भोग और विलास में ऐसे लिप्त हैं कि कृष्ण की बात उन्हें कड़वी लगती है। वे उन्हें समझ ही नहीं पा रहे।" कुन्ती ने कहा, "मुझे तो ऐसा लगता है कि यादव भी धृतराष्ट्र के समान मोह में अन्धे हो रहे हैं।"

"मैं तो उस घटना को स्मरण करती हूँ तो मेरा रोम-रोम तृप्त हो जाता है।" पारंसवी ने कहा।

"कौन-सी घटना?" कुन्ती ने उसकी ओर देखा।

"जब द्वारका में कृष्ण से सहायता माँगने अर्जुन भी गया था और दुर्योधन भी।" पारंसवी बोलीं, "वह तो अच्छा हुआ कि कृष्ण ने अर्जुन से पहले माँगने को कहा और अर्जुन ने कृष्ण को माँग लिया। दुर्योधन की तो कल्पना में भी नहीं था कि अर्जुन सेना को त्याग केवल कृष्ण को माँग लेगा। यदि दुर्योधन को पहले माँगने का अवसर मिलता तब भी वह सेना ही माँगता। कृष्ण को माँग कर वह क्या करता। उसे तो कृष्ण पर कण मात्र भी विश्वास नहीं है; न उसके मन में उसके प्रति थोड़ा-सा भी सौहार्द है।"

"उस मूर्ख की समझ में ही नहीं आया कि अर्जुन ने किस शक्ति को माँग लिया था।" विदुर बोले।

अर्जुन का ध्यान अटक गया। श्रीकृष्ण कह रहे थे, "मुझ पर ध्यान केन्द्रित करो।"

क्यों कृष्ण पर क्यों? कृष्ण में ऐसा क्या है? वे तो इस प्रकार बोल रहे हैं, जैसे वे साधारण मनुष्य न होकर कुछ और हों।....

और फिर अर्जुन का मन स्वयं ही उत्तर खोजने लगा।... गोकुल और वृन्दावन में कृष्ण का जीवन साधारण नहीं था। कंस को मार कर यादवों को उसके आतंक से मुक्त किया था तो उन्हें अपनी बुआ और उनके पुत्रों का स्मरण भी हो आया था। अक्रूर को हस्तिनापुर भेजा था उन्होंने। उसके पश्चात् वे स्वयं भी आये थे। उनके आते ही धृतराष्ट्र ने धर्मराज को हस्तिनापुर का युवराज बना दिया था।... और फिर जब मथुरा पर जरासन्ध और कालयवन का संयुक्त आक्रमण हुआ था तो वे कैसे सारी मथुरा को साथ लेकर द्वारका आ गये थे।

कोई सरल था यह काम? पीछे से जरासन्ध और कालयवन की सेनाएँ आक्रमण की मुद्रा में भागी आ रही हों और उनसे बच कर उन अमित्र राज्यों के बीच में से होकर मथुरा निवासियों को सुरक्षित निकाल ले जाना ... बच्चे भी थे और वृद्ध भी, स्त्रियाँ भी और पुरुष भी, रोगी भी और स्वस्थ भी। प्रत्येक परिवार के साथ कोई न कोई पशु भी था।... और फिर उनका सामान। पता नहीं कृष्ण ने उतने रथों और छकड़ों का प्रबन्ध कहाँ से किया होगा। पर वे ले आये थे, उनको द्वारका तक। और फिर उनको एक सुरक्षित और सम्मानजनक शासन दिया था। किन्तु यह सब तो वीर मानवों के कृत्य जैसा था। इसमें अलौकिक कुछ नहीं था।... और अब कृष्ण कह रहे हैं कि उनपर ध्यान केन्द्रित किया जाए।... हाँ, अलौकिक भी था। राजसूय यज्ञ में उनका अलौकिक रूप था। द्रौपदी के चीर-हरण के समय वे वहाँ नहीं थे; किन्तु चमत्कार तो हुआ ही था। वन में जब दुर्वासा पांडवों के कुटीर में अपने शिष्यों के साथ भोजन करने के लिए आ गये थे, तो भी कृष्ण ने चमत्कार तो किया ही था। ... और फिर हस्तिनापुर में वे शान्तिदूत बन कर आये थे। दुर्योधन ने उन्हें बन्दी करने का सारा जाल बिछाया था किन्तु वे कैसे निकल गये थे उसमें से, और साथ ही धमकी भी दे गये थे, कि युद्ध होगा और ऐसा होगा, जैसे पहले कभी नहीं हुआ था।... और आज अर्जुन उसी युद्ध की धमक सुन रहा है। सच कहा था उन्होंने, पहले कभी ऐसा युद्ध नहीं हुआ था। इसीलिए तो उसके विषय में सोच-सोच कर अर्जुन का हृदय काँप रहा है।... कुछ तो अलौकिक है कृष्ण में। पर ऐसा क्या है कि उनका ध्यान किया जाए? विचित्र हैं कृष्ण। अर्जुन उनको अपना सखा मान कर व्यवहार करता है तो वे दिव्य पुरुष दिखने लगते हैं; और दिव्य मान कर चलता है तो वे उसके साधारण सखा हो जाते हैं। वे किसी एक निष्कर्ष पर टिकने ही नहीं देते। वह उनकी बाँसुरी देख कर उनसे संगीत के लोक में ले चलने को कहता है, तो वे उसे युद्ध के ऐसे भयंकर लोक में धकेल देते हैं। ...

यह तो निश्चित है कि वे आत्म-तत्व को जानते हैं। तभी तो वे प्रकृति के रहस्यों को जानते हैं।... शरीर शाश्वत नहीं है और आत्मा शाश्वत है। अर्जुन को अपना वर्तमान जन्म स्मरण नहीं है और वे जन्म-जन्मान्तरों की बात करते हैं। पुनर्जन्म की बात करते हैं। इस शरीर के क्षरण और अगले शरीर के निर्माण की बात करते हैं। शरीर को वस्त्रों के समान मानते हैं। कितना सरल है वस्त्रों को बदल लेना।...

यह व्यक्ति असाधारण है, अलौकिक है, दिव्य है? या यह मनुष्य है ही नहीं? अवतार है? कोई देव शक्ति इस रूप में अवतरित हुई है या फिर वह देव, देवेश्वर

है, महेश्वर है?

अर्जुन किसी निष्कर्ष पर नहीं पहुँच पा रहा था।...

"अन्तःकरण की प्रसन्नता से मनुष्य सारे दुःखों से मुक्त हो जाता है।..." श्रीकृष्ण ने अर्जुन की ओर देखा, "दशरथपुत्र राम के जीवन की ओर देखो। तुम्हें अनेक ऐसे लोग मिलेंगे, जो यह मानते हैं कि राम को जीवन में अनेक कष्ट हुए। राज्य छोड़ कर वनों में भटकना पड़ा इत्यादि ... किन्तु क्या राम ने कभी दुख प्रकट किया कि उन्हें राज्य छोड़ना पड़ा। एक धृतराष्ट्र को देखो, जिसने पराये राज्य को पाने के लिए कितने षड्यंत्र किए किन्तु वह सुखी हो सका क्या? सारा जीवन इसी आशंका से मरता रहा कि कहीं उसके द्वारा हथियाया गया राज्य उससे छिन न जाए। जीने से अधिक वह मरता रहा... पर क्या कभी राम दुखी हुए?"

"नहीं।"

"क्योंकि प्रसन्नचित्त वाले कर्मयोगी की बुद्धि शीघ्र ही सब ओर से हट कर परमात्मा में भलीभाँति स्थिर हो जाती है; और इतिहास में श्रीराम से बड़ा प्रसन्नचित्त कर्म-योगी मिलना कठिन है।" सहसा श्रीकृष्ण ने युद्धक्षेत्र की ओर देखा, "मुझे लगता है अर्जुन, युद्ध एक प्रकार से आरम्भ हो चुका है। देखो, पितामह के आक्रमण के उत्तर में लगभग सारे ड़ी पांचाल वीर उनसे जूझ रहे हैं। युद्ध अभी हमारी ओर मुड़ा नहीं है; किन्तु वह किसी भी क्षण हमारे सामने आ जाएगा। तुम्हें शीघ्र अपना निश्चय करना है।"

"मेरा मन इतना अशान्त है कि मैं कोई भी निश्चय नहीं कर पा रहा हूँ। क्या यह उचित नहीं होगा कि हम अपना रथ युद्ध-क्षेत्र से निकाल किसी एकान्त स्थान में ले चलें।"

"जो ईश्वर से युक्त नहीं होता, उस अयुक्त पुरुष में निश्चयात्मिका बुद्धि नहीं होती, न चिन्तन, कल्पना और ध्यान होता है। ऐसे मनुष्य को शान्ति नहीं मिलती और अशान्त मनुष्य को सुख कैसे मिल सकता है।" श्रीकृष्ण हँस रहे थे, "तुम चाहते हो कि तुम अपना रथ अन्यत्र कहीं ले जाओ और अपने भाइयों, पुत्रों और सम्बन्धियों को मरने के लिए यहाँ छोड़ दो। तुम कैसे शान्तिप्रिय मानव हो, जो विरोध में खड़े लोगों को मारना नहीं चाहते और अपने पक्ष के लोगों को, अपने बन्धुओं को, जो तुम्हारे भरोसे यहाँ लड़ने आये हैं, उन्हें मरने के लिए छोड़ देना चाहते हो।" वे रुके, "वैसे तुम सृष्टि के किसी भी कोने में चले जाओ, निश्चयात्मिका बुद्धि के बिना तुम्हें कहीं भी शान्ति नहीं मिलेगी।"

"मैंने कभी कल्पना भी नहीं की थी कि मेरा यह योद्धा पुत्र, युद्ध-क्षेत्र से बाहर जाने की इच्छा प्रकट करेगा।" कुन्ती का स्वर अवसाद से भरा था, "इच्छा होती है कि मैं वहाँ होती तो उसका कान पकड़ कर उसे समझाती कि क्षत्रिय का धर्म क्या है।"

विदुर जोर से हँस पड़े, "आप भी मोह में पड़ गयीं भाभी; इसका अर्थ है कि आप भी कृष्ण की लीला को नहीं समझ रहीं कि वे अर्जुन को कैसे और किस प्रकार के युद्ध के लिए तैयार कर रहे हैं। देखिए, वे युद्ध को भी योग बना रहे हैं।"

"युद्ध भी कभी योग बन सकता है?" पारंसवी ने कहा।

"ब्रह्म में मन रमा कर, उससे युक्त होकर, ध्यान एकाग्र कर, धर्म मान कर जो भी काम किया जाए, वह योग ही तो है।" विदुर ने कहा, "आरम्भ में ही अर्जुन ने अपना सारा दुख और द्वन्द्व, मन खोल कर कृष्ण को समर्पित कर दिया। वह भी अर्जुनविषाद योग है। युद्ध तो उससे कहीं अधिक निश्चयात्मकता माँगता है।"

"यह कैसा गोरखधन्धा है।" पारंसवी बोलीं, "हमारे अपने ही शरीर में कितने आत्मविरोधी तत्व हैं। समझ ही नहीं आता कि मन पर भरोसा करें अथवा बुद्धि पर, भाव पर भरोसा करें अथवा तर्क पर।"

"बात तो तुम्हारी ठीक है।" विदुर ने कहा, "वस्तुतः हमारे शरीर के भीतर भी तो एक ब्रह्मांड है। कोई किसी का मित्र है, कोई शत्रु। कोई पक्ष में है, कोई विपक्ष में। विषयों में विचरता मन जिस इन्द्रिय के साथ रहता है, वह उस पुरुष की बुद्धि को वैसे ही हर लेता है, जैसे जल में तैरती नाव को वायु हर लेती है। इसीलिए तो नाव को स्थिर करने के लिए उसे किनारे से बाँध कर रखना पड़ता है और नदी में चलने के लिए उसका सन्तुलन बनाए रखना पड़ता है। जैसे मन को विषयों में डूबने से बचाने के लिए, इन्द्रियों का भी निग्रह करना पड़ता है और मन का भी। उसे संयत रखना पड़ता है।"

"अर्जुन, तुमने देखा है कि सूर्य के उदित होते ही कमल कैसे खिल कर उसकी ओर उन्मुख हो जाता है और सूर्यास्त के समय से ही वह अपनी पँखुड़ियाँ समेट कर अपने में बन्द हो जाता है।" श्रीकृष्ण बोले, "चन्द्रमा उदित होता है तो कुमुदिनी उसके रूप का रसपान करने लगती है और सूर्य के प्रकाश का तिरस्कार कर आत्म संकुचित हो जाती है।"

"देखा है।" अर्जुन बोला, "किन्तु इस युद्धक्षेत्र में आप मुझे वनस्पतिशास्त्र

क्यों पढ़ाने लगे हैं?"

"केवल यह बताने के लिए कि प्रभु की इस सृष्टि में विविधता कितनी है।" श्रीकृष्ण ने अर्जुन की ओर देखा, "सम्पूर्ण प्राणियों के लिए जो रात्रि के समान है, उसमें नित्य ज्ञानस्वरूप परमानन्द की प्राप्ति के लिए स्थितप्रज्ञ योगी जागता है। और जिस नाशवान सांसारिक सुख की प्राप्ति में सभी प्राणी जागते हैं, स्थितप्रज्ञ मुनि के लिए वह रात्रि के समान है। वह उसमें सो जाता है।"

"इसका क्या अर्थ हुआ?" अर्जुन कुछ विस्मित था।

"मछली जल में जीवित और सजग रहती है। जल में ही साँस लेती है। जल से बाहर निकल, वायु मंडल में आते ही दम तोड़ देती है। मनुष्य वायु मंडल में साँस लेता है और जीवित रहता है। जल में डूब कर वह साँस नहीं ले सकता। अतः जीवित नहीं रह पाता। वैसे ही जो ब्रह्म में जागता है, वह संसार में सोता है; और जो संसार में जागता है, वह ब्रह्म में सो जाता है।" श्रीकृष्ण बोले, "तुम जिसकी ओर आकृष्ट होते हो, उसमें जागते हो; और जिसकी ओर आकृष्ट नहीं होते, उसके प्रति उदासीन हो जाते हो, अर्थात् उसमें सो जाते हो। योगी विषयों के मध्य रहता हुआ भी उनके प्रति उदासीन होता है; और ब्रह्म में अनुरक्त होकर, उसमें लीन हो जाता है।"

अर्जुन श्रीकृष्ण की बात समझने का प्रयत्न कर रहा था।... कृष्ण ठीक कह रहे थे, राजनगरी हस्तिनापुर में रहते हुए भी विदुर काका गंगा-तट पर एक साधारण से भवन में रहते थे। वे मानो राज-परिवार के प्रासादों की ओर पीठ कर सोए हुए थे। दूसरी ओर महाराज धृतराष्ट्र थे कि प्रज्ञा-चक्षु होते हुए भी सत्ता, पद और राज्य के लिए आजीवन लार टपकाते रहे। योगी को विषयों में रस नहीं आता, इसलिए वह उनकी ओर पीठ कर लेता है; और ब्रह्म की चर्चा आते ही उसकी आँखें खुल जाती हैं।...

"योगी न हुआ उल्लू हो गया, जो दिन में सोता और रात को जागता है।" धृतराष्ट्र ने अट्टहास किया, "मैं आरम्भ से ही कह रहा हूँ कि कृष्ण माया-जाल रच रहा है। वह अर्जुन को मूर्ख बना रहा है। कभी उसे सूक्ष्म आध्यात्मिक बातों का रहस्य बताने का बहाना बनाता है। कभी वनस्पतिशास्त्र पढ़ाता है, कभी जीव-जन्तुओं के व्यवहार को लेकर किसी और लोक में ले जाता है। इन सबका युद्ध से क्या सम्बन्ध?"

"आपने अभी उनकी पूरी चर्चा तो सुनी ही नहीं है, पहले से ही अपने मनोनुकूल निष्कर्ष निकाल लिए हैं।" संजय कुछ कटु स्वर में बोले।

"पूरी चर्चा क्या है? उन्हीं बातों की पुनरावृत्ति है।" धृतराष्ट्र के स्वर में तनिक भी कोमलता नहीं थी।

"श्रीकृष्ण ने कहा, 'जैसे नाना नदियों का जल सब ओर से परिपूर्ण अचल प्रतिष्ठा वाले समुद्र में उसको विचलित न करते हुए समा जाता है, वैसे ही किसी प्रकार का विकार उत्पन्न किए बिना सारे भोग, स्थितप्रज्ञ पुरुष में समा जाते हैं। वही पुरुष परम शान्ति को प्राप्त होता है, भोगों को चाहने वाला नहीं। जो मनुष्य सम्पूर्ण कामनाओं को त्याग, निर्मम, अहंकाररहित, और निःस्पृह हो विचरता है, वही शान्ति को प्राप्त करता है।' "

"हे अर्जुन, यह ब्रह्म को प्राप्त मनुष्य की स्थिति है। इसको प्राप्त कर योगी कभी मोहित नहीं होता। और अन्तकाल में भी इस ब्राह्मी स्थिति में स्थित होकर ब्रह्मानन्द को प्राप्त हो जाता है।"

11

अर्जुन का मन उलझा हुआ था।

कृष्ण मानते हैं कि इस संसार में ज्ञान ही सर्वश्रेष्ठ है। ज्ञान के बिना कुछ भी नहीं है। इसीलिए तो उन्होंने कुरुक्षेत्र के इस युद्धक्षेत्र में आत्मज्ञान का उपदेश दिया। जिस संसार में हम रहते हैं, उसकी प्रकृति और संरचना को तो जानना ही चाहिए। जिस शरीर में हमारे प्राण बसते हैं, उस शरीर के विषय में भी जानना ही चाहिए। वह किससे बना है, किसलिए बना है, कब तक रहेगा, कैसे काम करेगा। इन बातों से परिचित तो होना ही चाहिए। फिर प्रकृति को भी जानना होगा, जिसने यह सारी सृष्टि रची है।... किन्तु आत्म को जान लेने के पश्चात् और शेष ही क्या रहता है।... तो फिर कर्म की बात क्यों करते हैं श्रीकृष्ण?

अर्जुन का मन फिर से भटक गया... श्रीकृष्ण कह रहे हैं, सृष्टि के आरम्भ में उन्होंने दो प्रकार की निष्ठाएँ बतायी थीं।... सृष्टि के आरम्भ में... क्या हैं कृष्ण... और कौन हैं कृष्ण? वे सृष्टि के आरम्भ की बात कर रहे हैं। सृष्टि के आरम्भ को आज तक किसने जाना। कौन बैठा है, उस समय से आज तक? किन्तु वे कह रहे हैं कि उन्होंने संसार को बताया था। वे तो ऐसे बात कर रहे हैं, जैसे वे ही सृष्टिकर्ता हैं। संसार को उन्होंने ही बनाया हो। कृष्ण का स्वरूप धीरे-धीरे उदात्तता की सीढ़ियाँ चढ़ता जा रहा था। वे मनुष्य के इस शरीर में ईश्वर हैं क्या?... दो प्रकार की निष्ठाएँ... चिन्तन और कर्म। विचार और कर्म।

ज्ञान और कर्म। चिन्तन, विचार, ज्ञान... ये सब ही सांख्य के अंग हैं। सब कहीं सांख्य ही है... और कर्म...

"यदि आप मानते हैं कि ज्ञान कर्म से श्रेष्ठ है, तो केशव, आप मुझे इस घोर कर्म में नियोजित क्यों कर रहे हैं?" अर्जुन ने सहसा मुख उठा कर कृष्ण की ओर देखा, "इन उलझे हुए शब्दों से आप मेरी बुद्धि को सम्भ्रमित कर रहे हैं।..."

श्रीकृष्ण हँसे, बोले कुछ नहीं।

अर्जुन ने अपने स्वर में कुछ बल उत्पन्न किया, "आप मुझे निश्चित शब्दों में बताएँ कि मैं किस मार्ग से अपने श्रेय को प्राप्त कर सकता हूँ।"

"सृष्टि के आरम्भ में ही मैंने संसार को दो मार्ग बताए थे, अनघ। बौद्धिक लोगों को ज्ञानयोग और सक्रिय लोगों को कर्मयोग। अब यह तुम जानो कि तुम्हारे लिए क्या उत्तम है।"

"क्या कहना चाहते हैं आप?"

"ज्ञान से मन के विकार अवश्य दूर हो जाते हैं। किन्तु संसार का रूप तो कर्म करने से ही बदलेगा। कर्म के बिना न कुछ बनता है और न ही कुछ बदल ही सकता है। ऋषियों ने संसार को ज्ञान ही दिया है; किन्तु संसार का रूप तो कर्मयोगियों ने ही बदला है। इसीलिए तुम से कह रहा हूँ कि तुम योगी बनो—कर्म-योगी।"

"योगी बन कर युद्ध करूँगा?"

"क्यों भीष्म, द्रोण और कृपाचार्य जैसे लोग युद्ध कर रहे हैं तो तुम युद्ध क्यों नहीं कर सकते। वैसे योगी बनने का अर्थ यह नहीं है कि तुम भगवा वस्त्र धारण कर अपने परिवार और समाज से दूर चले जाओ।..."

"तो क्या अर्थ है, योगी बनने का?"

"युद्ध को योग बना लो। ध्यान मुझ में लगा रहे और तुम अपना कर्तव्य कर्म करते रहो। मन में मैं रहूँ और हाथों में धनुष-बाण हो। मैं तुम्हें अपना कर्म करने के लिए प्रेरित कर रहा हूँ।" कृष्ण ने कहा, "व्यक्ति को निष्काम होना चाहिए, निष्कर्मण्य नहीं। निष्कर्मण्यता से मनुष्य का विकास नहीं होता और न ही केवल त्याग अथवा संन्यास से वह पूर्णता को प्राप्त होता है।"

"निष्कर्मण्य रहेगा तो कम से कम दुष्कर्मों से तो बचा रहेगा।" अर्जुन ने जैसे कोई बहुत गम्भीर तर्क प्रस्तुत किया।

श्रीकृष्ण हँस पड़े, "मनुष्य निष्काम तो हो सकता है किन्तु सर्वथा निष्कर्मण्य नहीं हो सकता। श्वास लोगे या नहीं लोगे? तुम्हारा रक्त शरीर में संचरण करेगा

या नहीं करेगा। हृदय की धड़कन चलेगी या नहीं चलेगी? पाचनक्रिया बन्द तो नहीं हो जाएगी।"

"नहीं। ये सब तो बन्द नहीं होंगे अन्यथा मनुष्य मर नहीं जाएगा?"

"इसीलिए कहता हूँ कि तुम निष्क्रिय नहीं रह सकते।" कृष्ण बोले, "कुछ लोग हैं, जो सामने थाली रख कर अपने हाथों को बाँध लेते हैं; किन्तु मन से भोजन का आस्वाद लेते रहते हैं। इसे न हम त्याग कह सकते हैं और न ही संयम। यह केवल पाखंड है। कर्मेन्द्रियों को रोकना और मन से भोगों का चिन्तन करना, धोखा है। मनुष्य दूसरों को तो धोखा दे सकता है किन्तु अपने-आपको कैसे भ्रम में रखेगा। अपना विकास वही करता है, जो अपने मन को संयमित रखता है और अपनी इन्द्रियों को भोगों से दूर रखता है।"

"मैं वहाँ होता न कृष्ण के पास तो उसे समझाता कि कर्मयोग क्या होता है।" धृतराष्ट्र ने कहा।

"क्या होता है कर्मयोग?" संजय ने तड़प कर कहा।

"सारी इन्द्रियों को, मन को और ध्यान को एक तार में पिरोकर, सबका सामंजस्य कर जीवन का रस लेना। यह होता है कर्मयोग।"

"और आपने जीवन भर इसी कर्मयोग का निर्वाह किया है।"

"हाँ, यही किया है मैंने और मुझे उसका कोई पश्चात्ताप भी नहीं है।"

"ठीक है। आप अभी पश्चात्ताप न करें, क्योंकि आपके सामने अभी आपके कर्मों का फल नहीं आया है।" संजय ने कहा, "जब कर्म-फल सामने आता है तो स्थिति बदल जाती है।"

"किसने देखा है कर्मफल?"

"आपने तो कुछ भी नहीं देखा है। आपने अपने पुत्रों को भी नहीं देखा है। क्या वे भी नहीं हैं?"

"उनको मैंने छूआ तो है। उनकी वाणी तो सुनी है। जिन्होंने उन्हें देखा है, उनसे उनके विषय में सुना है।" धृतराष्ट्र ने कुछ रुष्ट स्वर में कहा, "कर्म-फल को तो किसी ने भी नहीं देखा है।" धृतराष्ट्र जैसे श्वास लेने के लिए रुका, "और यदि तुम कहोगे कि मैं प्रज्ञाचक्षु हूँ और पांडु नपुंसक था—यह हमारे पिछले जन्मों का फल है, तो मैं उसे स्वीकार नहीं करूँगा। वह हमारी माताओं के कर्मों का फल है। मेरी माँ ने गर्भ-धारण के समय अपनी आँखें बन्द न कर ली होतीं तो मैं प्रज्ञाचक्षु न होता। छोटी माँ भय से पीली न पड़ गयी होती तो पांडु पीलिया का रोगी न होता। यह कैसा कर्म-फल है कि करे कोई, भरे कोई।"

"आप ठीक कहते हैं। माँ के कर्मों का फल सन्तान को नहीं मिल सकता।"

"तो?"

"तो आपको स्वयं यह सोचना चाहिए कि यह किसके कर्म का फल है।" संजय ने कहा, "यदि यह आपकी माँ के कर्म का फल नहीं है, तो आपके अपने कर्मों का फल है।"

"मैंने ऐसा क्या पाप किया है?"

"यह तो मैं नहीं जानता।" संजय ने कहा, "प्रकृति के अनेक रहस्य हमारे लिए अनुद्घाटित ही रहते हैं। जन्म के पहले और मृत्यु के बाद के रहस्य हम नहीं जानते। किन्तु इस जीवन में भी आपने अपने भ्रातुष्पुत्रों के साथ जो कुछ किया, वह अच्छा तो नहीं किया। आप क्या समझते हैं कि उस सबका फल आपके सामने नहीं आयेगा?"

"क्या करेंगे? पांडव मुझे मारेंगे?"

"कर्मों का फल मनुष्य नहीं देता, प्रकृति देती है।" संजय ने कहा, "आपके कर्मों का फल भी पांडव नहीं देंगे, प्रकृति देगी।"

धृतराष्ट्र हँस पड़ा, "मूर्खों के समान बातें मत करो और न ही मुझे भयभीत करने का प्रयत्न करो। मैं ऐसे ही डर जाने वालों में से नहीं हूँ।"

"जानता हूँ। यदि आप तनिक भी धर्म-भीरु होते तो आप ऐसे कृत्य करते ही नहीं, जो आपने किए हैं।"

"तुम मुझे धर्म अथवा ईश्वर से नहीं, निर्जीव प्रकृति से डरा रहे हो।" धृतराष्ट्र ने कहा, "प्रकृति निर्जीव और चेतना-विहीन है। वह किसी का क्या न्याय करेगी और क्या किसी को दंड देगी।"

"भ्रम है आपका।" संजय ने कहा, "आपको प्रकृति चेतना शून्य लगती है। आप भूल जाते हैं कि प्रकृति का स्वामी सच्चिदानन्द है। उसी के चैतन्य से प्रकृति का कण-कण सचेत है, जैसे आपकी आत्मा की चेतना के प्रकाश से आपकी बुद्धि चैतन्य होती है, अन्यथा आपके मन, बुद्धि और अहंकार भी जड़ पदार्थ से ही बने हैं।"

"कोई जड़ कैसे चैतन्य हो सकता है?" धृतराष्ट्र जैसे उसका उपहास कर रहा था।

"जैसे लोहा अग्नि के ताप से लाल हो जाता है। वह ताप और रंग लोहे का तो नहीं है।"

"अच्छा। होता होगा। मैं तुमसे दर्शन पढ़ने नहीं बैठा हूँ। कृष्ण ने अर्जुन

को क्या समझाया, यह बताओ।"

"हमारे महाराज नयनों से ही नहीं, बुद्धि से भी ज्योतिहीन हैं।" पारंसवी ने कहा।

"मुझे तो लगता है कि प्रकृति जिसको दंडित करना चाहती है, उसकी चेतना पहले ही हर लेती है।" विदुर ने कहा, "उसे पर्वताकार अहंकार देती है।"

"ठीक कह रहे हैं देवर।" कुन्ती ने कहा, "वस्तुतः पांचाली का चीरहरण, महाराज का चेतना-हरण ही था। नहीं तो उसी समय उनको समझ में आ जाना चाहिए था कि वे अपने और अपने पुत्रों के लिए यातनापूर्ण अनिष्ट के द्वार खोल रहे हैं। वे सचमुच तमस के संसार में ही जागते हैं, किसी उलूक के समान। सत्व की बात आते ही उनकी बुद्धि सो जाती है।" कुन्ती ने कुछ रुक कर विदुर की ओर देखा, "महाराज के पास वे ही समाचार हैं, जो संजय उनको दे रहा है अथवा युद्ध-क्षेत्र से अन्य माध्यमों से भी समाचार आ रहे हैं?"

"यदि दुर्योधन किसी समाचार को इतना महत्त्वपूर्ण माने कि उसे हस्तिनापुर में भी प्रचारित होना चाहिए, तो वह अपने हरकारों से वह समाचार भेज सकता है।"

"उसके लिए महत्त्वपूर्ण समाचार तो पांडवों की पराजय का समाचार ही होगा।" पारंसवी ने कहा, "वह अपनी सेना की पराजय और अपने सेनापतियों की मृत्यु का समाचार हस्तिनापुर क्यों भेजेगा।"

"तुम्हारा तात्पर्य है कि दुर्योधन और उसके भाइयों का समाचार पांडव ही भेजें तो भेजें, दुर्योधन उस सन्दर्भ में मौन रहेगा?"

"मैं तो ऐसा ही समझती हूँ।"

"शायद तुम ठीक ही समझती हो।" विदुर उठ खड़े हुए, "मैं महाराज से मिलने जा रहा हूँ। पता लगाता हूँ कि कुरुक्षेत्र से कोई और समाचार भी आया है क्या?"

विदुर धृतराष्ट्र के पास पहुँचे तो संजय वहाँ नहीं थे। सम्भव है, विश्राम करने अपने घर गये हों।

"संजय कहाँ है?" विदुर ने प्रणाम कर पूछा।

"जाने क्यों वह अपने घर जाने को उतावला हो उठा था।" धृतराष्ट्र ने कहा, "मैंने कहा भी कि उसके भोजन और विश्राम का प्रबन्ध यहीं हो जाएगा; किन्तु वह माना नहीं।"

"कोई तो कारण होगा।"

"मुझे लगता है कि वह महाराज के फन्दे से निकलने को व्याकुल हो उठा था।" गान्धारी ने कहा, "ये तो किसी से चिपक जाएँ तो उसकी मुक्ति ही नहीं हो सकती। अजगर के समान कुंडली मार कर उसे बाँध लेंगे। उसका साँस लेना भी दूभर हो जाता है। प्रश्न पर प्रश्न। कुछ थोड़ा-सा अवकाश तो दूसरे व्यक्ति को भी चाहिए।"

"आप ठीक कहती हैं महारानी; किन्तु महाराज को भी उत्सुकता होगी वहाँ के समाचार जानने की।"

"समाचार तो वह दे ही रहा है।" गान्धारी ने कहा, "पितामह के पतन के समाचार से भी बड़ा कोई समाचार हो सकता है।"

"किन्तु संजय तो युद्ध आरम्भ होने के समय के समाचार ही दे रहा था न।" विदुर ने कहा, "पितामह के शर-शैया पर लेटने के पहले उन दस दिनों में भी तो और अनेक घटनाएँ घटित हुई होंगी।"

"हाँ, किन्तु हमें तो तभी ज्ञात होगा, जब कोई हमें अवगत कराएगा।" गान्धारी ने कहा, "दुर्योधन हमारी ओर से आँखें बन्द किए हुए है। उसने आज तक कोई समाचार भेजा ही नहीं। ...."

विदुर का मन कैसा तो हो गया। उनके मन में युद्ध-क्षेत्र से आया वह दूत आ बैठा था, जिसने राजा विराट के विषय में सूचनाएँ दी थीं ....

"महामन्त्री। युद्ध का प्रथम दिवस हमारे लिए कोई विशेष अच्छा नहीं रहा"

विदुर ने उसे ध्यान से देखा, "क्या समाचार है?"

महामन्त्री। महाराज विराट के छोटे पुत्र कुमार उत्तर युद्ध के प्रथम दिन युद्ध क्षेत्र में वीरगति को प्राप्त हुए।"

विदुर स्तब्ध रह गये।... विराट के पुत्र श्वेत और शंख भी इस युद्ध में गये थे।... और उनका युद्ध का अनुभव सबसे कम था।

"कुमार उत्तर।" विदुर ने पूछा, "क्यों? उसका कोई रक्षक नहीं था? कोई सहायक नहीं था? श्वेत तो सौतेला है किन्तु शंख तो उसका सहोदर है। उसके पिता तो वीर हैं। और मत्स्यों का की सेना उनके साथ है। अपने अज्ञातवास में अर्जुन को उसकी आवश्यकता थी तो वह उसे भीष्म, कृपाचार्य, कर्ण और दुर्योधन से भी बचा लाया था।... अब क्या पांडवों को उसकी आवश्यकता नहीं थी कि उन्होंने उसकी रक्षा का कोई प्रयत्न नहीं किया? वे भूल गये कि वह उनके पुत्र अभिमन्यु की पत्नी उत्तरा का भाई है? महाराज विराट को भी उसका

ध्यान नहीं आया?"

"ऐसा कुछ नहीं हुआ महामन्त्री।" दूत ने अत्यन्त सम्मान से कहा, "कुमार प्रथम दिन के युद्ध के नायक रहे। वे साधारण सैनिकों के समान अनाम लोगों से लड़ते हुए साधारण मृत्यु को प्राप्त नहीं हुए। वे शत्रुओं के महावीरों से लड़ते हुए, उनके दाँत खट्टे कर वीर गति को प्राप्त हुए हैं।"

"कैसे?" विदुर ने पूछा।

"युद्ध के आरम्भ में पांडव सेनाएँ, मध्यम पांडव भीमसेन के नेतृत्व में आगे बढ़ीं। वे दुर्योधन से लड़ना चाहते थे। उनके मन में दुर्योधन के वे सारे अपराध सजीव थे, जो शैशव से अब तक उनके प्रति उसने किए थे। कौरवों की ओर से दुर्योधन, दुर्मुख, दुःशल, शल, दुःशासन, दुर्मर्षल, विविंशति, चित्रसेन, विकर्ण, पुरुमित्र, जय, भोज, भूरिश्रवा इत्यादि ने मिल कर भीम को घेरा। वे दुर्योधन को भी बचाना चाहते थे और अपने प्रधान सेनापति भीष्म की भी रक्षा करना चाहते थे। भीम को इतने योद्धाओं में घिरा देख कर द्रौपदीपुत्र प्रतिविन्ध, सवर्ग, श्रुतकर्मा, शतानीक और श्रुतसेन उनकी रक्षा के लिए आये। दूसरी ओर से वीर अभिमन्यु, नकुल, सहदेव और धृष्टद्युम्न अपने-अपने युद्ध छोड़ कर उनकी सहायता को पहुँचे।"

"उस समय अर्जुन क्या कर रहा था?" विदुर ने पूछा, "वह उनकी सहायता को नहीं आया?"

"उन्होंने उस समय कौरवों के महासेनापति भीष्म को रोक रखा था महामन्त्री।" दूत ने कहा, "यदि वे भीष्म को न रोकते तो सम्भवतः भीष्म भी दुर्योधन की सहायता को आ जाते। किन्तु फिर भी भीष्म महावीर अर्जुन को एक प्रकार से टाल कर चेदि, काशी, करूष तथा पांचालों की सेना में आ घुसे। वे जिस रूप में पांडवों की सेना को नष्ट कर रहे थे, उन्हें देख कर अर्जुन-पुत्र अभिमन्यु ने अपने प्रतिपितामह भीष्म पर भयंकर आक्रमण किया। उनके आक्रमण की भयंकरता को देख कर भीष्म तो अन्य योद्धाओं को छोड़ कर उनकी ओर उन्मुख हुए ही; कृपाचार्य, कृतवर्मा तथा शल्य भी भीष्म पितामह की सहायता को आ गये। उस सोलह वर्ष के छोटे से बालक के सम्मुख कौरव पक्ष के सबसे अनुभवी योद्धा एकत्रित हो गये थे। तब भी अभिमन्यु ने दुर्मुख का सारथि मार डाला; और कृपाचार्य का धनुष काट दिया। आत्मरक्षा का और कोई उपाय न देखकर भीष्म ने भी प्रतिशोध लेने के लिए अभिमन्यु का सारथि मार डाला किन्तु अभिमन्यु का वेग वे रोक नहीं सके। आत्मरक्षा का और कोई उपाय न देख कर भीष्म ने अपने दिव्यास्त्र प्रकट किए। इस युद्ध में सबसे पहले दिव्यास्त्र प्रकट करने वाले योद्धा भीष्म ही थे। सारी समरभूमि की दृष्टि जैसे अभिमन्यु

पर ही केन्द्रित हो गयी थी। वह बालक अनुभवी योद्धाओं और दिव्यास्त्रों के सम्मुख खड़ा था; किन्तु तनिक भी विचलित नहीं था।... अपने जामाता की रक्षा के लिए मत्स्यराज विराट वहाँ पहुँचे। अपने पिता की सहायता के लिए कुमार उत्तर अपने युद्धक गज दौड़ाते हुए वहाँ आ गये। स्थिति की गम्भीरता देखते हुए, प्रधान सेनापति धृष्टद्युम्न, मध्यम पांडव भीम, वीरवर सात्यकि तथा पाँचों कैकेय राजकुमार दौड़े आये। सब ही अपने-अपने स्थान पर खड़े अपने बाणों से शत्रुओं को बींध रहे थे, पर राजकुमार उत्तर उतने से ही सन्तुष्ट नहीं हुए। उनका आवेश न तो प्रतीक्षा कर सकता था और न ही अपनी सुरक्षा का वैसा आग्रह था। उन्होंने अपने हाथी को प्रेरित किया और हाथी ने शत्रुओं के बाणों की वर्षा की चिन्ता न करते हुए, निकट जाकर अपना अगला पैर मद्रराज शल्य के रथ के जूए पर रख कर अपना सारा भार उसपर डाल दिया। परिणाम यह हुआ कि शल्य के रथ के चारों अश्वों ने उसी बोझ से दब कर अपने प्राण त्याग दिए। रथ के ध्वस्त होने पर मद्रराज का जीवित बचना कठिन हो रहा था। निश्चय ही क्षण भर के विलम्ब से ही उनके प्राण भी जा सकते थे। वे किसी भी रथ के पहिए, अश्व के सुम अथवा हाथी के पैरों तले कुचले जा सकते थे। अपनी उसी अवस्था में शल्य ने, अपनी सुरक्षा के प्रति असावधान, राजकुमार उत्तर पर लोहे की एक शक्ति चला दी। राजकुमार कदाचित् ऐसे किसी आक्रमण के लिए प्रस्तुत नहीं थे। वे मान रहे थे कि रथ टूट गया है। अतः दूसरा रथ प्राप्त होने तक शल्य युद्ध नहीं करेंगे। किन्तु शल्य ने अपने लिए दूसरा रथ प्राप्त करने से अधिक आवश्यक शत्रु पर आक्रमण करना समझा।... उस शक्ति ने राजकुमार का कवच फाड़ कर उनके वक्ष में प्रवेश किया। राजकुमार अचेत होकर अपने हाथी से नीचे गिर गये और फिर कभी सचेत नहीं हुए।"

दूत मौन हो गया और विदुर को लगा, जैसे सारा संसार ही मौन हो गया हो।... पता नहीं, उत्तर अपने पिता को बचाने गया था अथवा अपने भगिनीपति की रक्षा करने गया था। जिसकी भी रक्षा करने गया था, एक अच्छे उद्देश्य से गया था। एक वीर पुरुष के समान गया था। स्वयं को साधारण योद्धा मान कर अपने निरीह सैनिक नष्ट नहीं किए थे। वह भीष्म, शल्य और कृपाचार्य से लड़ा था। जो कुछ भी हुआ था, किन्तु सुदेष्णा का पुत्र, राजकुमार उत्तर अब जीवित नहीं था।

"तो क्या मत्स्यों की वीरता वहीं समाप्त हो गयी?" विदुर ने सहसा पूछा, "मत्स्यराज विराट ने अपने पुत्र के हत्यारे को क्षमा कर दिया? अपना सिर झुकाए, शोक मनाते हुए लौट आये? शंख अपने भाई की मृत्यु को विधि का

विधान मान कर निष्क्रिय बैठा रहा?"

"नहीं महामन्त्री।" दूत बोला, "कल का दिन मत्स्यों की वीरता का दिन था। भारत देश के इस महान् संग्राम के पहले ही दिन मत्स्यों ने अपनी वीरता का स्तम्भ स्थापित कर दिया।"

विदुर का ध्यान उसके शब्दों पर गया। वह वीरता का स्तम्भ स्थापित करने की बात कह रहा था, विजय-स्तम्भ नहीं कह रहा था।

"फिर क्या हुआ दूत?" विदुर ने पूछा।

"महामन्त्री, मद्रराज शल्य अपने ध्वस्त रथ से बाहर निकल आये थे। उन्होंने अपने खड्ग से राजकुमार उत्तर के युद्धक गज का सूँड काट लिया। उस हाथी पर अब तक विभिन्न योद्धाओं ने सैकड़ों बाण चलाए थे। उसका सारा शरीर बाणों से बिंधा हुआ तो था ही, सूँड कट जाने की पीड़ा को वह सहन नहीं कर सका और वहीं धराशायी हो गया।.... शल्य को अवसर मिल गया और वे कृतवर्मा के रथ पर आरूढ़ हो गये।"

"मैं मद्रराज नहीं, मत्स्यों का समाचार पूछ रहा हूँ।"

"महामन्त्री, राजकुमार श्वेत ने दूर से अपने भाई की वीरता को देखा था। उसने यह भी देखा कि कौन-कौन लोग राजकुमार उत्तर को घेरे हुए थे। राजकुमार श्वेत ने शल्य पर ऐसा भयानक आक्रमण किया कि उनका जीवन ही संदिग्ध हो उठा। शल्य की रक्षा के लिए उनका पुत्र रुक्मरथ, कोसलनरेश बृहदबल, मागध जयत्सेन, अवन्ती के राजकुमार विन्द और अनुविन्द, कम्बोजराज सुदक्षिण, तथा सिन्धुनरेश जयद्रथ दौड़े हुए आये। राजकुमार श्वेत ने उन सातों के धनुष कई-कई बार काट दिए। उनके द्वारा चलायी गयी शक्तियों के टुकड़े कर दिए। वे अपने भाई की मृत्यु के कारण इतने उत्तेजित थे कि अपनी सुरक्षा की बात एकदम भूल गये। वे शल्य से तत्काल ही प्रतिशोध ले लेना चाहते थे; किन्तु रुक्मरथ अपने पिता की रक्षा के लिए अपनी जान लड़ाए हुए था। परिणाम यह हुआ कि राजकुमार श्वेत ने अपना ध्यान रुक्मरथ पर ही केन्द्रित कर दिया। उन्होंने रुक्मरथ को इतना आहत कर दिया कि वह मूर्च्छित होकर रथ में ही गिर पड़ा और उसका सारथि उसे तत्काल युद्धक्षेत्र से हटा ले गया।

"स्वयं दुर्योधन और कुरु-वृद्ध भीष्म को लगा कि आज शल्य राजकुमार श्वेत के हाथों नहीं बच पाएँगे। वे दोनों ही अपनी पूरी शक्ति से राजकुमार श्वेत पर टूट पड़े। राजकुमार को इस प्रकार घिरा देख कर, सुभद्रापुत्र अभिमन्यु स्वयं प्रधान सेनापति धृष्टद्युम्न, मध्यम पांडव भीमसेन, सात्यकि, महाराज विराट तथा

कैकेय राजकुमार, उनकी रक्षा को दौड़े। शिखंडी ने तो ऐसा भयंकर आक्रमण किया कि दुर्योधन तक भीष्म की मृत्यु के भय से थर्रा उठे। राजकुमार श्वेत को जैसे साँस लेने का अवसर मिल गया। उन्होंने अविलम्ब कुरु-वृद्ध भीष्म पर ऐसा भयंकर आक्रमण किया कि उनकी रक्षा को आये सारे महारथी भीष्म को अकेला छोड़ कर भाग गये। किसी ने कभी कल्पना भी नहीं की होगी कि विराटपुत्र राजकुमार श्वेत के आक्रमण से शल्य, कृपाचार्य और कृतवर्मा जैसे क्षत्रिय योद्धा समरभूमि छोड़ कर भाग जाएँगे। राजकुमार श्वेत ने भीष्म को स्तब्ध ही नहीं कर दिया, उन्होंने उनका ध्वज भी काट कर फेंक दिया।... आप मेरा विश्वास करें महामन्त्री, कौरवों ने यही माना कि प्रधान सेनापति भीष्म को राजकुमार श्वेत के हाथों वीरगति प्राप्त हो गयी है। दुर्योधन, बाह्लीक, कृतवर्मा, कृपाचार्य, शल, जलसन्ध, विकर्ण, चित्रसेन, विविंशति तथा शल्य पुनः लौटे। तब तक भीष्म पर्याप्त क्षत-विक्षत हो चुके थे। वे धनुष उठाते थे और राजकुमार श्वेत तत्काल उनका धनुष काट देते थे। तीन बार उनके धनुष की प्रत्यंचा कट चुकी थी। अन्ततः भीष्म स्वयं को राजकुमार के सम्मुख पूर्णतः असहाय पाकर अपने क्रोध में राजकुमार के अश्वों पर प्रहार कर बैठे। उन्होंने राजकुमार के सारथि और अश्वों को मार दिया। रथहीन राजकुमार को कौरव योद्धाओं ने दूसरा रथ नहीं लेने दिया। महामन्त्री! युद्ध के पहले ही दिन युद्ध के नियम टूटने लगे। कौरवों ने यह विचार नहीं किया कि श्वेत रथहीन हैं और अभी युद्ध के लिए तैयार नहीं हैं। उन्होंने यह भी विचार नहीं किया कि वे अकेले हैं और उनको घेरे हुए अनेक महारथी खड़े हैं। पर राजकुमार श्वेत कहाँ मानने वाले थे। उन्होंने एक शक्ति उठा कर भीष्म पर फेंकी और कहा, "भीष्म, युद्ध ही करना है तो पुरुष बनो।"

"भीष्म ने वह शक्ति अपने बाणों से काट दी। राजकुमार धनुष-बाण की दूर से प्रहारक शक्ति और रथ की सुरक्षा, दोनों से ही वंचित हो चुके थे। उन्होंने एक भारी गदा उठा कर भीष्म के रथ पर दे मारी।

"कौरवों के प्रधान सेनापति का रथ भंग हो गया और वे धरती पर आ रहे। अब वे दोनों ही विरथी थे। पर वे कौरवों के योद्धाओं से घिरे हुए थे। शल्य ने तत्काल भीष्म को रथ उपलब्ध करा दिया। भीष्म पुनः रथारूढ़ हो चुके थे। राजकुमार की सहायता के लिए सात्यकि, भीमसेन, धृष्टद्युम्न, कैकेय राजकुमार, धृष्टकेतु तथा अभिमन्यु, सब ही दौड़े। कौरव नहीं चाहते थे कि उनके मध्य घिरे श्वेत को किसी प्रकार की कोई सहायता पहुँच सके। अतः स्वयं भीष्म, द्रोणाचार्य तथा कृपाचार्य ने राजकुमार श्वेत की सहायता के लिए आने वाले पांडव पक्ष के वीरों को रोक दिया। राजकुमार उनके बाणों के सम्मुख असहाय

थे। उन्होंने अन्तिम उपाय के रूप में धनुर्धारी भीष्म के अत्यन्त निकट जाकर अपने खड्ग से उनका धनुष काट डाला।.... भीष्म ने तत्काल दूसरा धनुष उठा कर भीम को रोका और अभिमन्यु पर प्रहार किया। सात्यकि और धृष्टद्युम्न, द्रोणाचार्य और कृपाचार्य से पार नहीं पा रहे थे।

"वे आगे बढ़ने का मार्ग नहीं पा रहे थे। भीष्म नहीं चाहते थे कि पांडवों को और समय मिले और वे उनके हाथ में आये राजकुमार श्वेत को सुरक्षित निकाल ले जाएँ। उन्होंने तत्काल ब्रह्मास्त्र द्वारा अभिमंत्रित बाण राजकुमार पर चला दिया। ब्रह्मास्त्र अभिमंत्रित वह बाण, हाथ में खड्ग लिए, असहाय से भूमि पर खड़े, राजकुमार का कवच काट कर, उसके हृदय को छेद गया।

"महामन्त्री, राजकुमार श्वेत धराशायी हो गये, किन्तु सारी समरभूमि में उनकी यशोगाथा गूँज रही थी। स्वयं श्रीकृष्ण और अर्जुन आये और उन्होंने पांडवों की सेना को पीछे हटा दिया। राजकुमार के देहान्त के पश्चात् पांडवों में युद्ध का उत्साह नहीं रह गया था। महामन्त्री, युद्ध के पहले ही दिन मत्स्यराज विराट के दो-दो पुत्रों ने अपने श्रेष्ठ क्षत्रिय होने का प्रमाण दिया है। और संसार के श्रेष्ठतम योद्धाओं के मन पर अपनी क्षमता और वीरता की धाक जमायी है। श्रीकृष्ण और अर्जुन महाराज विराट के सम्मुख नतमस्तक थे और स्वयं सम्राट युधिष्ठिर आकर मत्स्यराज को अपनी भुजाओं में भरकर युद्धक्षेत्र से स्कन्धावार में ले गये थे।..."

विदुर ने कुछ नहीं कहा।... एक ओर उनका मन होता था कि वे कुरुवृद्ध भीष्म से पूछें कि एक विरथी राजकुमार पर ब्रह्मास्त्र अभिमंत्रित बाण छोड़ा गया। भीष्म की यह कैसी वीरता थी और उनका यह कैसा धर्म था?... युद्ध में शायद कोई धर्म का पालन नहीं करता, चाहे वह कितना ही बड़ा योद्धा क्यों न हो।...

"और शंख?"

"राजकुमार शंख उस समय युद्धक्षेत्र में कुछ दूरी पर थे। उन्हें अपने भाइयों के युद्ध का समाचार मिल गया था। वे उसी ओर आये। उन्होंने शल्य को कृतवर्मा के रथ पर चढ़ा देखा तो उनकी आँखों में रक्त उतर आया। इसी दुष्ट ने उनके छोटे भाई उत्तर पर शक्ति चलायी थी। वीरवर शंख ने शल्य पर ऐसा भयंकर आक्रमण किया कि कौरवों को शल्य की रक्षा के लिए दौड़ कर आना पड़ा। बृहदबल, जयत्सेन, रुक्मरथ, विन्द, अनुविन्द, सुदक्षिण, जयद्रथ—ये सात महारथी शल्य की रक्षा के लिए आये। राजकुमार शंख ने सातों को अपने बाणों की नोक पर रोक लिया। भीष्म ने राजकुमार को उन सातों महारथियों पर भारी पड़ते देखा तो उन्होंने स्वयं राजकुमार पर आक्रमण कर दिया। अर्जुन देख रहे थे कि सात-सात महारथियों

से अकेले युद्ध करते हुए राजकुमार पर कौरव सेनापति ने आक्रमण किया है। उन्होंने श्रीकृष्ण को संकेत किया और श्रीकृष्ण ने उनका रथ लाकर राजकुमार के सम्मुख खड़ा कर दिया। उधर अर्जुन ने भीष्म को पीछे हटने पर बाध्य किया और इधर शल्य को अवकाश मिल गया। उन्होंने राजकुमार के रथ के अश्वों को अपनी गदा से मार कर रथ को अचल बना दिया। राजकुमार समझ गये कि अब उस रथ पर बैठे रहना एक प्रकार से आत्महत्या होगी। वे हाथ में नग्न खड्ग लेकर रथ से भूमि पर कूदे और तत्काल अर्जुन के रथ पर आ चढ़े। वे वहाँ सुरक्षित थे। उन्हें अब न भीष्म का भय था, न शल्य का।... भीष्म का अर्जुन पर वश नहीं चला तो वे प्रभद्रकों को नष्ट करने में जुट गये।...."

"ये प्रभद्रक कौन हैं दूत?"

"पांचालों के ही एक विशेष गोत्र के क्षत्रियों को प्रभद्रक कहा जाता है महामन्त्री। वे लोग अधिकांशतः धृष्टद्युम्न और शिखंडी के ही अनुयायी हैं।" दूत बोला, "भीष्म ने प्रभद्रकों, अन्य पांचालों, मत्स्यों तथा कैकेयों को नष्ट करना आरम्भ किया। और फिर वे अर्जुन को एक ओर छोड़ कर अपनी सेनाओं से घिरे द्रुपद पर चढ़ दौड़े। अर्जुन के बीच में आ जाने और राजकुमार शंख के सुरक्षित हो जाने पर भीष्म कुछ इतने कुपित हुए कि महाविनाश के मेघों के समान पांडव सेना पर बरसने लगे। पांडवों के अनेक सैनिक मारे गये, अनेक भाग गये, कितने ही सैनिक रौंदे गये और शेष उत्साहहीन होकर किंकर्तव्यविमूढ़ हो गये। पांडव सेना में एक प्रकार से हाहाकार ही मच गया। उनकी सेना भयंकर रूप से मथी जा रही थी और व्यूह पूर्णतः भंग हो चुका था।... उधर सूर्यास्त भी हो रहा था। पांडवों ने अपनी सेना को समरभूमि से लौटा लेना ही उचित समझा।"

"तो शंख सुरक्षित है?"

"हाँ, महामन्त्री। वीरवर अर्जुन स्वयं अपने रथ में राजकुमार को सुरक्षित अपने स्कन्धावार में लौटा लाये थे।" दूत ने कहा।

12

"जब आपने ही ये दो मार्ग बनाए हैं और संसार को बताए हैं तो मुझे ज्ञान से ही सन्तुष्ट क्यों नहीं हो लेने देते। कर्म के लिए बाध्य क्यों करते हैं?" अर्जुन ने दीन भाव से श्रीकृष्ण की ओर देखा।

श्रीकृष्ण हँसे, "तुम्हें कर्म के लिए बाध्य नहीं कर रहा हूँ। ज्ञान का कर्म में

उपयोग करने के लिए कह रहा हूँ।"

"मैं समझा नहीं।"

"प्रयत्न करो, समझ जाओगे।" श्रीकृष्ण बोले, "वैसे तो संन्यासी और ऋषि प्रायः सांसारिक कर्म नहीं करते या बहुत कम करते हैं। ये वे लोग हैं, जिन्होंने अपने मन को नियंत्रित कर लिया है। ऐसे में यदि उनकी इन्द्रियाँ विषयों में संचरण भी करती रहें तो उनका मन विषयों का आहरण नहीं करता। वे अनासक्त रहते हैं। दूसरी कोटि के वे लोग हैं, जिन्होंने अपनी इन्द्रियों के उपकरणों को बाँध लिया है; किन्तु उनका मन उनके नियन्त्रण में नहीं है। वे अपने मन से विषयों का भोग करते हैं। मैं चाहता हूँ कि तुम भी अपने मन को बाँधो, उसे अनासक्त कर लो और इन्द्रियों को मुक्त छोड़ दो।"

"किन्तु यह सब क्यों? मेरे कर्म नहीं करने से क्या हो जाएगा?"

"प्रजापति ने प्रजा की उत्पत्ति की तो साथ ही यज्ञ का निर्माण किया।" कृष्ण ने कहा, "यज्ञ से वर्षा होती है, वर्षा से अन्न उत्पन्न होता है, अन्न से मनुष्य सम्भव होता है। प्रजापति ने कहा कि मानव यज्ञ से देवताओं को प्रसन्न करे और देवता अपनी शक्तियों से उसकी आवश्यकताएँ पूरी करेंगे। इस प्रकार मनुष्य और देवता परस्पर एक-दूसरे को पुष्ट करेंगे। दोनों की इच्छाएँ पूरी होंगी और दोनों सुखी रहेंगे।"

"इससे तो लगता है कि देवता मनुष्य से श्रेष्ठतर नहीं हैं। वे जो कुछ देते हैं, उसके मूल्य के रूप में मनुष्य से कुछ चाहते भी हैं।"

श्रीकृष्ण उच्च स्वर में हँस पड़े, "पहले यज्ञ का स्वरूप समझो। यज्ञ से तात्पर्य है सामूहिक रूप से संसार के हित में कार्य करना। मनुष्य उदार होता है, सबके हित में काम करता है तो प्रकृति भी उसके प्रति उदार हो जाती है। वह उसको सुखी रखने का प्रयत्न करती है। मनुष्य पृथ्वी, जल, अग्नि, अन्तरिक्ष तथा वायुमंडल की क्षति नहीं करता, उसकी रक्षा करता है, उसे स्वच्छ और पवित्र रखता है तो प्रकृति की ये सारी शक्तियाँ भी उसे स्वच्छ, स्वस्थ और दीर्घ जीवन देती हैं। मनुष्य नदियों को अपवित्र और अस्वच्छ करेगा, तो नदियाँ उसे पीने के लिए स्वच्छ जल कैसे देंगी? देना चाहें भी तो दे नहीं सकेंगी। मनुष्य वायुमंडल को दूषित करेगा तो श्वास के लिए स्वच्छ वायु को तरस जाएगा। वनों को नष्ट कर देगा तो न वर्षा होगी, न उसे स्वच्छ वायु मिलेगी। इसलिए उसे यज्ञ करना है ताकि वह मानव जाति का हित कर सके और प्रकृति की रक्षा कर सके। जो समाज से केवल लेता है, उसे कुछ देता नहीं, जो प्रकृति का शोषण करता है, उसका रक्षण और पालन-पोषण नहीं करता है, वह स्वार्थी ही नहीं, चोर

भी है...।"

"यह तो आदान-प्रदान का खेल है। व्यवसाय है। लेन-देन है।" अर्जुन ने कहा।

"नहीं यहाँ लेन-देन तो है, किन्तु यह व्यापार नहीं है; यह क्रिया-प्रतिक्रिया है। यह कर्म-सिद्धान्त है। प्रकृति का सारा क्षेत्र कार्य-कारण के नियम के अधीन है। प्रकृति में अकारण कुछ भी नहीं होता; और कारण होता है, तो कार्य अवश्य होता है। कार्य है तो उसका कारण भी रहा ही होगा। अब तुम मनुष्य और प्रकृति के सम्बन्धों पर विचार करो।"

"आप यज्ञ की बात कर रहे थे।" अर्जुन ने कहा।

"यज्ञ क्या है?" कृष्ण बोले, "मनुष्य के द्वारा किया गया यज्ञ, प्रकृति के प्रति आभार ज्ञापन है। प्रकृति के सारे तत्वों का महत्त्व समझना है। उनके साथ खिलवाड़ न करने के संकल्प का स्मरण है। मनुष्य प्रकृति की रक्षा करता है तो प्रकृति भी उसकी रक्षा करती है।"

"मनुष्य प्रकृति की रक्षा कैसे कर सकता है।" अर्जुन कुछ खीज कर बोला, "हम सागर की रक्षा कर सकते हैं? पर्वत की रक्षा कर सकते हैं? वायु और अग्नि की रक्षा कर सकते हैं?"

"व्यक्ति स्वयं को प्रकृति के विनाश से तो रोक सकता है। वही प्रकृति की रक्षा है। धरती से हम उतना ही लें, जितना देने से उसमें विकार नहीं आता है; किन्तु यदि अपने लाभ के लिए हम धरती पर रासायनिक आक्रमण करेंगे तो धरती ऊसर होकर अन्न देना बन्द कर देगी। उसके नीचे का जल सूख जाएगा तो वह मरुभूमि में बदल जाएगी।"

अर्जुन ने श्रीकृष्ण की ओर देखा और उदासीन स्वर में बोला, "मैं इस संसार से ऊब चुका हूँ। किसी बात में रुचि नहीं रह गयी है मेरी। मैं कुछ भी प्राप्त करना नहीं चाहता। संन्यासी हो जाना चाहता हूँ तो फिर आप मुझे कर्म में क्यों नियोजित करना चाहते हैं? युद्ध नहीं करूँगा तो विजय नहीं मिलेगी। पराजय भी तो नहीं मिलेगी।"

श्रीकृष्ण हँस पड़े, "यह किसने कह दिया कि युद्ध नहीं करोगे तो पराजय नहीं मिलेगी। युद्ध से विमुख होते ही तुम पराजित हो गये। तुम युद्ध नहीं करना चाहते अर्थात् कर्म नहीं करना चाहते। किन्तु कर्म का त्याग ही तो संन्यास नहीं है; नहीं तो प्रत्येक आलसी व्यक्ति संन्यासी कहलाता। आलस्य और संन्यास में अन्तर है अर्जुन।"

"क्यों और कैसे?"

"कर्म के बिना मनुष्य जीवित ही नहीं रह सकता। कर्मेन्द्रियों को बाँध लेने अथवा कर्म को त्याग देने से न तो मनुष्य त्यागी हो जाता है, न संन्यासी।"

"मैं समझा नहीं।"

"कर्मेन्द्रियों को बाँध लोगे तो मन से भोग करोगे और वह अधर्म है पाप है।"

"तो फिर कर्म-योग क्या है?"

"मन को अनासक्त बना भोगों के मध्य जीवित रहना ही कर्मयोग है।... और कर्मयोग का सामाजिक रूप है यज्ञ।"

अर्जुन कुछ खीजा-सा लगा, "मैं आपकी बातों में तारतम्य तो नहीं ही बैठा पा रहा हूँ, मुझे उनका परस्पर सम्बन्ध भी समझ में नहीं आ रहा है। युद्ध में आप कर्म-योग ले आये और अब कर्म में यज्ञ आ गया।..."

"इसे समझो। अक्षर कौन है? अर्थात् जिसका क्षरण होता ही नहीं।"

"ब्रह्म।"

"ब्रह्म से वेद का जन्म हुआ। वेद से कर्म का; कर्म से यज्ञ का; यज्ञ से वर्षा का; वर्षा से अन्न का और अन्न से प्राणी उत्पन्न हुआ।" श्रीकृष्ण बोले, "यज्ञ मनुष्य का कर्तव्य है। मनुष्य को इसी चक्र में जीवित रहना है। इसलिए उसे यज्ञ भी करना है। हवन और यज्ञ में अन्तर है। सामूहिक रूप से कल्याण करना ही यज्ञ है।"

"और कोई इस चक्र को तोड़ कर उससे बाहर निकल जाए। उससे स्वतन्त्र जीना चाहे?"

श्रीकृष्ण ने अर्जुन के उस विकृत चेहरे को देखा, जैसे वह सचमुच ही संसार के सारे बन्धनों को तोड़ कर बाहर निकल जाएगा।

"यज्ञ नहीं करना चाहते तो यह खोजो कि यज्ञ किसके लिए अनिवार्य नहीं है?" कृष्ण बोले, "उसके लिए जो अपने आप में रमण करने वाला है। अपने में तृप्त है। अपने में सन्तुष्ट व्यक्ति के लिए यज्ञ अनिवार्य नहीं है।"

"वह कर्म के बिना इस संसार में जीवित रह लेगा?"

"कर्म तो प्रकृति के गुण करते हैं; किन्तु आसक्ति के कारण मनुष्य उसके साथ अपना तादात्म्य कर स्वयं को कर्ता मान लेता है।"

"तो वह कौन है, जिसके लिए यज्ञ भी अनिवार्य नहीं है?"

"हे पार्थ, तीनों लोकों में मेरे लिए न तो कोई कर्तव्य है और न ही प्राप्त करने योग्य कोई वस्तु मुझे अप्राप्त है। फिर भी मैं कर्तव्य कर्म में लगा रहता

हूँ। 'आत्म' में स्थित मनुष्य का कोई कर्तव्य नहीं है। फिर भी कर्म में आसक्त हुए अज्ञानी जन के ही समान, आसक्तिरहित तत्वज्ञ महापुरुष भी लोकसंग्रह के लक्ष्य से कर्म करता है।"

अर्जुन का मन फिर से अटक गया।... यह कृष्ण स्वयं ही हैं या कोई और "मैं" है, जिसके लिए कोई कर्तव्य नहीं है। ठीक कहते हैं श्रीकृष्ण कि संसार में ऐसी कोई वस्तु नहीं है, जो उन्हें प्राप्त न हो, न उन्हें कुछ प्राप्त करना है; फिर भी वे सबसे अधिक कर्मशील हैं। मनुष्यों की सेवा से अवकाश मिलता है तो पशुओं की सेवा में जुट जाते हैं। साधारण मनुष्य तो कुछ प्राप्त करने के लिए ही कर्म करता है। यह "मैं" कौन है, जो बिना कामना के, बिना आकांक्षा के, बिना किसी इच्छा के काम करता है... कौन है यह "मैं"?

"यदि कर्म श्रेष्ठ है और आसक्त पुरुष कर्म में अधिक लीन है तो उसमें दोष क्या है?" अर्जुन ने फिर से पूछ लिया।

श्रीकृष्ण मुस्कराए, "क्रिया मात्र जड़ प्रकृति में होती है। चेतन में कभी कोई क्रिया होती ही नहीं। अपरा प्रकृति, सृष्टि का जड़ विभाग है। तुम चैतन्य होकर विवेकवती बुद्धि के द्वारा सम्पूर्ण कर्तव्य कर्मों को मुझे अर्पित करके कामनारहित, ममतारहित और सन्तापरहित होकर युद्ध रूपी कर्तव्य कर्म को करो।"

"ऐसा क्यों?" फिर वही "मैं"... मुझे अर्पित करो। "मुझे"। अर्जुन जैसे बालहठ पर उतर आया था, "मैं अपने लिए कर्म करना नहीं चाहता तो फिर बाध्यतता क्या है कि मैं कर्म करूँ भी और उसे तुम्हें समर्पित भी कर डालूँ?"

श्रीकृष्ण हँस पड़े, "पदार्थ और क्रिया अपने लिए नहीं है। यही यज्ञ है।"

"मैं भिक्षाटन नहीं कर सकता, मैं शारीरिक श्रम नहीं कर सकता, मैं वन में आरण्यक जीवन नहीं जी सकता—क्यों?"

"ज्ञानी महापुरुष भी अपनी प्रकृति के अनुसार चेष्टा करते हैं।" कृष्ण बोले, "अपनी प्रकृति के अनुकूल कर्म ही तुम्हें पूर्णता की ओर ले जाएगा। अपनी प्रकृति के प्रतिकूल, पूरी दक्षता से किया गया कर्म भी उस प्रकार प्रतिफलित नहीं होगा, जैसा कि अपनी प्रकृति के अनुकूल, अपने स्वभाव के अनुकूल किया गया कर्म। वही तुम्हारा धर्म है। क्षत्रिय का धर्म युद्ध है। अतः युद्धक्षेत्र में शत्रु का वध भी किसी संन्यासी के आशीर्वाद देने के धर्म से श्रेष्ठ है। तुम्हारे लिए शत्रु का रक्त बहाना भी किसी को आशीर्वाद देने से उत्तम है। दूसरे का धर्म भयावह होता है; अपना धर्म प्रत्येक स्थिति में श्रेष्ठ है, श्रेयस्कर है। अपने धर्म में तो मरना भी कल्याणकारी है और प्रतिकूल धर्म भयावह है।"

"यह कैसी बात है?"

"तुम ने कभी सिंह को घास खाते अथवा हाथी को अन्य पशुओं का भक्षण करते देखा है? यहाँ यह प्रश्न ही नहीं है कि इन दोनों में से कौन-सा श्रेष्ठ है। जो जिसका स्वधर्म है, उसके लिए वही स्वाभाविक है।" कृष्ण बोले, "अपने गुरु द्रोणाचार्य का उदाहरण लो। उन्होंने एकलव्य को कोई शिक्षा नहीं दी, फिर भी अवसर मिलने पर उसका अँगूठा कटवा लिया। उचित था क्या यह? उनका धर्म था क्या यह? यह गुरु का धर्म नहीं है। वे अपना धर्म भूल कर पराये धर्म पर लुब्ध हो गये थे। उन्हें उसमें लाभ दिखायी दिया, इसलिए वे लुब्ध हो गये; किन्तु पराया धर्म भयावह होता है। तुम अपने धर्म का पालन करो।"

"तो फिर मैं किस कारण से अपने धर्म से भाग रहा हूँ।" लगा अर्जुन अपना सिर पटक देगा, "मनुष्य किससे प्रेरित होकर पाप का आचरण करता है?"

"कामना से।" कृष्ण मुस्कराए, "रजोगुण से उत्पन्न यह 'काम' अर्थात् कामना ही पाप का कारण है। कामना की भूख का कोई अन्त नहीं है। यह बहुत खाने वाली और महापापी है। कोई किसी से पाप नहीं कराता। मनुष्य स्वयं ही अपनी कामना के वशीभूत होकर पाप करता है।"

"क्या मनुष्य उसे देख नहीं पाता?" अर्जुन ने कुछ आश्चर्य से पूछा, "उसका विवेक कहाँ सो जाता है?"

"कामना मनुष्य के ज्ञान और विवेक को ढँक लेती है।" श्रीकृष्ण हँस पड़े, "कामना अग्नि के समान भूखी है, वह कभी तृप्त नहीं होती। इस नित्य वैरी के द्वारा मनुष्य का विवेक ढका हुआ होता है। इन्द्रियाँ, मन और बुद्धि, कामना के वास स्थान कहे गये हैं। इन्द्रियों को वश में कर के, ज्ञान और विज्ञान का नाश करने वाली महान पापिनी इस कामना को बलपूर्वक मार डाल।"

13

सहसा अर्जुन जैसे किसी और ही लोक में पहुँच गया। पता नहीं यह कौन-सा लोक था। न आकाश था, न पाताल था, न पृथ्वी थी। यह अन्तरिक्ष था क्या? सम्भव था कि अन्तरिक्ष ही हो। किन्तु वह यहाँ कैसे पहुँच गया?... बादलों में तिरते से श्रीकृष्ण खड़े थे और उनके सामने सूर्यदेव अपनी आभा में वेष्टित भास्वर रूप लिए विनीत-सी मुद्रा में खड़े थे। कृष्ण उनसे कुछ कह रहे थे...

किन्तु कृष्ण तो अर्जुन के निकट भी खड़े थे। कुरुक्षेत्र के मैदान में, सेनाओं

के मध्य...

"मैंने इस अविनाशी कर्मयोग को सूर्य से कहा था।" सहसा श्रीकृष्ण बोले, "सूर्य ने इसे अमूल्य रहस्य मान कर अपने पुत्र वैवस्वत मनु से कहा; और मनु ने अपने पुत्र इक्ष्वाकु से।... परम्परा से प्राप्त इस कर्मयोग को राजर्षियों ने जाना..."

"कहाँ जाना राजाओं और राजर्षियों ने?" अर्जुन के स्वर में आपत्ति थी, "मैंने तो किसी को नहीं देखा जो इस योग को जानता हो।..."

"ठीक कह रहे हो।" श्रीकृष्ण बोले, "तुम्हारा समय भिन्न है और वह समय कोई और ही था। बहुत बड़ा अन्तराल है दोनों में।... बहुत समय व्यतीत हो जाने के कारण इस योग का ज्ञान इस मनुष्य-लोक में से लुप्तप्राय हो गया। समय की आँधियाँ आवरण बन कर प्रत्येक तथ्य को धूमिल कर देती हैं।... तुम मेरे भक्त और प्रिय सखा हो, इसलिए वही पुरातन कर्मयोग आज मैंने पुनः तुम से कहा है।"

सहसा अर्जुन जैसे जाग उठा... वह अन्तरिक्ष में नहीं, पृथ्वी पर था। श्रीकृष्ण बादलों के पंखों पर आरूढ़ सूर्य के निकट खड़े उन्हें उपदेश नहीं दे रहे थे। वे तो उसके पास खड़े थे...

"सूर्य का जन्म सृष्टि के आदि में हुआ था और आपका जन्म अब हुआ है, आज के युग में, द्वापर में। कितना अन्तराल है, दोनों युगों में। फिर आपने यह रहस्य सूर्य से कहा, यह बात मैं कैसे स्वीकार करूँ? कहाँ मिल गये आपको सूर्यदेव?"

"अर्जुन, अच्छा है कि तुम मुझसे मेरी बातों का प्रमाण माँग रहे हो।" कृष्ण हँस पड़े, "प्रमाण स्वरूप एक रहस्य और खोलता हूँ।... मेरे और तुम्हारे असंख्य जन्म हो चुके हैं। यह पहला जन्म नहीं है हमारा। सामान्य मनुष्य के समान तुम्हें उनका विस्मरण हो गया है। सामान्य मनुष्य प्रत्येक नये जन्म के साथ ही अपना पिछला जन्म भूल जाता है। वह प्रकृति का रहस्य है...इसलिए प्रकृति उसे अपने आप तक ही सीमित रखती है..."

"तो फिर आपको?"

"मुझे वे आज भी स्मरण हैं। वे सारे जन्म। प्रकृति मेरी चेतना से उन्हें धो नहीं पायी है।"

"क्यों? पर क्यों?" अर्जुन बोला, "मेरा तात्पर्य है कि ऐसा कैसे सम्भव है? आपके साथ प्रकृति का यह पक्षपात क्यों?"

"क्योंकि मैं अनादि और अनन्त होते हुए भी अपनी प्रकृति को अधीन करके

अपनी योगमाया से प्रकट होता हूँ।" श्रीकृष्ण बोले, "मैं अपनी इच्छा से सम्भव होता हूँ। मैं वह काया धारण करता हूँ, जो माया की बन्दिनी नहीं, उसकी दासी नहीं, उसकी स्वामिनी है। मैं इन्द्रियों के अधीन नहीं, इन्द्रियाँ मेरे अधीन हैं। प्रकृति के तीनों गुणों से उदासीन हूँ मैं; मुक्त हूँ उनसे। वे मेरे लिए अप्रासंगिक हैं।"

अर्जुन का मन और शरीर जैसे कृष्ण की अलौकिकता से स्तब्ध रह गया। फिर से एक और "मैं" आ गया था। वह "मैं", जो सूर्य को उपदेश देता था और सूर्य उसे ग्रहण करते थे ...

अनायास ही वह पूछ बैठा, "क्यों प्रकट होते हैं आप? क्यों सम्भव होते हैं? इसका अर्थ है कि आपका अस्तित्व अप्रकट रूप में भी है। तो फिर आपके मन में जन्म लेने की इच्छा क्यों जागती है? जिस जन्म-मरण के चक्र से प्रत्येक व्यक्ति छूटना चाहता है, आप स्वयं अपनी इच्छा से उसे स्वीकार करते हैं।"

उसने स्वयं अनुभव किया कि इस बार उसके मुख से कृष्ण के लिए "तुम" नहीं, "आप" निकला था।

"यह मेरी इच्छा नहीं, प्रकृति की आवश्यकता है।" श्रीकृष्ण बोले, "क्योंकि मेरी अपनी कोई कामना नहीं है।"

"कैसी आवश्यकता?"

श्रीकृष्ण के मुख पर एक अलौकिक भाव जागा, "जब-जब संसार में धर्म की हानि होती है; अधर्म का बल और वेग बढ़ता है, तब-तब मैं अपनी इच्छा से अपना सृजन करता हूँ।"

"सृजन करने का क्या अर्थ हुआ?" अर्जुन ने चकित होकर श्रीकृष्ण की ओर देखा, जैसे उसे उनकी बात का विश्वास न हो रहा हो।

"सृजन से तात्पर्य है, मैं स्वयं को प्रकट करता हूँ। प्रकट होने के लिए आकार की आवश्यकता होती है। मैं ऐसा आकार ग्रहण करता हूँ, जो प्राकृतिक-जन अपनी भौतिक आँखों से देख सकें, मेरा अनुभव कर सकें।"

"क्यों?"

"क्योंकि शरीर के बिना आत्मा प्रकट नहीं हो सकती। प्रकट तो वह होती ही है; किन्तु उसे जीव अपने चर्म चक्षुओं से देख नहीं सकता। प्रकृति के कार्य-कलाप में इसे मेरा हस्तक्षेप ही मानो। वह आवश्यक हो जाता है, सात्विक लोगों की रक्षा के लिए, राक्षसों के विनाश के लिए और सृष्टि में धर्म की स्थापना के लिए। जैसा कि आज हो रहा है।"

"क्या। ऐसा होता ही रहता है?"

"विभिन्न युगों में होता है।" श्रीकृष्ण बोले, "मैंने कहा न, यह कोई नियम नहीं है, मेरी कामना भी नहीं है, यह प्रकृति की आवश्यकता है।..."

कुन्ती ने विदुर की ओर देखा, "तुम्हें ऐसा नहीं लगता विदुर, कि यह चर्चा शिव और सती की कथा के ही समानान्तर है?"

"शिव और सती की कथा?" पारंसवी ने पूछा।

"तुमने शिव और सती की कथा तो सुनी ही होगी।" कुन्ती ने कहा, "दक्ष के यज्ञ में स्वयं को भस्म करने के पश्चात् वे हिमवान के घर पार्वती के रूप में जन्मीं। तपस्या की और फिर से महादेव शिव को पति के रूप में प्राप्त किया। तब उन्होंने शिव से प्रश्न किया कि निर्गुण-निराकार ब्रह्म सगुण-साकार रूप में कैसे जन्म लेता है? इसका विश्वास करना कठिन है। वह परम सत्ता, जो अनादि और अनन्त है, जिसने सारी सृष्टि का, सूर्य और चन्द्रमा का सृजन किया है, वह एक साधारण मनुष्य के समान एक लौकिक स्त्री के गर्भ से साधारण शिशु के रूप में जन्म कैसे लेती है?"

"हाँ, यह तो मैं भी जानना चाहूँगी कि ऐसा सम्भव कैसे होता है? सचमुच इसका विश्वास करना कठिन है।"

विदुर हँस पड़े, "जो परम सत्ता करोड़ों जीवों के रूप धारण कर स्वयं को प्रकट करती है, अपनी इच्छा से या प्रकृति की आवश्यकता के कारण वह राम और कृष्ण का रूप धारण नहीं कर सकती?"

"मुझे तो लगता है कि वे ब्रह्म प्रकृति की आवश्यकता अथवा भक्त की इच्छा के अनुसार आकार ग्रहण करते हैं। प्रह्लाद की पुकार पर वे नरसिंह बन कर आये, ध्रुव की तपस्या के वशीभूत होकर वे चतुर्भुज विष्णु के रूप में आये। वे ही अब कृष्ण के रूप में आये हैं तो कृष्ण उसी परम सत्ता के रूप में ही संवाद करेंगे न, एक सामान्य, साधारण व्यक्ति के समान तो नहीं। वे बार-बार अर्जुन को बता रहे हैं कि वे साधारण मनुष्य नहीं हैं; किन्तु अर्जुन की मानवी बुद्धि उसे स्वीकार ही नहीं कर पा रही।" कुन्ती ने कहा।

"पर कृष्ण कहते हैं कि सूर्य को उपदेश 'मैंने' दिया। यह 'मैं' क्या है?" पारंसवी ने कहा, "प्रत्येक व्यक्ति अपने को 'मैं' कहता है। वहाँ 'मैं' उसका शरीर ही तो है। कृष्ण यह भी कहते हैं कि 'मैं' का अहंकार छोड़ो; क्योंकि तुम कर्ता नहीं हो। फिर कृष्ण का यह 'मैं' क्या है? क्या कृष्ण को एक अहंकारी मनुष्य नहीं माना जा सकता, जो कर्ता का अहंकार पाल रहा है?"

कुन्ती और पारंसवी, दोनों ने ही विदुर की ओर देखा।

विदुर समझ गये कि वे दोनों उनसे उत्तर की अपेक्षा कर रही हैं। बोले, "दत्तात्रेय के विषय में सुना है आप लोगों ने?" किन्तु वे उनके उत्तर के लिए नहीं रुके, "अत्रि के पुत्र आत्रेय कहलाए और उनका अपना नाम दत्त था; इसलिए दत्त आत्रेय, दत्तात्रेय कहलाए। उनकी एक पोथी मिलती है—अवधूत गीता। उस पोथी में वे कहते हैं कि इस सृष्टि का निर्माण मैंने किया है। इस सूर्य और चन्द्रमा को मैंने रचा है। मेरे सिवाय और है ही कौन, जिसके सम्मुख मैं प्रार्थना करूँ, किसकी मैं पूजा करूँ, किसके सम्मुख मैं अपना मस्तक झुकाऊँ?" ... विदुर ने उन दोनों की ओर देखा, "यहाँ यह 'मैं' कौन है? कौन है, जिसने ये सूर्य और चन्द्रमा बनाए हैं?"

कुन्ती और पारंसवी विदुर को देखती रह गयीं और फिर कुन्ती ने कहा, "यह मनुष्य का 'मैं' तो नहीं है। संसार में कोई ऐसा मनुष्य उत्पन्न नहीं हुआ, जिसने सूर्य और चन्द्रमा बनाए हों। यह 'मैं' तो कोई और ही है।"

"ठीक कह रही हैं भाभी आप।" विदुर बोले, "जनक ने अष्टावक्र से पूछा था कि मुक्ति का मार्ग क्या है? इसका अर्थ है कि वे उन बन्धनों का अनुभव कर रहे थे, जिन्होंने मनुष्यों को बाँध रखा है। मनुष्य का शरीर तो नहीं बँधा हुआ, तो फिर बँधा कौन है?"

"कौन बँधा है?"

"इस शरीर रूपी पिंजरे में आत्मा बन्दी है। मन, बुद्धि, अहंकार जैसे जड़ तत्व उसे प्रकट नहीं होने देते। उनकी जड़ता ने आत्म के चैतन्य को घेर रखा है। उन्होंने कामना की डोर से उसे बाँध रखा है।" विदुर बोले, "इसलिए अष्टावक्र ने जनक से कहा, कामना त्याग और मुक्त हो जा।"

कुन्ती और पारंसवी अब भी विदुर को उसी प्रकार देखे जा रही थीं।

"कामना से ढँकी आत्मा इस पंचतत्व के शरीर को एक बौना मनुष्य बना देती है; जैसे खुले समुद्र को रौंदने वाले किसी जलपोत को श्रृंखलाओं के माध्यम से तट पर बाँध कर उसकी गति अवरुद्ध कर दी जाए। कामना से मुक्त आत्मा स्वयं परमात्मा हो जाती है। श्रीकृष्ण की आत्मा मुक्त है। वे जानते हैं कि वे पंचतत्व से गढ़ा गया यह शरीर नहीं हैं। वे आत्मा हैं और अपनी आत्मा का साक्षात्कार कर रहे हैं; इसलिए जो कुछ कह रहे हैं, उस मुक्त आत्मा के रूप में कह रहे हैं, परमात्मा के रूप में कह रहे हैं। दत्तात्रेय ने कहा था कि सूर्य को उन्होंने ही रचा है; और श्रीकृष्ण कह रहे हैं कि उन्होंने सूर्य को कर्म-योग का उपदेश दिया। क्या आप लोगों को नहीं लगता कि दोनों के मुख से वही उन्मुक्त आत्मा बोल रही है, जो ब्रह्म है।"

"तो यह एक व्यक्ति अथवा अहंकारी व्यक्ति का कथन नहीं है।"

"जीवात्मा और आत्मा में बहुत अन्तर है। जीवात्मा जड़ तत्वों में चेतना की एक झलक मात्र है; और आत्मा सम्पूर्ण चेतना है। जीवात्मा के मुख से वह सब उच्चरित ही नहीं हो सकता, जो आत्मा कहती है।" विदुर ने कहा, "एक साधारण जीवात्मा युद्ध के क्षेत्र में एक योद्धा को सांख्य और योग का उपदेश देगी क्या?"

"नहीं।"

"तो श्रीकृष्ण को पहचानो।" विदुर बोले, "कृष्ण ने कहा कि उन्होंने सबसे पहले सूर्य को कर्मयोग का उपदेश दिया। अर्जुन के मन में उन दोनों के काल को लेकर शंका उत्पन्न हुई; किन्तु उसने सूर्य के कर्म और श्रीकृष्ण के कर्मयोग में समानता देखने का प्रयत्न नहीं किया।"

"सूर्य का कर्मयोग?" पारंसवी ने कुछ चकित होकर पूछा।

"हाँ। कर्मयोग ही तो अन्ततः कर्म-संन्यास में परिणत होगा। ऐसी युक्ति साधी जाए कि संसार भर के काम करने पर भी काम करने के भाव का विगलन हो जाए। तभी कह सकते हैं कि संन्यास प्राप्त हुआ। कर्म करके भी उन सबका गल जाना, कैसी बात है? यह सूर्य की रीति है।" विदुर बोले, "सूर्य रात-दिन कर्म कर रहा है। सामान्य जन मान लेता है कि सूर्य रात को विश्राम करता है। सत्य तो यह है कि सूर्य के एक बार बुझ जाने पर वह अगले कल्प में ही प्रज्वलित होगा। सामान्य जन अपनी बुद्धि और अपनी रीति से सोचता है। वस्तुतः सूर्य रात को भी कर्म करता ही रहता है। उसका प्रकाश उस समय पृथ्वी के दूसरे गोलार्द्ध में सक्रिय होता है। किन्तु इतना काम करते हुए भी कहा जा सकता है कि सूर्य कोई काम नहीं करता। वह तो बस खड़ा रहता है, या कहें कि वह बैठा या लेटा रहता है। कोई नहीं कहता कि वह निरन्तर, प्रतिक्षण जलता रहता है अथवा पूरे सौर मंडल को प्रकाश देता रहता है।... इसीलिए श्रीकृष्ण ने कहा है कि मैंने यह कर्मयोग पहले सूर्य को सिखाया। फिर विचार करने वाले, मनन करने वाले मनु ने इसे सूर्य से सीखा। यही कर्म-संन्यास है कि अहो-रात्रि कर्म करने वाले सूर्य ने कभी यह नहीं कहा कि उसने लेशमात्र भी कर्म किया है।"

"किन्तु कर्म के विगलन का क्या अर्थ हुआ?" कुन्ती ने पूछा।

"इसे भी एक अन्य दृष्टि से कर्म का अकर्म हो जाना कहते हैं।" विदुर बोले।

"कैसे?"

"शरीर कर्म करता है, किन्तु यदि वह व्यक्ति के स्वभावानुसार नहीं होता तो

वह काम एक प्रकार का बोझ लगने लगता है। इसके विपरीत कर्म यदि व्यक्ति के स्वभावानुसार होता है तो शरीर ही काम नहीं करता, उसका मन भी उससे युक्त हो जाता है। मन के साथ आ मिलने से वह कर्म, विकर्म हो जाता है, विशेष कर्म हो जाता है। अब कर्म व्यक्ति के लिए बोझ नहीं है। उसे उस कर्म से थकान भी नहीं होती। वह इतना सहज हो जाता है कि उसके करने का पता भी नहीं चलता। अब वह कर्म, अकर्म हो जाता है। सूर्य का कर्म इसी प्रकार अकर्म हो जाता है। यही तो कर्म-संन्यास है।"

"सूर्य तो हमसे बहुत दूर है," कुन्ती ने कहा, "किन्तु कृष्ण तो हमारे निकट है। हमारे पास है, हमारे साथ है। वह भी तो कर्म-संन्यासी ही है। उसे किसी ने काम से जी चुराते, थकते, उसका श्रेय लेते देखा है? वह युधिष्ठिर के राजसूय यज्ञ में ऋषियों के चरण धोता रहा और अब महारथियों में सिरमौर अर्जुन के रथ का सारथ्य कर रहा है। उससे बड़ा कर्म-योगी और कौन होगा। उसने अपने कर्म को अकर्म बना लिया है।"

"सूर्य का जन्म सृष्टि के आदि में हुआ होगा और कृष्ण का जन्म आज का है।" धृतराष्ट्र ने कहा, "हम कैसे मान लें कि कृष्ण ने सूर्य को कर्मयोग का उपदेश दिया था? वाग्मी है वह।"

इस बार संजय हँसे, "इसी प्रश्न में 'अवतारवाद' का बीज है।"

"तुम मुझे और मत उलझाओ संजय।" धृतराष्ट्र का चेहरा विकृत हो उठा, "थोड़ी देर में तुम कहोगे कि इस प्रश्न में विभिन्न फलों के बीज हैं।"

संजय ने धृतराष्ट्र की बात का बुरा नहीं माना। बोले, "ईश्वर सर्वज्ञ है। वह सबका ज्ञाता है। जीव अल्पज्ञ है, वह अपने पूर्व जन्मों को भी नहीं जानता।" उन्होंने रुक कर धृतराष्ट्र की ओर देखा, "अच्छा बताइए, आप अवतार किसे कहते हैं।"

"अवतरण का अर्थ है, ऊपर से नीचे की ओर आना।" धृतराष्ट्र ने कहा, "किन्तु निर्गुण निराकार ईश्वर तो इस भूलोक में भी है, तो फिर उसे ऊपर से नीचे आने की क्या आवश्यकता है?"

"ठीक कह रहे हैं आप। निर्गुन निराकार ब्रह्म यहाँ भी है। सर्वत्र है। उसे कहीं से आने की आवश्यकता नहीं है।" संजय ने कहा, "किन्तु सगुण-साकार भक्त लोग यह मानते हैं कि ईश्वर वैकुंठ, साकेत और गोलोक में निवास करते हैं। वे नित्य लोक हैं और द्यौ लोक से ऊपर हैं। चूँकि वे वहाँ से नीचे भू लोक पर सगुण साकार रूप में आते हैं; इसलिए नित्यलोक से भूलोक में साकार रूप

से आना अवतार हुआ।"

"पर क्यों आते हैं? अपने लोक में चैन नहीं है उन्हें। बैठे रहें, वहीं के वहीं। नीचे आने का झंझट क्यों पालते हैं?" धृतराष्ट्र अपना सिर धुन रहा था।

संजय पुनः हँसे, "हम चूँकि स्वयं को गिरा हुआ, पतित मान रहे हैं, इसलिए अवतार की संगति उद्धार से है।"

"मैं स्वयं को गिरा हुआ नहीं मानता। मैं पतित नहीं हूँ।" धृतराष्ट्र अधिकारपूर्वक बोला।

"इसीलिए आपका उद्धार भी नहीं हो सका। हमारा उद्धार करने के लिए प्रभु को अवतार लेना पड़ता है।" संजय ने धृतराष्ट्र की ओर देखा, "परमेश्वर, मनुष्य इसलिए बनता है, ताकि मनुष्य परमेश्वर बन सके। प्रभुमय बन सके। हम जो वास्तव में हैं, उसको अपने सीमित क्षुद्र अहंकार के कारण, अपने ममत्व के कारण, अपने मिथ्या कर्तृत्व और भोक्तृत्व के बोध के कारण, भूल गये हैं।"

"तुम भूल गये हो, मुझे सब कुछ स्मरण है।" धृतराष्ट्र ने कहा, "तुमने कहा था कि ईश्वर माया से परे है। अब यह बताओ कि जो माया से परे है, वह माया की सृष्टि के भीतर कैसे आयेगा?"

"अच्छा।" लगा कि संजय ठहाका लगाने वाले थे; किन्तु उन्होंने स्वयं को रोक लिया, "हम ईश्वर को ऊपर ही छोड़ दें। हम अपनी बात कर लें।"

"अपनी बात?"

"हाँ, अपनी बात।" संजय बोले, "हम जीवात्मा हैं या नहीं? हमारे शरीर में जीवात्मा है न?"

"है।" धृतराष्ट्र ने स्वीकार तो कर लिया किन्तु वह अब भी सहज नहीं था।

"और आप यह भी स्वीकार करेंगे कि जीवात्मा निर्गुण निराकार है। है या नहीं?"

"हो सकती है। मैं निश्चित रूप से कुछ नहीं कह सकता।"

"हम-आप इस समय आकार के रूप में हैं।" संजय ने उसका पीछा नहीं छोड़ा, "किन्तु हमारे भीतर जो आत्मा है, उसका कोई आकार है क्या?"

धृतराष्ट्र मौन बैठा रहा उसने कोई उत्तर नहीं दिया।

"यह शरीर छोड़ कर आत्मा जब दूसरा शरीर ग्रहण करेगी, तब उसका दूसरा आकार होगा। किन्तु जब शरीर नहीं है, तब क्या आत्मा का कोई आकार है?"

"मैंने कहा न कि मैं नहीं जानता।" धृतराष्ट्र किसी अड़ियल बालक के

समान जबड़े भींचे बैठा था। किन्तु उसका आक्रोश निरन्तर प्रकट हो रहा था।

"तो जानने का प्रयत्न कीजिए। जो कुछ मैं जानता हूँ, वह मैं आपको बता रहा हूँ।" संजय ने कहा।

"क्या?"

"यदि आत्मा अजर, अमर होते हुए, शरीर ग्रहण कर सकती है, तो परमात्मा क्यों शरीर धारण नहीं कर सकता।" संजय ने कुछ आवेश में कहा, "जो कोई भी पुनर्जन्म मानेगा, उसको यह भी मानना पड़ेगा कि आत्मा का कोई शरीर नहीं है। क्योंकि कोई एक शरीर लेकर दूसरे शरीर में प्रवेश नहीं कर सकता।"

"तो तुम्हारा कहना है कि इससे यह सिद्ध हो गया कि निर्गुण निराकार ब्रह्म शरीर धारण कर सगुण साकार ईश्वर बन जाता है।"

"हाँ, महाराज। परमात्मा अपने संकल्प से, अपनी लीला से, अपनी करुणा से प्रेरित होकर, अपने लिए एक नहीं असंख्य शरीर धारण कर सकता है।"

"तो तुम यह मानते हो कि आजकल वह कृष्ण का रूप धारण कर पृथ्वी पर आया हुआ है।"

"मैं ऐसा ही मानता हूँ।" संजय बोले, "किन्तु आप मानें या न मानें, यह आपकी इच्छा पर निर्भर है। मैं अपनी आस्था आप पर आरोपित नहीं कर सकता।"

"तुम यह भी कहते हो कि सारी सृष्टि ही परमात्मा का अवतार है।" धृतराष्ट्र ने सर्प के समान फिर से फन उठाया।

"किन्तु कोई उसे तत्व से नहीं जानता, तत्वतः नहीं जानता।"

"तत्व क्या है?" धृतराष्ट्र ने प्रश्न के रूप में आपत्ति की।

"जिस पर आकार का आरोप न हो।" संजय ने कहा, "सुवर्ण जो तत्व है, उसका किसी ने दर्शन नहीं किया, क्योंकि सुवर्ण तत्व आकार रहित है। आपने आज तक जिसे जाना और देखा है वह सुवर्ण का अवतार ही है। जिसने भी उसे देखा है, आभूषणों के रूप में ही देखा है।"

"और ब्रह्म?"

"जैसे आभूषणों का मूल उपादान स्वर्ण है, वैसे ही जगत का मूल उपादान निर्गुण निराकार ब्रह्म ही है। वही निमित्त है संसार का।"

मुझे इस प्रकार आश्चर्य से मत देखो अर्जुन, मेरे जन्म और कर्म दिव्य हैं।"

"ऐसा क्यों है?" अर्जुन ने कहा।

"क्योंकि मैं अपने कर्मों का फल भोगने के लिए इस संसार में नहीं आया

हूँ। एक लक्ष्य लेकर मैंने संसार में जन्म लिया है। मैं धर्म की स्थापना के लिए आया हूँ।"

"कोई और आपके जैसा क्यों नहीं हो सकता?" अर्जुन ने अनायास ही पूछ लिया।

"राग, भय और क्रोध से सर्वथा मुक्त, मुझमें तल्लीन, ज्ञान-तप से पवित्र हुए बहुत से भक्त मेरे स्वरूप को प्राप्त हो चुके हैं।"

"राग, भय और क्रोध तो मानव स्वभाव के अंग हैं।" अर्जुन ने कहा, "मनुष्य के शरीर में रहते हुए, कोई मानव-स्वभाव से मुक्त कैसे हो सकता है?"

"क्यों, संसार में रह कर क्या मल से मुक्त नहीं हुआ जा सकता?" श्रीकृष्ण बोले, "वस्तुतः जिसे सामान्य व्यक्ति मानव स्वभाव समझता है, वह त्रिगुणात्मक प्रकृति का जाल है। वह शरीर का स्वभाव है, आत्मा का नहीं... और मैं आत्मा हूँ। तुम भी आत्मा हो; किन्तु अपने स्वरूप को पहचान नहीं पा रहे हो।"

"मैं मान लेता हूँ कि मानव स्वभाव से मुक्त हुआ तो जा सकता है; किन्तु संसार में रह कर कोई धन, पद और सत्ता से मुक्त होना क्यों चाहेगा? और मुक्त हो गया तो संसार में उसका मूल्य ही क्या रह जाएगा?" अर्जुन बोला, "मनुष्य फल के लिए ही तो कर्म करता है।"

"कर्मों का सांसारिक फल चाहने वाले लोग विभिन्न देवताओं की उपासना करते हैं। उससे इस लोक में कर्मों से उत्पन्न होने वाली सिद्धि शीघ्र प्राप्त होती है।"

"तो आपकी उपासना...?"

"मुझ अविनाशी परमेश्वर को तुम अकर्ता ही जानो। कर्मों के फल में मेरी स्पृहा नहीं है, इसलिए कर्म मुझे लिप्त नहीं करते। जो मुझे तत्व से जान जाता है, वह भी कर्मों से नहीं बँधता।"

"और कर्म, अकर्म और विकर्म में क्या भेद है? इनका अर्थ करते हुए तो विद्वान भी संभ्रमित हो जाते हैं।"

"कर्म का अर्थ मात्र कार्य नहीं है।" कृष्ण बोले, "उसका अर्थ है कर्तव्य कर्म। अपना धर्म। जब मनुष्य अपना कर्तव्य करता है तो फिर फल की कामना क्यों?"

"कर्म तो कर्तव्य कर्म है, किन्तु अकर्म क्या है?" अर्जुन ने पूछा।

"हमें ईश्वर के कर्म में अपना अकर्म और अपने अकर्म में ईश्वर का कर्म देखना चाहिए। जब कर्म को इस ढंग से किया जाए कि उसका फल मनुष्य को

बाँध न पाए।" कृष्ण बोले, "कर्म-बन्धन को जला कर कर्म किया जाए, कर्म को विगलित कर दिया जाए तो वह अकर्म है। जिसके सारे कर्म संकल्प और कामना से रहित होते हैं, जिसके सारे कर्म ज्ञानरूपी अग्नि से जल गये हैं, वही बुद्धिमान है। पहले ज्ञान और फिर कर्म ... पहले सांख्ययोग और फिर कर्मयोग।"

आकाश पर काली घटायें छाई हुई थीं। पवन का वेग बदन को छूकर अपना अस्तित्व जता जाता था। बीच-बीच में मेघ-गर्जन भी हो रहा था।

देवकी का सारा ध्यान आकाश की ओर लगा हुआ था। अभी-अभी आकाश पर चपला चमकी थी और गवाक्ष से भीतर आकर कक्ष को भी प्रकाशित कर गयी थी। वर्षा अभी आरम्भ नहीं हुई थी किन्तु लगता था कि आज इन्द्रदेव अपने वैभव का प्रदर्शन करेंगे। सन्ध्या तो हो ही चुकी थी। आज की रात काली भी होगी और गीली भी।... ऐसी ही रात तो कृष्ण का जन्म हुआ था।

"कृष्ण के कर्म दिव्य हैं?" देवकी ने जैसे अपने आप से कहा।

"तुम जानती हो कि उसका जन्म भी दिव्य है।" वसुदेव ने कहा, "तुमने स्वयं उसके जन्म से पूर्व विष्णु के चतुर्भुज रूप के दर्शन किए थे।"

देवकी को लग रहा था कि सारे आकाश पर कृष्ण-वर्ण छाया हुआ है, मानो स्वयं कृष्ण ही सारे आकाश पर व्याप्त हो गया हो। कृष्ण के जन्म से पहले जब कभी ऐसा आकाश देखा और उन्हें लगा कि कोई सलोना-सा मेघ आकर उनकी गोद में बैठ गया है, तभी एक ऊदा-सा मेघ आकर उसे धकेलता था और स्वयं देवकी की गोद में बैठने की हठ करता था। आज वे समझती हैं कि वह कृष्ण और बलराम का खेल था। बलराम के जन्म से पहले ही देवकी की गोद उससे छिन गयी थी। वह गोद आज तक बलराम को नहीं मिली और वह आज भी कृष्ण से रूठा हुआ है।

"देवकी, तुमने स्वयं कृष्ण के जन्म से पूर्व विष्णु के चतुर्भुज रूप के दर्शन किए थे। किए थे न?" वसुदेव ने दोहराया।

"हाँ, किए तो थे।" देवकी अतीत की स्मृतियों में खो गयीं, "शायद इसीलिए उसे त्रिगुणातीत कहते हैं।"

"सारी सृष्टि तीन गुणों से बुनी गयी है किन्तु नारायण में कोई गुण नहीं है। वह निर्गुण है।" वसुदेव ने कहा।

"नहीं गुण तो उसमें भी हैं।" देवकी ने कहा, "हमारा शरीर सत्व, रज और तम से बना है; इसलिए हम अपने कर्मों का फल भोग रहे हैं। उसका शरीर सत्व, चित और आनन्द से बना है; और वह अपने कर्मों का फल भोगने के लिए नहीं

आया है।"

"नारायण का सर्वप्रमुख गुण तो अद्वय होना है। वह किसी से भिन्न नहीं है। वह सब में है और सब उसमें हैं।" वसुदेव ने कहा।

"मैं कभी-कभी यह सोच कर चकित होती हूँ कि जो सारी सृष्टि को रचता है, जो हम सबके शरीर बनाता है, उसका शरीर कौन रचता होगा?"

"भगवान की नैपुण्य-प्रकाशिका-माया उसका शरीर रचती है। कृष्ण ने स्वयं कहा है कि मैं अपने अवतारकालीन शरीर की रचना अपनी माया से करता हूँ।"

"किन्तु वह अवतार लेता ही क्यों है।" देवकी ने कहा, "उसके अवतार से पहले उसके छह-छह भाइयों को जन्म लेकर अपनी बलि देनी पड़ी है।"

"वह अवतार नहीं लेगा तो उसके कार्य कौन करेगा?" वसुदेव ने एक प्रकार से आपत्ति की।

"वह स्वयं न आये, अपना कोई प्रतिनिधि भेज दे।" देवकी ने कहा, "काम तो वह प्रतिनिधि भी कर ही देगा।"

"प्रभु के अवतरण के तीन कारण बताए जाते हैं। साधुओं का परित्राण, अधर्म का विनाश और धर्म की स्थापना।"

"मेरी तो समझ में आज तक यह ही नहीं आया कि साधु कौन होता है।" रुक्मिणी ने एक प्रकार का व्यवधान प्रस्तुत किया।

"साधु का अर्थ है सज्जन।" वसुदेव बोले, "ऐसे साधु को जब कष्ट होता है, जो भक्त है, समाजसेवक है, सत्य-वक्ता है, परोपकारी है तो उनकी रक्षा के लिए, ईश्वर को आना पड़ता है।"

"मैंने कहा न, वह स्वयं न आये, अपना कोई प्रतिनिधि भेज दे।" देवकी ने कहा, "ये तीनों काम तो वह भी कर ही सकता है।"

वसुदेव हँसे, "साधु का अर्थ वे भक्त, जो भगवान की लीला का रसास्वादन करना चाहते हैं। लीला के रस का आस्वादन करने में असमर्थ होने के कारण वे भगवान के विरह में अत्यन्त ताप पाते हैं। ...राधा, कौशल्या, देवकी, यशोदा, वे तमाम सखा, वे सारे ऋषि, जो भगवान का साक्षात् दर्शन करना चाहते हैं। भगवान की लीला सम्बन्धी उनकी तृषा कैसे मिटेगी। स्थूल रूप से साधुओं की रक्षा, अधर्म का विनाश, धर्म की रक्षा... यह तो कोई प्रतिनिधि भी कर सकता है। किन्तु जो प्रभु के लीला-सहचर बनना चाहते हैं, उनके लिए तो प्रभु को ही आना पड़ेगा। जब राधा, कृष्ण के साथ रास रचाना चाहेंगी, तो कोई प्रतिनिधि क्या कर सकता है। जब कौशल्या उन्हें अपने

पुत्र के समान अपनी गोद में खेलाना चाहेंगी, तब कोई प्रतिनिधि क्या करेगा। भक्त कहता है, 'हम आपके दर्शन करना चाहते हैं, उस पीड़ा और उत्कंठा में हमारे प्राण कभी भी छूट सकते हैं।' उस आर्ति-त्राण के लिए प्रभु आते हैं। यह अन्तरंग भक्तों की बात है। वे केवल रावण और कंस को मारने के लिए ही नहीं आते हैं, हमारे मन में जो राक्षस बैठा है, उसका नाश करने के लिए भी आते हैं।"

"हमारे भीतर भी असुर बैठा है?" रुक्मिणी ने चकित होकर पूछा, "हमारे भीतर?"

वसुदेव रुक्मिणी की बात समझ रहे थे। कौन मानता है कि उसके भीतर कलुष है, असुरत्व है। साधारण जन सदा स्वयं को परम पवित्र मानते हैं। रुक्मिणी भी वही मानती होगी।

"हाँ, हमारे भीतर भी असुरत्व है।" वसुदेव ने कहा, "और इतना ही नहीं, हमारे भीतर का देवत्व उससे बार-बार पराजित भी होता रहता है। अवतार हमको शिक्षा देने भी आता है कि हम कैसा जीवन जीएँ।"

"धर्ममय जीवन जीने के लिए।" देवकी ने कहा और अपनी स्मृतियों में खो गयीं।

"हाँ, धर्ममय जीवन।" वसुदेव बोले, "जिसके द्वारा इस लोक में अभ्युदय और परलोक में निःश्रेयस, परम कल्याण की प्राप्ति होती है। इस निःश्रेयस धर्म, भागवत धर्म, भक्ति धर्म की स्थापना के लिए भी भगवान अवतार लेते हैं। भगवान के लीला-अवतार-काल में, भगवान के भक्त जिस प्रकार जीवन-यापन करते हैं, भगवान जिस प्रकार उनको शिक्षा देते हैं, उस धर्म की स्थापना के लिए भी वे अवतार लेते हैं। स्थूल हेतु भी हैं और उनके भीतर छिपे सूक्ष्म हेतु भी हैं। उन सूक्ष्म हेतुओं का निर्वाह किसी प्रतिनिधि द्वारा नहीं हो सकता।"

"माँ ने अभी कहा न कि उनके कर्म दिव्य हैं और आपने कहा कि उनका जन्म भी दिव्य है।" रुक्मिणी ने कहा।

"हाँ, कृष्ण का जन्म और उसके कर्म दिव्य हैं। अलौकिक हैं, अप्राकृत हैं, अजन्मा का जन्म लेना अपने आप में दिव्य है। अकर्ता का कर्म करना भी अपने आप में दिव्य है।" वसुदेव ने कहा।

"देखिए, कृष्ण कैसे बरस रहा है।" देवकी गवाक्ष के बाहर देख रही थीं।

"बरसते तो इन्द्र हैं।" रुक्मिणी ने कहा।

"बरसते होंगे।" देवकी बोलीं, "यह तो कृष्ण ही बरस रहा है। देखो, धरती और आकाश उससे कैसे व्याप्त हैं। यह श्याम वर्ण, मेघ वर्ण, कृष्ण का है, इन्द्र

का नहीं।"

"आप ठीक कह रही हैं काकी।" उद्धव ने कहा, "हम जब द्वारका के सागर तटों पर क्रीड़ा के लिए जाते थे तो कृष्ण सदा यही कहा करता था कि वह स्वयं ही सागर के रूप में था। उसकी लहरों के रूप में वही तो सहस्रों योजनों की यात्रा करता था।"

"तो हम तुम्हारे भीतर घुस कर नहा रहे हैं क्या?" एक बार मैंने पूछा था।

"नहीं। मैं ही तुम्हारे भीतर हूँ और मैं ही तुम्हारे शरीर से लिपटा हुआ हूँ। तुम्हारे चारों ओर मैं ही हूँ और कोई नहीं है।"

वसुदेव भी कहीं मग्न हो गये थे, "सारी सृष्टि का कर्ता होते हुए भी वह अकर्ता ही है। कर्तृत्व तो वासना से उत्पन्न होता है। कर्तृत्व कुछ पाने के लिए होता है। भगवान को क्या पाना शेष है? और भगवान कर्म करते भी हैं, तो इसलिए कि हम-तुम कर्म करें। उस जन्म और कर्म की दिव्यता को जो तत्वतः जानता है, उसका पुनर्जन्म नहीं होता, क्योंकि वह जानता है कि जन्म न लेते हुए भी जो जन्म लेते हुए दिखायी पड़ रहे हैं, कर्म न करते हुए भी जो कर्म करते दिखायी दे रहे हैं, यह उनकी लीला है। यह उनका नाटक है।"

"कृष्ण कहता है कि जो देह का अभिमान छोड़ देगा, वह इसी देह से मुझे प्राप्त करेगा।" देवकी ने कहा, "वह मुझको ही प्राप्त करता है, वह मुझसे अभिन्न हो जाता है, वह परमात्मा बन जाता है।"

"परमात्मा मनुष्य बना, क्योंकि वह चाहता है कि मनुष्य परमात्मा बन जाए।"

"यह अकर्म की गुत्थी बड़ी जटिल है।" पारंसवी ने कहा, "सामान्य बुद्धि तो यही मानेगी कि कर्म न करना ही अकर्म है।"

"हाँ, यह विशेषता तो इसमें अवश्य है कि यह कर्म होते हुए भी अकर्म कहलाता है। वस्तुतः अन्तर तो काम और निष्काम का ही है।" विदुर बोले, "देखो, एक स्थान पर एक भवन बन रहा था। एक श्रमिक से किसी ने पूछा, 'क्यों भाई क्या कर रहे हो?' तो उसका उत्तर था, 'अपनी देहाड़ी कमा रहा हूँ।' तो वह सकाम कर्म कर रहा था। उसे अपने श्रम का मूल्य चाहिए था; उसी पर उसकी दृष्टि थी, मन में उसी का विचार था। उस व्यक्ति ने दूसरे श्रमिक से पूछा, 'क्यों भाई, तुम क्या कर रहे हो?' दूसरे श्रमिक ने उत्तर दिया, 'जी मैं अपने राम जी का मन्दिर बना रहा हूँ।' "

"वह क्या अपने श्रम का मूल्य नहीं लेगा?" पारंसवी ने चकित होकर पूछा।

"यही तो महत्त्वपूर्ण है।" कुन्ती ने कहा, "कर्म का फल तो उसे मिलना ही है; किन्तु वह निष्काम भाव से काम कर रहा है। वह अपने राम जी का मन्दिर बना रहा है। मन्दिर उसके नाम पर नहीं होगा। वह मन्दिर का स्वामी नहीं होगा; किन्तु वह प्रसन्न है कि वह अपने रामजी का मन्दिर बना रहा है। मन उसका भक्ति में डूबा है और हाथ ईंटों को जोड़ रहे हैं।"

"तो फिर यह निष्काम कर्म से कैसे भिन्न हुआ?" पारंसवी ने पूछा।

"जाने श्रीकृष्ण इसका क्या उत्तर देंगे।" विदुर बोले, "किन्तु मैं समझता हूँ कि सकाम कर्म में सीमित फल मिलता है, निष्काम में फल असीमित है। उन दोनों के साथ कर्म-बन्धन जुड़ा हुआ है। अकर्म वह है, जिसमें कर्म-बन्धन नहीं होता। जो व्यक्ति कर्म और फल की आसक्ति का त्याग कर सदा तृप्त है, वह कर्म में निमग्न रहते हुए भी कर्म में नहीं बँधता। कर्म उसे बाँध नहीं सकता।"

"संजय।" धृतराष्ट्र ने पुकारा, "सो गये क्या?"

"नहीं महाराज।"

"तो बताते क्यों नहीं कि कृष्ण ने क्या कहा।"

"श्रीकृष्ण ने जो कहा, वह आपको सुना तो दूँ; किन्तु आप उससे सहमत नहीं हो पाएँगे। आपका मन प्रसन्न भी नहीं होगा।" संजय ने कहा।

"तुम सरल भाव से बताओ कि उसने क्या कहा।" धृतराष्ट्र का स्वर कुछ रोष लिए हुए था, "साथ में अपनी टिप्पणियाँ और भाष्य मत जोड़ो। न अपना भाषण झाड़ो। न कृष्ण के प्रति अपना प्यार जताओ।"

"तो सुनिये। वे बता रहे थे कि वैसा व्यक्ति अपने शरीर से सारे कर्म करता हुआ भी पाप को प्राप्त नहीं होता ... कलुषित नहीं होता।..."

"अरे उसने कहा क्या?" धृतराष्ट्र ने संजय की बात बीच में ही काट दी।

"श्रीकृष्ण ने कहा कि शरीर और अन्तःकरण जिसके वश में हो, संग्रह का जिसने परित्याग कर दिया हो और जो इच्छाओं से पूर्णतः मुक्त हो गया हो, ऐसा व्यक्ति शरीर सम्बन्धी कर्म करता हुआ भी कभी कर्म में लिप्त नहीं होता, पाप को प्राप्त नहीं होता।"

धृतराष्ट्र हँस पड़ा... एक विषाक्त हँसी, "ऐसा भी कोई व्यक्ति संसार में उत्पन्न हुआ है कभी। अपनी इच्छाओं को कौन छोड़ पाया है। यह कृष्ण किस

कल्पना-लोक में रहता है। नयी-नयी कल्पनाएँ कर लोगों को मूर्ख बनाता है। मेरी तो समझ में यह नहीं आता कि इन सब बातों से युद्ध के क्षेत्र में अर्जुन और पांडवों को क्या लाभ होगा।"

"श्रीकृष्ण अर्जुन और पांडवों के लाभ के लिए यह सब नहीं कह रहे, वे तो सारी मानवता को विकास का मार्ग दिखा रहे हैं।" संजय ने कहा, "उन्होंने कहा कि जो अपनी प्राप्ति में सन्तुष्ट है, ईर्ष्या-द्वेष से मुक्त है और सिद्धि-असिद्धि में सम है, उसके कर्म उसे नहीं बाँधते।..."

"संजय, तुम कुरुक्षेत्र में कृष्ण तथा अर्जुन में हुई गम्भीर वार्ता सुना रहे हो या मेरा मनोरंजन करने के लिए हास्यास्पद कथा-वार्ता प्रस्तुत कर रहे हो।" धृतराष्ट्र ने कहा, "अच्छा कुछ बच गया हो तो वह भी कह डालो।"

"जब आपको श्रीकृष्ण पर विश्वास ही नहीं है, तो आप यह सब सुनना ही क्यों चाहते हैं।" संजय स्वयं समझ नहीं पा रहा था कि यह उसका आक्रोश था अथवा हताशा।

"कृष्ण पर मेरा विश्वास हो या न हो, उससे तुमको क्या। तुम तो गान्धारी से भी अधिक झगड़ालू हो गये लगते हो। उसमें तो वार्द्धक्य की हताशा का विष बोलता है। तुमको क्या हो गया है? कृष्ण भक्ति का मद है क्या?" धृतराष्ट्र ने स्वयं को सँभाला, "मैं कृष्ण को जानना चाहता हूँ कि वह किस प्रकार का व्यक्ति है। तुम बताओ कि इस सन्दर्भ में उसने और क्या कहा।"

"श्रीकृष्ण ने कहा कि जिसकी आसक्ति सर्वथा मिट चुकी है, जो सांसारिक आकर्षणों से मुक्त हो गया है, जिसकी बुद्धि, स्वरूप, आत्म के ज्ञान में स्थित है, जो केवल यज्ञ के रूप में ही कर्म करता है, उसके कर्मों के सारे बन्धन नष्ट हो जाते हैं।"

संजय मौन हो गया। वह अनायास ही धृतराष्ट्र के विषय में सोचने लगा था... पता नहीं उसकी समझ में कुछ आया भी था या नहीं। प्रभु ने इस जीव का जाने कैसे कठोर तमोगुण से निर्माण किया है, जिसमें श्रीकृष्ण के शब्दों से भी कोई दरक नहीं पड़ती। यह तो ऐसी शिला है, जिस पर से पृथ्वी के सारे महासागरों का जल बह जाए तो भी यह न भीगेगी, न दरकेगी, न घिसेगी। जाने यह सब उसके किन जन्मों का पाप है कि उसकी बुद्धि कौरवों का सारा वंश नष्ट करा कर भी आसक्ति की दलदल में और धँसती ही जा रही है। उसके उबरने का कोई लक्षण ही नहीं है।... वह श्रीकृष्ण की वाणी को और सुनना चाहता है; किन्तु संजय उसे कैसे बताए कि श्रीकृष्ण ने कहा था ....।

कोई अपने कर्म में इतना निमज्जित हो जाए कि बाह्य संसार की चेतना

ही न रहे तो कर्म-समाधि होती है। हाथ कर्म में लगे हों और ध्यान ब्रह्म में, तो वह 'ब्रह्म में कर्म समाधि' हो जाती है। सारी ज्ञानेन्द्रियाँ अन्तर्मुखी हो जाती हैं। समाधि में तो सिवाय ब्रह्म के और किसी का ध्यान हो ही नहीं सकता। ऐसे में उस समाधि का फल भी ब्रह्म ही होगा। मन में ब्रह्मरूपी अग्नि जल रही हो और योगी उसमें अपने विचारों की आहुति दे रहा हो, तो वह विचार-यज्ञ होता है। कुछ योगी दैव-यज्ञ करते हैं और कुछ अन्य योगी ब्रह्म-रूपी अग्नि में विचार-रूपी यज्ञ के द्वारा ही, जीवात्मरूप यज्ञ का हवन करते हैं। अन्य योगी संयम रूपी अग्नि में अपनी समस्त इन्द्रियों की आहुति देते हैं। यज्ञ तो कितने ही प्रकार के होते हैं... द्रव्यमय यज्ञ, तपोयज्ञ, योगयज्ञ, स्वाध्याय रूपी ज्ञान-यज्ञ।.... किन्तु धृतराष्ट्र को इस सबसे क्या? उसका प्रिय तो भोग-यज्ञ है।...

उसका सम्पूर्ण वास्तविक चरित्र संजय की आँखों के सामने तब उभरा था, जब श्रीकृष्ण ने दैवी और दानवी गुणों की चर्चा की थी।

श्रीकृष्ण ने कहा था—दम्भ, घमंड, अभिमान, क्रोध, कठोरता, अविवेक—ये सब आसुरी सम्पदा हैं।...

संजय को तभी लगा था कि धृतराष्ट्र चिल्ला-चिल्लाकर कह रहा है, "देखो, यह मैं हूँ। यह मेरी सम्पदा है। और थोड़ी नहीं है, ढेर सारी है। और इसे अभी मैं और भी बटोर रहा हूँ। इस क्षेत्र में कोई मुझसे स्पर्धा कर ही नहीं सकता।"

संजय को धृतराष्ट्र की इस आत्मस्वीकृति से कोई विरोध नहीं था। किन्तु वह सोच रहा था.... यदि कहीं गान्धारी, दुर्योधन, दुःशासन और शकुनि उसका यह उद्घोष सुन लें, तो क्या वे उसकी यह गर्वोक्ति स्वीकार करेंगे? उसे सर्वोत्तम का पद दे देंगे या उसे चुनौती देंगे कि उनके पास यह सम्पदा, उससे भी अधिक है।...

विदुर हँस पड़े।

"क्या हुआ?" पारंसवी ने प्रश्न किया।

"महाराज धृतराष्ट्र के चरित्र के विषय में सोचते हुए, मुझे अपनी एक दुष्टता स्मरण हो आयी।"

"आपने दुष्टता की?"

"हाँ, मुझे सूचना मिल गयी थी कि कांपिल्य में अर्जुन ने स्वयंवर की प्रतिज्ञा पूरी कर पांचाली को जय कर लिया है। यह सूचना अभी महाराज तक नहीं पहुँची थी। दुर्योधन आदि धृतराष्ट्र के अनेक पुत्र भी इसी स्वयंवर के लिए कांपिल्य गये हुए थे। और महाराज उत्कंठित प्रतीक्षा कर रहे थे कि उन्हें यह सूचना मिले कि

दुर्योधन ने स्वयंवर जय कर लिया है। तभी मेरे मन में आया कि मैं एक चुटकी लूँ। मैंने कहा, महाराज, बधाई हो। समाचार आया है कि आपके पुत्र ने स्वयंवर जय कर लिया है।"

महाराज की बाछें खिल गयीं। उनका मन उत्सव मनाने को तुल गया।

"दुर्योधन ने द्रौपदी को प्राप्त कर लिया? अरे सारे हस्तिनापुर में घोषणा करो। पूरे नगर में बधाई फेरी जाए। नगर को सुसज्जित किया जाए। दीपावली हो और सारे नगर के लिए भोज की तैयारी की जाए। ..."

"वह सब तो उचित ही है, किन्तु महाराज स्वयंवर को दुर्योधन ने नहीं, अर्जुन ने जय किया है। आप उसके लिए इतना उत्सव करना चाहते हैं?"

"अर्जुन।" महाराज जैसे आकाश से गिर पड़े। उनकी ज्योतिहीन आँखें फटी रह गयीं और मुँह भी खुला रह गया। वे अपनी अन्धी आँखों से कुछ देर शून्य में घूरते रहे और फिर बोले, "अर्जुन! किन्तु वे सारे भाई तो वारणावत में जल कर मर गये थे न। तो फिर वे कांपिल्य में स्वयंवर में भाग लेने के लिए पुनर्जीवित कैसे हो गये?"

"पांडव जीवित हैं और कांपिल्य में महाराज द्रुपद के अतिथि हैं। इसका अर्थ है कि वारणावत के अग्निदाह का समाचार सत्य नहीं था। उसने हम सब को भ्रमित ही किया था महाराज।" मैंने कहा।

लगता था कि वे कहना चाहते हैं कि पुरोचन को उसकी भस्म में से पुनर्जीवित कर हस्तिनापुर के चौराहे पर जीवित जला दो। वारणावत के शिव-भवन का निर्माण करने वाले कर्मचारियों को सूली पर टाँग दो। यदि पांडव अभी जीवित हैं तो धृतराष्ट्र का तो जीवन का लक्ष्य ही नष्ट हो गया।...

पर यह सब कहा नहीं उन्होंने। कहा, "तो अर्जुन ने स्वयंवर की प्रतिज्ञा पूरी कर ली।..."

"अर्जुन भी तो आपका ही पुत्र है।" मैंने कहा।

"हाँ। है तो।"

दम्भ, घमंड, अभिमान, क्रोध, कठोरता, अविवेक—सब कुछ उस अन्धे राजा के चेहरे पर उभर आये थे। आसुरी सम्पदा का वह पुंजीभूत रूप जैसे अपने अस्तित्व पर विलाप करता हुआ वहाँ मौन बैठा था।... यदि वह ऐसा न करता तो संसार के सामने उसके कुकर्मों का पिटारा खुल जाता...

संजय सोच रहे थे।

श्रीकृष्ण ने कहा था.... आसुरी सम्पत्ति बन्धन के लिए मानी गयी है।

आसुरी प्रकृति वाले नहीं जानते कि किस में प्रवृत्त और किसमें निवृत्त होना चाहिए। वे दलदल को ठोस भूमि समझ कर उसमें धँसते ही जाते हैं। उनमें न बाह्य शुद्धि, न श्रेष्ठ आचरण और न सत्य-पालन ही होता है।...

वे ईश्वर को नहीं मानते। अतः उनमें ईश्वर का भय भी नहीं होता है। वे मानते हैं कि संसार का अस्तित्व असत्य, बिना मर्यादा के और बिना ईश्वर के है। तो फिर सृष्टि कैसे होती है? सृष्टि स्त्री-पुरुष के संयोग से स्वतः उत्पन्न होती है। काम ही इसका मूल कारण है। अन्य कोई कारण नहीं हो सकता।... यही कारण है कि वे नास्तिक स्वयं को अनश्वर नहीं मानते। उनकी बुद्धि उतनी ही दूर देखती है, जितनी दूर मनुष्य का एक जीवन सोच सकता है। तुच्छ बुद्धि है उनकी और वे उग्र कर्म करने वाले और संसार के शत्रु हैं। उनका सामर्थ्य संसार के नाश के लिए ही होता है।...

संजय को कहीं प्रमाण खोजने की आवश्यकता नहीं थी। उसके सामने दुर्योधन की सेना खड़ी थी और संसार के सारे दानव उसका पक्ष लेकर लड़ने को तैयार खड़े थे।... वे मान रहे थे कि वे विजय-द्वार में प्रवेश कर रहे हैं; यह नहीं समझते थे कि वे मृत्यु-द्वार में प्रवेश कर रहे हैं।

श्रीकृष्ण ने कहा था... अपूर्णीय कामनाओं का आश्रय लेकर दम्भ, अभिमान और मद में चूर रहने वाले तथा अपवित्र व्रत धारण करने वाले मनुष्य मोह के कारण दुराग्रों को धारण कर के संसार में विचरते हैं। वे मृत्यु पर्यन्त रहने वाली अपार चिन्ताओं का आश्रय लेने वाले, पदार्थों का संग्रह और उनका भोग करने में ही लगे रहने और "जो कुछ है, बस इतना ही है" मानने वाले हैं। वे आशा की सैकड़ों फाँसियों पर लटके हुए मनुष्य काम-क्रोध के परायण होकर पदार्थों का भोग करने के लिए, अन्यायपूर्वक धन संचय करने की चेष्टा करते रहते हैं। इतनी वस्तुएँ हमने आज प्राप्त कर लीं कल औंर मनोरथ प्राप्त कर लेंगे। इतना धन प्राप्त कर लिया है, इतना और प्राप्त कर लेंगे।

तभी तो जरासन्ध आजीवन लड़ता रहा। दुर्योधन हस्तिनापुर से सन्तुष्ट न होकर इन्द्रप्रस्थ पाने के लिए सर्वनाश करने को तैयार था। वह मानता रहा कि एक शत्रु मेरे हाथों मारा गया, दूसरा भी मारा जाएगा। वह स्वयं को ही ईश्वर मानता रहा। श्रीकृष्ण को भी बन्दी करने का प्रयत्न किया था उसने। वह केवल भोग भोगने वाला है। स्वयं को सिद्ध, बलवान और सुखी मानता है, धनवान भी मानता है। वह अपने साथियों और सेनाओं को देख कर प्रसन्न है। मानता है कि संसार में उसके समान दूसरा कोई नहीं है। अज्ञान से मोहित और भविष्य के प्रति अन्धा है वह।

संजय ने महाराज को बताया था कि श्रीकृष्ण ने कहा है कि विभिन्न प्रकार की कामनाओं के कारण भ्रमित चित्त वाले, मोह-जाल में अच्छी तरह फँसे हुए तथा पदार्थों और भोगों में अत्यन्त आसक्त रहने वाले मनुष्य भयंकर नरकों में गिरते हैं। अपने को सबसे अधिक पूज्य मानने वाले, अकड़ रखने वाले तथा धन और मान में चूर रहने वाले मनुष्य दम्भ से अविधिपूर्वक नाम मात्र के यज्ञों से यजन करते हैं। वे अहंकार, हठ, घमंड, कामना और क्रोध का आश्रय लेने वाले मनुष्य अपने और दूसरों के शरीर में रहने वाले मुझ अन्तर्यामी के साथ द्वेष करते हैं। उन द्वेष करने वाले, क्रूर स्वभाव वाले और संसार में पतित मनुष्यों को मैं बार-बार आसुरी योनियों में जन्म देता हूँ। वे मूढ़ मुझसे प्राप्त न करके ही जन्म-जन्मान्तरों में आसुरी योनि में जन्म लेते हैं। उसके पश्चात् उससे भी अधम गति अर्थात् भयंकर नरकों में चले जाते हैं। काम, क्रोध और लोभ—ये तीन नरक के द्वार हैं।

"संजय।" धृतराष्ट्र का स्वर आक्रोशपूर्ण था।

"जी महाराज।"

"तुम बार-बार चुप क्यों हो जाते हो? बताते क्यों नहीं कि कृष्ण ने क्या कहा था।"

संजय का मन भी कुछ कठोर हो गया था। वह बार-बार इस निकृष्ट जीव की ताड़ना क्यों सुने। वह एक बार बता ही क्यों नहीं देता कि श्रीकृष्ण ने क्या कहा था।

"बताता हूँ महाराज।" वह बोला," श्रीकृष्ण ने कहा था प्राणायाम में पारायण हुए योगी लोग अपान में प्राण का पूरक करके, प्राण और अपान की गति रोक कर अर्थात् कुम्भक कर के, फिर प्राण में अपान का हवन अर्थात् रेचक करते हैं। अन्य नियमित आहार करने वाले प्राणों का प्राणों में हवन किया करते हैं। ये सभी साधक यज्ञों द्वारा पापों का नाश करते हैं।"

"इन यज्ञों-वज्ञों में मेरी रुचि नहीं है। यदि कोई यज्ञ नहीं करेगा तो उसकी क्या क्षति हो जाएगी? उसका राजसिंहासन छिन जाएगा क्या?" धृतराष्ट्र के स्वर में चुनौती थी।

"यज्ञ न करने वाले मनुष्यों के लिए न यह मनुष्यलोक सुखदायक है, न परलोक।" संजय ने कहा, "वैसे यह दूसरी बात है कि किसी प्रकार की श्रद्धा न होते हुए भी लोग राजसिंहासन पाने के लिए यज्ञ करते हैं। श्रीकृष्ण का कहना

है कि वे तामसिक यज्ञ होते हैं।"

"मुझे तो संसार में सब लोग सुखी ही दिखायी देते हैं। कृष्ण सुखी नहीं है क्या?"

"श्रीकृष्ण सुखी नहीं हैं, वे तो आनन्द-स्वरूप हैं। और उनको तत्वतः जानने वाले भी उसी प्रकार आनन्द-स्वरूप हो जाते हैं। हमें श्रीकृष्ण को तत्वतः जानना चाहिए।..."

"तुम फिर तत्व को बीच में ले आये। तुम बता चुके हो कि सोना तत्व है और कोई सोने को नहीं देख सकता, हम सब उस पर आकार का आरोप कर आभूषणों को ही देख सकते हैं। किन्तु कृष्ण का तत्व क्या है? वह सुवर्ण अथवा लौह तो नहीं होगा। तो फिर कृष्ण का तत्व क्या है। वह क्या है? तुम्हारा विचार है कि हम कृष्ण को जानते नहीं हैं?"

"नहीं। जानते तो आप हैं किन्तु तत्वतः नहीं जानते।"

"वह होता क्या है?"

"आप महाविष्णु को जानते हैं? उनके अवतार श्रीकृष्ण को जानते हैं? या वसुदेव के पुत्र वासुदेव श्रीकृष्ण को जानते हैं? आप गोपाल कृष्ण को भी जानते हैं।" संजय ने कहा, "इन सबका मूल तत्व तो एक ही है किन्तु शरीर पृथक् हैं।"

"मैं तो देख नहीं सकता।" धृतराष्ट्र ने कहा, "जिनके पास चर्म-चक्षु हैं, वे भी उनके शरीर को ही देख सकते हैं और वे पृथक्-पृथक् हैं। फिर तत्व से जानना क्या हुआ?"

"तत्व का अर्थ ही है, जिसका कोई आकार न हो। आत्मा का कोई आकार नहीं है।" श्रीकृष्ण ने अर्जुन से कहा था, "अर्जुन, तत्वज्ञान से तू सम्पूर्ण प्राणियों को निःशेष भाव से पहले अपने-आप में और उसके बाद मुझ सच्चिदानन्द परमात्मा में देखेगा। यदि तू सब पापियों से भी अधिक पापी है, तो भी तू ज्ञान रूपी नौका के द्वारा निःसन्देह सम्पूर्ण पाप समुद्र से तर जाएगा। जैसे प्रज्वलित अग्नि ईंधन को सर्वथा भस्म कर देती है, ऐसे ही ज्ञान रूपी अग्नि सम्पूर्ण कर्मों के बन्धनों को, कर्मों के दुष्परिणामों को सर्वथा भस्म कर देती है। जिसका योग भली-भाँति सिद्ध हो गया है, वह कर्मयोगी उस तत्वज्ञान को अवश्य ही स्वयं अपने आप में पा लेता है।"

"यह क्या बात हुई कि अर्जुन सब पापियों से भी अधिक पापी है, तो भी वह ज्ञान रूपी नौका के द्वारा निःसन्देह सम्पूर्ण पाप समुद्र से तर जाएगा। क्यों? इसलिए कि वह कृष्ण का मित्र है? इतना पक्षपात।" लगा धृतराष्ट्र ने स्वयं को

कुछ सँभाल लिया है और वह पहले के ही समान संजय का उपहास कर रहा है।

"इसका अर्थ यह है कि महाराज जो सबसे बड़ा पापी है, वह भी ब्रह्म को तत्वतः जानते ही पुण्यात्मा बन जाता है। यदि ऐसा नहीं होगा तो वह ब्रह्म को जान ही नहीं पाएगा। ब्रह्म को जान कर वह भव-सागर को पार कर जाता है। श्रीकृष्ण की कृपा हो तो पापों को कटने में वर्षों नहीं लगते। व्यक्ति क्षण भर में बदल जाता है। हाँ, विवेकहीन और श्रद्धारहित संशयात्मा मनुष्य का पतन हो जाता है। ऐसे संशयात्मा मनुष्य के लिए न तो यह लोक हितकारक है और न परलोक ही।"

"ठीक है। ठीक है। छोड़ो इस ज्ञान और यज्ञ को।" धृतराष्ट्र कुछ झल्लाए हुए स्वर में बोला, "मुझे बताओ कि युद्ध करने के सन्दर्भ में कृष्ण ने अर्जुन को क्या कहा।"

संजय के मुख-मंडल पर आह्लाद छा गया, हृदय जैसे प्रसन्नता से आपूर्त हो उठा। वे मधुर कंठ से बोले, "श्रीकृष्ण ने कहा, योग अथवा समता के द्वारा जिसका सम्पूर्ण कर्मों से सम्बन्ध-विच्छेद हो गया है और विवेकज्ञान के द्वारा जिसके सम्पूर्ण संशयों का नाश हो गया है, ऐसे स्वरूप-परायण मनुष्य को कर्म नहीं बाँधते। इसलिए हृदय में स्थित इस अज्ञान से उत्पन्न अपने संशय का ज्ञानरूपी तलवार से छेदन कर के योग में स्थित हो, युद्ध के लिए खड़ा हो जा।"

14

अर्जुन अपनी उलझनों में खो गया। श्रीकृष्ण कर्मों का स्वरूप से त्याग करने के लिए भी कहते हैं और फिर कर्मयोग की प्रशंसा भी करते हैं। स्पष्ट नहीं कहते कि कर्म-संन्यास और कर्म-योग में से कौन-सा अधिक कल्याणकारी है अथवा दोनों में से कौन-सा श्रेष्ठ है। पूछने पर कह देते हैं कि दोनों ही कल्याणकारी हैं; किन्तु कर्म-संन्यास से कर्म-योग श्रेष्ठ है। ....

अर्जुन ने पूछ लिया, "कैसे?" और फिर तत्काल ही पूछा, "कर्मयोगी कौन है?"

श्रीकृष्ण ने सहज भाव से उत्तर दिया—"जो मनुष्य किसी से द्वेष नहीं करता, वह किसी को हानि नहीं पहुँचाएगा; करेगा तो किसी का कल्याण ही करेगा। यज्ञ ही करेगा, कर्तव्य ही करेगा।... और जो किसी पदार्थ की आकांक्षा नहीं करता

है, वह क्यों किसी की क्षति करेगा। वह त्याग कर सकता है, दान भी ग्रहण नहीं करेगा। वह कर्मयोगी है क्योंकि कर्म वह करेगा किन्तु किसी की हानि और अपने लाभ के लिए नहीं।"

"किन्तु हम युद्ध कर तो कौरवों की हानि ही करेंगे न।"

"अधर्मियों से युद्ध भी यज्ञ है। तुम उन पापियों को मार कर संसार के असंख्य असहाय और पीड़ित लोगों का कल्याण करोगे। राज्य प्राप्ति कर लेने के पश्चात् तुम समझते हो कि धर्मराज भोग-विलास में जुट जाएँगे? उनको मार्ग चलते रत्नों की पोटली मिल जाए, तो वे उसका क्या करेंगे?"

"वे उस पोटली के स्वामी को खोजने निकल पड़ेंगे।" अर्जुन ने कहा।

"तो उनकी कोई सांसारिक आकांक्षा नहीं है न। वे धर्म को खोज रहे हैं और उसके माध्यम से ब्रह्म को। वे अपने शत्रुओं से भी द्वेष नहीं करते, नहीं तो दुर्योधन और उसके दल की गन्धर्वों से रक्षा क्यों करते। वे मन से संन्यासी हैं, ईश्वर निर्भर हैं और हाथों से कर्म-योगी। वे सदा संन्यासी समझे जाने योग्य हैं। द्वन्द्वों से उदासीन हैं। द्वन्द्वों से उदासीन मनुष्य सुखपूर्वक संसार-बन्धन से मुक्त हो जाता है।"

पर श्रीकृष्ण ने यह क्या कह दिया, "देवी-देवता क्या चाहते हैं? वे चाहते हैं कि उनका उपासक मुक्त न हो जाए। उनका स्वार्थ है कि उनका उपासक मुक्त न हो। यदि वह मुक्त हो जाएगा तो देवी-देवताओं की उपासना कौन करेगा? अपने उपासकों को मुक्ति से दूर रखने के लिए देवी-देवता उनकी कामनाओं की पूर्ति करते रहते हैं। देवी-देवता अपने उपासकों को अपने निकट बनाए रखने के लिए उनकी कामनाओं की पूर्ति करते हैं और उपासक अपनी कामनाओं की पूर्ति करवाने के लिए उनके निकट बने रहते हैं..."

यह क्या कह दिया कृष्ण ने? ऐसे में देवी-देवता साधारण मनुष्यों से श्रेष्ठ कैसे हुए? वे भी तो अपनी कामनाओं के बन्दी ही हुए। सारे सांसारिक दोष कामना से ही तो उत्पन्न होते हैं। कामना है तो उनमें अहंकार भी होगा, ईर्ष्या भी होगी... किन्तु श्रीकृष्ण ने असत्य कहाँ कहा?... अपने बाल-काल में कृष्ण ने जब गोकुलवासियों को इन्द्र की पूजा करने से रोक दिया था और उनको गोवर्धन की पूजा करने के लिए कहा था तो इन्द्र कितना क्रुद्ध हुआ था। श्रीकृष्ण को नीचा दिखाने के लिए उसने कितनी क्रूरता दिखायी थी। सारे गोकुल को जल में डुबो देने में कोई कसर ही नहीं छोड़ी थी। उसका अहंकार किसी को भी स्वयं से श्रेष्ठ मानने को तैयार नहीं था। और अन्ततः श्रीकृष्ण ने इन्द्र को अपनी भूल मानने को बाध्य किया था। इसीलिए कृष्ण किसी देवी-देवता को सिद्ध करने की

बात नहीं करते; जब कहते हैं कर्म-योगी बनने को कहते हैं।...

अर्जुन के मन में केनोपनिषद की एक कथा उभर रही थी।...

देवताओं ने असुरों पर विजय प्राप्त की थी और वे बहुत प्रसन्न थे। इन्द्र, अग्नि और पवन एक स्थान पर एकत्रित हो जैसे अपनी विजय का उत्सव मना रहे थे कि वहाँ एक दिव्य यक्ष प्रकट हो गया। देवताओं ने उस दिव्य विशाल जीव को आश्चर्य से देखा किन्तु उसे पहचान नहीं सके। इन्द्र को किसी साधारण जन का इस प्रकार अपने निकट आना अच्छा नहीं लगा। उसने देवराज के रूप में, अग्निदेव को आदेश दिया कि वे जाकर पता लगाएँ कि वह कौन है और यहाँ क्या करने आया है।... अग्नि परम तेजस्वी थे। वेदार्थ के ज्ञाता थे। समस्त जात पदार्थों के ज्ञाता थे। सर्वज्ञ से थे। अपने लिए गौरवपूर्ण नाम 'जातवेदा' धारण करते थे। अग्नि को अपनी बुद्धि का भी गर्व था। बोले, "अभी पता करता हूँ।"

वे यक्ष के निकट पहुँचे। यक्ष ने उन्हें देखा और पूछा, "कौन हैं आप?"

अग्नि ने सोचा—मेरे तेजपुंज रूप को सभी पहचानते हैं, इसने नहीं पहचाना। कैसा अज्ञानी है। उन्होंने तमक कर उत्तर दिया, "मैं प्रसिद्ध अग्नि हूँ। मेरा ही रहस्यमय और गौरवपूर्ण नाम 'जातवेदा' है।"

अग्नि की गर्वोक्ति सुनकर यक्ष ने अनजान बन पूछा, "अच्छाू आप अग्निदेवता हैं। आपका नाम जातवेदा है। आप सब का ज्ञान रखने वाले हैं। अब यह बताइए कि आपमें कौन-सी शक्ति है? आप क्या कर सकते हैं?"

अग्नि ने सगर्व उत्तर दिया, "आप जानना चाहते हैं कि मैं क्या कर सकता हूँ। मैं इस भूमंडल पर स्थित सारे पदार्थों को जला कर भस्म कर सकता हूँ।"

अग्नि की गर्वोक्ति सुन कर यक्ष मुस्कराया और उसने अग्निदेव के सामने एक सूखा तिनका रख दिया, "आप तो सभी कुछ जला सकते हैं। अपनी तनिक-सी शक्ति लगा कर इसे जला कर दिखाइए।"

अग्निदेव ने स्वयं को बहुत अपमानित अनुभव किया और उस तिनके के पास पहुँचे। उसे जलाने का प्रयत्न किया। उन्होंने अपना सम्पूर्ण बल लगा दिया किन्तु तिनके में तनिक-सी आँच भी नहीं लगी।

अग्निदेव मुँह लटकाए लौट आये तो इन्द्र ने वायुदेव को भेजा कि वे जाकर देख कर आयें कि यह कौन-सा जीव है, जिसने अग्निदेव को इस प्रकार अपमानित कर दिया है। वायुदेव भी अपनी बुद्धि और शक्ति के गर्व में फूले हुए यक्ष के पास पहुँचे।

यक्ष ने पूछा, "आप कौन हैं?"

वायु ने भी अपने गुण-गौरव के बल पर तमक कर कहा, "मैं प्रसिद्ध वायु हूँ। मैं अन्तरिक्ष में बिना किसी आधार के गतिमान हो सकता हूँ, इसलिए मेरा गौरवमय और रहस्यपूर्ण नाम 'मातरिश्वा' है।"

यक्ष ने हँस कर कहा, "यह तो बहुत अच्छी बात है। अन्तरिक्ष में बिना किसी आधार के गतिमान हो सकने वाले मातरिश्वा, आप में कौन-सी और कैसी शक्ति है? क्या कर सकते हैं आप?"

वायु ने भी अग्नि के ही समान गर्व भरे स्वर में कहा, "मैं चाहूँ तो सारे भूमंडल को बिना किसी आधार के उठा लूँ और अन्तरिक्ष में एक कण के समान उड़ा दूँ।"

यक्ष ने मुस्करा कर वायुदेव के सामने भी एक सूखा तिनका रख दिया, "इसे उड़ाओ।"

वायुदेव को अपने लिए यह प्रस्ताव अत्यन्त अपमानजनक लगा। उनकी इच्छा हुई कि या तो यक्ष को ही उड़ा दें या चुपचाप वापस लौट जाएँ। किन्तु चुनौती को कैसे टाल जाते। उन्होंने तिनके को उड़ाने का प्रयत्न किया। किन्तु तिनका डोला तक नहीं। वायुदेव ने अपना सारा बल लगा दिया किन्तु तिनका हिला ही नहीं।

वायुदेव ने यक्ष की ओर देखा—वह मुस्करा रहा था। इससे पहले कि वह कुछ कहता, वायु इन्द्र के पास लौट आये।

"मैं यह जानने में असमर्थ रहा कि यह यक्ष कौन है।"

इस बार देवताओं ने इस काम के लिए स्वयं देवराज इन्द्र को ही चुना, "हे महान् बलशाली देवराज, आप स्वयं ही जाएँ और पता लगाएँ कि यह यक्ष कौन है।"

इन्द्र कुछ संकोच और कुछ गर्व लिए हुए यक्ष के निकट आये; किन्तु उनके निकट आते ही यक्ष वहाँ से अन्तर्धान हो गया।

इन्द्र ने स्वयं को बहुत अपमानित अनुभव किया। अग्नि और वायु से यक्ष ने चर्चा तो की थी; इन्द्र को तो उसने संवाद का अवसर ही नहीं दिया। अर्थात् उन्हें बात करने योग्य भी नहीं समझा।

इन्द्र वहीं खड़े रहे। लौटे नहीं। उन्होंने देखा कि जहाँ दिव्य यक्ष खड़ा था, ठीक वहीं अत्यन्त शोभामय हिमाचलकुमारी उमा प्रकट हो गयीं।

इन्द्र उनके पास चले गये। वे उमारूपा साक्षात् ब्रह्मविद्या थीं।

इन्द्र ने भक्तिपूर्वक उनको प्रणाम किया और कहा, "भगवती आप सर्वज्ञ शिरोमणि ईश्वर श्रीशंकर की स्वरूपा-शक्ति हैं। अतः आपको सारे रहस्य का ज्ञान

होगा ही। कृपापूर्वक मुझे बताइए कि यह दिव्य यक्ष, जो दर्शन देकर तत्काल ही अदृश्य हो गया, वस्तुतः कौन है और वह किस उद्देश्य से यहाँ प्रकट हुआ था?"

उमा ने इन्द्र से कहा, "वे साधारण अथवा दिव्य यक्ष नहीं थे। वे साक्षात् परब्रह्म परमेश्वर हैं। वे चाहते थे कि तुम लोग उनको देख सको, इसलिए कोई आकार तो उन्हें ग्रहण करना ही था। वे यक्ष के रूप में आये थे।"

"उनके आने का कोई कारण भी तो होगा।"

"देवताओं ने असुरों पर विजय प्राप्त की है और गर्व से फूले नहीं समा रहे।" देवी उमा ने कहा, "वे तुम्हें बताने आये थे कि वह विजय तुम लोगों ने ब्रह्म-शक्ति से ही प्राप्त की है। तुम लोग तो निमित्त मात्र ही थे। किन्तु तुम लोगों ने उस विजय को अपनी विजय मान लिया और उनकी महिमा को अपनी महिमा समझने लगे। तुम लोगों का मिथ्याभिमान था और जिन परम कारुणिक परमात्मा ने तुम लोगों पर कृपा करके असुरों पर विजय प्राप्त करायी, उन्हीं परमात्मा ने तुम्हारे मिथ्याभिमान का नाश कर तुम्हारे कल्याण के लिए यक्ष के रूप में प्रकट होकर तुम लोगों का अभिमान चूर किया और तुम्हें वास्तविक ज्ञान देने के लिए मुझे प्रेरित किया। अतः तुम अपनी स्वतन्त्र शक्ति के सारे अभिमान त्याग कर, जिन ब्रह्म की महिमा से महिमान्वित और शक्तिमान बने हो, उन्हीं की महिमा समझो। स्वप्न में भी यह कल्पना मत करो कि ब्रह्म की शक्ति के बिना अपनी स्वतन्त्र शक्ति से कोई कुछ कर सकता है।"

अर्जुन देवताओं के विषय में सोच रहा था।...

उनके पास चर्म-चक्षुओं के साथ दिव्य चक्षु भी होंगे किन्तु ब्रह्म को तो वे भी अपनी इच्छा से नहीं देख सकते। जब ब्रह्म की इच्छा हो तो वे कोई आकार ग्रहण कर उनको अपने दर्शन दें। यक्ष बन कर आयें या फिर कुछ और।... अपना सन्देश तो वे अपने व्यवहार से ही दे गये थे; फिर भी देवी उमा को ब्रह्म-विद्या के रूप में भेजा और तब देवता उनके सन्देश को समझ पाए।

कामनाओं की भी कमी नहीं है देवताओं में। खांडव-दाह के समय अग्नि वन को जलाना चाहते थे और इन्द्र उन्हें यह करने नहीं दे रहे थे। अग्नि प्रज्वलित होती थी और इन्द्र वर्षा कर देते थे। यह दोनों की इच्छाओं का परस्पर संघर्ष ही तो था। अन्यथा वे एक-दूसरे के विरुद्ध क्यों खड़े होते। अग्नि को अर्जुन और श्रीकृष्ण की सहायता की आवश्यकता ही क्यों होती।...

रामकथा में भी दंडकारण्य में ऋषि शरभंग के आश्रम में राम ने तपस्वियों

को कितनी कठिन स्थिति में देखा था। इन्द्र वहाँ उपस्थित थे, फिर भी शरभंग ने आत्मदाह कर लिया था और वहाँ के मुनियों ने अपनी रक्षा के लिए राम से सहायता माँगी थी। इन्द्र से क्यों नहीं? मुनि ने कहा था कि इन्द्र भी रावण के अनुकूल हो गया है।... कुछ लोग आज भी मानते हैं कि इन्द्र रावण से डर गया था क्योंकि मेघनाद ने इन्द्र को पराजित कर दिया था।...

कुछ भी हो किन्तु यह स्पष्ट है कि देवत्व किसी को पूर्ण शक्ति नहीं दे सकता। वे परम गति नहीं पा सकते। वे जन्म-मरण से मुक्त हो चुके हैं क्या? उनके अनेक जन्म नहीं होते क्या? वे मर्त्यलोक में नहीं रहते, स्वर्ग में रहते हैं।... किन्तु नचिकेता ने तो यमराज से कहा था कि स्वर्ग के जीवन का भी अन्त है। उस जीवन को पूरा कर वे भी मर्त्यलोक में आते हैं।... किसी देवता की मृत्यु की कभी और कहीं चर्चा नहीं हुई, उन्हें अमर कहा गया। फिर नचिकेता ने उस जीवन के अन्त की बात कैसे कही? क्या देवलोक के साथ ही देवता जन्म लेते हैं और देवलोक के विलीन होने के साथ ही वे भी विलीन हो जाते हैं। क्या उनका अमरत्व तुलनात्मक ही है। वे भी मुक्त नहीं हैं। वे भी बन्धन में बँधे हैं। वे भी कर्मों का फल भोग रहे हैं? ब्रह्म ने उन्हें अपनी प्राकृतिक शक्तियों का अधिपति बना दिया है और वे भी स्वयं को उन शक्तियों का स्वामी समझने लगे हैं।... शायद इसीलिए श्रीकृष्ण देवत्व पर नहीं योग पर बल दे रहे हैं, कर्म-योग पर। प्रकृति के तीनों गुणों से उदासीन होने के लिए कह रहे हैं।... जिस कामना के माध्यम से जड़ प्रकृति मनुष्य पर शासन करती है, उस कामना से ही मुक्त होने के लिए कह रहे हैं। स्वयं को कर्ता न मानने का आदेश दे रहे हैं... अर्जुन का चिन्तन रुक गया।....

केनोपनिषद की कथा में भी तो इन्द्र, अग्नि और पवन ने स्वयं को कर्ता माना था और ब्रह्म ने यक्ष के रूप में आकर उन्हें समझाया था कि वे कर्ता नहीं हैं। देवी उमा ने भी उन्हें वही समझाया था।.... कृष्ण ठीक ही कहते हैं कि मनुष्य जय-पराजय से उदासीन हो जाए, उनमें सम हो जाए तो उसमें कामना रहेगी ही कहाँ? और वह स्वयं को कर्ता भी क्यों मानेगा?

"अर्जुन क्या सोचता है, उसे सोचने दो।" धृतराष्ट्र ने संजय को डाँटा, "मैं पूछ रहा हूँ कि कृष्ण ने उसे क्या समझाया? वह उसे युद्ध के लिए तैयार कर पाया या नहीं? देवताओं और देवलोकों में मेरी कोई रुचि नहीं है। मैं अपने इस मर्त्यलोक में ही परम प्रसन्न हूँ और चाहता हूँ कि हस्तिनापुर के राज्य पर मेरा आधिपत्य बना रहे।" वह रुका और फिर संजय की ओर मुँह कर चिल्ला कर बोला, "मेरी

सारी रुचि युद्ध के परिणाम में है। उसकी जय-पराजय में।..."

"मैं समझता हूँ। आप जानना चाहते हैं कि श्रीकृष्ण ने अर्जुन से क्या कहा और मैं आपको बताना चाहता हूँ कि श्रीकृष्ण वही बताते हैं, जो अर्जुन पूछता है। और अर्जुन युद्ध की जय-पराजय के विषय में कुछ भी नहीं पूछ रहा है।"

"तो क्या पूछा अर्जुन ने?" धृतराष्ट्र ने पूछा।

"अर्जुन ने पूछा, संजय बोले, "सांख्य-योग और कर्म-योग के फल भिन्न नहीं होते क्या?"

"अल्पज्ञ लोग विद्वानों का चोला पहन कर सांख्य-योग और कर्मयोग को अलग-अलग फल वाले कहते हैं।" श्रीकृष्ण ने उत्तर दिया, "सत्य तो यह है कि इन दोनों में से किसी एक साधन में भी अच्छी तरह से स्थित मनुष्य दोनों फल प्राप्त कर लेता है। वस्तुतः जो मनुष्य फल की दृष्टि से सांख्य-योग और कर्म-योग को एक समान मानता है, वही सत्य को जानता है। इन दोनों का संयुक्त रूप मननशील कर्मयोगी है और मननशील कर्मयोगी शीघ्र ही ब्रह्म को प्राप्त कर लेता है; क्योंकि वह स्वयं को कर्ता नहीं मानता।" वे रुके, "तत्व को जानने वाला सांख्ययोगी देखता हुआ, सुनता हुआ, छूता हुआ, सूँघता हुआ, चलता हुआ, ग्रहण करता हुआ, बोलता हुआ, मल त्याग करता हुआ, सोता हुआ, श्वास लेता हुआ, आँखें मूँदता और खोलता हुआ, प्रत्येक स्थिति मैं यही मानता है कि 'इन्द्रियाँ इन्द्रियों से व्यवहार कर रही हैं', अतः वह यह भी मानता है कि 'मैं' कुछ नहीं करता।"

वसुदेव जैसे किसी और ही संसार में खोए हुए थे।

"क्या हुआ?" देवकी ने पूछा, "आज आप अपने से कुछ भिन्न लग रहे हैं।"

"मुझे लग रहा है कि मेरे भीतर ही नहीं मेरे आस-पास भी कृष्ण का स्वर गूँज रहा है।"

"स्वर गूँज रहा है का क्या अर्थ? उसकी तो कीर्ति सारे ब्रह्मांड में गूँज रही है।" देवकी ने कहा।

"हाँ, कीर्ति भी गूँज रही है। वीरता का ध्वज भी फहरा रहा है।" वसुदेव बोले, "किन्तु उसका परिणाम क्या हुआ? यादव वंश तो यादव वंश, उसका अपना परिवार भी उससे ईर्ष्या कर रहा है।"

देवकी चुपचाप उनकी ओर देखती रहीं। फिर धीरे से बोलीं, "मैं नहीं जानती थी कि अपने निकट के लोग, अपने सम्बन्धी, अपने परिवार वाले सब इतने

ईर्ष्यालु हो सकते हैं।"

"जिन्होंने एक ही माँ के गर्भ से जन्म लिया, जो सहोदर हैं, वे भी अपने सहोदर की उन्नति नहीं देख सकते।" वसुदेव बोले, "जिनको हमने जन्म दिया, जिनका पालन-पोषण किया, वे पुत्र भी पिता को स्वयं से ऊँचा नहीं देख सकते। वे भी चाहते हैं कि पिता का मस्तक काट कर उनका कद छोटा कर दिया जाए। उनकी महिमा और महत्ता संकुचित हो जाए।" और सहसा ही वसुदेव का स्वर बदल गया। वह मेघ-गर्जना के समान गम्भीर हो गया। उनके शरीर से जैसे प्रकाश छन कर बाहर आ रहा था। जैसे उनका शरीर काँच का बना हो और उसके भीतर कोई दीपक प्रज्वलित हो। वे कह रहे थे—"जिस ज्ञान के द्वारा साधक सम्पूर्ण विभक्त प्राणियों में विभारहित एक अविनाशी भाव को देखता है, उस ज्ञान को तुम सात्विक समझो। जो ज्ञान जीवों में अलग-अलग भाव देखता है, उस ज्ञान को तुम राजस समझो।... और जिस ज्ञान द्वारा मनुष्य अपने एक शरीर में ही सम्पूर्ण की तरह आसक्त रहता है तथा जो युक्तिरहित वास्तविक ज्ञान से रहित और तुच्छ है, वह तामस कहा जाता है।"

"क्या कह रहे हैं आप?" देवकी ने चकित भाव से पूछा।

"मैं नहीं, कृष्ण कह रहा है कि यादवों का ज्ञान तामसिक है; तभी तो वे केवल स्वयं में ही आसक्त हैं।"

"यह कृष्ण कह रहा है?"

"तुमने उसकी वाणी नहीं सुनी?"

"लगा तो मुझे भी कि स्वर उसका है किन्तु मेरे सम्मुख तो आप ही खड़े थे और आप ही बोल भी रहे थे।"

"मैं और कृष्ण भिन्न नहीं हैं। कृष्ण प्रत्येक मुख से बोल सकता है। बोल रहा है।" वसुदेव का स्वर सहज हो गया।

"यह कृष्ण के प्रति आपकी भक्ति नहीं है?"

"यह भक्ति नहीं है देवकी, यह भक्ति-योग है। मुझे लगता है कि मैं कुछ करता ही नहीं हूँ। सब कुछ कृष्ण ही कर रहा है। मैं उसके हाथों का एक यंत्र मात्र हूँ। मैं उसके निकट हूँ। उसके जैसा हो जाना चाहता हूँ। शायद उसी में समा जाना चाहता हूँ।"

"अपनी स्वतन्त्रता खोकर आप प्रसन्न हैं?" रुक्मिणी ने अपने स्वर को जैसे मन्द करते हुए कुछ संकुचित भाव से पूछा।

"जब अपने सम्पूर्ण कर्म परमात्मा को समर्पित कर दिए, जब अपनी आसक्ति का भाव ही शून्य हो गया, जब प्रभु की कृपा से अकर्ता भाव मिल गया तो

अप्रसन्नता कैसी।" वसुदेव ने कहा, "कर्ता वह है, कर्म उसके हैं। तो फिर न कर्म मुझे लिप्त करता है, न पाप मुझे छूता है। मुझे लगने लगा है कि मैं जल में कमलपत्र जैसा हूँ। जल में हूँ किन्तु जल का कोई प्रभाव नहीं है मुझ पर। संसार में हूँ किन्तु संसार का नहीं हूँ।"

"इसका अर्थ यह हुआ कि कर्मयोगी सारे कर्मों को संसार को अर्पित करता है। ज्ञानयोगी प्रकृति को अर्पित करता है। भक्तियोगी भगवान को अर्पित करता है... और तीनों का परिणाम एक ही होता है।" देवकी ने कहा।

"हाँ, योग के किसी भी प्रकार में 'अपने लिए कुछ न करना' ही अनिवार्य है।" वसुदेव कृष्ण में खो गये थे।

15

धृतराष्ट्र का मुख अत्यन्त विकृत हो गया था।

"कृष्ण संन्यास के बहुत गुण गा रहा है। क्या रखा है संन्यास में? अग्नि का त्याग? अग्नि का त्याग तो कोई भी कर सकता है। मैंने तो अपने जन्म से ही कभी अग्नि नहीं जलायी, तो मैं तो जन्मजात संन्यासी हूँ।" उसने अपना पूरा दम लगा कर कृत्रिम अट्टहास किया, "और कर्म के त्याग का तो अर्थ है निठल्ले बैठे रहना। संन्यास का शुद्ध रूप से अर्थ है आलस्य। तो उसमें ऐसा कौन-सा गुण है कि उसके माध्यम से कोई ईश्वर को प्राप्त कर लेगा।"

संजय का मन हुआ कि वे भी उतनी ही जोर का अट्टहास करें; किन्तु उन्होंने स्वयं को रोक लिया। वे किसी भी क्षेत्र में धृतराष्ट्र के प्रतिस्पर्धी नहीं थे।... और मूर्खता के क्षेत्र में तो कदापि नहीं।

"महाराज, आपको संन्यासी और योगी मानने में किसी को क्या आपत्ति हो सकती है। बस परिभाषा में थोड़ा-सा अन्तर है। संन्यासी अग्नि का त्याग करता है, किन्तु अग्नि के त्याग मात्र से कोई संन्यासी नहीं हो जाता।" संजय ने कहा, "श्रीकृष्ण कहते हैं कि संन्यासी कर्म-फल का त्याग करता है। आप कहते हैं कि कर्म का त्याग कर फल को ग्रहण कर उसका भोग करो। वे कहते हैं कि कर्तव्य-कर्म करो। आप कहेंगे कि जब कोई कर्तव्य ही नहीं है तो कर्म क्या करो। आपने पांडवों को हस्तिनापुर में बुला कर पिता के रूप में धर्मराज को आज्ञा दे कर द्यूत खेलाया। आप मानते हैं कि वह आपका कर्तव्य-कर्म था। आपके पुत्र पांचाली के साथ अभद्र व्यवहार करते रहे और आप उसका रस लेते रहे। वह

भी आपका कर्तव्य-कर्म ही था।... आप तो योगी और संन्यासी दोनों ही हैं।"

"तुम शायद मेरा उपहास करने का प्रयत्न कर रहे हो।" धृतराष्ट्र के चेहरे पर आक्रोश उभरा।

"नहीं। उपहास नहीं कर रहा हूँ।" संजय बोले, "केवल आपके चिन्तन और कर्म के अनुसार योग और संन्यास की परिभाषा गढ़ रहा हूँ। अन्यथा आप यह क्यों भूल जाते हैं कि श्रीकृष्ण ने कहा कि आसक्ति त्याग और कर्म-फल की अपेक्षा न कर कर्तव्य-कर्म करने के कारण मनुष्य योगी है। क्रियाओं का त्याग किसी को योगी नहीं बना देता। आसक्ति का त्याग व्यक्ति को योगी बनाता है। एक बात और कही श्रीकृष्ण ने।"

"क्या?"

"श्रीकृष्ण ने कहा, अर्जुन, संकल्पों का त्याग किए बिना न कोई योगी होता है, न संन्यासी।"

"संकल्प? वह क्यों अनावश्यक है?" धृतराष्ट्र ने पूछा, "संकल्प तो बड़ी अच्छी चीज है। उसके बिना तो कोई काम आरम्भ ही नहीं होता।"

"आप अपनी ओर से ठीक ही कह रहे हैं; किन्तु श्रीकृष्ण इसे नहीं मानते।"

"वह क्या मानता है?"

"वे कहते हैं कि जब तक मनुष्य के अन्तःकरण में संसार की सत्ता, महत्ता, और अपनापन है, तब तक वह संकल्पों का त्याग नहीं कर सकता।" संजय बोले, "कामना से संकल्प उत्पन्न होता है और संकल्प से कर्म जन्म लेता है; और कर्म ही मनुष्य को बाँधता है।... श्रीकृष्ण ने कहा कि अर्जुन, लोग जिसको संन्यास कहते हैं, तुम उसी को योग समझो; क्योंकि संकल्पों का त्याग किए बिना कोई योगी नहीं हो सकता। इसे संकल्प संन्यास भी कह सकते हैं। जिस समय मनुष्य न इन्द्रियों के भोगों में और न कर्मों में ही आसक्त होता है, उस समय वह सम्पूर्ण संकल्पों का त्यागी मनुष्य योगारूढ़ कहा जाता है।"

"दूसरों को संकल्प त्याग देने के लिए कहने वाले कृष्ण ने अपने संकल्प त्याग दिए क्या?" धृतराष्ट्र ने कहा, "वह कितनी बड़ी संख्या में लोगों का नाश करने का संकल्प किए बैठा है।"

"वह श्रीकृष्ण नहीं, आपका और दुर्योधन का संकल्प है, जिसे पूरा करने के लिए वे युद्ध-क्षेत्र में रथ के सारथि बने बैठे हैं। आप ने बाध्य किया है उन्हें, अन्यथा वे तो शान्तिदूत बन कर आपकी राजसभा में आये ही थे।" संजय ने कहा, "वे यही कहने तो आये थे कि आप सृष्टि के विनाश का अपना संकल्प

छोड़ दें।"

"उसकी बातों के ये सारे अर्थ तुम निकाल रहे हो। अन्यथा वह तो योग करना सिखा रहा है।" धृतराष्ट्र ने कहा। इससे पहले कि संजय कुछ कहता, वह पुनः बोला, "जिसका ध्यान ही न लगे, वह योग कैसे करे?" धृतराष्ट्र के स्वर में उसकी अपनी असमर्थता की स्पष्ट घोषणा थी।

संजय ने धृतराष्ट्र के स्वर की असहायता को पहचाना और कहा, "श्रीकृष्ण कहते हैं, जिसका ध्यान न लगे, वह स्वयं को कर्म-योग में लगाए। निठल्ले लोग स्वयं को एकाग्र नहीं कर सकते।" संजय बोले, "अपने द्वारा अपना उद्धार करे, अपना पतन न करे; क्योंकि मनुष्य स्वयं ही अपना मित्र है और स्वयं ही अपना शत्रु।"

"यह कैसी नासमझी की बात हुई। कोई अपना ही शत्रु कैसे हो सकता है?" धृतराष्ट्र पुनः हँसने की तैयारी किए बैठा था।

"जैसे आप हैं।" संजय के मुख से अनायास ही निकल गया, "मनुष्य का सबसे बड़ा मित्र उसका संयत मन है। मनुष्य का सबसे बड़ा शत्रु भी उसका अपना अनियंत्रित मन ही है। जिस मनुष्य ने अपने हीन तत्वों को अपनी सात्विक शक्तियों से जीत लिया है, वह अपना मित्र है; और जिसने अपने हीन तत्वों को प्रोत्साहित किया, वह अपना शत्रु है। जिस व्यक्ति पर उसका मन हावी है, उसका मन उसका सबसे बड़ा शत्रु है। आज आपके और आपके पुत्रों के सामने जितने भी संकट हैं, वे सब स्वयं आपके अपने द्वारा उत्पन्न किए गये हैं। श्रीकृष्ण की भाषा में कहूँ तो कहना होगा कि आप स्वयं अपने साथ शत्रुता करते रहे हैं और कर रहे हैं।"

"तुम्हारा और तुम्हारे कृष्ण का क्या कहना।" धृतराष्ट्र ने कहा, "जीवन के प्रत्येक सुख को त्यागने को कहते हो तुम। मनुष्य योनि में जन्म क्यों लिया है—लँगोटी बाँध कर वन के वृक्षों पर चमगादड़ के समान टँगे रहने के लिए? प्रकृति ने हमें इतने सुख दिए हैं, उनका भोग न करें हम?"

"वे सुख को त्यागने की बात नहीं कहते। वे चित्त का निरोध करने के लिए कहते हैं। जब चित्त की वृत्तियों का निरोध हो जाता है तो द्रष्टा अपने स्वरूप में अवस्थान करता है। द्रष्टा अर्थात् आत्मा। आत्मा ही सबको देखती है। आत्मा को कोई नहीं देखता। इसलिए आत्मा का नाम द्रष्टा है। चित्त की वृत्तियों में से जब हम चित्त को पृथक् कर दें तो चित्त की वृत्तियों को देखने वाले को कोई नहीं देखता।..."

"मैं तुम्हारी इन ऊल-जलूल बातों से विक्षिप्त हो जाता हूँ।" धृतराष्ट्र ने कहा, "आँख नहीं देखती, आत्मा देखती है। जब से सृष्टि बनी है, तब से सब देख

रहे हैं कि आँखें देखती हैं। आँखें बन्द कर लो तो कुछ दिखायी नहीं देता। और तुम कहते हो कि आत्मा देखती है। आत्मा तो मेरे शरीर में भी कहीं होगी ही, किन्तु मेरी आँखें नहीं हैं, इसलिए मैं देख नहीं पाता हूँ। दुखी हो गया, तुम्हारी बातों से मैं।"

धृतराष्ट्र ने हताशा में अपने हाथ झटके।

"हम लोग दुखी हैं।" संजय बोले," उसका कारण है कि हम सारे संसार से मिलते हैं, नहीं मिलते तो अपने-आप से ही नहीं मिलते। सारे जीवों के विषय में जानते हैं; नहीं जानते तो अपने ही विषय में कुछ नहीं जानते।"

"अपने से नहीं मिलते का क्या अर्थ है?" धृतराष्ट्र हँस पड़ा, "अपने आप को बुलाऊँ, उसे मंच पर बैठाऊँ, उसका सत्कार करूँ, उसके स्वास्थ्य की चर्चा करूँ?"

"वह आपका रूप है।" संजय ने कहा, "मैं स्वरूप से मिलने की बात कर रहा हूँ। हम अपने शरीर को जानते हैं। मन को नहीं जानते। मन में छिपी बुद्धि को तो और भी नहीं जानते और बुद्धि के पीछे जो आत्मा है, उसे देखा है कभी?"

"आज तुम मुझे दुखी करने पर क्यों लगे हो संजय?"

"आत्मजयी व्यक्ति अनुकूल और प्रतिकूल, सुख-दुख, सम्मान और अपमान, दोनों स्थितियों में निर्विकार रहता है; और उसे ईश्वर सदा प्राप्त रहता है।... और ईश्वर प्राप्ति से बड़ा सुख और क्या हो सकता है।" संजय ने कहा, "यही तो उसकी माया है कि मनुष्य को अपना सुख दिखायी ही नहीं देता। वह दुखों की खान में अपने लिए सुख खोजता है।"

"ईश्वर प्राप्ति।" धृतराष्ट्र के मुख और वाणी में अनेक प्रकार की विकृतियाँ प्रकट हो गयीं, "क्या करेंगे ईश्वर का? उसे खाएँगे, सजाएँगे, ओढ़ेंगे या बिछाएँगे?"

"यदि आप ईश्वर को ही खाने, ओढ़ने और बिछाने लगेंगे तो आप ईश्वर प्राप्ति से दूर कैसे रह जाएँगे। यही करने को तो श्रीकृष्ण कहते हैं।"

"यही कहता है कृष्ण?"

"हाँ। यही कहते हैं।" संजय ने कहा, "एक बार कल्पना ही करके देखिए कि जिसका अन्तःकरण, ज्ञान-विज्ञान से तृप्त है, जो कूट के समान निर्विकार और जितेन्द्रिय है; जिसके लिए कंचन और मिट्टी एक समान है, ऐसा योगी किस आनन्द में रहता होगा।" संजय ने धृतराष्ट्र की ओर देखा, "आपके पास साम्राज्य है और आप डरे बैठे हैं कि कहीं वह आपसे छिन न जाए अथवा आप चिन्तित

हैं कि अपने बाद वह किसे देना है। योगी के पास कुछ नहीं है। वह अनासक्त है। उसे न कुछ छिन जाने का भय है, न उसे किसी को देने की चिन्ता। वह आपके समान अपने शत्रु और मित्र गिनने नहीं बैठता। वह सुहृद, मित्र, वैरी, उदासीन, मध्यस्थ, द्वेष्य, सम्बन्धियों में, सदाचार और कदाचार करने वालों में समबुद्धि वाला है; वह श्रेष्ठ है अथवा आप श्रेष्ठ हैं?"

"यह संजय तो कृष्ण द्वारा दिया गया उपदेश सुनाने के बहाने महाराज धृतराष्ट्र को लताड़ता ही जा रहा है।" पारंसवी ने कहा," और वे उसका विरोध भी नहीं कर पा रहे हैं।"

"मुझे तो लगता है कि धृतराष्ट्र स्वयं ही संजय को अवसर दे रहे हैं कि वह उनका अपमान करे।" कुन्ती ने कहा।

"वस्तुतः धृतराष्ट्र सब कुछ भूल गये हैं। पूर्णतः जड़ तत्व के अधीन हो गये हैं। चैतन्य का लेश मात्र भी उनमें नहीं रह गया है।" विदुर बोले।

"मुझे तो लगता है कि वे सदा से ऐसे ही थे।" पारंसवी का स्वर दृढ़ता लिए हुए था।

"सदा से तो कोई भी ऐसा नहीं था।" विदुर ने उत्तर दिया, "देखो, उपनिषद में ऋषि ने कहा है—हे अमृत के पुत्रो सुनो। हे दिव्य धाम के वासी देवगण, तुम भी सुनो। मैंने उस अनादि पुरातन पुरुष को प्राप्त कर लिया है। सूर्य के समान कान्तिमान, अन्धकार और अज्ञान से परे उस महान पुरुष को मैं जानता हूँ। केवल उस पुरुष को जानकर ही मनुष्य मृत्यु को लाँघ कर जाता है। मृत्यु के परे जा सकता है, मृत्यु के चक्र से छूट सकता है। दूसरा कोई पथ नहीं है।"

"क्या अर्थ हुआ इसका?" पारंसवी ने पूछा।

"इसका अर्थ है कि इस बन्धन में बँधने का, मृत्यु के चक्र में पड़ने का, अन्धकार और अज्ञान में डूबने का एक ही कारण है कि हम उस पुरातन पुरुष को भूल गये हैं।" विदुर ने कहा।

"अर्थात् भूलने से पहले हम उसे जानते भी रहे हो सकते हैं।" कुन्ती ने जैसे अपने आप को बताया।

"हाँ। उसे भूल कर ही आत्मा 'जड़' को सत्य मानने और उसकी दासता करने लगी है।" विदुर बोले।

"ऋषि ठीक ही कह रहे हैं। पर हम उसे भूल क्यों गये?"

"मैं नहीं जानता। मैं नहीं जानता कि पूर्ण आत्मा स्वयं को अपूर्ण क्यों और कैसे समझने लगी। जड़ पदार्थों के संयोग से स्वयं को जड़ नियमाधीन कैसे मानने

लगी। पर इस सबके होते हुए भी तथ्य जो है, वही रहेगा। यह सभी की चेतना का तथ्य है कि प्रत्येक व्यक्ति स्वयं को शरीर ही मानता है।" विदुर बोले।

"पहले तो यह समझो कि महाराज धृतराष्ट्र ऐसे क्यों हो गये हैं। उन्हें स्मरण कराने पर भी उन्हें वह पुरातन पुरुष स्मरण क्यों नहीं आता।" पारंसवी ने कहा।

"हमें आता है?" कुन्ती ने पूछा।

"प्रयत्न करने पर आ सकता है। हम उसके निकट जा सकते हैं। उसके समान हो सकते हैं। उसमें लीन हो सकते हैं।"

"कोई खेल है क्या?"

"हाँ, खेल ही तो है।" विदुर बोले, "संजय ने बताया है न कि कृष्ण ने अर्जुन से कहा, भोगबुद्धि से संग्रह न करने वाला, इच्छारहित और अन्तःकरण और शरीर को वश में रखने वाला योगी एकान्त में एकाकी रहकर मन को निरन्तर परमात्मा में लगाए। मन को वश में किए हुए योगी, इस प्रकार से सदा परमात्मा में निमग्न, परमेश्वर में स्थिति वाली निर्माणधरमा शान्ति को प्राप्त करता है। हे अर्जुन, यह योग बहुत अधिक खाने वाले को सिद्ध नहीं होता है और न सर्वथा न खाने वाले को। यह न बहुत अधिक सोने वाले को सिद्ध होता है और न सर्वथा न सोने वाले को। दुखों का नाश करने वाला योग तो यथा योग्य आहार और विहार करने वाले को, कर्मों में यथा योग्य चेष्टा करने वाले को और यथा योग्य सोने और जागने वाले को ही सिद्ध होता है।"

"तो कृष्ण बता रहा है कि किस प्रकार वह पुरातन भूला हुआ पुरुष फिर से हमारी स्मृति में लौट सकता है। हम कैसे उसे जान सकते हैं।" कुन्ती ने जैसे अपने आप को स्मरण दिलाया।

"तो यह कृष्ण चाहता है कि हम सब भी जीवन का सुख-आनन्द छोड़ कर भिखारी हो जाएँ।" धृतराष्ट्र ने कहा।

"श्रीकृष्ण तो उपनिषदों में ऋषियों द्वारा कही हुई बात को स्मरण करा रहे हैं।"

"क्या कहा है ऋषियों ने?"

"वे कहते हैं कि दो सुपर्ण एक वृक्ष में घोंसला बनाकर एक साथ निवास करते हैं। उस वृक्ष से जो फल उन्हें प्राप्त होता है उस फल को एक पक्षी स्वादपूर्वक खाता है। दूसरा सुपर्ण इन फलों को खाता नहीं, केवल देखता है। वह सदा ही साक्षी बना रहता है।"

"ऋषि के कहने का कुछ अर्थ भी है कि तोता-मैना की कहानी ही है।"

"ईश्वर और जीव ये दोनों सदा साथ रहने वाले दो मित्र, दो सुपर्ण हैं। वे दोनों इस शरीर रूपी वृक्ष में एक साथ एक ही हृदय रूपी घोंसले में निवास करते हैं। शरीर में रहते हुए प्रारब्धानुसार जो सुख-दुख रूपी कर्मफल प्राप्त होते हैं, वे ही मानो इस पीपल के फल हैं। इन फलों को जीवात्मा रूपी एक पक्षी तो स्वादपूर्वक खाता है अर्थात् कर्म का भोग करता है। दूसरा ईश्वर रूपी सुपर्ण इन फलों को खाता नहीं, केवल देखता है, सदा साक्षी बना रहता है।"

"वही तो कह रहा हूँ।" धृतराष्ट्र जैसे प्रसन्न हो गया, "कृष्ण कहता है कि खाना छोड़ दो, बस उसे देखते रहो।"

"श्रीकृष्ण कहते हैं कि वश में किया हुआ चित्त जिस काल में अपने स्वरूप में ही स्थित हो जाता है और स्वयं सम्पूर्ण पदार्थों से निस्पृह हो जाता है...।"

"सम्पूर्ण पदार्थों से निस्पृह हो जाता है?" धृतराष्ट्र के स्वर में अविश्वास था।

"हाँ। तभी वह योगी कहलाता है। जैसे निश्चल वायु में दीप-शिखा चेष्टारहित हो जाती है, योग के अभ्यास में योगी का चित्त भी वैसा ही हो जाता है। योग का सेवन करने से जिस अवस्था में निरुद्ध चित्त उपराम हो जाता है... आप उपराम को राम के निकट मान लीजिए।" संजय ने कहा, "राम के निकट कौन था?"

"कौन था?" धृतराष्ट्र ने अबोध बालक के समान दोहरा दिया।

"लक्ष्मण थे; और लक्ष्मण राम को ही अपना पिता-माता और गुरु मानते थे। ये भक्त के लक्षण हैं।"

"तुम 'उपराम' शब्द की बात कर रहे थे, लक्ष्मण की नहीं।" धृतराष्ट्र ने जैसे उसे डाँटा।

"हाँ, उपराम होने की अवस्था, वह अवस्था है, जिस अवस्था में साधक स्वयं अपने आप से अपने आप को देखता हुआ, अपने आप में ही सन्तुष्ट हो जाता है। जो सुख आत्यन्तिक, अतीन्द्रिय और बुद्धिग्राह्य है, उस सुख का जिस अवस्था में अनुभव करता है और जिस सुख में स्थित हुआ यह ध्यान-योगी, तत्व से फिर कभी विचलित नहीं होता।"

"तत्व से विचलित न होना... तत्व का क्या अर्थ हुआ?"

"जिस तत्व से यह सारी सृष्टि बनी है, वह मूल तत्व है। वही ब्रह्म है। उसकी उपलब्धि पर उससे बड़े किसी लाभ की कल्पना भी नहीं की जा सकती। और उसमें स्थित होकर योगी भारी से भारी दुख में भी विचलित नहीं किया जा सकता।"

"अर्थात्?"

"जिसमें दुखों का संयोग हो ही नहीं सकता। उसको 'वियोग' नाम से

जानना चाहिए। ध्यान-योग का लक्ष्य भी यही वियोग है।"

"मैं तो उकता गया, तुम्हारे योग, वियोग, संयोग से।" धृतराष्ट्र की आकृति फिर कुछ विकृत हो गयी।

संजय विचलित नहीं हुए। बोले, "इस ध्यान-योग का अभ्यास ऊबे हुए चित्त से नहीं करना चाहिए। उसे निश्चयपूर्वक करना चाहिए।"

धृतराष्ट्र ने अपने आस-पास अपने हाथों से टटोला।

"क्या चाहिए महाराज?" दासी ने पूछा।

"मेरी छड़ी मिल जाए तो मैं इस संजय को तनिक योग, वियोग, संयोग समझा दूँ।" धृतराष्ट्र ने कहा, "यह कुरुक्षेत्र के युद्ध की घटनाएँ न बता कर मुझे जाने किन योगों-वियोगों में भटका रहा है।"

संजय उठ कर खड़े हो गये, "यदि महाराज को मेरी कोई भी बात अप्रिय लगी हो तो मैं आपसे क्षमा माँगता हुआ चर्चा को यहीं छोड़ देता हूँ। आप विश्राम करें; मैं भी अपने घर जाता हूँ।"

"मेरी कामना में से एक संकल्प उत्पन्न हुआ है कि मैं न तुम्हें जाने दूँ और न बोलने दूँ।..."

"किसी सैनिक को बुलाऊँ महाराज?" दासी ने पूछा।

"चुप कर।" धृतराष्ट्र ने उसे डाँटा, "नहीं तो संजय पिटे न पिटे, तू पिटेगी।"

धृतराष्ट्र ने अपना मुख संजय की ओर फेरा, "तुमने भी किसी संकल्प और कामना की बात कही थी। वह क्या थी?"

"श्रीकृष्ण ने कहा था कि संकल्प से कामनाएँ उत्पन्न होती हैं और उससे कर्म जन्म लेता है।" संजय बोले, "मनुष्य को चाहिए कि उन सारी कामनाओं का सर्वथा त्याग कर, अपने मन से अपने इन्द्रिय समूह की घेराबन्दी दूर कर, उसे सभी ओर से मुक्त कर, धैर्यपूर्वक अपने विवेक द्वारा संसार से धीरे-धीरे उपराम हो जाए। अपने मन और बुद्धि को परमात्मा के स्वरूप में सम्यक रूप से स्थापित करे और फिर कुछ भी चिन्तन न करे।"

"तो फिर क्या करे उस मन का? उसका अचार डाले?" धृतराष्ट्र फिर भड़क उठा था।

"आपका मन जहाँ कहीं भी विचरण करे, उसे वहाँ से हटाकर भली भाँति परमात्मा में लगाएँ।"

"और वह परमात्मा तुम्हारा कृष्ण है?"

"वैसे श्रीकृष्ण और परमेश्वर सर्वथा एक नहीं हैं। श्रीकृष्ण के माध्यम से

परमेश्वर हमारे सामने प्रकट होते हैं। उनके स्वरूप को पहचानने से परमेश्वर से आमना-सामना होगा।" संजय ने रुक कर कहा, "आपका श्रीकृष्ण से विरोध है तो उनका ध्यान न करें। आप अपने सुकर्मों से अपने पाप नष्ट करें, रजोगुण को शान्त करें तथा मन को सर्वथा निर्मल करें। यह हो जाए तो समझ जाएँ कि आप स्वयं ब्रह्म रूप योगी हैं। तब आपके चारों ओर सात्विक सुख ही होंगे। स्वयं को सदा ब्रह्म में लीन कर योगी, ब्रह्म-प्राप्ति-रूप सुख का अनुभव कर लेता है।"

"तुम्हारा वह योगी कोई काम तो करता नहीं। कृष्ण ने उसे चिन्तन करने से भी रोक दिया है। तो फिर वह करे क्या? खाली बैठा उबासियाँ लेता रहे?"

संजय हँस पड़े, "नहीं। सब स्थानों पर अपने स्वरूप को देखने वाला...।"

"रूप को देखे या स्वरूप को देखे?" धृतराष्ट्र ने उसे टोक दिया, "तुम उलझाते बहुत हो।"

"रूप तो शरीर है। उसे देखने के लिए कोई प्रयत्न नहीं करना पड़ता। वह तो सबके सामने है। मैं स्वरूप की बात कर रहा हूँ। स्वरूप हमारी आत्मा है, परमात्मा है।" संजय ने कहा, "और ध्यानयोग से युक्त अन्तःकरण वाला सांख्ययोगी अपने स्वरूप को सम्पूर्ण प्राणियों में स्थित देखता है और सम्पूर्ण प्राणियों को अपने स्वरूप में देखता है।" संजय ने रुक कर पुनः धृतराष्ट्र की ओर देखा, "श्रीकृष्ण ने कहा है, जो भक्त सब में मुझे देखता है, उसके लिए मैं अदृश्य नहीं होता और वह मेरे लिए अदृश्य नहीं होता।"

श्रीकृष्ण ने कहा, "अर्जुन, मुझमें एकात्मम भाव से स्थित हुआ भक्त सम्पूर्ण प्राणियों में स्थित मेरा भजन करता है, वह सबसे व्यवहार करता हुआ भी मुझसे ही व्यवहार करता है। वह नित्य निरन्तर मुझमें ही स्थित है। जो भक्त अपनी ही उपमा से सब जगह सुख और दुख को समान ही देखता है, वह परम योगी माना गया है।"

अर्जुन ने बड़े असहाय भाव से श्रीकृष्ण की ओर देखा, "आपने समता में जो यह योग कहा है, अपने मन की चंचलता के कारण मैं इस योग की स्थिर स्थिति नहीं देख पाता हूँ। मन बड़ा ही चंचल, प्रमथनशील, दृढ़ और बलवान है। उसको रोकना वायु को रोकने के समान कठिन है।"

श्रीकृष्ण हँसे, "ठीक कहते हो, मन चंचल है, उसका निग्रह बहुत कठिन है; असम्भव तो नहीं। अभ्यास और वैराग्य से इसका निग्रह किया जा सकता है। जिसका मन वश में नहीं है, उसके द्वारा योग प्राप्त करना कठिन है। किन्तु उपायपूर्वक प्रयत्न करने पर यह सम्भव हो सकता है।"

लगा अर्जुन रुआँसा हो गया। श्रीकृष्ण उसकी बात क्यों नहीं समझते। बोला, "जिसकी साधना में श्रद्धा है, पर जिसका प्रयत्न शिथिल है, वह अन्त समय में यदि योग से च्युत हो जाए, तो वह योग-सिद्धि को प्राप्त न कर, किस गति को चला जाता है? हे महाबाहो, संसार के आश्रय से रहित, और ब्रह्म के मार्ग से विचलित वह छिन्न-भिन्न मेघ के समान नष्ट तो नहीं हो जाता?"

"ओह तो तुम्हारी चिन्ता यह है।" श्रीकृष्ण प्रफुल्लित स्वर में बोले, "जो तुम साध चुके, उसका न तो इस लोक में न परलोक में विनाश होता है। तात, धर्म पर चलने वाला व्यक्ति कभी दुर्गति को प्राप्त नहीं होता। वह योगभ्रष्ट होकर भी अपने द्वारा साधे जा चुके पुण्य लोकों को प्राप्त होकर, कुछ समय वहाँ व्यतीत कर, पुनः यहाँ श्रीमानों के परिवार में जन्म लेता है। योगभ्रष्ट व्यक्ति ज्ञानवान योगियों के कुल में ही जन्म लेता है। यह जन्म संसार में बहुत ही दुर्लभ है। वहाँ उसे पिछले जन्म के साधन अनायास ही प्राप्त हो जाते हैं। वह उससे आगे प्रगति के लिए पुनः प्रयत्न करता है। वह भोगों में आसक्त होते हुए भी पिछले जन्म के अभ्यास के कारण ब्रह्म की ओर आकर्षित हो जाता है। योग का जिज्ञासु भी वेदों में कहे गये सकाम कर्मों का अतिक्रमण कर जाता है। जो योगी प्रयत्न करता है और जिसके पाप नष्ट हो चुके हैं, वह पिछले जन्मों की सिद्धि के कारण परम गति को प्राप्त हो जाता है। सकाम भाव वाले तपस्वियों से भी योगी श्रेष्ठ है। ज्ञानियों से भी योगी श्रेष्ठ है। और कर्मकांडियों से भी योगी श्रेष्ठ है। इसलिए अर्जुन, तू योगी बन। योगियों में जो श्रद्धावान भक्त मुझमें तल्लीन रह, मेरा भजन करता है, वह सर्वश्रेष्ठ योगी है।"

16

संजय ने धृतराष्ट्र के मुख की ओर देखा—उसके मुख पर ऐसे भाव थे, जैसे उसकी जिह्वा पर कोई बहुत रसीला पदार्थ रखा हो और वह मन ही मन उसके रस का आस्वादन कर रहा हो।

संजय समझ गया कि धृतराष्ट्र श्रीकृष्ण के विरुद्ध कोई बहुत ही तीखी बात कहने वाला है।

"जी महाराज।"

"कृष्ण ऐसे क्यों बोल रहा है, जैसे वह सामान्य मनुष्य न होकर ईश्वर का ही रूप है। वह अहंकारी मनुष्य किसको मूर्ख बना रहा है?"

संजय का मुख खुला का खुला रह गया। किस जन्म का विरोध पाल रहा है यह धृतराष्ट्र? और श्रीकृष्ण की बात को वह क्यों समझ नहीं रहा है।

"महाराज! श्रीकृष्ण स्पष्ट कह रहे हैं—सामान्य जन मुझ अविनाशी, अव्यक्त, सच्चिदानन्दघन परमात्मा को मनुष्य के समान शरीर धारण करने वाला ही मानते हैं। जो जन-समुदाय मुझे अज और अविनाशी नहीं मानता, योगमाया से पूर्णतः आवेष्टित, मैं उनके सामने प्रकट नहीं होता। तीनों कालों के लोगों को मैं अच्छी तरह जानता हूँ; किन्तु वे मुझे नहीं जानते। राग और द्वेष से उत्पन्न होने वाले, द्वन्द्व-मोह से मोहित, संसार के प्राणी मूढ़ता अर्थात् जन्म-मरण को प्राप्त हो रहे हैं।"

"कोई कह दे और हम मान लें? हमारे मुंड में बुद्धि नहीं है क्या?" धृतराष्ट्र ने कहा।

संजय जैसे तिलमिला उठा, "श्रीकृष्ण जब हस्तिनापुर की राजसभा में सन्धि दूत बन कर आये थे और दुर्योधन ने उन्हें बन्दी करने का प्रयत्न किया था, उस समय उन्होंने अपना जो रूप प्रकट किया था, उसे देख कर भी आपको उनके वचन पर विश्वास नहीं होता? किन्तु आपने उनका रूप तो देखा ही नहीं था। आप कैसे जानेंगे कि उनका कौन सा रूप प्रकट हुआ था।"

"अच्छा चलो, मैंने कृष्ण का रूप नहीं देखा किन्तु संसार में इतने मनुष्य हैं, किसी ने तो जाना होता कि वह साधारण मनुष्य नहीं, ईश्वर है।" धृतराष्ट्र अपनी बात पर अड़ा हुआ था।

श्रीकृष्ण ने अर्जुन से कहा, "सहस्रों मनुष्यों में से कोई एक सिद्धि के लिए प्रयत्न करता है और उन प्रयत्न करने वाले सहस्रों में से कोई एक मुझे जान पाता है।"

"क्यों? क्यों नहीं जान पाता?" धृतराष्ट्र ने कहा, "मुझे तो जो जानना चाहता है, वह जान जाता है। तुम्हें जो जानना चाहता है, जान जाता है। फिर उसमें ही ऐसा क्या है कि उसे नहीं जाना जा सकता?"

इस बार संजय हँस पड़ा, "लीजिए, मैं आपको बताता हूँ कि श्रीकृष्ण ने अपने विषय में क्यों बताया। उन्होंने कहा—पाँच महाभूत और मन, बुद्धि तथा अहंकार—इस प्रकार यह आठ तत्वों वाली मेरी निम्न कोटि की 'अपरा' प्रकृति है। इससे भिन्न जीव रूप बनी हुई मेरी श्रेष्ठतर 'परा' प्रकृति को जान, जिसके द्वारा यह जगत धारण किया जाता है। सम्पूर्ण प्राणियों के उत्पन्न होने में अपरा और परा, इन दोनों प्रकृतियों का संयोग ही कारण है। मैं सम्पूर्ण जगत का प्रभाव और प्रलय हूँ। मेरे सिवाय इस जगत का दूसरा कोई किंचितमात्र भी कार्य और कारण नहीं है। जैसे सूत की मणियाँ सूत में पिरोई हुई होती हैं, ऐसे ही यह सम्पूर्ण जगत मुझमें ही पिरोया हुआ है।"

धृतराष्ट्र ने अट्टहास किया, "ये नदियाँ, ये पर्वत, ये समुद्र, ये सब कृष्ण में ही तो पिरोए हुए हैं। मैं प्रज्ञाचक्षु हूँ, मुझे तो यह सब दिखायी नहीं देता; किन्तु सारा संसार मेरे समान ही अन्धा नहीं है। किसी को तो कुछ दिखायी देता। कृष्ण के कंठ में वैजयन्तीमाल है, यह तो सब को दिखायी पड़ती है। हाथ में सुदर्शनचक्र है, वह भी सबको दिखायी पड़ता है। किन्तु उसके गले में लटका हुआ हिमालय किसी को दिखायी नहीं देता, न उसके पेट से बँधा कोई महासागर किसी ने देखा है।" धृतराष्ट्र रुक गया, जैसे प्रवाह में बोलने से हाँफ गया हो। थके हुए मन्द स्वर में बोला, "अच्छा है, ऐसा नहीं है।"

"क्यों?" संजय ने पूछा।

"यदि ऐसा होता तो कृष्ण के हस्तिनापुर आने से हम सब समुद्र में न डूब जाते।" वह पुनः हँसा, "या वह हस्तिनापुर आते हुए, अपने सागर और पर्वत द्वारका में ही सँभलवा आता है?"

"महाराज। मैं आपके समान ज्ञानी नहीं हूँ, इसलिए इन गम्भीर विषयों पर सोच नहीं सकता।" संजय ने कहा, "मैं तो आपको वही बता सकता हूँ, जो श्रीकृष्ण ने अर्जुन से कहा।"

"क्या कहा, उसने अर्जुन से?"

"उन्होंने कहा, 'अर्जुन, जलों में रस मैं हूँ, चन्द्र और सूर्य में प्रभा मैं हूँ, वेदों में प्रणव, आकाश में शब्द, और मनुष्य में पुरुषत्व मैं हूँ। पृथ्वी में पवित्र गन्ध मैं हूँ, अग्नि में तेज मैं हूँ, सम्पूर्ण प्राणियों में जीवनी शक्ति मैं हूँ। तपस्वियों में तपस्या मैं हूँ। सम्पूर्ण प्राणियों का अनादि बीज मुझ में जान। बुद्धिमानों में बुद्धि और तेजस्वियों में तेज मुझ को जान।...' "

धृतराष्ट्र खिलखिला कर हँस पड़ा, जैसे उसका बीहड़ मनोरंजन हुआ हो, "सूर्य में प्रभा तो कृष्ण है, तो प्रभा के अतिरिक्त सूर्य में जो कुछ है, वह कौन है? क्योंकि तुम्हारी मान्यता के अनुसार सृष्टि में कृष्ण के अतिरिक्त और कुछ है ही नहीं। तो फिर पृथ्वी की गन्ध तो कृष्ण है, किन्तु मिट्टी कौन है?"

धृतराष्ट्र हँसता ही चला गया।

संजय ने धृतराष्ट्र के शान्त होने की प्रतीक्षा की। शान्त होकर धृतराष्ट्र ने कहा, "सोचता हूँ कि मेरे पौत्र-प्रपौत्र यहाँ होते। कितना मनोरंजन होता उनका तुम्हारे कृष्ण की बातों से।"

उस पर फिर से हँसने का दौरा पड़ गया।

"महाराज, श्रीकृष्ण ने यह भी कहा था, सात्विक, राजस और तामस भाव मैं ही हूँ। किन्तु मैं उनमें और वे मुझमें नहीं हैं। इन तीनों प्रकार के भावों से मोहित यह

सम्पूर्ण जगत मुझे नहीं जानता; क्योंकि मैं इन गुणों से अतीत और अविनाशी हूँ।" संजय ने कहा, "सूर्य में प्रभा कृष्ण हैं और शेष उनकी माया या प्रकृति है—अपरा प्रकृति। वृक्षों में अश्वत्थ, वे हैं; किन्तु वट वृक्ष भी तो है। वह उनकी प्रकृति है; उनकी गुणमयी दैवी माया दुरत्य है। उससे पार पाना बहुत कठिन है। जो भी असाधारण है, जो भी श्रेष्ठ है, वे परमेश्वर स्वयं हैं और शेष उनकी प्रकृति है।"

"मैं मान लेता हूँ कि उसकी गुणमयी दैवी माया दुरत्य है। उससे पार पाना बहुत कठिन है।" धृतराष्ट्र ने कहा, "यह भी मान लेता हूँ कि बुद्धिमानों की बुद्धि कृष्ण है; किन्तु मेरी बुद्धि में कृष्ण नहीं है। ऐसा क्यों है? वह लोगों की बुद्धि में भी चुन-चुन कर प्रवेश करता है? बड़ा पक्षपातपूर्ण है उसका चयन।"

"उन्होंने अर्जुन से कहा था, 'जो मेरे शरणागत हैं, वे इस माया से तर जाते हैं। परन्तु मेरा आश्रय त्याग, जो माया के आकर्षण में जा फँसे हैं, माया के द्वारा जिनका ज्ञान हरण कर लिया गया है, वे आसुरी भाव का आश्रय लेने वाले नीच और मूढ़ मेरी शरण में नहीं आते।' "

"तुम कहना चाहते हो कि मैं आसुरी भाव का आश्रय लेने वाला नीच और मूढ़ हूँ?" धृतराष्ट्र ने फिर शायद अपनी छड़ी खोजने के लिए अपने आस-पास टटोला।

संजय को लगा उन्हें सावधान रहना चाहिए। धृतराष्ट्र को अपनी छड़ी न भी मिली और उनकी भुजा संजय तक पहुँच गयी तो संजय की हड्डियाँ टूट सकती हैं। धृतराष्ट्र का नित्य का व्यायाम इतना होता है कि इस वय में भी वह किसी दैत्य के समान बलशाली है। कहा जाता है कि वह लोहे की शलाकाओं को अपनी भुजाओं के बल से मोड़ सकता है... संजय का मन हुआ कि वह अपना आसन धृतराष्ट्र से कुछ और दूर खिसका ले; किन्तु उससे धृतराष्ट्र को आभास हो जाता कि संजय के मन में क्या है।

"मैं कुछ नहीं कहना चाहता महाराज। मैं तो आपको केवल वह बता रहा हूँ, जो श्रीकृष्ण ने अर्जुन से कहा था। आप अनुमति दें तो वह भी कह दूँ, जो उन्होंने इसके बाद कहा था।"

"बको।" धृतराष्ट्र के मुख से जैसे विष झर रहा था।

"उन्होंने कहा था, पवित्र कर्म करने वाले 'अर्थार्थी', 'आर्त', 'जिज्ञासु' और 'ज्ञानी' भक्त, मेरे आश्रय में आ जाते हैं। उन चारों में से मुझमें निरन्तर ध्यान लगाए ज्ञानी और प्रेमी भक्त श्रेष्ठ है। ज्ञानी भक्त को मैं प्रिय हूँ और मुझे वह प्रिय है। चारों भक्त श्रेष्ठ हैं किन्तु ज्ञानी भक्त मेरा अपना ही स्वरूप है।"

"हैं न कुन्ती के पुत्र उसके ज्ञानी भक्त। क्या दिया उन्हें कृष्ण ने? आजीवन

नंगे भूखे, वनों में एड़ियाँ रगड़ते रहे। ऐसी भक्ति का क्या करना और क्या करना ऐसे भगवान का।" धृतराष्ट्र ने कहा, "अच्छा है कि मैं और मेरे पुत्र उसके भक्त नहीं हैं। युद्ध में दुर्योधन जीत गया तो कृष्ण की ये गर्वोक्तियाँ भी धरी रह जाएँगी। तुम उसकी अस्थियों पर दीपक जलाते रहना।"

"मुझे मालूम नहीं कि उन्होंने महारानी कुन्ती के पुत्रों को क्या दिया; किन्तु उनके विषय में उन्होंने कहा है।"

"क्या कहा है?"

"उन्होंने अपने प्रिय भक्त के लिए कहा है, वह मुझसे अभिन्न है और उसे मुझमें पूर्ण दृढ़ विश्वास है।" संजय ने कहा, "मनुष्य जन्म में सब कुछ परमात्मा ही है, इस भाव से मेरी शरण में आया हुआ महात्मा अत्यन्त दुर्लभ है।"

"मैं भी एक प्रकार का भक्त हूँ।" धृतराष्ट्र ने उसे टोका, "पूजा करता हूँ, मैं भी अपने देवताओं की। कृष्ण के जन्म से भी पहले जन्म लिया था मैंने। मैं तब से अपने देवताओं की शरण में हूँ। कृष्ण तो अब पैदा हुआ है। उसे परमेश्वर मानने की कोई आवश्यकता नहीं है मुझे।"

"श्रीकृष्ण ने कहा है, जिनका ज्ञान कामनाओं द्वारा हरण कर लिया गया है, वे अपने स्वभाव से नियंत्रित होकर विभिन्न देवताओं की शरण में जाते हैं। जो भक्त जिस देवता का श्रद्धापूर्वक पूजन करना चाहता है, मैं उस देवता में ही उसकी श्रद्धा को दृढ़ करता हूँ। उस श्रद्धा से युक्त होकर वह मनुष्य उस देवता की सकाम उपासना करता है और उसकी कामना पूरी भी होती है। वह कामना-पूर्ति मेरे द्वारा ही विहित होती है। देवता की आराधना का फल नाशवान ही होता है। देवताओं का पूजन करने वाले भक्त उन देवताओं को ही प्राप्ति होते हैं। मेरे भक्त मुझे प्राप्त होते हैं।" संजय के स्वर में एक आरोह आया, "जिन पुण्यकर्म मनुष्यों के पाप नष्ट हो गये हैं, वे द्वन्द्व-मोह से रहित हुए दृढ़व्रती होकर मेरा भजन करते हैं। वृद्धावस्था और मृत्यु से मुक्ति पाने के लिए जो मेरा आश्रय लेकर प्रयत्न करते हैं, वे उस ब्रह्म, अध्यात्म तथा कर्म को जान जाते हैं। जो मनुष्य अधिभूत, अधिदैव और अधियज्ञ के सहित मुझे जानते हैं, वे मुझमें लगे हुए चित्त वाले मनुष्य अन्ततः मुझे ही प्राप्त होते हैं।"

"वह क्या हस्तिनापुर का सिंहासन है कि व्यक्ति उसे प्राप्त कर ले तो सर्वस्व प्राप्त कर लेगा।"

"सर्वस्व का तो पता नहीं किन्तु एक आश्वासन उन्होंने दिया है।"

"क्या?"

"जो अनन्य भक्त मेरा चिन्तन करते हुए, मेरी भली भाँति उपासना करते हैं,

मुझमें लीन रहते हैं, उन भक्तों का योग-क्षेम मैं वहन करता हूँ।..."

"अर्थात् वह उनको वह देगा, जिसकी उन्हें आवश्यकता है और जो उनका है, उसकी रक्षा करेगा।" धृतराष्ट्र ने विचलित होकर कहा, "इसका अर्थ समझते हो?"

"आप क्या समझते हैं?"

"वह पांडवों को वचन दे रहा है कि वह उनको इन्द्रप्रस्थ का राज्य दिलवाएगा और फिर उसकी रक्षा भी करेगा... योग भी और क्षेम भी।" धृतराष्ट्र का स्वर कड़वा हो गया, "और जो दूसरे देवताओं की उपासना करते हैं?"

"श्रीकृष्ण ने अर्जुन से कहा कि जो भक्त श्रद्धापूर्वक अन्य देवताओं का पूजन करते हैं, वे भी मेरा ही पूजन करते हैं, किन्तु अविधिपूर्वक। वे उन देवताओं को मुझसे अलग मानते हैं। वे नहीं जानते कि सम्पूर्ण यज्ञों का भोक्ता और स्वामी मैं ही हूँ।"

"क्यों नहीं जानते वे?"

"क्योंकि वे श्रीकृष्ण को तत्वतः नहीं जानते।" संजय ने कहा, "इसी से उनका पतन होता है। देवताओं का पूजन करने वाले शरीर त्यागने पर देवताओं को प्राप्त होते हैं। पितरों का पूजन करने वाले पितरों को प्राप्त होते हैं। भूत-प्रेतों का पूजन करने वाले भूत-प्रेतों को प्राप्त होते हैं। मेरा पूजन करने वाले मुझे ही प्राप्त होते हैं।"

17

अर्जुन के मन में तीव्र मन्थन चल रहा था। श्रीकृष्ण ने जो कुछ कहा था, उसमें अविश्वास का कोई कारण नहीं था। उन्होंने पहले उसे सामान्य भाषा में समझाया था। कह सकते हैं कि उसे डाँटा फटकारा था फिर भी जब वह सहमत नहीं हुआ तो उसे सृष्टि का सारा रूप समझाया। उन्होंने अपने विषय में जो कुछ बताया, वह भी अद्‌भुत था। उनकी सारी बातें स्वीकार कर भी उसके मन के किसी कोने में संशय अपना मुख छिपाए बैठा था।... श्रीकृष्ण ने जब-जब अपने विषय में कहा, अर्जुन को उनके उस "मैं" को समझने का प्रयत्न करना पड़ा। यह "मैं" वही था, जो सामने खड़ा दिखायी पड़ रहा था या फिर उस रूप के भीतर वह कोई और बैठा हुआ था? मनुष्य सुनता तो अपने कानों से ही था; किन्तु उसका मन ऐसा पाजी है कि विश्वसनीय से विश्वसनीय व्यक्ति के शब्दों पर भी संशय

बना ही रहता था।

अर्जुन ने श्रीकृष्ण की ओर देखा, "मुझ पर कृपा करने के लिए आपने जो परम गोपनीय अध्यात्म-विषयक वचन कहे, उससे मेरा यह मोह तो नष्ट हो गया है।"

"सत्य कह रहे हो?" श्रीकृष्ण मुस्करा रहे थे।

"हाँ, सत्य ही कह रहा हूँ। आपने प्राणियों की उत्पत्ति तथा विनाश का विस्तारपूर्वक वर्णन किया है। आपका अविनाशी माहात्म्य भी आपसे ही सुना है।...."

अर्जुन की वाणी जैसे संकोच से दब गयी।

श्रीकृष्ण सशब्द हँस पड़े, "किन्तु मैं अपने आप को जैसा कहता हूँ, वास्तव में वैसा ही हूँ, इस पर विश्वास नहीं हो रहा। मैं ईश्वर के समान दिखायी नहीं पड़ता हूँ। तुम मेरे उस रूप को देखना भी चाहते हो। देखे बिना विश्वास कैसे होगा।"

वे लीलापूर्वक हँसते चले गये।

"नहीं। नहीं। अविश्वास जैसी कोई बात नहीं है।" अर्जुन का स्वर कुछ हकला सा गया, "किन्तु आपका भक्त आपका यश सुनकर ही सन्तुष्ट नहीं हो सकता, वह आपका स्वरूप देखना भी चाहता है। आप इसे अपने एक जिज्ञासु भक्त की इच्छा मान लें। कोई भक्त आपके दर्शन करना चाहे तो वह अविश्वास तो नहीं होगा।"

अर्जुन को जैसे बोलने के लिए भी प्रयत्न करना पड़ रहा था, "... यदि आप मानते हैं कि मुझमें आपका यह ईश्वर रूप देखने की अर्हता है, तो अपना वह अविनाशी स्वरूप मुझे दिखा दीजिए।"

कृष्ण का स्वर बहुत मधुर हो आया, "भक्त वाली बात ठीक है किन्तु तुम्हारे मन में जमे हुए संशय को भी कुरेद कर निकालना है। उसके लिए मुझे कुछ कठोर भी होना होगा। सम्भव है कि तुम्हें थोड़ा कष्ट भी हो। प्रस्तुत हो?"

"प्रस्तुत हूँ। आपके दर्शन करने में क्या कष्ट हो सकता है।"

"अज्ञान में कह रहे हो, यह सब। तुम वह सब देखने जा रहे हो, जो तुमने पहले कभी नहीं देखा। तुम्हें अनेक आशंकाएँ घेर लेंगी। तुम भय का भी अनुभव करोगे।" श्रीकृष्ण बोले।

"नहीं, ऐसा कुछ नहीं होगा।" अर्जुन ने कहा, "आप मुझे भयभीत क्यों करेंगे।"

"पुत्र अपने पिता से भयभीत नहीं होता; किन्तु जब वह पिता का विश्वास

नहीं करता तो कभी-कभी पिता अपना रौद्र रूप भी दिखाता है।"

"पिता तो ताड़ना भी करता है।"

श्रीकृष्ण हँसे, "मैं वह सब करने नहीं जा रहा किन्तु अब मेरे अनेक प्रकार के तथा अनेक वर्णों तथा आकृतियों वाले सैकड़ों-सहस्रों अलौकिक रूपों को तू देख। हे अर्जुन, बारह आदित्यों को, आठ वसुओं को, ग्यारह रुद्रों को, दो अश्विनी कुमारों को तथा उनचास मरुद्गणों को देख। जिनको तूने पहले कभी नहीं देखा, ऐसे बहुत आश्चर्यजनक रूपों को भी देख। हे गुडाकेश, मेरे इस शरीर के एक भाग में चराचर सहित सम्पूर्ण जगत् को अभी देख ले। इसके अतिरिक्त तू और भी जो कुछ देखना चाहता है, वह भी देख। परन्तु तू अपने चर्म-चक्षुओं से मुझे देख ही नहीं सकता। इसलिए मैं तुझे दिव्य चक्षु देता हूँ, उनसे तू मेरे सामर्थ्य को देख।"

अर्जुन को लगा कि जैसे अकस्मात् ही आकाश कुछ अधिक चौड़ा हो गया है और उसके माथे पर सहस्रों सूर्य उदित हो आये हैं। श्रीकृष्ण ने कहा था कि वे उसे दिव्य चक्षु दे रहे हैं। शायद इसलिए ही वह उस प्रकाश को सहन कर पा रहा था। उस प्रकाश की आँखों में वह देख तो अब भी नहीं सकता था। किन्तु वह उस प्रकाश को सहन कर पा रहा था। साधारण चर्म-चक्षु तो उस प्रकाश से जल ही जाते।... यह श्रीकृष्ण का कोई साधारण चमत्कार नहीं हो सकता। यह अर्जुन का दृष्टि भ्रम भी नहीं हो सकता। यह कोई दिव्य शक्ति भी नहीं हो सकती थी। दिव्य शक्तियाँ ग्रह-नक्षत्रों को कन्दुक बना कर नहीं खेलतीं। यह सत्य ही उस सत्ता का ही प्रताप था, जो सहस्रों सूर्यों को जन्म दे सकती है और उनसे धूलि-कणों के समान खेल सकती है।...

और सहसा ही जैसे सारा का सारा वायुमंडल भी आन्दोलित हो उठा। चारों ओर जैसे प्रलयकालीन झंझावात निर्मम हो उठे थे। उस वेग से पहाड़ भी उखड़ कर वायुमंडल में धूल के कणों के समान असहाय से उड़ रहे थे। महासागर पृथ्वी के नीचे अथवा उसके समतल न रह कर पृथ्वी के तल के ऊपर आ गये थे। जल के पहाड़ उठ कर सूर्य तक पहुँचने का प्रयत्न कर रहे थे। पृथ्वी स्वयं डोल रही थी। वह स्थान-स्थान से दरक गयी थी और सागर जैसी गहरी खाइयों ने मुँह खोल दिए थे। मेघ का गर्जन कुछ इतना असाधारण था जैसे आकाश कोई नगाड़ा बन गया हो और उसे कोई पर्वतों से पीट रहा हो। बिजली ऐसी तड़पी कि उसकी कड़क से कान बहरे हो गये और वह आकाश से धरती तक आग की लकीर खींच गयी... अर्जुन को लगा कि श्रीकृष्ण का मुख खुल गया

था और वह ज्वालामुखियों के समूह उगल रहा था। अग्नि, लावा और तपती हुई भस्म जैसे सारी सृष्टि को जला देने के लिए चारों ओर अपने पंख पसारे उड़ रही थी।... ये सारे जैसे कृष्ण के ही मुख थे, जो सेनाओं को उनके हाथी, घोड़ों और रथों के साथ क्षण भर में निगल सकते थे। कितने नेत्र थे, जो सब कुछ देख रहे थे। कृष्ण को यह सब देखने के लिए मानवीय चर्म चक्षुओं की आवश्यकता नहीं थी। वे तो धूलि कणों के माध्यम से भी देख सकते थे। वे बिना किसी माध्यम के भी देख सकते थे।... उनके नेत्र शायद मनुष्य के नेत्र के समान नहीं होंगे किन्तु अर्जुन तो उनको नेत्र तब ही मानेगा, जब वे उसके परिचित नेत्रों के समान होंगे। कैसे दिव्य आयुध थे कृष्ण के। पृथ्वी, सूर्य, चन्द्रमा, समुद्र, पर्वत, वायुमंडल, सब उनके आयुध ही तो थे।... यदि ये सारे आयुध युद्ध-क्षेत्र में खड़े सैनिकों की हत्या करने पर आ जाएँ तो मनुष्य का सामर्थ्य ही क्या है इनके सामने। सैनिकों, रथियों और महारथियों के शस्त्रास्त्र, दिव्यास्त्र, देवास्त्र क्या कर लेंगे, श्रीकृष्ण के इन आयुधों का?...मनुष्य की बाध्यता थी कि वह किसी को भी किसी आकार में ही देख सकता था। और यदि वह किसी ईश्वरीय सत्ता को भी देखना चाहे तो उसे मनुष्य के रूप में ही ढालेगा। दो हाथ... दो पैर... जहाँ चारों ओर प्रकृति की विराट शक्तियाँ रेणु के कणों के समान उड़ रही हों, वहाँ उसकी बुद्धि क्या काम करेगी... इन सारे विराट तत्वों को मिला कर अर्जुन किस प्रकार के रूप की कल्पना करेगा....

"यह सब तुम्हारी कपोल कल्पना है?" धृतराष्ट्र के विकृत मुख से निकला,"मैं अच्छी तरह जानता हूँ कि कुरुक्षेत्र में कोई दुर्घटना नहीं हुई है। नहीं तो अब तक कितने ही हरकारे दौड़े आये होते। तुम किसको डराने के लिए यह सब कह रहे हो?"

"मैंने यह तो नहीं कहा कि वहाँ यह सब कुछ हुआ।" संजय ने कहा, "यह तो वह है, जो श्रीकृष्ण ने अर्जुन को अपनी योगमाया से दिखाया। वे अपना एक रूप दिखा रहे थे, ताकि अर्जुन उनकी बातों का पूरा विश्वास कर सके।"

"आँधी आयी, बाढ़ आयी, धरती और आकाश फट गये और सिवाय अर्जुन के किसी ने भी नहीं देखा।" धृतराष्ट्र चिल्ला कर बोला, "वे जो महासागर धरती पर चढ़ दौड़े थे, वे युद्धक्षेत्र में खड़ी सेनाओं को भिगोकर भी नहीं गये। तुम मुझे मूर्ख समझते हो। कृष्ण की माया का यह कौन-सा रूप हुआ।..."

संजय कुछ देर तक मौन बैठा रहा।

"क्या हुआ? चुप क्यों हो गये? फिर कोई ज्वालामुखी फूट पड़ा क्या?"

"नहीं। आपको अर्जुन की स्थिति बता रहा हूँ।"

"क्या कहा अर्जुन ने?"

"तब अर्जुन ने कहा... यह क्या दिखा रहे हैं आप मुझे। मेरी समझ में कुछ नहीं आ रहा है। यह आपका कौन सा रूप है?"

"यह मेरा विश्वरूप है।" श्रीकृष्ण बोले, तुम शायद प्रकृति के महाभूतों को नहीं पहचानते। मनुष्य के रूप में ही देखना चाहते हो। यह देखो, यह महाकाल मैं ही हूँ।..."

और अर्जुन ने देखा—उसके सामने तो महाकाल अपना भयंकर मुख खोले खड़े थे और पांडव पक्ष के प्रमुख योद्धाओं के सहित भीष्म, द्रोण और कर्ण भी असहाय से उसमें प्रविष्ट हो रहे थे। राजाओं के विशाल समुदायों के सहित महाराज आपके सारे के सारे पुत्र महाकाल की विकराल दाढ़ों के कारण भयंकर दिखने वाले मुखों में बड़ी तेजी से प्रविष्ट हो रहे थे, जैसे कोई उन्हें लोहे की शृंखला से बाँध कर घसीट रहा हो। उनमें से कई एक तो अपनीं चूर्ण हुई खोपड़ियों सहित महाकाल के दाँतों के मध्य फँसे हुए दीख रहे थे। जैसे नदियों की अथाह जलराशि सहज ही समुद्र की दिशा में प्रवाहित होती है, वैसे ही संसार के महान शूरवीर महाकाल के देदीप्यमान मुख में प्रवेश करते जा रहे थे। जैसे पतंगे मोहवश अपना नाश करने के लिए बड़े वेग से उड़ते हुए, प्रज्वलित अग्नि में प्रविष्ट होते हैं, वैसे ही ये सब लोग भी मोहवश अपना नाश करने के लिए, बड़े वेग से दौड़ते हुए उस मुख में प्रवेश कर रहे थे। गिद्धों द्वारा शवों का नोच-नोच कर खाया जाना भी इतना भयंकर नहीं होता, जितना भयंकर यह दृश्य था....

सामने सेना क्या थी, जैसे उस पर से कोई भयंकर पारावार अपनी लहरों सहित बह गया हो और वे खेत की फसल के समान लेट गये हों। कुछ शव धरती पर थे, कुछ उल्टे-सीधे वृक्षों की शाखाओं से लटके हुए थे। कुछ महाकाल के मुख में इस प्रकार घुसे हुए थे, जैसे वे पर्वत के किसी गह्वर में बलात ठूँस दिए गये हों।...

वे सारे भयंकर तत्व अर्जुन के सम्मुख एक आकार लेने लगे थे... उसके अनेक मुख और नेत्र थे, अनेक तरह के अद्भुत दर्शन थे, अनेक अलौकिक आभूषण थे। हाथों में अनेक दिव्य आयुध थे तथा कंठ में दिव्य मालाएँ थीं। उसने अलौकिक वस्त्र पहन रखे थे। ललाट तथा शरीर पर दिव्य चन्दन, कुंकुम आदि लगा हुआ था। ऐसे सम्पूर्ण आश्चर्यमय अनन्त रूपों वाला तथा सारी दिशाओं में मुखों वाला वह दिव्य स्वरूप अर्जुन के सम्मुख था...

उस समय अर्जुन ने देवों के देव भगवान के उस शरीर में एक स्थान पर

स्थित अनेक प्रकार के विभागों में विभक्त सम्पूर्ण जगत को देखा।....

"चुप करो। यह सब बकवास अर्जुन ने की होगी। उसने तुम्हें बताया होगा कि उसने यह सब देखा है।" धृतराष्ट्र पूर्णतः रुष्ट हो गया लगता था, "यह सब हमारे शत्रुओं की मनोकामना है। वे चाहते हैं कि मेरे पुत्रों के साथ यह सब हो। किन्तु किसी की दुष्कल्पना से कौरवों की सेना नष्ट नहीं हो सकती।"

"यह अर्जुन की बकवास नहीं है।" संजय ने कहा, "मैंने भी यह सब देखा है। महर्षि व्यास द्वारा दी गयी दिव्य दृष्टि का यही तो लाभ हुआ है मुझे।"

"फिर क्या हुआ?" धृतराष्ट्र की भाव-दशा बदल गयी, "महाकाल को देख कर अर्जुन बहुत प्रसन्न हुआ? उसकी तो बाछें खिल गयी होंगी।"

"नहीं। अर्जुन का शरीर रोमांचित हो उठा। वह भयभीत हो गया था अथवा कहिए कि उसका मन दहल उठा था। शरीर पीला पड़ गया था, कंठ सूख रहा था। आरम्भ में दोनों सेनाओं को देख कर भी वह सिहर उठा था; किन्तु वह भाव कुछ और ही था। इस समय का भय उस मोह से बहुत भिन्न था। उसने भयभीत मन से, हाथ जोड़ कर, विश्वरूप देव को मस्तक से प्रणाम किया।

''उसने देखा... उस विश्वरूप में सारे देवता समाए हुए थे। विभिन्न प्राणियों के विशिष्ट समुदाय उनका एक अंग बने बैठे थे। वहाँ कमलासन पर बैठे हुए ब्रह्मा, शंकर, सम्पूर्ण ऋषि तथा दिव्य सर्प थे। उनमें से एक सर्प ही कुरुक्षेत्र में खड़ी अठारह अक्षौहिणी सेना को निगल जाने के लिए पर्याप्त था... और वह विश्वरूप का शृंगार बना हुआ था...''

अर्जुन ने कहा, "हे विश्वरूप, हे विश्वेश्वर, आपको मैं अनेक हाथों, पेटों, मुखों, और नेत्रों वाला और सब ओर से अनन्त रूपों वाला देख रहा हूँ। मैं आपको किरीट, गदा, चक्र, शंख और पद्म धारण किए हुए देख रहा हूँ। आपको तेज की राशि, सब ओर प्रकाश वाले, देदीप्यमान अग्नि और सूर्य के समान कान्तिवाले, नेत्रों के द्वारा कठिनाई से देखे जाने योग्य और सब ओर से अप्रमेय स्वरूप देख रहा हूँ। आप स्वयं ही बताएँ कि आप कौन हैं?"

"मैं ही जानने योग्य परम अक्षर हूँ, मैं ही इस सम्पूर्ण विश्व का परम आश्रय हूँ, मैं ही सनातन धर्म का रक्षक हूँ और मैं ही अविनाशी सनातन पुरुष हूँ। तुम क्या देख रहे हो?"

"आपको मैं आदि, मध्य और अन्त से रहित, अनन्त प्रभावशाली, अनन्त भुजाओं वाले, चन्द्र और सूर्य रूपी नेत्रों वाले प्रज्वलित अग्निरूप मुखों वाले, और अपने तेज से इस संसार को तपाते हुए, देख रहा हूँ। हे महात्म यह

स्वर्ग और पृथ्वी के बीच का अन्तराल और सम्पूर्ण दिशाएँ, एक आप से ही परिपूर्ण हैं। आपके इस अद्‌भुत और उग्र रूप को देख कर तीनों लोक व्यथित हो रहे हैं। देवताओं के समुदाय आप में प्रविष्ट हो रहे हैं। उनमें से अनेक तो भयभीत होकर हाथ जोड़े हुए, आपका कीर्तन कर रहे हैं। महर्षियों और सिद्धों के समुदाय कल्याण हो। मंगल हो। 'कहते हुए उत्तम स्तोत्रों से आपकी स्तुति कर रहे हैं। जो ग्यारह रुद्र, बारह आदित्य, आठ वसु, बारह साध्यगण, दस विश्वदेव, और दो अश्विनी कुमार, तथा उनचास मरुतगण और गरम-गरम भोजन करने वाले सात पितृगण, तथा गन्धर्व यक्ष, असुर, और सिद्धों के समुदाय हैं। वे सभी चकित होकर आपको देख रहे हैं। हे महाबाहो, आपके बहुत सारे मुखों और नेत्रों वाले, अनेक भुजाओं, जंघाओं और चरणों वाले, असंख्य उदरों वाले और अत्यन्त विकराल दाढ़ों वाले महान रूप को देख कर सब प्राणी व्यथित हो रहे हैं।..."

"और तुम?"

"मैं भी व्यथित हो रहा हूँ; क्योंकि हे विष्णो, आपके देदीप्यमान अनेक वर्ण हैं। आप आकाश को स्पर्श कर रहे हैं। दसों दिशाओं से अकल्पनीय रूप से विराट हैं। आपका विस्तृत मुख बहुत दूर तक फैला हुआ है। आपके नेत्र प्रदीप्त और विशाल हैं। आपके इस रूप को देख कर भयभीत अन्तःकरण वाला मैं अधैर्य और अशान्ति से त्रस्त हूँ। प्रलयकाल की अग्नि के समान प्रज्वलित और दाढ़ों के कारण विकराल मुखों को देखकर मुझे न तो दिशाओं का बोध हो रहा है और न शान्ति ही मिल रही है।"

"क्या चाहते हो?"

"हे देवेश, हे जगन्निवास, आप प्रसन्न होइए। आप अपने प्रज्वलित मुखों द्वारा सम्पूर्ण लोकों का ग्रसन करते हुए उन्हें सब ओर से बार-बार चाट रहे हैं; और हे विष्णो, आपका उग्र प्रकाश अपने तेज से सम्पूर्ण जगत् को परिपूर्ण कर के सबको तपा रहा है।"

"मैं इसीलिए प्रकट हुआ हूँ।"

"मुझे यह बताइए कि उग्र रूप वाले आप कौन हैं? हे देवताओं में श्रेष्ठ, आपको नमस्कार हो। आप प्रसन्न होइए। आदिरूप, आपको मैं तत्व से जानना चाहता हूँ; क्योंकि आपकी प्रवृत्ति को मैं भली-भाँति नहीं जानता।"

"मैं सम्पूर्ण लोकों को नाश करने के लिए प्रवृत्त काल हूँ। और इस समय मैं इन सब का संहार करने के लिए यहाँ आया हूँ।" श्रीकृष्ण बोले, "तुम्हारे विरुद्ध जो योद्धा लड़ रहे हैं, वे सब तुम्हारे युद्ध किए बिना भी नहीं रहेंगे। इसलिए तुम युद्ध

के लिए खड़े हो जाओ और यश को प्राप्त करो। शत्रुओं का वध कर धन-धान्य से सम्पन्न राज्य को भोगो। ये सब पहले ही मेरे द्वारा मृत्यु को प्राप्त हो चुके हैं। हे सव्यसाचिन, तुम इनकी मृत्यु के निमित्त मात्र बन जाओ। द्रोण, भीष्म, जयद्रथ, कर्ण तथा मेरे द्वारा मारे गये अन्य वीरों को तुम मारो। व्यथित मत होओ। युद्ध करो। निःसन्देह युद्ध में तुम वैरियों को जीतोगे।"

"वे लोग जो युद्धक्षेत्र में खड़े हैं, वे पहले से मारे जा चुके हैं?" बहुत साहस कर धृतराष्ट्र ने पूछा। भीतर से बहुत डरा हुआ वह प्रकटतः बहुत साहसी दिखने का प्रयत्न कर रहा था, "ऐसा भी कभी सम्भव हुआ है क्या? उनके हाथों में दिव्यास्त्र और देवास्त्र हैं, जो काल को भी खा सकते हैं।"

"क्यों, इसमें आश्चर्य की क्या बात है।" संजय ने सहज भाव से कहा, "योद्धा हाथ में धनुष-बाण पकड़े खड़ा होता है और उसकी हृदय-गति रुक जाती है।"

"तुम कहना चाहते हो कि इस बार कृष्ण योद्धाओं को अपने सुदर्शन चक्र से नहीं मारेगा, उनकी हृदय गति रुकवा देगा। वह उनके हृदय-रथ का सारथी है क्या?"

"नहीं। मैं यह नहीं कह रहा।" संजय ने कहा, "मैं तो केवल यह कह रहा हूँ कि संसार में जो कुछ भी घटित होता है, पहले वह सूक्ष्म जगत् में घटित हो जाता है और फिर वही स्थूल घटना के रूप में हमारे सामने आता है।"

"यह सूक्ष्म जगत् क्या बकवास है?" धृतराष्ट्र पूरी तरह से उखड़ गया था।

"ज्योतिष विज्ञान में आपका विश्वास है या नहीं?" संजय ने कहा, "नहीं होता तो ज्योतिषियों की सेना क्यों पाल रखी होती।"

"हाँ, हैं ज्योतिषी। तो उससे क्या?" धृतराष्ट्र ने उसे डाँटा, "कौन-सी राजसभा ऐसी है, जिसमें ज्योतिषाचार्य नहीं होते? किन्तु उसका अर्थ यह कहाँ है कि कृष्ण युद्धक्षेत्र में खड़े महारथियों को मार चुका है।"

संजय ने एक बार धृतराष्ट्र के चेहरे की ओर देखा—इस बूढ़े की खाल गैंडे की है और हृदय पूर्णतः वज्र का है। जिस अर्जुन पर श्रीकृष्ण की इतनी कृपा थी, वह तो उनके उस रूप को देख कर काँप रहा था और यह धृतराष्ट्र अब भी अकड़ने का प्रयत्न कर रहा था। निश्चित रूप से वह सर्वनाश की ओर बढ़ रहा था।

"अच्छा चलो।" धृतराष्ट्र ने पुनः कहा, "कृष्ण मेरे पुत्रों को तो मार ही चुका

है, तो फिर अर्जुन को क्या करना है। अर्जुन अपने घर जाए और अपनी किसी पत्नी की गोद में सिर रख कर आराम से सो जाए। वहाँ युद्धक्षेत्र में बैठा क्यों रो रहा है?"

"कौन रो रहा है?" अकस्मात् ही गान्धारी वहाँ आ पहुँची थी। इस बार न तो उसके आगे-आगे दासियों का जुलूस आया था और न किसी प्रकार की असाधारण हलचल हुई थी।

"चलो, अच्छा हुआ कि तुम भी आ गयीं।" धृतराष्ट्र ने कहा, "आओ, यहाँ बैठो और सुनो कि यह महाशय क्या कह रहे हैं।"

दासियों ने बैठने के लिए गान्धारी की सहायता की।

"क्या कह रहे हो संजय?"

संजय चुप ही रहे।

"यह बता रहा है कि कृष्ण ने अर्जुन से कहा है कि उसने युद्धक्षेत्र में खड़े हमारे योद्धाओं को पहले ही मार दिया है। वे मरने के पश्चात् भी वहाँ खड़े हैं। विचित्र बात है न।"

गान्धारी थोड़ी हतप्रभ हुई, "कहीं कृष्ण ने यह तो नहीं कहा कि उसने संकल्प कर लिया है कि वह हमारे पुत्रों को मार ही डालेगा।... यदि उसने ऐसा कोई संकल्प किया है तो वह अवश्य ही उसे पूरा करेगा।"

"नहीं बात संकल्प की नहीं है। वह कह रहा है कि उसने उन सारे योद्धाओं को मार डाला है।" धृतराष्ट्र ने कहा, "और कहीं कोई सूक्ष्म जगत है, वहाँ जाकर कृष्ण हमारे योद्धाओं को मार आया है। वहाँ का काल भी हमसे आगे चलता है। पहले घटना वहाँ घटित होती है और फिर हमारी पृथ्वी पर।"

"यह सूक्ष्म जगत् कहाँ है संजय? और हमारा भविष्य वहाँ है?" गान्धारी ने मानो उपहास किया।

संजय थोड़ी देर गान्धारी को देखता रहा और फिर बोला, "मैं नहीं जानता महारानी, कि यह सूक्ष्म जगत् कहाँ है; किन्तु यदि वह नहीं है तो जातक की जन्मपत्री कैसे बनती है।" वह क्षण भर रुक कर बोला, "आपने भी सुना ही होगा कि वसुदेव और देवकी के विवाह के अवसर पर यह भविष्यवाणी हुई थी कि देवकी का आठवाँ पुत्र कंस का वध करेगा।... श्रीकृष्ण देवकी के आठवें पुत्र हैं और उन्होंने कंस का वध किया। अभी विवाह हुआ नहीं और आठवें पुत्र द्वारा किए जाने वाले कर्म निर्धारित हो गये। योजना बन गयी। यह भविष्य में जाकर योजना कौन बनाता है और कैसे बनाता है?"

"तुम कहना चाहते हो कि हमारे संसार के ही समानान्तर कहीं कोई और

संसार है, जो समय में हमसे आगे चलता है। वहाँ कुछ घटित होता रहता है और हम उसकी नकल करते रहते हैं?" गान्धारी ने कहा।

संजय ने देखा कि वे दोनों ही उसका अविश्वास ही नहीं कर रहे, उसका परिहास भी कर रहे हैं।

"मैंने यह नहीं कहा और मैं यह जानता भी नहीं हूँ।" संजय बोले, "प्रभु की इस सृष्टि का प्रत्येक रहस्य जानने का मैं दावा भी नहीं कर सकता। पता नहीं कि हम किसी और लोक की छाया हैं या कहीं कोई और लोक है, जो हमारी छाया है। हम तो केवल यह जानते हैं कि पितामह भीष्म के माता-पिता ने किसी और लोक में, अपने किसी अज्ञात जन्म में एक-दूसरे पर काम-दृष्टि डाली थी और उसके परिणाम स्वरूप वे इस लोक में पति-पत्नी बनने को बाध्य हुए थे। आप मुझे बता सकते हैं वह कौन-सा लोक था और कौन-सा जन्म था?"

धृतराष्ट्र थोड़ी देर मौन रहा और फिर बोला, "अच्छा तुम मुझे कथा-कहानियों में मत उलझाओ। मुझे बताओ कि कुरुक्षेत्र में क्या हुआ।"

"सचमुच यह तो बहुत बड़ी उलझन है।" पारंसवी ने कहा, "समय कोई पदार्थ नहीं है। काल का रूप क्या है? हम तो इतना ही जानते हैं कि काल में भूत, वर्तमान और भविष्य होता है। वे एक साथ होते हैं क्या, कि कोई जब चाहे भूत में चला जाए और जब चाहे, भविष्य में प्रवेश कर जाए?"

"जानता तो मैं भी नहीं हूँ; किन्तु कृष्ण कह रहे हैं कि वे युद्धक्षेत्र में खड़े योद्धाओं को मार चुके हैं। अर्थात् यह कर्म उन्होंने जिस भी काल-खंड में किया है, वह उनके लिए अतीत है और कुरुक्षेत्र में खड़े योद्धाओं का वह भविष्य है।" विदुर बोले, "वह काल, जो अभी आया नहीं है। यह तो भूत का भविष्य है।... मैं स्वयं काल के इस गोरखधन्धे को समझ नहीं पाता हूँ। तुम लोगों को कैसे समझाऊँ। महाकाल का यह चक्र मेरी समझ से बाहर है।"

"जब ऋषियों को त्रिकालदर्शी कहा जाता है तो वे वर्तमान में बैठे भविष्य को देख रहे होते हैं।" कुन्ती बोलीं, "इसका अर्थ तो यही हुआ कि तीनों काल एक साथ चल रहे हैं; किन्तु हम वर्तमान से आगे नहीं देख पाते। कृष्ण देख पाता है।"

"कृष्ण देख पाएँ, न देख पाएँ, महाकाल तो देख सकता है न।" विदुर बोले, "मैं जानता हूँ कि मैं कल एक व्यक्ति से मिलूँगा, क्योंकि मैंने उसका निश्चय किया है; किन्तु मैं आगामी कल में प्रवेश कर उस व्यक्ति से भेंट कर आज में लौट आऊँ... यह बात ही मेरी समझ में नहीं आती; और कृष्ण कह रहे हैं कि

वे उन योद्धाओं को मार चुके हैं, जो अभी जीवित हैं।..."

"जो मारे जा चुके हैं, वे युद्ध-क्षेत्र में खड़े कैसे हैं?" पारंसवी जैसे अपने आप से पूछ रही थी।

"बोलो संजय, अर्जुन ने क्या किया?" धृतराष्ट्र स्वयं को सँभाल चुका था।

"मैं यहाँ स्वप्नलोक की कथाएँ सुनने नहीं आयी थी।" गान्धारी ने कहा और खड़ी होने का प्रयत्न किया।

"दासियों ने उसे सहारा दे कर खड़ा किया। गान्धारी जाते-जाते मुड़ी, "जब मेरे बेटों का कोई समाचार आये तो मुझे बुलवा लीजिएगा। कथा-कहानी का नहीं, वास्तविक घटना का समाचार।"

वह चली गयी।

"हाँ संजय।" धृतराष्ट्र ने जैसे उसे उकसाया।

"केशव के ऐसे वचन सुन कर भय से काँपते हुए किरीटधारी अर्जुन ने हाथ जोड़ कर नमस्कार कर, गद्गद वाणी से कहा।" संजय बोले, "हे अन्तर्यामी भगवान, आपके नाम, गुण, लीला का कीर्तन करने से यह सम्पूर्ण जगत् हर्षित हो रहा है और आपके अनुराग को प्राप्त हो रहा है। राक्षस लोग भयभीत होकर दसों दिशाओं में पलायन कर रहे हैं और सम्पूर्ण सिद्धगण आपको नमस्कार कर रहे हैं। हे महात्मन्, गुरुओं के भी गुरु और ब्रह्मा के भी आदिकर्ता तथा सिद्ध लोग आपको प्रणाम क्यों न करें; क्योंकि हे अनन्त, हे देवेश, हे जगन्निवास, आप अक्षर स्वरूप हैं। आप सत् भी हैं और असत् भी। और उनसे परे भी जो कुछ है, वे भी आप ही हैं। आप ही आदिदेव और पुराण पुरुष हैं तथा आप ही इस संसार के परम आश्रय हैं। आप ही सबको जानने वाले, जानने योग्य और परमधाम हैं। हे अनन्त रूप, आप से ही सम्पूर्ण जगत् व्याप्तं है। आप ही वायु, यमराज और अग्नि, वरुण, चन्द्रमा, दक्ष आदि प्रजापति और प्रपितामह हैं। आपको सहस्रों नमस्कार। बार-बार नमस्कार हो।"

विश्वदेव ने उसकी ओर देखा, "नमस्य मान कर नमस्कार कर रहे हो या यह मात्र तुम्हारा भय है?"

"हे अनन्तवीर्य, असीम पराक्रम वाले, आपने सबको एक देश में समेट रखा है; अतः सब कुछ आप ही हैं। आपकी इस महिमा को न जानते हुए, 'आप मेरे सखा हैं', ऐसा मान कर मैंने प्रमाद से अथवा प्रेम से भी हठपूर्वक 'हे कृष्ण, हे यादव, हे सखे' इस प्रकार आपको सम्बोधित किया है और हे अच्युत हँसी-दिल्लगी में चलते-फिरते, सोते-जागते, उठते-बैठते, खाते-पीते समय, अकेले

अथवा मित्रों और कुटुम्बियों के सम्मुख, मेरे द्वारा आपका तिरस्कार किया गया है; हे अप्रमेय, उन सबके लिए मैं आप से क्षमा माँगता हूँ।"

"तो यह तुम्हारा भय ही है; जबकि तुम यह जानते हो कि मैंने तुम्हारे हित के लिए ही यह रूप धारण किया है।"

"भय नहीं, यह मेरा ज्ञान है। पहले आपके स्वरूप को नहीं जानता था, अब जान गया हूँ। जानने के पश्चात् भी पूज्य-पूजन न करूँ, ऐसा कैसे सम्भव है।" अर्जुन ने कहा, "आप ही इस चराचर संसार के पिता हैं, आप ही पूजनीय हैं और आप ही गुरुओं के महान् गुरु हैं। हे अनन्त प्रभावशाली भगवन् इस त्रिलोकी में आपके समान दूसरा कोई नहीं है। फिर आप से महानतर कोई हो ही कैसे सकता है। इसलिए स्तुति करने योग्य आप ईश्वर को मैं साष्टांग प्रणाम करके आपको प्रसन्न करना चाहता हूँ।"

"तुम समझते हो कि मैं तुमसे प्रसन्न नहीं हूँ?" विश्वरूप ने पूछा।

"वह आपकी कृपा है।" अर्जुन बोले, "किन्तु अपनी भूल को जान लेने के पश्चात् भी मैं आपकी क्षमा न चाहूँ, यह तो धृष्टता होगी। आप मुझे क्षमा माँगने की अनुमति दें।"

लगा जैसे विश्वदेव मुस्कराए।

"पिता जैसे पुत्र द्वारा, मित्र जैसे मित्र द्वारा और पति जैसे पत्नी द्वारा किया गया तिरस्कार सहन कर लेता है; ऐसे ही आप मेरे द्वारा की गयी अपनी अवहेलना सहने, और मुझे क्षमा करने में समर्थ हैं।" अर्जुन ने कहा, "जिसको पहले कभी नहीं देखा, उस रूप को देख कर मैं हर्षित हो रहा हूँ। और साथ ही साथ भय से मेरा मन अत्यन्त व्यथित हो रहा है। अतः आप मुझे अपने उसी आनन्ददायी देवरूप को दिखाइए। हे देवेश, हे जगन्निवास आप प्रसन्न हों। मैं आपको वैसे ही किरीट, गदा, चक्र और पद्म लिए हुए अर्थात् उस चतुर्भुज रूप में देखना चाहता हूँ। इसलिए हे सहस्रबाहो, हे विश्वमूर्ते, यदि आप मुझ पर कृपा करना चाहते हैं तो आप उसी चतुर्भुज रूप में प्रकट हो जाइए।"

"यह नाटक हो रहा है कि पात्र बार-बार अपना वेश बदलते रहें। अर्जुन के अनुरोध पर देव देवेश अपना परिधान और रूप बदल रहे हैं, जैसे किसी राजसभा में राजा के आदेश पर राज-नर्तकी अपना नेपथ्य बदलती है।" धृतराष्ट्र का स्वर वक्र था, "क्या कृष्ण ने वस्तुतः अपना वेश बदल लिया?"

"श्रीकृष्ण ने कहा", संजय बोले, "हे अर्जुन, मैंने प्रसन्न होकर अपने सामर्थ्य से अपना यह अत्यन्त श्रेष्ठ तेज-स्वरूप, सब का आदि और अनन्त विश्वरूप तुझे

दिखाया है, जिसको तुम्हारे सिवाय पहले कभी किसी ने नहीं देखा। मनुष्य लोक में इस प्रकार विश्वरूप वाला मैं, न वेदों के पाठ से, न यज्ञों के अनुष्ठान से, न शास्त्रों के अध्ययन से, न दान से, न उग्र तपों से और न मात्र क्रियाओं से तेरे सिवाय किसी और के द्वारा देखा जा सकता हूँ। मेरा ऐसा उग्र रूप देख कर तुझे व्यथा नहीं होनी चाहिए और विमूढ़ भाव भी नहीं होना चाहिए। अब निर्भय और प्रसन्न मन वाला होकर फिर मेरे उस चतुर्भुज रूप को मन भर कर देख ले।"

"और कृष्ण ने पुनः अपना सौम्य मानव रूप दिखाया।" संजय ने कहा।

"मानव रूप अथवा चतुर्भुज रूप?" धृतराष्ट्र ने पूछा।

"चतुर्भुज रूप।"

"तुम्हारे ही कहने के अनुसार, संजय उस विश्वरूप को सिवाय अर्जुन के और किसी ने नहीं देखा, फिर तुमने उसे कैसे देख लिया?" धृतराष्ट्र के अधरों पर वक्र मुस्कान थी।

"मैं निश्चित रूप से कुछ नहीं कह सकता।" संजय ने कहा, "किन्तु यदि मैं कहूँ कि मुझे महर्षि वेदव्यास ने जो दिव्य दृष्टि दी थी, यह उसका प्रभाव था, तो शायद उचित नहीं होगा। श्रीकृष्ण ने कहा कि और कोई नहीं देख सकता तो उनकी बात को ऋषि नहीं काट सकते।"

"तो फिर क्या है यह सब कुछ?"

"मैं नहीं जानता; किन्तु सोचता हूँ कि उस समय मुझे भी श्रीकृष्ण ने अर्जुन की छाया ही माना। जो कुछ अर्जुन ने सुना, वह सब मैंने भी सुना और जो कुछ अर्जुन ने देखा, वह मैंने भी देखा। मेरा देखना भी अर्जुन द्वारा देखा जाना ही माना जाएगा।"

"मुझे तुम्हारा यह तर्क मान्य नहीं है; किन्तु चलो आगे बढ़ो। अर्जुन उससे आश्वस्त हो गया क्या?" धृतराष्ट्र ने पूछा।

"भयभीत अर्जुन आश्वस्त हो गया; और बोला, हे जनार्दन, आपके इस सौम्य रूप को देख कर मैं इस समय स्थिरचित्त हो गया हूँ। अपनी स्वाभाविक स्थिति को प्राप्त हो गया हूँ।"

"मेरा यह जो चतुर्भुज रूप तुमने देखा है, वह भी अत्यन्त दुर्लभ है।" श्रीकृष्ण बोले, "देवता भी इस रूप को देखने के लिए नित्य लालायित रहते हैं।"

"ऐसा क्यों?"

"जिस प्रकार तुमने मुझे देखा है, इस प्रकार साधना की किसी भी विधि से मुझे नहीं देखा जा सकता।..."

"तो फिर?"

"जो सर्वथा आसक्तिरहित और प्राणि मात्र का मित्र है, वह भक्त मुझे प्रिय है।" कृष्ण बोले, "मेरा वह प्रिय भक्त ही मेरा यह रूप देख सकता है।"

"देवकी, हमने कृष्ण का जीवन बचाने के लिए उसे नन्द-यशोदा को सौंप तो दिया किन्तु तुम शायद नहीं जानतीं कि हम किस-किस बात से वंचित रहे।" वसुदेव ने कहा।

"हाँ, हम उसकी बाल-लीलाएँ देखने से वंचित रहे; किन्तु उस लोभ में हम उसके प्राणों को संकट में तो नहीं डाल सकते थे।" देवकी ने कहा, "मुझे लगता है कि आपको कृष्ण की स्मृति घेरे हुए है।"

"हाँ, उसका जो रूप कभी ध्रुव ने देखा था यह, जो युद्ध के आरम्भ में अर्जुन ने देखा है, हमने उसके ये रूप भी नहीं देखे।" वसुदेव के स्वर में साक्षात् वंचना बोल रही थी।

"ठीक कह रहे हैं आप; किन्तु प्रसव से पहले मैंने उसके बहुत सारे रूप और बहुत सारी लीलाएँ देखी थीं।" देवकी ने कहा।

"मैं एक बात और सोच रहा हूँ।" वसुदेव बोले, "उसने अर्जुन से कहा ही नहीं है कि उसने विरोधी योद्धाओं का वध कर दिया है, उसे दिखाया भी है कि जैसे कोई मनुष्य अपना भोजन चबाता है और भोजन के कण उसके दाँतों में फँसे दिखायी देते हैं, वैसे ही वे योद्धा भी महाकाल की दाढ़ों में पिस रहे हैं।"

"आपको कैसे ज्ञात हुआ?"

"इस समय मेरा हृदय भी कुरुक्षेत्र का युद्ध-क्षेत्र बना हुआ है। कृष्ण वहीं नहीं बोल रहा, वह मेरे हृदय में भी बोल रहा है।"

"तो?"

"तुम्हें स्मरण है कि हमारे विवाह के समय भी कंस की मृत्यु की भविष्य वाणी हुई थी।"

"हाँ।"

"मुझे लगता है कि तब भी कृष्ण ने कंस का वध करने के पश्चात् ही वह भविष्यवाणी की थी।" वसुदेव ने कहा, "मैं अभी तक समझ नहीं पाया कि कृष्ण पहले कर्म करता है और तब घोषणाएँ करता है या पहले घोषणा करता है और उसके पश्चात् कर्म करता है। और यहाँ तो तीनों काल एक साथ चल रहे हैं, वे योद्धा लोग सामने जीवित भी खड़े हैं, कृष्ण उनका वध कर भी चुका है और अर्जुन उन्हें महाकाल की दाढ़ों में पिसते हुए भी देख रहा है।..."

"काल की गति को या तो महाकाल जाने या उसका स्वामी; किन्तु यह इस मानवीय युद्ध में दैवी हस्तक्षेप तो है ही।" देवकी ने कहा।

"मेरे मन में एक और विचार आ रहा है देवकी।"

"क्या?"

"वैसे तो सबके जीवन का अन्त होना है किन्तु जब कोई स्वयं को कृष्ण से पृथक् कर लेता है, वह अपने जीवन के अन्त को काल की पाटी पर अंकित कर देता है।" वसुदेव ने कहा, "मेरे मन में यह विचार उस दिन भी आया था, जिस दिन द्वारका में आकर दुर्योधन ने कृष्ण को न माँग कर कृष्ण की सेना माँगी थी।"

वसुदेव ने देवकी की ओर देखा उनका चेहरा विषाद की साक्षात् मूर्ति बना हुआ था।

"क्या हुआ?"

"आपने कह तो दिया किन्तु इस बात पर विचार नहीं किया कि आज कृष्ण के परिवार के कितने ही लोगों ने स्वयं को कृष्ण से पृथक् कर लिया है। यादवों ने तो उसे त्याग ही दिया है।"

"सत्य कह रही हो।" वसुदेव बोले, "कृष्ण से दूर होकर यदि कोई जीवित है भी, तो वह कैसा जीवन है? वह भी कोई जीवन है।"

18

अर्जुन को लग रहा था कि उसके भीतर और बाहर जैसे बहुत कुछ परिवर्तित हो गया है। वह इस युद्धक्षेत्र में आया था तो एक योद्धा के रूप में, एक महारथी के रूप में। उसके चारों ओर सेनाएँ ही सेनाएँ ही थीं। युद्ध का परिवेश था। संसार बड़ा छोटा-सा था। योद्धा, शस्त्र और युद्ध। बस। तब वह केवल जीवन और मृत्यु के विषय में ही सोच सकता था। उसके परे भी कुछ होता है, वह नहीं जानता था। किन्तु अब वह सृष्टि केवल युद्ध-क्षेत्र तक ही सीमित नहीं थी। वह सैकड़ों सूर्यों का प्रकाश देख चुका था। वह मृत्यु के आर-पार देख चुका था। वह प्रकृति और पुरुष को देख चुका था।... उसने श्रीकृष्ण को अपने बन्धु, एक साधारण मनुष्य के रूप में ही देखा था; किन्तु अब वह उनका विश्वरूप भी देख चुका था, विराट रूप भी, महाकाल-रूप भी। श्रीकृष्ण वह ही नहीं थे, जो कुछ वह अब तक उन्हें समझता आया था। अब तक वह स्वयं को उनका शिष्य

मान रहा था। किन्तु अब वह उनका भक्त हो गया था। रूप चाहे वही था किन्तु वह समझ गया था कि स्वरूप कुछ और था। वे परमेश्वर थे। उनका एक अंश उसके अपने भीतर भी था। अब तक अपने शरीर को ही जानता था, अब आत्मा को भी जानना था। श्रीकृष्ण कह चुके थे कि ऐसा कोई युग नहीं था, जब इन राजाओं में से कोई नहीं था, न कभी कोई ऐसा युग आयेगा, जब ये सब लोग नहीं होंगे।... तो इस सृष्टि में कभी न कुछ उत्पन्न होता था, न किसी का नाश होता था। यह जीवन और मृत्यु तो मात्र एक सपना था। अपने और पराये, मित्र और शत्रु... सब एक भ्रम था। अर्जुन कुरुक्षेत्र के युद्ध-क्षेत्र में खड़ा था या किसी आरण्यक ऋषि के आश्रम में...

उसने श्रीकृष्ण की ओर देखा, "आप में निरन्तर लीन होकर सगुण-साकार उपासना करने वाले और अविनाशी निर्गुण-निराकार की उपासना करने वालों में से उत्तम योगवेत्ता कौन है?"

अर्जुन जैसे अपने भविष्य का मार्ग निश्चित करना चाहता था।

श्रीकृष्ण बोले, "मुझ में मन लगा कर नित्य निरन्तर मुझे स्मरण करते हुए, जो भक्त परम श्रद्धा से पूर्ण होकर मेरी सगुण-साकार उपासना करते हैं, वे सर्वश्रेष्ठ योगी हैं।"

"और निर्गुण-निराकार..."

"अपनी इन्द्रियों को भली-भाँति वश में कर, चिन्तन-क्षेत्र में न आने वाले, सब जगह व्याप्त, अदृश्य, निर्विकार, अचल, ध्रुव, अक्षर और अव्यक्त की तत्परता से उपासना वाले, प्राणिमात्र के हित में लगे, समबुद्धि मनुष्य भी मुझे ही प्राप्त होते हैं।" श्रीकृष्ण ने कहा, "अव्यक्त में आसक्त चित्त वाले उन साधकों को अपनी साधना में कष्ट अधिक होता है, क्योंकि देहाभिमानियों के द्वारा अव्यक्त की कल्पना भी कठिन होती है। किन्तु जो सम्पूर्ण कर्मों को मुझे समर्पित कर, अनन्य योग से मेरा ही ध्यान करते हैं; हे पार्थ, मुझ में आविष्ट उन भक्तों का मैं मृत्यु रूप भव-सागर से शीघ्र ही उद्धार करने वाला बन जाता हूँ। तू मन को मुझ में स्थापित कर, मुझ में ही बुद्धि को प्रविष्ट कर। तब तू मुझ में ही निवास करेगा।"

"और यदि मेरा मन अचल भाव से स्थिर न हो तो?"

"अभ्यास कर।"

"अभ्यास योग में भी असमर्थ रहूँ तो?"

"तो संसार के कल्याण के लिए कर्म कर। तब भी तू सिद्धि को प्राप्त हो जाएगा।"

अर्जुन ने असमंजस में श्रीकृष्ण को देखा, जैसे कहना चाहता हो कि उसमें भी समर्थ न हुआ तो?

"उसमें भी असमर्थ है, तो मन तथा इन्द्रियों को वश में कर, अपने कर्मों के फल की इच्छा का त्याग कर।"

"निष्काम कर्म करूँ?"

श्रीकृष्ण ने थोड़ी देर रुक कर उसकी ओर देखा, "अभ्यास से शास्त्रज्ञान श्रेष्ठ है। शास्त्रज्ञान से ध्यान श्रेष्ठ है। और ध्यान से भी श्रेष्ठ है, कर्म-फल की इच्छा का त्याग। त्याग से तत्काल परमशान्ति प्राप्त हो जाती है।"

"जब सब कुछ त्याग ही दिया। अपने पास कुछ है ही नहीं। कुछ छिनने का भय ही नहीं है तो पांडवों को शान्ति तो मिल ही जाएगी। मुझे ऐसी शान्ति नहीं चाहिए।" धृतराष्ट्र एक कड़वी हँसी हँस कर बोला, "मैं नहीं जानता था कि भूखे नंगे रहने में भी कोई सुख है, जिसे कृष्ण शान्ति कहता है। तब तो पांडवों को दुर्योधन का आभारी होना चाहिए, उसने उन्हें बहुत शान्ति दी है।"

"दुर्योधन के मन में द्वेष था और आपके मन में अब भी है।" संजय साहस कर कह गया, "श्रीकृष्ण अपने उस भक्त की बात कर रहे हैं जिसके मन में सबके लिए द्वेषरहित मैत्रीभाव है। दयालु, ममता रहित, अहंकार रहित, सुख-दुख की प्राप्ति में सम, क्षमाशील, निरन्तर सन्तुष्ट, योगी, शरीर को वश में किए हुए, दृढ़ निश्चय वाला भक्त उन्हें प्रिय है।"

"देखो संजय, तुम अपनी बातों से मुझे उद्विग्न मत करो।" धृतराष्ट्र ने कहा, "मैं यह नहीं पूछ रहा हूँ कि कृष्ण को कौन प्रिय है। मेरे मन में कृष्ण का प्रिय बनने की कोई कामना नहीं है।"

इस बार संजय सशब्द हँसे, "आप ठीक कह रहे हैं महाराज। श्रीकृष्ण ने अर्जुन से कहा था—'जिससे कोई भी प्राणी उद्विग्न नहीं होता, और जो स्वयं भी किसी प्राणी से उद्विग्न नहीं होता; जो हर्ष, अमर्ष, भय और उद्वेग से रहित है, वह मुझे प्रिय है।' ऐसे में महाराज, न वे आपको प्रिय हो सकते हैं और न आप उनको प्रिय हो सकते हैं। उन्होंने कहा, 'जो अपेक्षाओं से शून्य, पवित्र, चतुर, उदासीन, व्यथा से अनजान और सर्वारम्भ त्यागी है, वह भक्त मुझे प्रिय है।' आप में अपेक्षाएँ हैं, कामनाएँ हैं, संकल्प हैं, आप सर्वारम्भ में विश्वास रखते हैं। तो आप उनको प्रिय कैसे हो सकते हैं।"

"मैं न उसका भक्त हूँ और न उसका प्रिय होना चाहता हूँ।" धृतराष्ट्र ने कहा, "तुम मुझे बताओ कि कृष्ण ने युद्ध के विषय में अर्जुन को क्या

समझाया।"

"युद्ध के विषय में तो कुछ भी नहीं कहा, बस भक्त के विषय में कहा" संजय बोले, "न हर्ष, न द्वेष, न शोक, न कामना और जो शुभ-अशुभ कर्मों से उदासीन है, वह भक्त मुझे प्रिय है।"

"अरे तो वह अपने भक्तों को लेकर वन में क्यों नहीं चला जाता, उसे आश्रम के लिए भूमि मैं दे दूँगा। वहाँ युद्ध-क्षेत्र में खड़ा वह क्या कर रहा है।" धृतराष्ट्र का मन बहुत ही विषाक्त हो रहा था।

किन्तु संजय पर जैसे धृतराष्ट्र के क्रोध ओर आक्रोश का कोई प्रभाव ही नहीं पड़ रहा था। वे श्रीकृष्ण की उक्तियों में बहे जा रहे थे, "जो शत्रु और मित्र में तथा मानापमान में सम है, शीतोष्ण तथा सुख-दुख में सम है, आसक्ति रहित है, जो निन्दा-स्तुति को समान समझने वाला है, मननशील, किसी भी प्रकार से शरीर का निर्वाह होने न होने से सन्तुष्ट, आसक्ति से रहित, स्थिर बुद्धि है, वह भक्त मुझे प्रिय है।"... और आप जानते हैं कि पांडवों में ये सारे गुण हैं। वे कांपिल्य में भीख माँग कर भी रहे। विराट के राज्य में चाकरी भी की। पहाड़ों और वनों में भूखे भी रहे।..."

"अरे युद्ध के विषय में क्या कहा?" धृतराष्ट्र ने एक प्रकार से चीत्कार किया।

संजय शान्त मन से मुस्कराए, "इतना कुछ कह देने के पश्चात् भी युद्ध के विषय में कुछ कहना शेष है। उन्होंने स्पष्ट कहा, 'जो मुझ में श्रद्धा रखते हैं, जो मुझ पर अवलम्बित हैं, इस धर्ममय अमृत का भली-भाँति सेवन करते हैं, वे मुझे अत्यन्त प्रिय हैं।' "

धृतराष्ट्र ने अपना सिर थाम लिया।

19

अर्जुन के मन की विचित्र स्थिति हो रही थी। पहले उसे लग रहा था कि वह अपने रथ पर श्रीकृष्ण के साथ नहीं है। वे दोनों दो सुपर्णों के समान एक घोंसले हैं। उपनिषद् के ऋषि ने ठीक ही कहा है कि आत्मा और परमात्मा दो सुपर्ण हैं और वे दोनों एक घोंसले में रहते हैं। उसे लग रहा था कि वह और श्रीकृष्ण वैसे ही दो सुपर्ण हैं। वे रथ में नहीं, एक वृक्ष की शाखा पर बैठे हैं।

अर्जुन ने उस वृक्ष को देखा—शायद अश्वत्थ का वृक्ष था। उसका घेर इतना

विस्तृत था कि उसका अन्त दिखायी नहीं देता था। अर्जुन के मन में उस पूरे वृक्ष को देखने की इच्छा जाग उठी। श्रीकृष्ण की ओर देखा—वे स्थिर दृष्टि से उसे देख रहे थे। वे तो परमात्मा थे, कर्म-फल को भोगते नहीं थे। किन्तु अर्जुन तो जीवात्मा था। वह अश्वत्थ के सारे वृक्ष को देखना चाहता था। अपने पंख फैला कर उड़ना चाहता था। उसकी ऊँची नीची शाखाओं-प्रशाखाओं पर फुदकना चाहता था। अश्वत्थ के फलों को चोंच से फोड़ कर उन्हें चखना चाहता था। अश्वत्थ की शाखाओं पर बैठ कर भी उसके फल को नहीं चखा तो अश्वत्थ से परिचय कैसे होगा?

उसने श्रीकृष्ण की ओर देखा—उनकी आँखें अन्तर्मुखी थीं। वे न वृक्ष को देख रहे थे, न उसकी शाखाओं और नव-प्रस्फुटित किसलयों को। फलों को तो वे देखते ही क्या।

अर्जुन ने अकेले ही आगे बढ़ने का निर्णय किया। वह ऊपर की ओर चला। पक्षी था तो ऊपर की ओर ही उड़ेगा... पर यह क्या, वह फुनगी की ओर बढ़ने के स्थान पर जड़ों की ओर बढ़ रहा था।

उसने श्रीकृष्ण की ओर देखा। वे जैसे स्वतः प्रकाशित हो रहे थे। अकस्मात् ही उस प्रकाश की झाईं अर्जुन पर भी पड़ गयी। उसे लगा कि उसकी जड़ता कुछ प्रकाशमयी हो गयी है।

"यह संसार-वृक्ष है।" श्रीकृष्ण ने कहा।

"अर्थात्?"

"संसार में ऐसा कोई वृक्ष है नहीं; किन्तु संसार अपने आप में ही एक वृक्ष है, जो तुम्हें संसार के रूप में तो दिखायी पड़ता है किन्तु वृक्ष के रूप में दिखायी नहीं पड़ता। पर है यह वृक्ष ही।"

"मैं समझा नहीं।" अर्जुन ने कहा।

"इस वृक्ष का मूल ऊपर की ओर है और शाखाएँ नीचे की ओर। यह अश्वत्थ अनश्वर है।" श्रीकृष्ण ने कहा।

"किन्तु संसार भी नश्वर है और संसार का प्रत्येक वृक्ष भी।" अर्जुन ने अनायास ही अपना सन्देह प्रकट कर दिया, "फिर यह अनश्वर कैसे है?"

"ठीक कह रहे हो किन्तु प्रवाह की दृष्टि से यह अव्यय है। पुराना जीर्ण होकर नष्ट होता रहता है और उसका स्थान नया लेता रहता है। इस प्रकार यह प्रवाह बना रहता है।"

"आपका तात्पर्य है कि एक पत्ता झरता है तो दस और उत्पन्न हो जाते

हैं?"

"अश्वत्थ का अर्थ ही है, जो आगामी कल में नहीं रहेगा। अ-श्व-त्थ। जिसकी आगामी कल में वैसी ही स्थिति नहीं रहेगी, जैसे आज है। यह निरन्तर परिवर्तनशील है। लगातार बदल रहा है। इसको ठीक-ठीक समझ लेने पर इसकी स्थिति ही नहीं रह जाती। और न रह जाने पर भी जैसा आज है, वैसा कल नहीं रहेगा। यह प्रवाह-परिणामी नित्य है।

"जैसे नदी है। हमें लगता है कि नदी की धारा स्थिर है। नदी ज्यों-की-त्यों है। किन्तु जिस जल को हमने एक पल पहले देखा था, वह अब बह कर जाने कहाँ चला गया है। नया पानी आ जाता है। नदी वैसी की वैसी लगती है। वहाँ धारा-प्रवाह का बोध होता है, धारावाहिकता का बोध होता है।

"प्रज्वलित दीपक को देखें तो लौ प्रतिक्षण बदल रही है। रूई जल रही है, घी जल रहा है और लौ बदल रही है। नयी-नयी लौ उठ रही है, पुरानी लौ जा रही है; किन्तु लगता है कि दीपक स्थायी है, स्थित अवस्था में है। यह परिवर्तनशील किन्तु स्थायी बोध वाला वृक्ष है। इसी प्रकार यह सारा संसार नित्य परिवर्तनशील है।"

"तो इसमें नये पत्ते आते रहेंगे और वृक्ष के स्थायी होने का भ्रम फैलाते रहेंगे?"

"हाँ। किन्तु बात केवल पत्तों की ही नहीं है। यहाँ सब कुछ परिवर्तनशील है। प्रतिपल सब कुछ नया हो रहा है। नवयुग आता है और पुरातन का स्थान ले लेता है।" श्रीकृष्ण बोले, "पुराने पत्ते झरते रहेंगे और नये पत्ते आते रहेंगे। वृक्ष वैसे का वैसा बना रहेगा।"

"किन्तु यह तो वास्तविक वृक्ष नहीं है। इसके पत्ते..."

"बात वृक्ष की भी नहीं, संसार की है। वेद इस वृक्ष रूपी संसार के पत्ते हैं।"

"वेद?"

"हाँ, उस संसार वृक्ष को जो जानता है, वह सम्पूर्ण वेदों का जानने वाला है।" श्रीकृष्ण ने कहा।

"इसकी जड़ें ऊपर की ओर हैं, जहाँ न मिट्टी न पानी। फिर इसकी शाखाएँ कैसे बढ़ती हैं?"

"प्रकृति के तीनों गुण संसार रूपी शाखाओं को बढ़ाते हैं।" श्रीकृष्ण बोले, "विषय इसकी कोंपलें हैं। ये कोंपलों वाली शाखाएँ नीचे-ऊपर, सब ओर फैली

हुई हैं। मनुष्य-लोक में कर्मों के अनुसार बाँधने वाली जड़ें भी नीचे और ऊपर, सभी लोकों में व्याप्त हो रही हैं।"

"किन्तु इसकी जड़ें ऊपर क्यों हैं?"

"यदि तुम्हारा वंश-वृक्ष तैयार किया जाएगा तो सब से ऊपर राजा कुरु का नाम लिखा जाएगा या तुम्हारा? जहाँ से आरम्भ होता है, जो आदि है, जो मूल है, जो बड़ा है, वह ऊपर ही होता है।" श्रीकृष्ण बोले, "परमेश्वर से यह सृष्टि आरम्भ हुई है, तो वे ही ऊपर हैं।"

"इस संसार-वृक्ष का जैसा रूप देखने में आता है, वैसा यहाँ विचार करने पर भी मिलता नहीं है।" अर्जुन ने कहा, "क्यों?"

"क्योंकि इसका न तो कोई आदि है, न अन्त है और न इसकी स्थिति ही है।"

"तो यह वृक्ष हमें बाँधता रहेगा और हम इसे काट नहीं सकते?"

श्रीकृष्ण हँसे, "काट क्यों नहीं सकते। इसे वृक्ष कहा ही क्यों? वृक्ष शब्द का प्रयोग ही क्यों किया? वृश्यते इति वृक्षः। जिसको काटा जा सके, वह वृक्ष है। जितने भी वृक्ष हैं, उनको काटा जा सकता है। तो यह जो संसार रूपी वृक्ष है, इसे भी काटा जा सकता है।"

"कैसे?"

"साधारण वृक्ष को लोहे की कुल्हाड़ी से काटा जाता है। तो वह कौन-सा लोहा है, जो संसार रूपी वृक्ष को काटेगा? इसको दृढ़ अनासक्ति रूपी कुठार से काटा जा सकता है। असंगता से काटा जा सकता है।

"हमें उस आद्य पुरुष की शरण में जाना होगा। जिससे पुराने समय से यह प्रवृत्ति चली आ रही है। इन प्रवृत्तियों का मूल प्रेरक कौन है? और जिसमें अनादिकाल से चली आने वाली यह सृष्टि विस्तार को प्राप्त हुई है। मैं उस आदि पुरुष की ही शरण में हूँ।"

"वह आदि पुरुष कौन है?" पारंसवी ने कहा, "प्रायः तो कृष्ण स्वयं को ही आदि पुरुष कहते हैं। पुरुषोत्तम कहते हैं, फिर यहाँ वे किस आदि पुरुष की शरण में हैं?"

"सांख्य कहता है, मूल प्रेरणा प्रकृति है।" विदुर बोले, "वेदान्त कहता है कि प्रकृति और जीवात्मा के पीछे भी प्रभु ही हैं, पुरुषोत्तम हैं। तो उस आद्य पुरुष की शरण में जाओ, जिसकी कृपा से आद्य समय से जगत की यह प्रवृत्ति, यह

विकास, जगत का यह व्यवहार चला आ रहा है। वह जो सर्वत्र व्याप्त है, सबको प्रेरित करता है, अपने कर्म से हम उसकी पूजा करते हैं।"

"मुझे लगता है कि कृष्ण भी सदा एक ही धरातल से नहीं बोलते हैं।" कुन्ती ने कहा, "उससे भी अधिक महत्वपूर्ण एक बात मेरे मन में गूँज रही है कि उनका कामनाओं के त्याग पर इतना बल क्यों है?"

"क्यों है?" पारंसवी ने पूछा।

"कामनाएँ होंगी तो उनकी पूर्ति की इच्छा भी होगी। मुझे लगता है कि मनुष्य कामनाओं की पूर्ति के लिए देवताओं को पुकारता है। देवगण उसकी इच्छाएँ पूरी करते हैं और चाहते हैं कि वह उन्हें पुकारता रहे। बहुत सम्भव है कि वे उसकी कामनाओं का विस्तार भी करते रहते हों। किन्तु...।"

"किन्तु क्या?"

"किन्तु यदि मनुष्य के मन में कामनाएँ ही न हों तो उसे देवताओं की उपासना, उन्हें प्रसन्न करने की चेष्टा और उनसे कुछ प्राप्त करने का प्रयत्न की आवश्यकता नहीं है। कामनाएँ नहीं हैं तो उसके मन में जिज्ञासा होगी, चिन्तन होगा। परमेश्वर को जानने का प्रयत्न, उनके निकट जाने का प्रयत्न और अन्त में वही हो जाने की चेष्टा होगी। कामनाएँ हमें परमेश्वर से दूर और देवताओं के निकट ले जाती हैं—अर्थात् प्रकृति के नियंत्रण से मुक्त नहीं होने देतीं। ये कामनाएँ प्रकृति की ही देन हैं। हमें प्रकृति के स्वामी तक पहुँचना है तो कामनाओं का पूर्ण त्याग करना पड़ेगा। और परमेश्वर तक पहुँचने का अर्थ है, वही हो जाना।"

"तो श्रीकृष्ण क्या कह रहे हैं कि वे भी उसी परमेश्वर के अधीन हैं?"

"जीवात्मा, आत्मा के अधीन है और आत्मा, परमात्मा के अधीन है।" विदुर बोले, "श्रीकृष्ण तीनों स्तरों पर बात करते दिखायी पड़ते हैं। वे सांख्य और वेदान्त की चर्चा करते हैं तो विद्वान के रूप में बोलते हैं और अपना विराट रूप दिखाते हैं तो परमेश्वर के रूप में स्वयं को प्रकट करते हैं।"

"संजय, कृष्ण सब से उच्च स्थिति किसकी मानता है।" धृतराष्ट्र ने कहा, "उसने इस सन्दर्भ में भी अर्जुन से कुछ कहा ही होगा।"

"श्रीकृष्ण ने कहा, अर्जुन, जो मान और मोह से रहित हो गये हैं, जिन्होंने आसक्ति से होने वाले दोषों को जीत लिया है, जो नित्य निरन्तर परमात्मा में ही लीन रहते हैं, वे उस परमपद को प्राप्त करते हैं, जिसे न सूर्य, न चन्द्र और न

अग्नि ही प्रकाशित कर सकते हैं और जिसको प्राप्त कर, जीव कभी लौट कर इस संसार में नहीं आता। वही मेरा परमधाम है।"

"तो वह अपने परमधाम में ही क्यों नहीं रहता?" धृतराष्ट्र के चेहरे पर कटाक्ष का भाव था, "मेरे परमधाम इस धरती पर वह क्या कर रहा है?"

"श्रीकृष्ण ने कहा है कि इस संसार में जीव बनी हुई आत्मा स्वयं मेरा ही सनातन अंश है—परन्तु वह प्रकृति में स्थित मन और पाँचों इन्द्रियों को आकर्षित करती है। मोहवश, उन्हें अपना मान लेती है। जैसे वायु जहाँ भी जाती है, वहाँ की गन्ध को ग्रहण कर लेती है। ऐसे ही शरीरादि का स्वामी बनी हुई जीवात्मा भी जिस शरीर का त्याग करती है, उसके मन सहित इन्द्रियों को ग्रहण कर, अपने साथ नये शरीर में ले जाती है। इसीलिए मैं कहता हूँ कि आत्मा अपने साथ अपने पिछले जन्मों के संस्कार लेकर आती है।"

"तो हम इस बात को समझते क्यों नहीं हैं?" अर्जुन ने पूछा।

"यह जीवात्मा मन का आश्रय लेकर आँख, कान, नासिका, त्वचा और रसना—इन पाँचों इन्द्रियों के माध्यम से विषयों का सेवन करती है। जीवात्मा के इस रूप को मूढ़ मनुष्य नहीं जानते। ज्ञान रूपी नेत्रों वाले ही जानते हैं।"

"हम अपने भीतर स्थित इस परमात्म-तत्व को क्यों नहीं देख पाते?" अर्जुन चकित था।

"प्रयत्न करने वाले योगी इस परमात्म-तत्व का अनुभव कर पाते हैं; किन्तु जिन्होंने अपना अन्तःकरण शुद्ध नहीं किया है, ऐसे अविवेकी मनुष्य यत्न करने पर भी इस तत्व का अनुभव नहीं करते।" श्रीकृष्ण हँसे, "सूर्य को प्राप्त हुआ जो तेज सम्पूर्ण जगत् को प्रकाशित करता है और जो तेज चन्द्रमा और अग्नि में है, वह तो प्रकट है, छिपा हुआ भी नहीं है; किन्तु मनुष्य उसे भी नहीं पहचानता। उस तेज को मेरा ही जान। मैं ही पृथ्वी में प्रविष्ट होकर अपनी शक्ति से समस्त प्राणियों को धारण करता हूँ। और मैं ही रस स्वरूप चन्द्रमा होकर समस्त औषधियों को पुष्ट करता हूँ।... किन्तु जीवात्मा उसका अनुभव नहीं करता।"

20

धृतराष्ट्र बड़ी देर तक चिन्तन में मग्न रहा। जब वह इस प्रकार सोच रहा होता था तो उसका सिर झुका रहता था, जैसे धरातल के नीचे कुछ खोज रहा हो। सहसा उसने सिर उठाया और बोला, "संजय, तुम्हारा कृष्ण आकाश पाताल के

प्रश्नों के उत्तर देता है। तुम भी उसकी बातें सुन कर पर्याप्त विद्वान् हो गये हो। क्या तुम भी मेरे एक प्रश्न का उत्तर दे सकते हो?"

"आप प्रश्न पूछें मैं अपनी क्षमता भर उत्तर देने का प्रयत्न करूँगा।" संजय कुछ असहज हो गया था।

"कोई मुझे बताए कि मेरा क्या दोष था कि मैं जन्मान्ध पैदा हुआ।" धृतराष्ट्र ने कहा, "तुम अथवा तुम्हारा कृष्ण यह कहेगा कि यह मेरे कर्मों का फल है।"

"जी सामान्य उत्तर तो यही होगा महाराज।"

"किन्तु मैंने तो तभी जन्म ही लिया था, मैंने माँ के गर्भ में ही ऐसा क्या पाप कर दिया था कि विधाता ने मुझे दृष्टि ही नहीं दी।" धृतराष्ट्र ने कहा, "यह मत कहना कि मेरी माँ ने गर्भधारण करते समय अपनी आँखें बन्द कर ली थीं, इसलिए मैं जन्मान्ध हो गया। वह कोई ऐसा पाप तो नहीं था जिसके दंड स्वरूप माँ को एक अन्धा बालक मिले और बालक निरपराध ही जन्मान्ध उत्पन्न हो।"

"नहीं। नहीं। आपके दृष्टिहीन होने का कारण आपकी माँ का आँखें मूँद लेना नहीं था। यह कथा तो माता सत्यवती द्वारा प्रचारित हुई।"

"क्यों? उन्हें इससे क्या लाभ था?"

"वे अपनी पुत्रवधू को कलंकित करने का एक प्रयत्न मात्र था। और वैसे भी कर्म-सिद्धान्त कहीं यह नहीं कहता कि एक के कर्म का फल दूसरे को मिलेगा।"

"तो फिर मैं जन्मान्ध क्यों हुआ?" धृतराष्ट्र ने कुछ इतने आक्रोश से पूछा, जैसे उसका दोषी संजय ही हो।

"अभी-अभी मैंने श्रीकृष्ण की एक उक्ति आपके सामने प्रस्तुत की थी।"

"क्या?"

"शरीरादि का स्वामी बनी हुई जीवात्मा भी जिस शरीर का त्याग करती है, उसके मन सहित इन्द्रियों को ग्रहण कर, अपने साथ नये शरीर में ले जाती है। इसीलिए मैं कहता हूँ कि आत्मा अपने साथ अपने पिछले जन्मों के संस्कार लेकर आती है।" संजय ने कहा, "आप इस जीवन के कर्मों के कारण नहीं, अपने पिछले जन्मों के कर्मों के कारण प्रज्ञाचक्षु बन कर उत्पन्न हुए।"

"पिछले जन्म का प्रमाण क्या है?"

"परमेश्वर किसी को भी अपने और अपनी प्रकृति के नियमों के प्रमाण देने

को बाध्य नहीं है। वह किसी दंड अथवा पुरस्कार का स्पष्टीकरण नहीं देता।" संजय बोले, "श्रीकृष्ण ने व्यक्तिगत रूप से तो नहीं किन्तु एक सामान्य विभाजन के रूप में कुछ गुण-दोष बताए हैं।"

"क्या?"

"उन्होंने अर्जुन से कहा था कि भय का सर्वथा अभाव, अन्तःकरण की अत्यन्त शुद्धि, ज्ञान के लिए योग में दृढ़ स्थिति और सात्विक दान, इन्द्रियों का दमन, यज्ञ, स्वाध्याय, कर्तव्य-पालन के लिए कष्ट सहना, और शरीर, मन, वाणी की सरलता। अहिंसा, सत्यभाषण, अक्रोध, कामना का त्याग, अन्तःकरण में राग-द्वेष जनित हलचल का अभाव, चुगली न करना, प्राणियों पर दया करना, सांसारिक विषयों में न ललचाना, अन्तःकरण की कोमलता, अकर्तव्य करने में लज्जा, चपलता का अभाव।... ये सब दैवी गुण हैं। तेज, क्षमा, धैर्य ये सब दैवी सम्पदा के गुण हैं।" संजय ने धृतराष्ट्र की ओर देखा, "यह अब आपको सोचना है कि इन दैवी गुणों में से आपके पास क्या-क्या है?"

"इन सब का मेरे जन्मान्ध होने से क्या सम्बन्ध?"

"न सही।" संजय ने कहा, "अब हम दूसरी ओर से सोचते हैं। श्रीकृष्ण ने कहा कि दम्भ, घमंड, अभिमान, क्रोध, कठोरता, अविवेक—ये सब आसुरी सम्पदा हैं। दैवी सम्पत्ति मुक्ति के लिए और आसुरी सम्पत्ति बन्धन के लिए मानी गयी है।"

"तुम कहना चाहते हो कि मैं अपने पूर्व जन्मों के कर्मों के कारण न केवल जन्मान्ध पैदा हुआ हूँ, उसके साथ ही दम्भ, घमंड, अभिमान, क्रोध, कठोरता और अविवेक जैसे आसुरी गुण भी लेकर आया हूँ।" धृतराष्ट्र आगबबूला हो रहा था।

"क्रोध तो आप प्रकट ही कर रहे हैं।" संजय ने कहा, "शेष आप ही सोच लें। मैं अपनी ओर से कुछ भी नहीं कह रहा हूँ; केवल इतना ही बता रहा हूँ कि श्रीकृष्ण ने किन गुणों को दैवी सम्पदा कहा है और किन को आसुरी।"

"और क्या कहा है कृष्ण ने?" धृतराष्ट्र ने स्वयं को नियंत्रित करने का प्रयत्न किया।

"आसुरी प्रकृति वाले नहीं जानते कि संसार में किस को ग्रहण करना है और किसका त्याग करना है। उनके लिए बाह्य शुद्धि, श्रेष्ठ आचरण और न सत्य पालन का कोई महत्त्व नहीं होता है। वे मानते हैं कि संसार असत्य और बिना मर्यादा के और बिना ईश्वर है। वह स्त्री-पुरुष के संयोग से स्वतः

उत्पन्न हुआ है। काम ही इस संसार का कारण है। अन्य कोई कारण नहीं हो सकता।"

"तुम कहना चाहते हो कि मैं ऐसा ही हूँ।" धृतराष्ट्र ने कहा।

"यह निर्णय करना आपका काम है। यदि आपके मन में ईश्वर का प्रेम या भय होता तो आप अपने भतीजों के साथ वह व्यवहार नहीं करते, जो आपने किया।" संजय ने कहा, "उन्हें जीवित जलाने का प्रयत्न करते हुए भी आपके मन में दया अथवा करुणा का उदय तो नहीं ही हुआ। ईश्वर का भय भी उत्पन्न नहीं हुआ। आपने यह नहीं सोचा कि आप भी उसी प्रकार जीवित जलाए जा सकते हैं।"

"तुम कहना चाहते हो कि मैं भी जीवित जलाया जाऊँगा?"

"मैं ऐसी भविष्यवाणियाँ नहीं करता। मैं तो आपको केवल श्रीकृष्ण का सन्देश सुना रहा हूँ।" संजय बोले, "उन्होंने यह भी कहा कि ये नास्तिक स्वयं को अनश्वर आत्मा नहीं मानते। उनकी बुद्धि तुच्छ है और वे उग्र कर्म करने वाले और संसार के शत्रु हैं। उनका सामर्थ्य संसार के नाश के लिए ही होता है।"

"मेरे पास कोई सामर्थ्य ही नहीं है तो मैं नाश किसका करूँगा?" धृतराष्ट्र सर्वथा असहाय बन कर बोल रहा था।

"आपका सामर्थ्य हस्तिनापुर शासन का आदेश है। आपको सामर्थ्य आपके पुत्र हैं। आपका सामर्थ्य द्रोणाचार्य, कृपाचार्य और पितामह भीष्म जैसे आपके कर्मचारी हैं।" संजय कुछ आवेश में बोले, "आपके कारण सारे धर्मप्राण राजा ही नहीं आपका अपना परिवार भी क्षुब्ध है। श्रीकृष्ण ने कहा है कि अपूर्णीय कामनाओं का आश्रय लेकर दम्भ, अभिमान और मद में चूर रहने वाले तथा अपवित्र व्रत धारण करने वाले मनुष्य मोह के कारण दुराग्रों को धारण कर के संसार में विचरते हैं। वे मृत्युपर्यन्त रहने वाली अपार चिन्ताओं का आश्रय लेने वाले, पदार्थों का संग्रह और उनका भोग करने में ही लगे रहने और 'जो कुछ है, बस इतना ही है' मानने वाले हैं। वे आशा की सैकड़ों फाँसियों से बँधे हुए मनुष्य काम-क्रोध के परायण होकर पदार्थों का भोग करने के लिए, अन्यायपूर्वक धन-संचय करने की चेष्टा करते रहते हैं।"

"संसार में कौन ऐसा नहीं करता?" धृतराष्ट्र ने उसे चुनौती दी।

"आरम्भ में तो पितामह भीष्म ने ऐसा कुछ नहीं किया था। वे त्याग ही करते रहे; किन्तु आपकी इच्छाएँ पूरी करने के लिए वे भी अपना धर्म भूल बैठे।"

संजय ने कहा, "श्रीकृष्ण ने कभी शासन का लोभ नहीं किया। पांडु अपना राज्य आपको सौंप कर अपनी रानियों के साथ तपस्या करने निकल गये। और आपने और आपके पुत्रों ने क्या किया ... इतनी वस्तुएँ हमने आज प्राप्त कर लीं कल और मनोरथ प्राप्त कर लेंगे। इतना धन प्राप्त कर लिया है, इतना और प्राप्त कर लेंगे। वह शत्रु तो हमारे हाथों मारा गया, दूसरे शत्रु को भी मार डालेंगे। हम ईश्वर हैं। हम भोग भोगने वाले हैं। हम सिद्ध हैं, बड़े बलवान और सुखी हैं। हम धनवान हैं। बहुत से सैनिक और नौकर-चाकर हमारे अधीन हैं। हमारे समान दूसरा कौन है। हम खूब यज्ञ करेंगे, दान देंगे, और मौज करेंगे। इस प्रकार वे अज्ञान से मोहित रहते हैं।"

"चलो, तुम्हारी बात मान ली।" धृतराष्ट्र ने कहा, "तुम्हारे अपने कहे अनुसार, वे लोग भी यज्ञ करते हैं, दान करते हैं। तो फिर धर्म का विरोध कहाँ हुआ?"

"वे तामसिक यज्ञ करते हैं, तामसिक दान करते हैं और उससे अपने अहंकार को स्फीत करते हैं। स्वयं को सर्वाधिक पूज्य मानने वाले, अहंकारी, धन और मान में चूर, दम्भ से अविधिपूर्वक नाम मात्र के यज्ञ करते हैं।" संजय ने कहा, "विभिन्न कामनाओं के कारण भ्रमित चित्त वाले, मोह-जाल में लिपटे तथा पदार्थों और भोगों में आकंठ आसक्त ये असुर भयंकर नरकों में गिरते हैं।"

"वे नरक में गिरते हैं और अपने किए का फल पाते हैं तो कृष्ण को क्या? वह क्यों पीड़ित है?"

"श्रीकृष्ण अपने लिए पीड़ित नहीं हैं। उनके मन में उन असुरों के लिए भी करुणा है। वे उनके शत्रु नहीं हैं। वे अहंकार, हठ, घमंड, कामना और क्रोध का आश्रय लेने वाले मनुष्य अपने और दूसरों के शरीर में रहने वाले श्रीकृष्ण से द्वेष करते हैं। दुर्योधन और कर्ण कभी श्रीकृष्ण मित्र नहीं हो सके। वे शकुनि और दुःशासन के मित्र थे।"

"तो कृष्ण उन्हें दंडित क्यों नहीं करता?" धृतराष्ट्र के मन में श्रीकृष्ण की असहायता पर कटाक्ष था।

"श्रीकृष्ण ने कहा है कि उन द्वेषी, क्रूर, और पतित मनुष्यों को मैं बार-बार आसुरी योनियों में जन्म देता हूँ। वे मूढ़ मुझे प्राप्त न कर, जन्म-जन्मान्तरों में आसुरी योनि में जी कर, उससे भी अधम गति अर्थात् भयंकर नरकों में चले जाते हैं।"

लगा, धृतराष्ट्र भय से काँप उठा। अत्यन्त दीन स्वर में बोला, "उनसे बचने

का कोई मार्ग नहीं है?"

सहसा ही आस-पास जैसे कुछ कोलाहल-सा हुआ। दासियों के झुंड के झुंड आये और उनको घेर कर खड़े हो गये। उनके मध्य-से किसी के आने के लिए मार्ग छोड़ा गया था।

संजय ने उस ओर देखा—गान्धारी अपनी सामान्य चाल से कुछ अधिक तीव्र गति से उन लोगों की ओर आ रही थी। दूर से ही प्रतीत हो रहा था कि वह पर्याप्त उद्विग्न थी। उसके पैर ही नहीं श्वास भी तीव्र गति से चल रहे थे।

दासियों ने उसके बैठने के लिए मंच तैयार कर दिया था और दो दासियाँ उसके दोनों हाथ पकड़ कर उसे बैठाने की तैयारी में थीं। किन्तु गान्धारी की उत्तेजना ने बैठने की प्रतीक्षा नहीं की। वह खड़ी-खड़ी ही बोली, "संजय, क्या सुन रही हूँ मैं?"

"क्या सुना महारानी?"

"मेरे पुत्र हस्तिनापुर में नहीं हैं इसलिए तुम वृद्ध और दुर्बल महाराज को अपशब्द कह रहे हो। उन्हें असुर बता रहे हो।" वह बोली, "अपने पुत्रों की अनुपस्थिति में भी मेरे पास यहाँ इतने सैनिक हैं कि मैं तुम्हें जो दंड देना चाहूँ, दे सकती हूँ।"

"ठीक कह रही हैं महारानी। आप जो दंड चाहें, दे सकती हैं। किन्तु यहाँ किसी व्यक्ति विशेष की तो चर्चा ही नहीं है। महाराज पूछ रहे हैं कि श्रीकृष्ण ने अर्जुन से क्या कहा और मैं उन्हें उन दोनों के संवाद ही सुना रहा हूँ।" संजय ने कहा, "अब यह तो स्वयं हम पर निर्भर करता है कि हम अपने मन में बैठे श्रीकृष्ण से बात करें और विचार करें कि हम में कौन-कौन से गुण हैं। दैवी या आसुरी।"

"कृष्ण कुरुक्षेत्र में रथ में बैठा है या यहाँ हमारे मन में?" गान्धारी का स्वर और भी तीखा हो गया, "झूठी कथा-कहानियाँ गढ़ कर महाराज को डरा रहे हो। हमारे हृदय में तो रक्त संचरित होता है; यदि कृष्ण भी वहाँ बैठा होगा तो वह हमारे रक्त में नहा चुका होगा।"

"महारानी यदि मेरी बात मानें तो मैं कहना चाहूँगा कि श्रीकृष्ण आपके हृदय के रक्त में नहा नहीं रहे, वहाँ आपके रक्त के रूप में भी श्रीकृष्ण ही प्रवाहित हो रहे हैं।"

"लो, अब हमारे हृदय के रक्त में भी कृष्ण है। असुरों के हृदय में भी कृष्ण है। तो फिर हमारे साथ वह भी नरक में जाएगा।"

"महारानी रुष्ट न हों।" संजय ने कहा, "श्रीकृष्ण ने कहा है कि काम, क्रोध और लोभ ये तीन नरक के द्वार हैं। पतन से बचना है तो इन तीनों को त्याग देना चाहिएं। नरक के इन तीनों द्वारों को अपने लिए बन्द कर देने में सफल व्यक्ति कल्याणकारी आचरण करता है और परम गति को प्राप्त होता है।"

"लो बन्द कर दिए हमने अपने लिए ये तीनों द्वार और अर्गला भी लगा दी।" गान्धारी ने कहा, "अब तो हम असुर नहीं हैं न?"

"यह निर्णय तो आप ही करें कि आप क्या हैं और कौन हैं।" संजय ने उत्तर दिया, "श्रीकृष्ण ने अर्जुन से कहा था, जो मनुष्य शास्त्र विधि त्याग, सायास मनमाना आचरण करता है, वह सिद्धि, सुख और परम गति को कभी प्राप्त नहीं होता।"

21

"अर्जुन, तुम्हें स्मरण है कि जब तुम लोग इन्द्रप्रस्थ में थे तो एक रात तुम्हारे पास एक ब्राह्मण आया था। उसकी गाय कोई चुरा कर ले गया था। वह ब्राह्मण चोर को पकड़ने और गाय को लौटा लाने में तुम्हारी सहायता चाहता था। और तुम उसकी सहायता के लिए गये थे।" श्रीकृष्ण ने पूछा।

"हाँ, स्मरण है मुझे। मैं अपना गांडीव लेने के लिए शस्त्रागार में गया था और संयोग से धर्मराज और पांचाली भी वहाँ उपस्थित थे।" अर्जुन ने उत्तर दिया, "परिणामतः चोर को पकड़ने और ब्राह्मण की गाय लौटा लाने के पश्चात्, मैं अपने ही बनाए हुए नियमों के अनुसार बारह वर्षों के वनवास के लिए चला गया था।"

"चोर को पकड़ने से तुम्हें क्या लाभ हुआ?"

"वह काम मैंने अपने लाभ के लिए नहीं, शासन के दायित्व के रूप में किया था।"

"यदि तुम चाहते तो क्या ब्राह्मण तुम्हें कोई पारिश्रमिक नहीं देता?"

"किन्तु वह काम तो मैंने अपने कर्तव्य के रूप में किया था। उसमें पारिश्रमिक का प्रश्न ही कहाँ था। और ब्राह्मण के पास था ही क्या कि वह एक राजकुमार को पारिश्रमिक देता।"

"अर्थात् तुम जानते थे कि उस सारे परिश्रम के बदले में तुम्हें कुछ नहीं मिलने वाला?"

"मैंने कहा न, वह मेरा कर्तव्य था, मेरा शासकीय दायित्व था, मेरा धर्म था। वह कुछ अर्जित करने के लिए नहीं था।"

"यदि तुम चाहते तो वह चोर भी गाय चुरा ले जाने की सुविधा पाने के लिए तुम्हें उत्कोच दे सकता था।" श्रीकृष्ण बोले।

"मैंने आपसे कहा न कि मैंने अपने धर्म का निर्वाह किया था।"

"इसी को निष्काम कर्म कहते हैं और यही कर्म-योग है। आज भी मैं युद्ध के रूप में तुमसे तुम्हारा वही धर्म माँग रहा हूँ।" कृष्ण बोले, "उस घटना के पश्चात् उस ब्राह्मण और चोर से न सही, किन्तु धर्मराज से कोई पुरस्कार माँग सकते थे; किन्तु तुम तो पाँचों भाइयों में हुई एक सन्धि के निर्वाह के लिए वनवास के लिए चले गये।"

"वह तो मैं समझ गया श्रीकृष्ण, किन्तु कर्म-संन्यास मेरे मन में अब भी बहुत स्पष्ट नहीं है।" अर्जुन ने कहा, "इस विषय में अनेक विद्वान् अनेक प्रकार के मत प्रस्तुत करते हैं।"

"हाँ, विद्वानों का तो काम ही है, विभिन्न प्रकार के मत प्रस्तुत करना।" कृष्ण बोले, "वह उनके अपने स्वभाव, अपने अनुभव और अपने गुरुओं की विभिन्नता के कारण है।"

"कई विद्वान् कामनाओं से पूर्ण कर्मों के त्याग को संन्यास मानते हैं।" अर्जुन ने कहा, "क्या, इसका अर्थ है कि जिस कर्म के साथ कोई कामना जुड़ी हो, उस कामना को त्यागने के स्थान पर कर्म को ही त्याग दिया जाए?"

"अनेक मनीषी कहते हैं कि कर्म को उसके दोष के कारण नहीं, कर्म मात्र को दोष मान कर उसका त्याग कर देना चाहिए।"

"किन्तु यह तो सम्भव ही नहीं है।" अर्जुन ने आतुरता से कहा, "आप तो यह नहीं मानते न?"

"बात तो विद्वानों की है। पहले उसकी चर्चा कर लें।" श्रीकृष्ण बोले, "क्योंकि कुछ विद्वान् तो यह भी कहते हैं कि यज्ञ, दान और तप रूपी कर्तव्य-कर्मों का त्याग नहीं करना चाहिए।" श्रीकृष्ण ने अर्जुन की ओर देखा, "क्या विचार है तुम्हारा?"

"मैं आपका विचार पूछ रहा हूँ।"

"तो पहले हम त्याग को जान लें।" श्रीकृष्ण बोले, "यज्ञ, दान, और तप मनीषियों को पवित्र करने वाले हैं। उनके त्याग से इस सृष्टि का कोई लाभ नहीं होगा। आसक्ति और फलाकांक्षा कर्म को दूषित करते हैं। उनका त्याग कर्म को पवित्र करता है। इसलिए नियत कर्म का त्याग उचित नहीं है। यह मोहपूर्ण त्याग

है, अतः वह तामस त्याग है।"

"कर्म दुखरूप है। परिश्रम के भय से मैं कर्म का त्याग कर दूँ तो?"

"वह राजस त्याग है।" श्रीकृष्ण बोले, "कर्तव्य मान कर कर्म को करना और उसके फल का त्याग, सात्विक त्याग है।"

"श्रीकृष्ण ने सात्विक, राजसिक और तामसिक त्याग की बात की है;" विदुर ने कहा, "किन्तु इतर दृष्टि से देखो तो तीन प्रकार के त्याग और भी हैं।"

"वे कौन से त्याग हैं?" कुन्ती ने पूछा।

"भाभी, पहला त्याग तो कर्म के फल का त्याग है, जिससे आप अच्छी तरह परिचित हैं।" विदुर बोले, "दूसरा त्याग 'संग-त्याग' है।"

"किसके संग का त्याग?" पारंसवी ने पूछा।

"किसी एक कर्म से चिपके रहना उचित नहीं है।" विदुर बोले, "भैया पांडु को कहा गया कि वे प्रजापालन करें, वे वही करने लगे। युद्ध में सेना का नेतृत्व करने की आवश्यकता पड़ी तो युद्ध में चले गये। और परिस्थितियाँ बदलीं तो वनों में आखेट करने लगे और उसके पश्चात् शतशृंग पर तपस्या करने चले गये। इसे कहते हैं संग-त्याग। उन्होंने एक बार भी नहीं कहा कि वे जो कर्म कर रहे हैं, वही करेंगे। शासन कर रहे हैं तो शासन ही करेंगे। युद्ध नहीं करेंगे, तपस्या नहीं करेंगे। यह संग-त्याग है। किसी भी कर्म के साथ चिपकना नहीं चाहिए, जैसे कि महाराज धृतराष्ट्र चिपके बैठे हैं। वे तो कर्म से भी नहीं, पद से चिपके बैठे हैं, जैसे उनका पुत्र दुर्योधन दुर्बुद्धि से चिपका बैठा है। किसी कर्म-विशेष के प्रति आसक्ति नहीं होनी चाहिए। प्रभु जो कर्म करवाना चाहें, वही करो।"

"कृष्ण के सन्दर्भ में भी मथुरा के सुदामा माली की ऐसी ही कथा है न।"

"हाँ भाभी।" विदुर ने कहा, "जब श्रीकृष्ण वृन्दावन से मथुरा आये थे तो पहली सन्ध्या को वे मथुरा भ्रमण पर निकल गये थे। उसी भ्रमण में वे उस उद्यान में पहुँचे, जिसका स्वामी सुदामा था। उसने श्रीकृष्ण का स्वागत किया, माला पहनायी, चन्दन अर्पित किया और हाथ जोड़कर उनके सामने बैठ कर बोला, "प्रभु मुझे आदेश दें।" श्रीकृष्ण लीलापूर्वक हँसे, "मैं कोई राजा हूँ कि मुझ से आदेश माँग रहे हो।" सुदामा ने उत्तर दिया, "आप जब अपने आदेश से किसी व्यक्ति को किसी कार्य-विशेष में नियुक्त करते हैं, तो वह व्यक्ति धन्य हो जाता है।"

विदुर ने रुककर कुन्ती और पारंसवी की ओर देखा, "प्रभु जो कर्म

सामने प्रस्तुति कर दें, उसे उनका आदेश मान कर स्वीकार करना चाहिए। किसी कार्य-विशेष के प्रति आसक्ति नहीं होनी चाहिए। यह है संग-त्याग। और तीसरा त्याग है, कर्तृत्व के भाव का त्याग। वस्तुतः जो कार्य हमारे हाथ से हो रहा है, उसके कर्ता प्रभु स्वयं ही हैं। वे उसके प्रेरक कर्ता हैं और हम प्रेरित कर्ता हैं। कर्ता प्रभु हैं तो भोक्ता भी प्रभु ही हैं। यह भी एक प्रकार का फल-त्याग ही है। कर्तृत्व के अहंकार का त्याग। त्याग के अहंकार का भी त्याग।"

"अर्जुन, जो तुच्छ कर्म से द्वेष नहीं करता और स्वच्छ कर्म में आसक्त नहीं होता, वह त्यागी, बुद्धिमान, सन्देहरहित और अपने स्वरूप में स्थित है।" श्रीकृष्ण बोले, "क्योंकि देहधारी मनुष्य के द्वारा सम्पूर्ण कर्मों का त्याग करना सम्भव नहीं है। जब तक देह है, तब तक कर्म तो करना ही पड़ेगा। अतः कर्म-फल का त्यागी ही त्यागी है।"

"किन्तु आपने स्वयं स्वीकार किया है कि आपने चार वर्णों का निर्माण किया है और उनके काम भी बाँट दिए हैं।" अर्जुन ने कहा, "जो जिस वर्ण में उत्पन्न होगा, वही कर्म करेगा। अन्य कर्मों के लिए अवकाश ही कहाँ है?"

"मैंने वर्ण का निर्माण गुणों के अनुसार किया है। कर्म व्यक्ति के गुणों से जुड़े हुए हैं।" श्रीकृष्ण बोले, "वर्ण का अर्थ स्वभाव है, वंश नहीं। मन का निग्रह करना, इन्द्रियों को वश में करना, धर्म-पालन के लिए कष्ट सहना, बाहर-भीतर से शुद्ध रहना, दूसरों के अपराध को क्षमा करना; शरीर मन आदि में सरलता रखना; वेद, शास्त्र आदि का ज्ञान होना, यज्ञविधि को अनुभव में लाना, और परमात्मा, वेद आदि में आस्तिक भाव रखना, ये ब्राह्मण के स्वाभाविक कर्म हैं।"

"कोई ब्राह्मण के वंश में जन्म लेकर इस जीवन पद्धति को स्वीकार न करे तो? वह ब्राह्मण नहीं रहेगा?"

"तुम्हें स्मरण होगा कि तुम्हारे वनवास की अवधि में धर्मराज ने यक्ष के वेश में ज्येष्ठ पांडव की परीक्षा ली थी।"

"हाँ, मुझे स्मरण है।"

यक्ष के प्रश्न के उत्तर में युधिष्ठिर ने कहा था, राज्य की रक्षा राजा करता है, किन्तु राष्ट्र और समाज की रक्षा ब्राह्मण करता है।"

"ब्राह्मण कौन है?" यक्ष ने पूछा, "जिसने ब्राह्मण पिता के घर जन्म लिया है? जो व्यवसाय से ब्राह्मण है, अर्थात् जो अध्यापन करता है अथवा जिसकी

प्रकृति ब्राह्मण की है?"

युधिष्ठिर को आश्चर्य हुआ, यक्ष को यह कैसे ज्ञात हुआ कि युधिष्ठिर के मन में भी इस प्रकार का कुछ मन्थन चल रहा है? बोले, "जो व्यक्ति जन्म, स्वधर्म, तथा व्यवसाय—तीनों में ब्राह्मण हो, सर्वश्रेष्ठ तो वही है; किन्तु ऐसा होता नहीं है। इसलिए ब्राह्मणत्व न तो कुल में है, न स्वाध्याय में, न शास्त्र-श्रवण में। ब्राह्मणत्व का हेतु स्वभाव और आचरण है, इसमें कोई संशय नहीं है। इसलिए प्रयत्नपूर्वक सदाचार की रक्षा करनी चाहिए। जिसका आचरण नष्ट हो गया, वह तो स्वयं ही नष्ट हो गया। वह ब्राह्मण कैसे हो सकता है? रावण जैसा आचरण हो तो कोई ब्राह्मण कैसे हो सकता है; और दूसरी ओर विदुर हैं, जिनको ब्राह्मण के सिवाय और कुछ माना ही नहीं जा सकता।... तो वंश क्या करेगा? व्यक्ति ब्राह्मण तो अपने आचरण से ही कहला सकता है।..."

"तुम्हारा अभिप्राय है कि शास्त्रों का अभ्यास अथवा वेदों का स्वाध्याय ब्राह्मण होने के लिए पर्याप्त नहीं है?" यक्ष ने पूछा।

"पढ़ने वाले, पढ़ाने वाले तथा शास्त्र का विचार करने वाले—ये सब तो व्यसनी और मूर्ख हैं। पंडित तो वह है, जो अपने कर्तव्य का पालन करता है। चारों वेद पढ़कर भी जो दुराचारी है, वह अधम शूद्र है। जो अग्निहोत्र में तत्पर और जितेन्द्रिय है, वही ब्राह्मण कहा जा सकता है।"

"तुम कहते हो कि शास्त्र पढ़कर भी व्यक्ति ब्राह्मण नहीं कहला सकता, तो फिर जीवन का उत्तम मार्ग कौन-सा है?" यक्ष ने पूछा।

युधिष्ठिर बोले, "संसार में सब लोग अपनी बुद्धि से चलते हैं। किन्तु बुद्धि हो तो व्यक्ति प्रत्येक तर्क को अपनी इच्छानुसार तोड़-मरोड़ लेता है। इसलिए तर्क की कहीं स्थिति नहीं है। शास्त्र एक नहीं है। शास्त्र अनेक हैं और नये भी रचे जा रहे हैं। ऋषि कोई एक ही नहीं है, जिसके मत को प्रमाण माना जाए। इसलिए मार्ग वही है, जिससे महापुरुष जाते हैं।"

"हाँ, स्मरण है मुझे। धर्मराज ने यक्ष के प्रश्नों के उत्तर देकर हम चारों भाइयों के प्राणों की रक्षा की थी।"

"मुझे लगता है कि वर्ण के विषय में इससे स्पष्ट बात और नहीं कही जा सकती।" कृष्ण बोले, "लोग अपने स्वार्थ के लिए वर्ण की अपनी परिभाषा गढ़ लेते हैं और उसे मेरे नाम पर आरोपित कर देते हैं। उससे समाज की उन्नति नहीं होती, समाज दूषित होता जाता है।"

इसी सन्दर्भ में एक कथा नहुष द्वारा भी युधिष्ठिर से प्रश्न पूछे जाने की है।" विदुर ने कहा।

"वह क्या है?" पारंसवी ने पूछा।

"गन्धमादन से नीचे आ जाने के पश्चात् एक समय भीम का कोई पता नहीं मिल रहा था।" विदुर ने कहा, "युधिष्ठिर चिन्तित हुए कि भीम अभी तक लौट कर क्यों नहीं आया। वे अर्जुन, नकुल और सहदेव को द्रौपदी तथा अन्य लोगों की रक्षा का भार सौंप कर, धौम्य मुनि को साथ ले भीम को खोजते हुए उस स्थान पर आये, जहाँ एक विराट सर्प भीम को दबोचे हुए बैठा था। अजगर को देख युधिष्ठिर ने उससे प्रार्थना की कि यदि उसे अपनी भूख मिटाने के लिए आहार की आवश्यकता है, तो पांडव उसे उसका पूर्ण आहार देंगे। यदि उसे मनुष्य के मांस की भूख है, तो वह भीम को छोड़ दे और युधिष्ठिर को अपना भोजन समझ कर खा ले।

"किन्तु अजगर ने युधिष्ठिर की कोई बात स्वीकार नहीं की। वह बोला, यदि तुम मेरे पूछे कुछ प्रश्नौं के उत्तर दे दोगे, तो मैं तुम्हारे इस भाई को मुक्त कर दूँगा।"

युधिष्ठिर को बहुत आश्चर्य हुआ, यह कैसा सर्प है, जो आहार नहीं चाहता, केवल अपने प्रश्नों का उत्तर चाहता है। उसे प्रसन्नता भी हुई कि वह भीम को जीवित छुड़वा लेने में समर्थ भी हो सकेगा। युधिष्ठिर ने प्रश्नों के उत्तर देने की स्वीकृति दे दी।

सर्प ने पूछा, "युधिष्ठिर ब्राह्मण कौन है और उसके जानने योग्य तत्व क्या है?"

युधिष्ठिर ने उत्तर दिया, "सर्पराज! जिसमें सत्य, दान, क्षमा, सुशीलता, अक्रूरता, अनृशंसता, तपस्या और दया–ये गुण दिखायी देते हों, वही ब्राह्मण कहा गया है। और जानने योग्य तत्व तो परमब्रह्म है, जो दुख और सुख से परे है तथा ज़िसे जान कर मनुष्य शोक से पार हो जाता है।"

सर्प ने आपत्ति की, "सत्य, दान, अक्रोध, क्रूरता का अभाव, अहिंसा और दया आदि सद्गुण तो शूद्रों में भी होते हैं।"

युधिष्ठिर ने उत्तर दिया, "यदि शूद्र में सत्य आदि ये गुण हैं और ब्राह्मण में नहीं हैं, तो वह शूद्र, शूद्र नहीं है; और वह ब्राह्मण, ब्राह्मण नहीं है। जिसमें ये गुण हैं, वह ब्राह्मण है, जिसमें नहीं हैं, वह शूद्र है।"

सर्प बोला, "आयुष्मन, यदि आचरण से ही ब्राह्मण की परीक्षा हो जाए तो जाति व्यर्थ है।"

युधिष्ठिर ने उत्तर दिया, "जो तत्वदर्शी विद्वान हैं, वे शील को ही प्रधानता देते हैं। और उसे ही अभीष्ट मानते हैं। इसलिए सर्पराज, जिनमें संस्कार के साथ-साथ, सदाचार भी हो, वही ब्राह्मण है। जन्म और जाति से कोई ब्राह्मण नहीं हो सकता।"

युधिष्ठिर का उत्तर सुन कर सर्प प्रसन्न हो गया और बोला, "राजन्, सत्य, इन्द्रिय-संयम, तपस्या, दान, अहिंसा, और धर्मपरायणता—ये सद्गुण ही सदा मनुष्यों को सिद्धि की प्राप्ति कराने वाले हैं, जाति और कुल नहीं।"

"सर्प ने एकदम सत्य कहा किन्तु इतना ज्ञानी जीव वह था कौन?" कुन्ती ने पूछा।

"वह राजा नहुष था, जो ऋषि के शाप के कारण सर्प बन गया था और युधिष्ठिर के साथ इस प्रकार की चर्चा कर शाप से मुक्त हो, पुनः मनुष्य हो गया।" विदुर ने बताया।

"और क्षत्रिय?" अर्जुन ने पूछा।

"शौर्य, तेज, धैर्य, प्रजा के संचालन की विशेष दक्षता और युद्ध में कभी पीठ न दिखाना, दान करना और शासन करने का भाव, क्षत्रिय के स्वाभाविक गुण हैं।" श्रीकृष्ण बोले, "अपने प्राणों पर संकट झेलकर, शस्त्र का आधार ले, असहाय लोगों को क्षत से त्राण देने वाला ही क्षत्रिय है।"

"किन्तु दुर्योधन ने तो यह कभी नहीं किया।" अर्जुन ने कहा।

"कंस और जरासन्ध ने भी नहीं किया था, जयद्रथ ने भी नहीं किया। वे दूसरों का धन और उनकी स्त्रियों का अपहरण करते रहे। प्रजा के धन से विलास करते रहे। अपने ऊपर आश्रित अपने भ्रातुष्पुत्रों को जो राजा अग्नि में जला कर मार डालने का प्रयत्न करे, वह धृतराष्ट्र क्षत्रिय नहीं हो सकता। असहाय द्रौपदी को सभा में नग्न करने का प्रस्ताव करने वाला कर्ण क्षत्रिय कहलाने के योग्य नहीं है।"

अर्जुन ने अपने सामने खड़ी सेनाओं, रथियों और महारथियों की ओर देखा, "वासुदेव, आपकी परिभाषा के अनुसार इनमें से कितने लोग क्षत्रिय कहलाने योग्य हैं?"

"अधिकांश तो आसुरी शक्तियों से युक्त राक्षस ही हैं। ये लोग असहायों को क्षत से त्राण नहीं देते, ये असहाय को क्षत देते हैं और शक्तिशाली के साथ मिल कर साधारण जन पर अत्याचार करते हैं। यह वीरता नहीं, कायरता है। मेघनाद

से डर कर इन्द्र भी रावण के अनुकूल हो गया था। शरभंग के आश्रम में श्रीराम से यह शिकायत एक मुनि ने की थी। यदि ऐसा न होता और इन्द्र एक क्षत्रिय के समान आश्रम के अन्तेवासी ऋषियों, मुनियों की रक्षा करता तो उन लोगों को श्रीराम से क्यों प्रार्थना करनी पड़ती। श्रीराम थे वास्तविक क्षत्रिय। एक मुनि से उसकी व्यथा सुन कर सारी पृथ्वी के राक्षसों को मिटाने का प्रण कर डाला और समयानुसार अपने प्रण को पूरा भी किया।"

"मुझे लगता है कि वर्ण के सन्दर्भ में वंश, व्यवसाय और स्वभाव, ये तीन आधार प्रचलित हैं।" कुन्ती ने कहा, "और कृष्ण तथा युधिष्ठिर दोनों ही सर्वाधिक बल 'स्वभाव' पर दे रहे हैं। वंश और व्यवसाय उनके लिए महत्त्वपूर्ण नहीं हैं।"

"आप ठीक कह रही हैं भाभी।" विदुर ने कहा, "ब्राह्मण और क्षत्रिय के स्वभाव की चर्चा करने के पश्चात् श्रीकृष्ण ने वैश्यों के 'स्वभाव' की नहीं, उनके 'स्वाभाविक कर्मों' की चर्चा की है। उन्होंने कहा कि खेती करना, गायों की रक्षा करना, और व्यापार करना, वैश्य के 'स्वाभाविक कर्म' हैं।"

"हाँ, संजय ने बताया है कि श्रीकृष्ण ने कहा है धर्म-संगत मार्ग से धन अर्जित करना और उसकी वृद्धि करना वैश्य का स्वभाव है।" पारंसवी ने कहा।

"ठीक कह रही हो, ये वैश्यों के स्वाभाविक कर्म अथवा उनका व्यवसाय है।" विदुर ने कहा, "किन्तु यदि ब्राह्मण के वंश में जन्म लेकर कोई ब्राह्मण नहीं होता तो वैश्य और शूद्र के वंश में जन्म लेकर भी कोई वैश्य अथवा शूद्र नहीं हो सकता। धर्मराज युधिष्ठिर ने भी तो कहा है कि यदि ब्राह्मण के लिए बताए गये सत्य आदि गुण उस व्यक्ति में हैं, जिसे शूद्र कहा जा रहा है तो वह शूद्र नहीं, ब्राह्मण है। यह स्वभाव की बात है, उसके बाद व्यवसाय चाहे वह कोई भी करे।" विदुर रुके, "जिन्हें गोकुल और वृन्दावन के गोप कहा गया है, जिनके मध्य श्रीकृष्ण का पालन-पोषण हुआ वे व्यवसाय तो पशु पालन और दूध, दही और मक्खन बेचने का ही करते थे। वहाँ कृषि की चर्चा भी नहीं है। वे एक प्रकार के चरवाहे हैं, जो अपनी आवश्यकता के अनुसार अपना स्थान भी बदल लेते हैं। आजीविका की दृष्टि से उन्हें वैश्य ही कहा जाएगा, किन्तु उनमें से अनेक वे हैं जो श्रीकृष्ण के साथ मथुरा भी आये और सम्भवतः उनके साथ ही कंस और उनके सैनिकों से लड़े। और श्रीकृष्ण की 'गोप सेना' तो थी ही उसी समाज की उपज। 'गोप सेना' के रूप में श्रीकृष्ण

की सेना में अधिकांश तो तथाकथित वैश्यों के ही पुत्र होंगे। उनका स्वभाव क्षत्रिय का स्वभाव था।" विदुर कुछ रुक कर बोले, "इस सन्दर्भ में और भी विचार करने पर व्यवसाय और आजीविका सम्बन्धी अनेक प्रश्न उत्पन्न होते हैं। उनमें इतना घाल-मेल है कि उनके आधार पर किसी के वर्ण का तो निर्णय किया ही नहीं जा सकता। हमें वर्ण का निर्णय करने के लिए उस व्यक्ति का स्वभाव ही देखना पड़ेगा।"

"तो इसका अर्थ यह हुआ कि व्यवसाय की दृष्टि से आप किसी जन-समूह का वर्ण निर्धारित नहीं कर सकते।" पारंसवी बोलीं, "किन्तु व्यवसाय भी तो वंशानुक्रम से नहीं होता। सुनार का पुत्र वैद्य बन सकता है। बजाज बन सकता है। वह वैश्य रहेगा या नहीं; किन्तु सुनार तो नहीं रहेगा। कहार का पुत्र उपाध्याय बन सकता है। तो व्यवसाय की दृष्टि से उसका वर्ण कैसे निश्चित करेंगे?"

"और शूद्र? शूद्र के लिए कहा गया कि परिचर्या उसका कर्म है।" कुन्ती बोलीं, "यहाँ भी मेरे मन में प्रश्न उठता है कि यह परिचर्या अथवा सेवा उसका स्वभाव है अथवा व्यवसाय? युधिष्ठिर के राजसूय यज्ञ में स्वयं कृष्ण ने जूठे पत्तल उठाए थे। ऋषियों की सेवा की थी। सेवा भाव तो सात्विक भाव है। जिसके मन में दूसरों के प्रति सेवा भाव हो, वह सात्विक मनुष्य होगा। उसके आधार पर हम किसी को शूद्र नहीं कह सकते।"

"जो कुछ मैं समझ पाया हूँ, वह यह है कि श्रीकृष्ण का कहना है कि उन्होंने चार वर्ण बनाए हैं, जो व्यक्ति के स्वभाव पर आश्रित हैं; अर्थात् उन्होंने स्वभाव बनाया है। वह स्वभाव भी मनुष्य ने अपने पिछले जन्मों के संस्कारों के रूप में पाया है।" विदुर बोले, "उसके पश्चात् जाति-बिरादरी, ऊँचा-नीचा तो मनुष्य ने बनाए हैं। उसमें न्याय कम है, स्वार्थ और अपनी सुविधा अधिक है।"

"विदुर, तुम्हें यह नहीं लगता कि समाज में जो लोग शक्तिशाली होते हैं—बाहुबल से, धनबल से, सत्ता बल से, वे अन्य लोगों को स्वयं से पृथक्, हीन और दुर्बल बनाते चलते हैं।" कुन्ती ने कहा, "जो व्यवसाय वे स्वयं नहीं करना चाहते, वे उन लोगों से करवाते हैं, जिन्हें वे हीन बनाना चाहते हैं। उन कार्यों का पारिश्रमिक भी कम करते जाते हैं। परिणामतः निर्धन होता हुआ, जन-समुदाय अन्य लोगों द्वारा शूद्र मान लिया जाता है। जबकि वे स्वभाव से ब्राह्मण और क्षत्रिय भी हो सकते हैं। वे बिना किसी लोभ के सेवा करते हैं, इसलिए वे कर्मयोगी भी हो जाते हैं। अर्थात् जिस व्यवसाय में धन का अभाव हो, वह अपने आप ही क्षुद्र

होता जाता है।"

"हमारे सामने दुर्योधन का उदाहरण है।" विदुर बोले, "वह पांडवों से पीछा छुड़ाना चाहता था, इसलिए पहले तो उनको मरवा ही डालना चाहा। वह सम्भव नहीं हुआ तो द्यूत के माध्यम से उनका सारा धनबल और पद बल छीन कर उन्हें सर्वथा निर्बल बना कर दास की स्थिति में पहुँचा दिया। जिन लोगों ने पांडवों को उनकी दीन-हीन स्थिति में देखा, उन्हें दुर्योधन के दासों के रूप में देखा अथवा विराट के सेवकों के रूप में देखा, वे उन्हें शूद्र भी मान सकते हैं। वे बृहन्नला को क्षत्रिय वीर कैसे मान सकते हैं। वे सेवा करने वाली सैरन्ध्री को क्षत्राणी और महारानी के रूप में कैसे देख सकते हैं। किन्तु यह सब तो अज्ञान के कारण है।"

'मुझे तो लगता है कि इन वर्णों में बँटा हुआ समाज वस्तुतः भ्रम पर ही आधारित है।" पारंसवी ने कहा, "श्रीकृष्ण ने आसुरी शक्ति की चर्चा तो की है, तामसिक मनुष्य का भी चित्रण किया है–जो कर्ता असावधान, अशिक्षित, अकड़ू, हठी, कृतघ्न, आलसी, विषादी, और दीर्घसूत्री है, वह तामस कहा जाता है।... किन्तु श्रीकृष्ण ने वैश्यत्व तथा शूद्रत्व की व्याख्या नहीं की है। उनके स्वभाव के गुण नहीं बताए हैं।"

"तो तुम्हारा कृष्ण कहता है कि मनुष्य के जीवन का लक्ष्य परमेश्वर की प्राप्ति है।" धृतराष्ट्र ने कहा, "और उसका मार्ग है, अपने कर्मों के फल का त्याग।... या कुछ और कहा है उसने?"

"श्रीकृष्ण ने कहा है कि अपने कर्म में प्रीतिपूर्वक लगा हुआ मनुष्य सम्यक सिद्धि अर्थात् परमात्मा को प्राप्त करता है। जिस परमात्मा से सम्पूर्ण प्राणियों की उत्पत्ति होती है और जिससे यह सम्पूर्ण संसार व्याप्त है, उस परमात्मा का अपने कर्म से पूजन करके मनुष्य मात्र, सिद्धि को प्राप्त हो जाता है।" संजय ने धृतराष्ट्र को देखा, "महाराज, श्रीकृष्ण की इस बात से मुझे एक बढ़ई रामलखन स्मरण हो आता है।"

"क्यों? वह भी कभी कृष्ण का सखा था क्या?" धृतराष्ट्र ने कटाक्ष किया।

"सामान्य अर्थ में तो वह कभी श्रीकृष्ण का सखा नहीं रहा। शायद उसने श्रीकृष्ण को कभी देखा भी न हो; किन्तु वह उनके सिद्धान्तों को मानता था।"

"कैसे?"

"मैंने उसे काम करते देखा है। वह अपने कर्म में इतना लीन रहता था कि उसके ध्यान में ही नहीं आता था कि उसे पारिश्रमिक कितना मिलना है और उसका परिश्रम और समय उसके अनुपात में कितना अधिक है।" संजय बोले, "मैंने भी उससे अपने घर में कुछ काम करवाया था। उसे काम करते देख, मैंने मन में सोचा कि वह अधिक पैसे माँगने के लिए ही इतना समय लगा रहा है। जो चीज बन चुकी है, उसे और अधिक घिस-घिस कर चिकना किए जा रहा है। मैंने उससे कहा कि मैं उसके काम से सन्तुष्ट हूँ। उसने उत्तर दिया, "किन्तु मैं अभी सन्तुष्ट नहीं हूँ।" जब अपने सन्तोष के अनुसार काम पूरा कर लिया और भुगतान का समय आया तो उसने जो राशि माँगी, वह मेरी दृष्टि से अन्य बढ़इयों से बहुत कम थी। मैंने भुगतान कर दिया तो वह हाथ जोड़ कर खड़ा हो गया, "यदि आपको लगता हो कि मैं अधिक पारिश्रमिक माँग रहा हूँ, तो आप राशि कम कर दीजिए।" मैं चकित था कि यह कैसा व्यक्ति है, जो स्वयं ही अपने पैसे छोड़ रहा है।... पर तब मेरी समझ में आया कि उसे धन से नहीं अपने कर्म से प्रेम था, अर्थात् उसे प्रभु से प्रेम था।"

"मेरी दृष्टि से तो वह मूर्ख था।" धृतराष्ट्र ने कहा, "व्यक्ति कर्म कर पारिश्रमिक कुछ अधिक ही माँगता है, ताकि कोई घटाकर भी दे तो उसे हानि न हो। तुम्हारा वह बढ़ई मूर्ख था।"

"परमेश्वर से प्रेम करने वाले को आज तक किसी ने बुद्धिमान माना भी है?" संजय ने कहा, "संसार तो उन्हीं को बुद्धिमान मानता है, जो धनलोलुप गिद्ध हैं।"

"मेरी समझ से तो व्यक्ति को वही कर्म करना चाहिए, जिसमें अधिक धन प्राप्त होता हो।"

संजय हँस पड़े, "श्रीकृष्ण ने कहा है कि अच्छी तरह अनुष्ठान किए हुए परधर्म से अपना गुणरहित धर्म भी श्रेष्ठ है। स्वभाव से नियत किए हुए स्वधर्म को करता हुआ मनुष्य पाप को प्राप्त नहीं होता। दोषयुक्त होने पर भी सहज कर्म का त्याग नहीं करना चाहिए; क्योंकि प्रत्येक कर्म धुएँ से अग्नि के समान दोष से युक्त है।"

अकस्मात् ही गान्धारी बिना किसी ताम-झाम के प्रकट हो गयी और उसी आकस्मिकता से धृतराष्ट्र पर बरस पड़ी, "आप घर-परिवार को भी देखेंगे या यहाँ बैठ कर संजय से कथाएँ ही सुनते रहेंगे।"

"अब क्या हो गया?" धृतराष्ट्र ने अपना चेहरा उसकी ओर फेरा, "यहाँ बैठ कर संजय की बातें सुनो। हम कुछ काम की बातें भी कर रहे हैं।"

"एक-एक कर आपकी सारी पुत्रवधुएँ हमारे हाथों से बाहर ही नहीं हो रही हैं, अशिष्ट और मर्यादाहीन भी होती जा रही हैं।" गान्धारी ने कहा, "किसी से कहो तो वह मुझे ही उपदेश देने लगता है। उनसे तो कोई कुछ कहता ही नहीं।"

"तो उनके पतियों से कहो। मैं क्या कर सकता हूँ। ससुर के रूप में उनसे लड़ता झगड़ता रहूँगा तो मेरी मर्यादा का क्या होगा?"

"उनके पति युद्धक्षेत्र में हैं, मैं वहाँ नहीं जा सकती, इसीलिए तो वे शेर हो रही हैं।" गान्धारी ने कहा, "श्वसुर के रूप में आप उन्हें कुछ नहीं कह सकते तो परिवार के मुखिया के रूप में तो कह सकते हैं। आप यदि कुछ नहीं कहेंगे, यहाँ बैठे संजय से कथाएँ सुनते रहेंगे तो वह दिन दूर नहीं, जब वे हमें घर से बाहर निकाल देंगी, जैसे हमने कुन्ती को अपने महलों से बाहर निकाला था। इसीलिए आपकी शरण में आयी हूँ।"

जाने क्या हुआ कि धृतराष्ट्र हँस पड़ा, "शरण में ही जाना है तो कृष्ण की शरण में जाओ। वह अर्जुन से कह रहा है कि सारे धर्मों को छोड़ कर तू केवल मेरी शरण में आ जा। मैं तुझे सारे पापों से मुक्त कर दूँगा। चिन्ता मत कर।"

"वह यदि मुझे वचन दे कि वह मुझे अपनी सारी बहुओं से मुक्त कर देगा, तो मैं उसकी शरण में चली भी जाऊँ। मेरा पाप तो वे ही हैं।"

"आपका पाप आपकी बहुएँ नहीं, आपके मन का वह भाव है, जो उनसे मुक्ति चाहता है और भयभीत है कि वे आपको आपके घर से निकाल देंगी।" संजय ने कहा, "आप अपने मन से इस विद्वेष को निकाल दें, तो न आपको उनका दुर्व्यवहार सताएगा और न घर से निकाले जाने का भय।"

"मैंने कहा न, सब मुझे ही उपदेश देते हैं, किसी में साहस नहीं है कि उन्हें कोई कुछ कहे। मैं समझती थी कि सास घर की रानी होती है, मैं क्या जानती थी कि परिवार में सब से पीड़ित और निरीह वही होती है।"

"अच्छा संजय, कृष्ण ने यह क्या कहा कि तू सारे धर्मों को छोड़ कर मेरी शरण में आ जा। ये दूसरे धर्म कौन से हैं?" धृतराष्ट्र ने संजय की ओर मुँह मोड़ा।

"श्रीकृष्ण के मन में क्या है, यह तो वे ही जाने। किन्तु शास्त्रीय धरातल पर सोचें तो सांख्य, वैशेषिक इत्यादि को छोड़ कर वे अद्वैत की शरण में आने को कह रहे हैं। अर्जुन के सन्दर्भ में सोचें तो वह शिष्यधर्म, पुत्रधर्म जैसे सम्बन्ध धर्मों के

कारण मोह में पड़े थे। कृष्ण उन्हें सांसारिक धर्म मानते हैं, तो उन सारे सांसारिक धर्मों का त्याग कर व्यक्ति उस परमेश्वर की शरण में चला जाए अथवा उससे तादात्म्य कर ले, उसके साथ एकाकार हो जाए, तो पाप का कोई अस्तित्व ही नहीं रहेगा। पुण्य और पाप तो संसार के लक्षण हैं और कृष्ण परमेश्वर के जिस धरातल से बोल रहे हैं, वहाँ पाप और पुण्य होते ही नहीं। इसलिए जो उस परमेश्वर की शरण में चला गया, उसके पाप अपने आप ही समाप्त हो जाएँगे।"

"तो अर्जुन ने कृष्ण की बात मान ली?" धृतराष्ट्र ने पूछा।

"श्रीकृष्ण ने अर्जुन से स्पष्ट शब्दों में पूछा... हे अर्जुन, क्या तुमने एकाग्रचित्त से इसको सुना? क्या तुम्हारा अज्ञान से उत्पन्न मोह नष्ट हुआ?"

"तो अर्जुन ने क्या कहा?"

"अर्जुन ने कहा, आपकी कृपा से मेरा मोह नष्ट हो गया है और मैंने पुनः स्मृति प्राप्त कर ली है। अब मेरे मन में कोई सन्देह नहीं है। मैं आपकी आज्ञा का पालन करने के लिए सन्नद्ध हूँ।"

"तुमने भी सब कुछ ध्यान से सुना न। तुम्हारी क्या धारणा बनी?"

"मैंने भगवान वासुदेव और महात्मा अर्जुन का यह रोमांचक, अद्‌भुत संवाद सुना।" संजय ने कहा, "जहाँ योगेश्वर भगवान कृष्ण हैं और जहाँ गांडीवधारी अर्जुन है, वहाँ ही श्री, विजय, विभूति और अचल नीति है, ऐसा मेरा मत है।"

"मेरी बहुएँ...।" गान्धारी ने कुछ कहना चाहा।

"तुम्हारे पुत्र युद्ध में विजयी न भी हुए तो तुम अपनी पुत्रवधुओं से यह युद्ध जीत ही जाओगी।"

धृतराष्ट्र की समझ में नहीं आया कि वह अपनी पत्नी से परिहास कर रहा था अथवा यह उसके मन में जलती अग्नि का हाहाकार था।

22

श्रीकृष्ण ने अर्जुन को बहुत कुछ समझा दिया था, बहुत कुछ दिखा दिया था। ... किन्तु एक प्रश्न अब भी हँसिया के समान उसके हृदय में गड़ा हुआ था। श्रीकृष्ण का यह 'मैं' कौन है?... वे कहते हैं कि वे अर्जुन के सारे पाप नष्ट कर देंगे। किन्तु साथ ही वे यह भी तो कहते हैं कि "हे पार्थ, तीनों लोकों में मेरे लिए न तो कोई कर्तव्य है और न ही प्राप्त करने योग्य कोई वस्तु मुझे अप्राप्त है। फिर भी मैं कर्तव्य कर्म में लगा रहता हूँ। 'आत्म' में स्थित

मनुष्य का कोई कर्तव्य नहीं है। फिर भी कर्म में आसक्त हुए अज्ञानी जन के ही समान, आसक्तिरहित तत्वज्ञ महापुरुष भी लोक-संग्रह के लक्ष्य से कर्म करता है।"

तो वे यहाँ महापुरुष हैं। साथ ही उन्होंने कहा है कि "राग, भय और क्रोध से सर्वथा मुक्त, मुझमें तल्लीन, ज्ञान-तप से पवित्र हुए बहुत से भक्त मेरे स्वरूप को प्राप्त हो चुके हैं।" तो यह स्वरूप कुछ और है क्या? हाँ, स्वरूप तो और है ही। तभी तो उन्होंने कहा कि "मुझ अविनाशी परमेश्वर को तुम अकर्ता ही जानो। कर्मों के फल में मेरी स्पृहा नहीं है, इसलिए कर्म मुझे लिप्त नहीं करते। जो मुझे तत्व से जान जाता है, वह भी कर्मों से नहीं बँधता।"

अर्जुन को कितनी ही बार लगा है कि ये श्रीकृष्ण एक व्यक्ति नहीं हैं, उनके अनेक रूप हैं। कभी वे साधारण मनुष्य के समान बोलते हैं, कभी महापुरुष के समान, कभी परमेश्वर के दूत के समान और कभी स्वयं परमेश्वर के रूप में बोलते हैं। अपने कर्मों की चर्चा भी करते हैं और फिर स्वयं को अकर्मा भी कहते हैं। "मैं" का विरोध भी करते हैं और फिर "मैं" के रूप में बोलते भी हैं। आरम्भ में ही उन्होंने कहा था कि ऐसा कोई युग नहीं था, "जब मैं नहीं था, तुम नहीं थे अथवा ये राजा लोग नहीं थे।" इसका अर्थ हुआ कि एक साधारण मनुष्य के रूप में, प्राकृतिक मानव के रूप में वे सदा ही इस पृथ्वी पर थे। और फिर वे यह भी कहते हैं कि "अपने और दूसरों के शरीर में रहने वाले मुझ अन्तर्यामी के साथ द्वेष करते हैं। उन द्वेष करने वाले, क्रूर स्वभाव वाले और संसार में पतित मनुष्यों को मैं बार-बार आसुरी योनियों में जन्म देता हूँ। वे मूढ़ मुझे प्राप्त नहीं करते और जन्म-जन्मान्तरों में आसुरी योनि में उत्पन्न होते हैं। उसके पश्चात् उससे भी अधम गति अर्थात् भयंकर नरकों में चले जाते हैं। काम, क्रोध और लोभ—ये तीन नरक के द्वार हैं।"

और सहसा उसका मन उनकी एक उक्ति पर अटक गया, "सामान्य जन मुझ अविनाशी, अव्यक्त, सच्चिदानन्दघन परमात्मा को मनुष्य के समान शरीर धारण करने वाला ही मानते हैं। जो जन समुदाय मुझे अज और अविनाशी नहीं मानता, योगमाया से पूर्णतः आवेष्टित, मैं उनके सामने प्रकट नहीं होता। तीनों कालों के लोगों को मैं अच्छी तरह जानता हूँ, किन्तु वे मुझे नहीं जानते।"

स्पष्ट तो कह रहे हैं वे कि वे अव्यक्त परमात्मा हैं, जो मनुष्य का शरीर धारण कर संसार के लोगों के सम्मुख खड़े हैं और लोग हैं कि उन्हें पहचानते

ही नहीं हैं। वे लोगों को जानते हैं; किन्तु लोग उन्हें नहीं जानते। अर्जुन को तो उन्होंने अपने सामान्य रूप के साथ विराट रूप भी दिखा दिया है। अर्जुन उस रूप को देख कर डर गया था। अब उसकी समझ में आ रहा था कि वह रूप भी उनका वास्तविक रूप नहीं था। वह भी एक चोला था, जो इसलिए पहना था कि अर्जुन उन्हें देख सके। उन्होंने स्वयं को प्रकट करने के लिए, अपनी प्रकृति अथवा योगमाया का सहारा लिया था। उनके वास्तविक रूप को कोई नहीं देख सकता। मनुष्य के पास वे आँखें ही नहीं हैं जो उस "चैतन्य" अथवा "अस्तित्व" को देख सकें। जो पिंड में है, वही ब्रह्मांड में है। यदि आत्मा शरीर के बिना प्रकट नहीं हो सकती, तो परमात्मा भी बिना प्रकृति के प्रकट नहीं होता।... तो अर्जुन से बातें करने वाला श्रीकृष्ण का कभी रूप होता था, कभी स्वरूप। कभी प्रकृति ही बोलती थी, कभी प्रकृति की सहायता से वे स्वयं बोलते थे और कभी अपनी प्रकृति से पृथक् होकर, परम स्वतंत्र परमेश्वर के रूप में बोलते थे। किन्तु वे परमेश्वर बोल तो इस साधारण शरीर के माध्यम से ही रहे थे। इसलिए नहीं कि वे उसके बिना बोल नहीं सकते थे, वरन् इसलिए कि उस स्थिति में अर्जुन सुन नहीं सकता था। तभी तो अर्जुन को भ्रम होने लगता था कि वह कौन बोल रहा है...

पर फिर वे "मैं" शब्द का प्रयोग क्यों करते हैं?

वह अक्षर ब्रह्म "मैं" क्यों है? क्या केवल इसलिए कि सामने खड़ा जीव उसकी निःशब्द भाषा नहीं समझता, अतः उसे भी जीव की भाषा में ही बोलना पड़ता है और उसी के शब्दों का प्रयोग करना पड़ता है। अन्यथा सारी सृष्टि में व्याप्त वह चैतन्य अपने किसी एक रूप को ही "मैं" क्यों कहता?

सहसा अर्जुन को लगा कि उसका सारथ्य करने वाले श्रीकृष्ण अपने स्थान पर भी बैठे हैं और उसके शरीर में प्रवेश भी कर गये हैं। वह ऊपर से चाहे कुन्ती पुत्र अर्जुन हो किन्तु भीतर से तो वह श्रीकृष्ण ही था।... और सहसा श्रीकृष्ण ने उसे अपने भीतर घसीट लिया। उसे लगा, उसके भीतर-बाहर श्रीकृष्ण ही हैं। अर्जुन कहीं है ही नहीं। उसने गांडीव उठा लिया। लगा श्रीकृष्ण ने गांडीव उठाया है और फिर सहसा गांडीव भी श्रीकृष्ण में बदल गया। वह बाण भी तो श्रीकृष्ण ही थे। अर्जुन ने बाण चलाया तो लगा सारे युद्धक्षेत्र पर श्रीकृष्ण ही मेघों के समान छा गये हैं। वे बाणों के रूप में सारे युद्ध क्षेत्र में विभिन्न दिशाओं में उड़ रहे थे, जैसे मेघाछन्न आकाश में चपला कौंद रही हो। वे विभिन्न योद्धाओं के रूप में खड़े थे और बाणों के रूप में जाकर उनसे टकरा रहे थे। वे स्वयं ही स्वयं

को मार रहे थे। मार नहीं रहे, उनकी ही प्रकृति द्वारा बनाए गये जड़ पुतलों में से चैतन्य तत्व को मुक्त कर रहे हैं।

वह चेतना आकाश पर टूटते तारे के समान किसी अनजानी दिशा की ओर मुड़ जाती है। अब वह किस दिशा में जाएगी, यह अर्जुन नहीं जानता। वे अपनी शरण कहाँ पाएँगी, ज्ञात नहीं।... और अर्जुन वहाँ कहीं नहीं था। उसे अपनी शरण मिल गयी थी। वह उसी में समा गया था... वह श्रीकृष्ण से एकाकार हो गया था...

❑❑